KB260385

시마자키 도손(島崎藤村)의 근대시 연구
－서구문학의 수용 양상을 중심으로－

최 순 육

제이앤씨
Publishing Company

|머리말|

　도손은 낭만주의 시인으로 출발하여 자연주의 문학의 대가로 활약하고 위대한 역사 작가로 그 생을 마감했으며, 근대 서정시의 확립과 자연주의 문학의 완성과 발전에 지대한 공헌을 한 작가이다. 이 연구서는 도손의 작품 장르 중에서 도손의 근대시를 연구 분석한 것인데, 그의 시에는 성서를 비롯한 서구문학의 수용의 흔적을 많이 찾을 수 있다. 특히 「창세기」의 천지창조의 장면에서 많은 시사를 받고 쓴 시들도 많이 발견할 수 있다. 도손의 첫 시집 『새싹집』의 「샛별」이나 「새벽 동틀 녘」은 창조 이전의 혼돈상태(chaos)를 리얼하게 노래함으로써 마치 창조설화를 읽는 듯한 느낌을 받는다. 도손은 이전 까지 없었던 새로운 형식의 시를 짓는 행위를 하느님의 세상창조에 버금가는 위대한 작업으로 인식하고 있었던 것으로 생각된다. 도손의 성서 수용 양상을 분석한 결과 성서를 기독교 신앙서로 보기 보다는 문학으로 보았기 때문에 자유로운 상상으로 주체와 객체의 변용이 가능했다고 하겠다. 더욱이 창세기의 창조설화를 「새벽 동틀 녘」이라는 상징시로 재창조한 점은 과연 낭만주의 시인의 면모답다고 할 수 있다. 현상을 있는 그대로 보는 것이 아니라 창조적 상상력으로 현실을 재창조 한다는 것은 서구 낭만주의 시인들의 필수불가결한 시정(詩情)이었던 것이다. 상상력이 있는 시인만이 변용과 융합과 통합이 가능한 것이며 공상이 아닌 상상이 수반된 변용은 예술이기 때문이다. 도손은 창세기를 근대시의 새벽을 알리는 의미로 변용하여 신이 천지를 창조하듯이 근대시가 일본 문학의 새로운 장르가 될 것을 예고한 것이다.

도손의 시에 나타난 특징의 중심은 흘러넘치는 서정성과 낭만성이다. 서정성은 워즈워스의 낭만 서정 소네트에서 영향을 받아서 뜨거운 남녀 사랑을 표현한 시도 있는가 하면 로버트 번스와 같이 소박한 자연친화적인 낭만시인의 시에 감화를 받아서 시작(詩作)을 해보기도 했다. 도손은 본고에서 다룬 서구낭만파 문학의 작가 이외에도 존 러스킨, 단테 가브리엘 로세티와 크리스티나 로세티, 알프레드 테니슨, 월터 스코트, 더 나아가서는 미국의 에드가 알렌 포우와 헨리 워드워스 롱펠로루 등 서구 낭만 시인들을 섭렵하여 자신의 시에 투영시켰으며 그 흔적을 그의 네 시집에 실린 근대시에 여러 양상으로 남겨 놓았음을 알 수 있었다.

이와 같이 도손은 서구문학을 수용하면서 여러 가지 양상으로 받아들였는데 때로는 서구의 사상·시어·문학의 틀·시재(詩材) 등 다양하게 끌어다 자신의 문예작품에 반영시키면서 환골탈태하여 새로운 등장인물과 새로운 작품을 창조해냈다. 결국 서구사상을 받아들여 이론을 정립시키는 비평가나 이론가이기보다는 문학가로서 서구문학을 자신의 정체성과 자신의 표현과 문예활동에 적극 활용하여 일본 사회에 일본문학의 언어와 문화의 영역을 넓혔다. 거꾸로 어떤 면에서 일본문학이 서구에 소개된다하여도 무리가 없는 의사소통이 될 수 있는 어휘 생성을 했다고도 볼 수 있다.

도손의 근대시를 연구함에 있어서 도손이 영국의 낭만주의 시인들과 그들의 낭만시를 접하면서 수용한 것 중에서 빼놓을 수 없는 중요한 것은 서구의 낭만주의 정신을 받아들인 것이다. 그것은 〈자유〉라는 구체적인 개념이었으며 반구시대·반제도적·반윤리적이라 할 수 있는 것들이었다. 도손은 이 〈자유〉라는 개념을 수용하면서 자유개념이나 자유사상이 아닌 생활의 자유를 받아들였다. 다시 말해서 도손은 자유를 〈근대인의 생활〉로 받아들였으며, 이러한 점에서 도손은 어떻게 보면 사랑에 대해서도 완전한 이원론으로, 문자 그대로 더욱 자유롭게 되었었을 것이다. 사실 도손의 생래적인 슬픔은 육욕의 고통으로 인한 것이었으며, 육체와의 끝없는 투쟁의 연속에서 비롯된 것이었다. 도손은 그 고통에서 자유로워지기 위해서 오히려 연애와 결혼은 별개로, 육체와 영혼은 별개로 구분하여 육체의 자유와 정신의 자유를 각각 추구하는 「근대정신」을 수용했다고 해도 과언이 아니라고 생각한다.

이처럼 도손은 근대인의 개인주의와 자유라는 서구 철학적 사상을 생활 속에 사랑의 양태라는 틀을 통해서 받아들이고 있었다. 바이런과 셸리에게는 허무주의적 고독의 시가 많아서 이해하고 표현하기가 쉽지 않음에도 불구하고 상상력을 발휘하여 잘 엮어주고 있었다. 그러나 서구적 허무주의가 실존에 대한 고독이라면, 도손의 고독은 감각적이었다는 점에서 약간의 상치(相馳)를 보이고 있었다.

도손의 근대시에는 성서와 찬송가를 비롯하여 서구문학의 시상(詩想)과 시어(詩語)를 비롯하여 서구적 사고(思考)마저 점철되어 있었는데, 그것은 한결같이 일본적인 것들과 매끄럽게 연결되어 있었으며 서로 잘 어우러져 있었다는 것이 특징이다. 서구문학의 철학적 언어는 어느새 일본의 감정적 표현의 절제된 언어로 바뀌어 있었기 때문이다. 또한 『여름날』의 「농부」에서처럼 하나의 작품에 셰익스피어의 『햄릿』과 괴테의 『파우스트』 바이런의 『맨프레드』를 퍼즐처럼 조각조각 이어가면서 시상을 전개해 나가는 것이 시작(詩作)의 하나의 수법이었다는 것이 특기할 만하다. 『파우스트』의 기독교적 인간성의 추구는 전혀 없고, 다만 『파우스트』의 첫 장면만 연출한다거나 『햄릿』의 대화를 그대로 시로 변형해 놓거나 농부라는 등장인물에 걸맞지 않게 화려한 인간 『맨프레드』의 고민과 반항을 그대로 시상과 시어로 사용하는 것들이다. 그럼으로써 서구문학의 내용이나 표현은 굴절되고 변용되어 일본어의 언어와 문화의 영역을 넓히는 데도 도손의 문학은 크게 이바지 할 수 있었던 것이다.

지금은 동북관동대지진의 쓰나미(2011.03.11)로 폐허가 된 센다이의 아름다웠던 들판의 풍경들이 도손의 시집에는 고스란히 담겨 있다. 도손의 시집은 센다이의 옛 모습을 다시 느껴볼 수 있는 귀중한 서정적 보고임을 새삼 느끼는 바이다.

이 연구서가 세상에 나올 수 있게 도와주신 위대하신 우리 스승님 손순옥 교수님, 박전열 교수님, 허호 교수님, 임찬수 교수님, 임용택 교수님께 진심으로 감사와 경애의 마음을 바친다. 그리고 늘 잊지 않고 원고를 독촉해 주시고 세상에 모습을 드러낼 수 있게 인도해 주신 도서출판 제이앤씨의 윤석현 사장님께 감사드린다.

2011. 4

일본 교토 도시샤 대학 연구실에서 최 순 욱

|목 차|

제4장 셰익스피어와 괴테의 극시에 드러난 인간상의 수용 / 133

제5장 워즈워스의 시를 통한 자연관의 수용 / 183

일러두기

1. 기호

   작품명, 잡지명, 서명 등은 『 』로 한다. 단 『 』안에 『 』가 중복될 경우는 「 」로 대신 사용한다.

   일본어 원문의 한국어 번역문에 대한 인용은 「 」로 한다.

   시어(詩語) 등 특별히 주위를 요하는 표현에는 〈 〉를 사용한다.

2. 연도표기에 대하여

   연도는 원칙적으로 서기로 표기하며, 연대에 대한 성격을 분명히 할 필요가 있을 때에는 연호 연도를 병기한다.

3. 인용 원칙

   인용은 원칙적으로 『원전』에서 하고, 처음 인용한 작품에 각주를 달아 서지사항을 표시한다.

   인용에 대한 한국어 번역문은 모두 필자의 졸역이다.

4. 표기 원칙

   인명, 지명 등 일본어 고유명사 표기는 원칙적으로 한글 맞춤법 규정안을 따른다.

   작품명의 경우 일본어 작품명을 원칙으로 하며 처음 제시될 때 한국어로 번역한다.

   연구서, 연구논문 등의 참고 서지는 일본어 표기를 원칙으로 한다.

제1장

서론

제1장
서론

　시마자키 도손(島崎藤村, 1872-1943 ; 이하 도손이라 칭함)은 메이지 시기(1867~1912)의 국가 건설에 발맞춰 서양의 시(詩) 형식과 일본의 전통적 정서를 종합하여 새로운 가락의 근대시를 창출한 작가이다. 도손이 태어난 해는 메이지 신정부가 들어서고 나서 다섯 해 밖에 되지 않은 때였다. 그 해에도 처음으로 근대적 교육을 위한 학제가 정해지고, 신바시(新橋)에서 요코하마(横浜)간에 일본 최초의 기차가 달릴 수 있게 되었고, 태양력의 사용과 더불어 「진무천황(神武天皇)」 즉위의 해를 기원(紀元)원년으로 삼자고 하는 등, 일본은 새로운 제도와 문물들을 갖추느라 여전히 분주한 나날을 보내고 있었다.

　그러므로 메이지 시기의 3대 국민작가라고 일컬어지는 모리 오가이(森鷗外, 1862~1922), 나쓰메 소세키(夏目漱石, 1867~1916)와 더불어 도손은 서양문물의 영향아래 사회의 모든 제도를 바꾸어 가던 신시대와 보조를 함께 하며 성장을 했다고 할 수 있다. 오가이가 과학자적 지성에 의해서, 소세키가 교육자적 지성에 의해서, 의사의 역할, 선생의 역할을 하는 동시에 국민의 정신적 고양(高揚)과 정서(情緒)를 위해 붓을 들었던 것처럼, 도손 또한 젊은이의 진정한 자유를 위해 붓을 들었다고 할 수 있겠다. 앞의 두 작가가 문학의 이론이나 인간의 윤리문제에 좀 더 중점을 두었다면, 도손은 과도기의 서민의 생활에서 나오는 고뇌, 본능으로서의 감성 문제에 더욱 힘을 기울였다고 생각된다. 그러한 생활자로서의 문학을 이루는데 있어서, 메이지 시대의 문학자들이 대체로 그러했듯이, 도손은 서구의 문학과 예술 및 사상을 받아들이는 것에 주저하지 않았다. 그의 작품에는 실로 많은 서양문학자의 영향이 깔려 있음을 느낄 수 있다.

더욱이 소설가로서가 아니라 시인으로 출발했던 작가 도손이므로 서양을 받아들인다는 것은 지극히 당연한 것이었는지도 모른다. 왜냐하면, 메이지유신(明治維新)이 행해지는 1868년을 시점으로 하여 보면, 그때까지 일본에서의 운문은 와카(和歌)와 하이카이(俳諧), 그리고 한시(漢詩)라는 세 가지 형식밖에는 없었기 때문이다. 그 시대 사람들은 은행·철도·의회·헌법·군대 등을 서양에서 수입했던 것과 마찬가지로 일본에는 없는 서양의 「poetry」라는 문학형식을 산문에서의 「novel」이라는 형식과 병행하여 자신의 나라에 뿌리 내리게 하려고 노력했다. 서양 선진국의 식민지가 되지 않기 위하여 근대적 독립국으로서의 자립을 위한 일환이었던 것이다. 그 하나의 선구가 쓰보우치 쇼요(坪內逍遙)의 「소설신수(小説神髓)」1)였으며, 또 하나는 동경제국대학 교수들

---

1) 쓰보우치 쇼요(坪內逍遙)는 동경대학에서 셰익스피어의 「햄릿」을 접하고 성격묘사 부분의 분석학에 충격을 받았으며, 셰익스피어의 몰이상론(没理想論)의 영향을 받았다. 그러한 서구무학의 만남과 수용을 기초로 하여 쓰보우치 쇼요(坪內逍遙)는 서구문학의 문학 비평서를 번역하고 정리하여 사실주의 문학론인 「小説神髓」(1885)를 끌어냈던 것이다.

에 의한 『신체시초(新体詩抄)』[2]라는 역서(訳書)였다.

그러나 새로운 근대의 시 정신을 서양에서 의식적으로 도입하여 일본어에 의한 그 가능성을 선보인 것은 『신체시초』가 간행된 이후, 7년이란 세월을 경과하여 1889년, 모리오가이를 중심으로 한 영국과 독일시의 번역집인 『모습(於母影)』에서였다. 이리하여 1890년대에 들어서서는, 청년들 사이에 본격적으로 새로운 시에 대한 여러 가지 움직임이 표면화되어 간다. 그 중에서도 가장 눈부시게 신세대의 방향을 대표하고 있었던 것이 1893년에 창간된 잡지 『문학계(文学界)』에 집결한 젊은이들이다. 이들의 대부분은 그리스도교에 의하여 유럽의 사상이나 감정에 닿아 있었으며, 그 중심에서 지도자적 역할을 했던 사람이 바로 도손에게 많은 영향을 주었던 기타무라 도코쿠(北村透谷, 1868~1894)였다.

도손과 함께 「문학계」를 창간했던 도코쿠는 장시(長詩)인 「초수의 시(楚囚之詩)」[3]를 비롯하여 근대인의 자의식을 극시(劇詩)로 표현한 「봉래곡(蓬莱曲)」[4] 등을 발표하는가 하면, 연애를 봉건적 속박에서 해방시키는 한편, 예술의 내부생명을 주장하며 문예의 자율을 외쳤다. 그 누구보다 자유주의정신에 철저했던 도코쿠가 돌연 자살하여 버리자, 그

---

2) 1882년 7월 이노우에 테츠지로(井上哲次郎) 도야마 마사가즈(外山正一) 야타베 료키치(矢田部良吉) 등에 의해서 편찬된 것으로 마루젠(丸善)에서 간행된 일본 근대시사(近代詩史)에 있어서 최초의 신체시집이다. 모두 19편(訳詩14편과 創作 5篇)으로 되어 있다.
3) 옥중에 있는 정치범이 연인을 그리워하면서 그 고통을 노래한 격렬한 시로서(透谷全集, 第一巻, 岩波書店 1973) pp.5~23에 걸쳐 있을 정도로 긴 시이다.
4) 극시 봉래곡은 바이런의 『맨프래드』와 괴테의 『파우스트』체를 일본에 이식시켜 보고자한 시도로서, 현실에 절망한 주인공이 선경의 봉래산에 들어갔으나, 대마왕(大魔王)에게 조롱당하여, 산꼭대기에서 투신한다고 하는 역시 장대한 비극적 구상인 것이다.

바턴을 이어받은 듯이 나타난 것이 1897년의 도손의『새싹집(若菜集)』
이다.

『새싹집』이 나옴으로 해서 그 간의 선배나 지인들이 했던 모든 작업
은 빛바랜 것이 되었으며, 때로는 장래의 가능성에 의심이 가던 신시(新
詩)는 완전한 성공이었다고 평가받게 된다. 야마무로 시즈카(山室静)는
『새싹집』의 출간에 대해서「최초의 풍요로운 개화(開花)를 보인 것이
며, 일본어로서도 시를 쓸 수 있다는 것을 훌륭하게 실증한 것인 동시
에, 시의 매력이 처음으로 국민 앞에 선보여진 것」5)이었다고 그 의의를
말하고 있다.

이렇듯 일본근대시의 확립자인 도손은『새싹집』에 이어 이듬해 1898
년에는 시집『쪽배(一葉舟)』와『여름풀(夏草)』을 출간하고, 그로부터 2
년 후인 1901년에는 다시『낙매집(落梅集)』을 세상에 내놓는다.

시인 도손은 4권의 시집 속에서 그 시절 문학계 청년들이 갈망했던
모든 낭만적 감정과 정열을 솔직하게 표현함과 동시에 시의 형식도 시
대에 맞는 여러 가지 형태로 바꾸어보았다. 또 그 시집들은, 그리스도교
를 통해서 얻은 서양의 개인주의사상과 자유주의 사상을 기반으로 청
춘의 자아를 마음껏 노래하고 있는 것을 보아도 알 수 있듯이, 모두 그
의 나이 25세에서 29세 사이에 지어진 것들이다. 도손은 마지막 시집인
『낙매집』이후에는 산문으로 붓을 돌려 소설가로 변신하지만, 1904년
다시 4개의 시집을 한데 묶어『도손시집(藤村詩集)』을 출판한다. 그리
고 그「서(序)」6)에 신체시가 어떻게 청춘의 생명과 맞물려 있는지를 밝

---

5)『藤村詩集』日本近代文学大系15 (角川書店, 1971) p.10
6) 서(序) 드디어, 새로운 시가의 때는 오고 말았다.
　　그것은 아름다운 새벽처럼 왔다. …(중략)… 생명은 힘이다. 힘은 소리다.
　　소리는 언어이다. 새로운 언어는 곧 새로운 삶이다. 나도 이 새로운 삶에
　　들어갈 것을 원하여, 수많은 세월을 쓸쓸하고 어둡게 보냈다. 예술은 나의

히고 있다.

「드디어, 새로운 시가의 때는 오고 말았다」로 시작되는 서문은, 새로운 가인의 대부분이 다만 착실한 청년이었고 「그 예술은 유치하고, 불완전하기는 하나 또한 거짓도 허식도 없었다. 청춘의 생명은 그들의 입술에 흘러 넘쳤고, 감격의 눈물은 그들의 볼을 타고 흘렀던 것이다. 잘 생각해보라. 신선함이 넘쳐흐르는 사조(思潮)는 많은 청년들로 하여금 거의 침식(寢食)을 잊게 만들었다」고 쓰고 있는 것이다.

여기에 나오는 〈시가(詩歌)〉라는 말은 서양의 〈poetry〉의 직역이며 「새로운 시가의 때」라고 발언한 것은 일본 시의 역사 속에서 획기적인 것이었으며, 일본인이 시라고 하는 문학 장르의 존재를 처음으로 의식적으로 자각한 것이다.[7]

또한 「시가는 조용한 곳에서 떠올리는 감동이라고 할 수 있지 않을까. 실로, 우리의 노래야말로 괴로운 투쟁의 고백」이라고 말하는 동시에 「새로운 생애를 열려고 하는 것이야말로 젊은이들의 몫」으로서 「생명은 힘이며, 그 힘은 소리이며. 소리는 언어」로써 〈새로운 언어는 곧 새로운 삶〉이라고 신시에 대한 생각과 결의를 확고히 선언하고 있다.

이와 같은 기념비적 도손시집이 세상에 탄생하는 데는 서술한 바와 같이 도손이 그 시대 청년들 중에서도 앞장서 서구적인 것을 받아들이고, 그리스도교적인 풍토에 몸을 담아 〈서구주의(西歐主義)〉를 일찍이

바람이다. 그렇지만 나는 예술을 가볍게 보아왔다. 오히려 나는 예술을 제2의 인생이라고 보아왔다. 또한 제2의 자연이라고도 생각했다.
아아, 시가는 나에게 있어 스스로를 나무라는 채찍이었다. 나의 젊은 가슴은 넘쳐나, 꽃도 향도 없는 부평초 같은 4개의 시집을 펴내고 있다. 나는 지금, 청춘의 기념으로서, 이러한 추억의 노랫말을 모아, 이를 벗으로 하려는 사람들 앞에 바치고자 하는 것이다. 藤村
　『藤村詩集』 日本近代文学大系15 (角川書店 1971) pp.564~565
7) 中村真一郎 編 『近代の詩人 島崎藤村』(潮出版社 1991) p.39 참조

인식하고 있었던 것에서 비롯되었다고 할 수 있겠다. 따라서 도손의 근대시 연구는 서구문화와 일본문화의 전통이 해후한 점에서 출발하는 것이 기본적 틀을 이해하는데 필요할 것이다.

본고에서는 도손이 서정시로서의 새로운 지평을 연 문학사적 가치는 물론 서구문학을 수용하여 새로운 언어로 새로운 노래를 창작해내는 과정에서 그것에 대한 사상과 표현에 대한 수용양상이 어떠한 모양으로 나타나 있고 일본이라는 풍토 속에 천착시켜나갔는지 그 양상을 중심으로 분석하고 알아보고자 한다. 지금까지의 도손의 연구는 작가론을 비롯하여 소설에서의 작품론과 비교문학연구[8]가 활발히 진행되어오고 있으나, 여전히 비교문학측면에서는 도손이 실제로 서구문학을 어떻게 이해하여 그의 작품에 투영시키고 변용시켰는지 하는 수용의 양상에 대한 구체적인 자료 분석과 본문비평(Text－criticism)은 미해결의 문제로 남아 있다.

처음 도손과 서구문학과의 관계에 관한 연구는 도손의 초기『문학계』시대를 중심으로 고찰한 야노 미네히토(矢野峰人)씨로부터 출발한다. 그는『문학계와 서구문학』에서 도손의 시에는 주로 셰익스피어를 중심으로 한 영문학의 영향이 컸다고 지적하고 있다.『새싹집』이후의 서정시에 대한 연구는 시마다 킨지(島田謹二), 요시다 세이치(吉田精一)씨에 의해 셰리(Percy. Bysshe. Shelley)나 키츠(John Keats)의 감화로 인한 영향 관계가 밝혀진 바 있다. 최근에 비교연구된 것으로는 후지 가즈야(藤一也)[9]의 히브리문학과 도손의 시와의 관계를 살펴본 것으로

---

8) 도손은 운문에서 산문으로 옮겨가면서 루소, 괴테, 단테, 톨스토이, 투르게네프, 모파상 등에게서 얻은 영감과 감동을 소설의 곳곳에 투영시켰다. 이러한 관점에서의 연구는 켄모치 다케히코(劍持武彦)씨의『新生』과『안나 까레리나』『新生』과 단테의 정밀한 비교 고찰 등이 있다.
9) 『島崎藤村の仙台時代』(万葉堂出版 1977)에서 히브리문학으로서 구약의

센다이에서의 교직생활을 중점으로 영향관계를 언급하고 있는 것이다. 요시다 세이치(吉田精一) 감수 아래 출간된『비교문학연구』[10]에서는 도손의 작품과 일본고전문학과의 관계 및 서구문학과의 영향관계를 도손의 소설 작품 중심으로 분석한 논문들이 발표되어 도손 연구에 많은 발전이 있었음을 보여주었다. 또 야기 쓰도무(八木功)[11]는『시마자키 도손과 영어』라는 제목 하에, 주로 도손의 번역 작품 활동 속에서 일어난, 번역의 오류와 일본어 어휘표현의 한계를 밝히고 있다. 30년에 걸쳐 도손의 소설 속에 나타난 영어식 표현의 문장을 연구한 것으로 점차 그 연구의 영역이 세밀해지고 구체적이 되어간다는 것을 알 수 있다.

그리고 도손의 시와 기독교의 영향관계를 좀 더 세밀하게 다룬 것으로는 사사부치 도모가즈(笹淵友一)[12]의『「문학계」와 그 시대 하(下)』가 있지만 도손의 시와 기독교의 영향을 언급하였으나 구체적인 본문비평까지 진전을 보이고 있는 것은 아니다. 이러한 선행연구를 바탕으로 여기서는 근대시에 나타난 서구문학의 수용과정을 좀 더 구체적으로 원문 대조분석을 통해 그 영향관계를 세밀히 규명하고자 한다. 특히 도손이 서구문학을 그의 작품 속으로 수용하는 과정에서 그것이 어떻게 동화(同化)되고 변용(変容)되며, 해석되어 토착화되어 가는지를 알아보는데 그 목적이 있다.

일본이라는 풍토 속에 서구문학의 철학적 사상 등이 어떻게 침투하

시가문학을 받아들였다고 논하고 있으나 구체적인 본문비평연구는 아니다.
10) 剣持武彦 編『比較文学研究・島崎藤村』朝日出版社 1978 pp.138~371
11)『島崎藤村と英語』(双文出版社 2003)에서 도손 문학 전체 속에 남아 있는 영문학적 문체와 표현을 부분적으로 다루고 있는 아쉬움이 있다. 시 전체를 관통해서 보는 본문비평이 아닌 점이 아쉽다.
12)『「文学界」とその時代 下』에서 도손의 시와 기독교의 영향을 언급하였으나 구체적인 본문 비평까지 진전을 보이지는 않았다.

고 관계를 맺으며 새롭게 산출되었는지는 좀처럼 쉬운 일은 아닐 것이다. 그러나 필자는 오랫동안 영문학[13]에도 관심을 갖고 있었던 까닭에 미약하나마 이 문제를 밝혀보려고 한다. 그럼으로써 도손의 근대시 연구에 외국인의 눈으로 본 객관적 자료가 되어 일조할 수 있기를 바란다.

이를 위한 시의 텍스트로는 『도손시집(藤村詩集)』(日本近代文学大系15, 角川書店, 1971)을 사용하였으며, 전기(伝記)는 이토 가즈오(伊東一夫)의 『시마자키도손사전(島崎藤村事典)』과 도손의 자전적 소설인 『버찌가 익을 무렵』(『藤村全集 5권』 筑摩書房, 1966)[14] 島崎藤村 『島崎藤村集(二)』을 자료로 삼았다.

---

13) 필자는 일본의 교토 도시샤(同志社)대학에서 1987年부터 1990年까지 3여년을 영문학을 공부하면서 일본문학과 영문학의 관계에 관심을 가져왔다.
14) 『버찌가 익을 무렵(桜の実の熟する時)』은 그 내용이 거의 사실과 일치하고 있는 자전적 작품인 동시에 무의식적이거나 충동적인 행위마저도 그 감춰진 의미를 포착하여 쓰고 있으므로 어떤 의미에서는 작가 도손을 아는 데에 가장 유력한 자료라 할 수 있다.

제2장
성서와 찬송가의 수용

1. 구약성서가 투영된 도손의 근대시
2. 신약성서의 마태복음과 『여름풀』의 「두 개의 샘물」
3. 『신선찬미가(新選讚美歌)』의 찬송가에서 변용한 시

제2장
성서와 찬송가의 수용

도손이 기독교에 접하여 서구문화를 받아들이게 되는 것은 1887년 메이지학원(明治学院)에 입학하고서 부터였다. 도손은 신슈기소야(信州木曾谷)의 산간지방에서 4남 3녀 중 막내로 태어났으며 본명은 하루키(春樹)이다. 1881년 10살 때에 도쿄로 올라와 교바시(京橋) 초등학교에 전학한다. 외래사상과 외래문화를 이단시하던 아버지로부터 『천자문』『권학편』『효경』『논어』등을 익히며 먼저 한학의 소양을 갖춘다. 그러나 초등학교 졸업 무렵에는 다른 아이들처럼 영어[1]를 배우게 된다. 별천지와 같은 문명개화의 도쿄생활은 도손을 한학(漢学)에서 양학(洋学)의 세계로 자연히 인도했던 것이다.

16살에 메이지학원에 입학한 도손은 그 다음 해에 세례를 받으며 종

---

1) 당시의 영어교과서는 피터 팔레(Peter Parley)의 『만국사(Universal History)』와 퀘켄보스(G.P.Quackenbos)의 「미국사(History of U.S.A)」로 영어를 배우는 학생이라면 누구나 접하던 것이다.

교에도 깊은 관심을 갖는 한편, 문학에도 마음을 기울인다. 그 후 22살 때 사토 스게코에 대한 사랑의 아픔으로 인해서 결국 교회의 적을 버리고 신앙에서 멀어져 가지만 이 짧은 기간에 기독교에서 어떤 시적 정서를 체득할 수 있었음은 틀림없다. 이 무렵「문학계」를 창간하여 동인이 된 도손은 이번에는 르네상스에 심취하기 시작한다.

이 같은 사정으로 볼 때, 도손의 시정(詩情) 형성을「기독교적 분위기에서 배양된 감각이 그리스 로마의 이교적(異敎的) 아름다움에 빠지기 시작하는 미묘한 과정」[2] 에서 비롯된 것으로 보는 가메이 가쓰이치로(亀井勝一郎)의 견해는 매우 타당하다고 생각된다. 그러므로 성서와 찬송가가 변용된 시가 나오는 것은 자연스런 결과라 하겠다. 도손의 자전적 소설인『버찌가 익을 무렵; 이하 (버찌)』라고 함』[3]을 보면 그는 사랑과 배교의 갈등은 물론「엄숙한 청교도적 종교사상과 자유분방한 예술사상과의 갈등」에 시달린 흔적이 역력하다. 그의 신앙은 하나님에 대한 사랑이었다기보다는 메이지시대의 이상적인 정신으로서의 문화의 하나의 흐름이었다고 할 수 있겠다.

『버찌』를 보면 종교와 신앙에 관한 내용이 여러 장면에서 묘사되어 있으나 대체로 신앙과 청춘의 갈등에 관한 것이며, 도손의 정신적 성향은 신의 주위를 맴도는 것에 불과했다. 그에게 있어서 기독교의 하나님 인식은 기껏해야 시대와 청춘의 낭만적 색채일 뿐이었다.

그렇다면 왜 도손의 시 안에는 여호와 하나님을 나타내는 구약성서가 투영된 공통된 시어가 많은 것일까? 도손에게 기독교 신앙의 수용과 신앙 형태에는 여러 가지의 문제점이 있을지 몰라도 성서는 도손에게 평생의 마음의 반려자이며 그의 인생의 좌우명을 나타내 주는 서적이었

---

2) 亀井勝一郎『島崎藤村論』講談社 p.23
3) 島崎藤村『島崎藤村二』(集英社 1974)를 텍스트로 삼는다.

다.[4] 비록 절대자에 대한 믿음은 깊지 않았으나, 입신 초기부터 성서는 그에게 신앙서적으로서의 의미를 가지고 있었다. 교적에서 탈퇴했을 때도 성서는 버리지 않았다고 한다. 주로 구약성서가 관심거리였다.

도손은 욥의 마음을 노래하고, 다윗의 하나님을 전하고 「욥기」에 분노하고 「예레미야」에서 슬퍼하고 「아가서」에 가서 즐거워한다. 그 옛날 아브라함 시대의 「창세기」를 흠모하며, 근대시 출발을 기념하는 자신의 『새싹집』의 기상을 마치 신의 천지창조처럼 생각했던 그 기상도 엿볼 수 있다.

또한 도손이 다녔던 메이지학원은 미션 스쿨이었던 관계로 예배시간이 따로 있었다. 그는 상당히 성실하여서 수업시간은 물론 예배시간에도 빠지는 경우가 드물었다고 한다. 그러므로 성경읽기와 함께 찬송가도 열심히 불렀을 것임에 틀림없다.[5] 도손은 자신이 읽고 느끼고 체험한 모든 내용을 그의 작품 속에 남기는 특성이 누구보다도 강한 편으로, 도손의 작품 중에는 서구문학 수용의 흔적도 그렇지만 찬송가의 흔적을 많이 드러내고 있다.

---

4) 伊東一夫 『島崎藤村事典』 (明治書院, 1972) p.244
5) 島崎藤村 『島崎藤村二』(集英社, 1974) pp.233－234

1. 구약성서가 투영된 도손의 근대시

1) 창세기의 「천지창조」와 『새싹집』의 「새벽 동틀 녘」

도손의 『새싹집』에 나오는 「샛별(明星)」[6]이나 「새벽 동틀 녘」 등을 감상하면 구약성서의 창세기에서 많은 시사를 얻고 있다는 것을 알 수 있다. 「샛별」은 『문학계』49호에 처음 실린 도손의 시이다. 「떠도는 구름들과 몸을 이루어 아침 하늘에 나오지 않았다면 어떻게 알았을까 새벽녘별을 그 햇살이 더구나 주홍빛임을」이라는 4행을 첫 1연으로 하여 7·5조의 정형 운율을 밟으며, 모두 7연으로 되어있다. 그중의 3연[7]이나 「새벽 동틀 녘(新曉)」의 전체는 천지창조 첫째 날과 둘째 날의 내용에서 발상을 얻고 있는 것이다. 먼저 「샛별」에서의 3연을 보기로 한다.

무엇이 그리워서 새벽 샛별은	なにかこひしき曉星の
텅 빈 그 하늘 문을 열고 나와서	空しき天の戸を出でて
저 깊고도 멀고먼 창공 벗어나	深くも遠きほとりより
사람 사는 세상에 가까이 왔네.	人の世近く来るとは　(3연)

위의 노래는 창세기 1장 1절에서 3절까지의 천지창조 제1일[8]에 하나

---

6) 「문학계」49호(1897년 1월)에 처음 실린 시이다. 「와카나(若菜)」라는 제목의 시 중에서 첫 번째 시이다. 새벽의 샛별을 주제로 하는 새로운 인생을 의미하는 새벽의 찬가이다. 東京新詩社의 기관지인 「明星」(1900년 4월 창간)의 잡지명의 전거가 되었다. 새벽녘의 금성을 나타낸다.
『藤村詩集』(日本近代文学 大系 15, 角川書店 1971) p.72

7) なにかこひしき曉星の
空しき天の戸を出でて
深くも遠きほとりより
人の世近く来るとは　(3연)

8) 태초에 하나님이 천지를 창조하셨다. 땅이 혼돈하고 공허하며 어둠이 깊음

님이 텅 비고 어둠이 깊은 우주에 하늘과 땅을 만드신 것처럼 도손 자신이 「아침하늘에 나온 샛별」로서 「하늘 문」을 열고 나와 「텅 빈 창공」과 같은 그 시대에 새로운 시를 짓겠다는 각오를 상징적으로 표현한 것이다.

창세기 창조 설화의 첫 장면의 땅은 아직 형태가 없는 허공처럼 암흑으로 가득찬 심연이었다. 여기서 도손은, 복잡한 인간의 마음의 심상을 그대로 보여줄 수 있는 근대시가 전무했던 당시를, 마치 창세기전 상태로 보았던 것을 알 수 있다. 하나님의 명령으로 하늘과 땅이 만들어진 그 순간 「때」가 시작되었다.

도손의 「샛별」에 나오는 텅 빈 하늘(空しき天)은 구약성서 창세기의 창공(大空)을 의미하며 창세기의 천지창조의 첫 장면이나 다름없다. 창세기에서 하나님이 첫 번째로 창조한 것이 「빛」이고 그 빛은 하늘에서 땅을 비추며 내려온 것이다. 「샛별」도 하나의 빛이다. 도손은 어두운 세상을 밝히는 새벽별에 자신을 이입시키고 있다는 것을 알 수 있다. 구약성서에서 힌트를 얻으면서도 「하늘 문(天の戸)」라는 용어를 사용함으로써, 일본 고대신화에 나오는 「하늘의 바위 문 (天の岩屋の戸)」9)을 연상하게 하고 있다. 일본인에게 낯설지 않은 변용이다.

이러한 천지창조의 연장에서 「새벽 동틀 녘(新暁)」이 등장한다. 이번

위에 있고, 하나님의 영은 물 위에 움직이고 계셨다. 「빛이 생겨라.」하시니, 빛이 생겼다.

はじめに神は天と地を創造された。地は形なく、空しく、やみが淵のおもてにあり、神の霊が水のおもてをおおっていた。「神は「光あれ」と言われた。

9) 『万葉集』卷二十 4495番
도손의 근대시는 일본고전 『万葉集』를 염두에 두고서 인용하여 시상을 전개해나갔다고 하겠다.
佐竹昭広　木下正俊　共著 『万葉集』(塙書房 1963) p.504

에는 구약성서 창세기의 창조 설화의 두 번째 장면이 연상된다. 다음은 시의 전문이다.

「새벽 동틀 녘(新曉)」

붉게 물든 하늘에 길게 펼쳐진	紅細くたなびける
구름이 되고 싶네 새벽동틀 녘	雲とならばやあけぼのの
구름이 되고 싶네	雲とならばや
어둠 빠져나오면 밝은 빛있네	やみを出でては光ある
하늘이 되고 싶네 새벽동틀 녘	空とならばやあけぼのの
하늘이 되고 싶네	空とならばや
봄날 빛나는 햇살 수놓아 주는	春の光を彩れる
물이 되고 싶어라 새벽동틀 녘	水とならばやあけぼのの
물이 되고 싶어라	水とならばや
비둘기에 밟히는 저 부드러운	鳩に履まれてやわらかき
풀잎이 되고파라 새벽동틀 녘	草とならばやあけぼのの
풀잎이 되고파라	草とならばや

창조 설화의 두 번째 이야기는 물이 갈라져서 하늘이 생기고 밤과 낮이 정해지는 장면이다. 심연의 밑바닥에는 물이 있었다. 아니 오히려 공허하여 형체가 없었고 물만 가득 차 있었다. 빛과 어두움이 이 물 가운데서 교차한 것이다.

「새벽 동틀 녘」의 1연에서 「구름」이 되고 싶다는 것은 창조설화의

「어둠」을 의미하는 것과 마찬가지다. 2연에서 「어둠 빠져나오면 밝은 빛있네」라는 것은 「샛별」과도 통하는 심상이다. 그 빛은 혼돈과 어둠에서 나온 것이다. 「빛이 있으라」는 하나님의 말씀이 떨어지자 빛이 나타났고, 또 「물과 물이 나뉘게 하라」고 말씀하시니 또 물이 나뉘었듯이 이 노래의 3연에서도 「물」이 등장한다. 그 물이 있는 곳에 「풀」이 돋아나는 것은 당연한 일이며 그 곳에서 인류는 삶의 시작하게 되었으리라고 생각된다. 4연에서도 창조설화의 예정된 순서처럼 「풀」이 소재로서 사용되고 있다. 이처럼 도손의 「새벽 동틀 녘」은 놀라울 정도로 천지창조의 두 번째 장면을 풍경화 하여 「구름」과 「창공」과 「물」과 「풀」을 소재로 하고 있다. 그러나 객관적 풍경이 아니라 「되고 싶다」는 후렴구를 반복하여 작가의 강한 주관적인 마음을 노래하고 있다. 이 시는 「샛별」과 마찬가지로 7·5조의 가락에 맞추어 모두 4연으로 되어 있는데 각 연에는 하나의 후렴구가 들어있다. 1연의 「구름이 되고 싶네」 2연에는 「하늘이 되고 싶네」 3연에는 「물이 되고 싶어라」, 4연에는 「풀잎이 되고파라」라는 반복 표현이 들어 있다.

또한 이 노래의 4연의 「풀잎이 되고파라」라는 구절은 천지창조 설화의 제 3일에 이루어진 일[10]이며 더 나아가 4연의 1행에 등장하는 「비둘기(鳩)」는 천지창조 설화의 제 5일에 나오는 「하늘을 나는 새」와 관련이 있는 것이다.[11] 세키 료이치(関良一)는 이 4연의 비둘기와 풀에 대해 「비둘기는 부드러운 평화와 사랑의 상징이고 풀은 앞 연의 「물」과의 관련에서 강가의 초원의 이미지를 밟고 있다」고 해석하고 있다.[12] 그러

---

10) 하나님이 말씀하시기를 "땅은 푸른 움을 돋아나게 하여라. 씨를 맺는 식물과 씨 있는 열매를 맺는 나무가 그 종류대로 땅위에서 돋아나게 하여라" 하시니 그대로 되었다. (창세기 1장 11절)

11) "새들은 땅 위 하늘 창공을 날아다녀라" 하셨다. …(중략)… 저녁이 되고 아침이 되니 닷새 날이 지났다. (창세기 1장 20절, 23절)

나, 막연한 풍경의 「강가의 초원의 이미지를」 밟고 있기보다는 이 시 전체가 천지창조 설화에 입각하여 쓴 것이 틀림없다고 감상하는 편이 옳을 것이다.

그것은 비둘기에 밟히는 부드러운 풀잎이 되고 싶은 소망이 하필이면 「새벽 동틀 녘」이어야 할 필요가 없기 때문이다. 「동이 틀 무렵」이란 낱말은 바꾸어 말하면 무엇이든지 「새로 시작되려는 때」를 의미한다. 그러므로 이 시의 4연에 고루 빠지지 않고 등장하는 「새벽 동틀 녘(아케보노노)」이라는 시어야 말로 「새벽(新暁)」의 주제라고 할 수 있다. 새벽의 전원풍경을 읊은 서정시가 아니다.

「새벽 동틀 녘」은 구약성경으로 본다면 「창세기」인 것이다. 도손은 새로운 시를 짓는 자신의 마음자세를 하느님의 「세상창조」에 버금가는 작업으로 생각한 듯 하다. 이 시야말로 시인 도손의 관념을 창세기의 창조설화에 비유한 상징시라고 봐야 할 것이다. 더욱 주목을 끄는 것은 이 시의 형식이다. 서양의 대표적 정형시가 4연으로 구성된 4행 3행 3행의 모두 14행의 소네트 형식이라면, 이 근대시는 7·5조의 가락이 기본이 되고 있으나 1연이 31자의 일본 고유의 단가체(短歌体)를 이용하여 4연으로 이루어져 있다는 점이다. 도손이 새로운 일본 근대시를 창출하기 위하여 여러 가지의 음수율을 시도하고 있었다는 것을 아울러 알 수 있다.

이외에도 창세기 3장 2절에서 4절까지의 내용과 관련된 에덴동산에서 시사를 얻은 「첫사랑(初恋)」[13]을 들 수 있다. 도손의 「첫사랑」은 그

---

12) 『藤村詩集』(日本近代文學 大系 15, 角川書店 1971) 補注, p.585

13) 1896년 「문학계」46호에 발표되었던 것으로, 아리따운 소녀에 매혹되어 관능에 눈 떠가는 소년의 체험을 노래한 것이다. 도손의 개인적 체험을 회상하여 지은 시라고 자신의 「生어린 시절 이야기」에서 밝히고 있는데, 옆집에 사는 여덟 살 정도의 여자 아이하고 친하게 되어, 어느 날 그 둘은 다른

의 대표적 시 중의 하나로서 당시의 젊은이들의 마음을 크게 사로잡은 작품이다. 이 시에 대하여 작가는 자신의 개인적 체험을 회상하여 쓴 것이라고도 이야기 하지만, 이미 세키 료이치(関良一)는 「일본 농촌에서 흔히 볼 수 있는 풍경을 노래한 듯이 보이는 이 시의 배경에는 실은 아담과 이브가 사과를 먹고 낙원에서 추방당했다고 하는, 인간 「원죄」의 문제가 제기되고 있는 듯하다」[14]고 말하고 있다.

「이제 막 틀어 올린 고운 앞머리」[15]로 시작되는 이 시는 여인의 모습이 「사과나무아래에 보였을 때에」 사랑을 느끼기 시작한다는 내용이다. 2연에서 여인은 남자에게 「부드럽고 하얀 손」[16]을 내밀어 사과를 건네고 있다. 작가의 회상에는 이웃집에 사는 8살가량의 소녀였으나, 2연의 내용을 보아서는 어디까지나 성숙한 처녀의 이미지이다. 어쩌면 1연의 어린 소녀의 모습에서 2연의 성숙한 처녀로 자라, 3연[17]의 관능적 여인으로 변신하여 점차 추억을 쌓은 다음, 헤어져 4연[18]의 추억의 여인이

사람들 눈에 띄지 않게 숨을 곳을 찾고 있었다고 한다. 때로는 함께 사과나무 아래를 걷기도 했다고 한다.

14) 『藤村詩集』(日本近代文學 大系 15, 角川書店 1971) 補注 p.585

15) 이제 막 틀어롤린 고운 앞 머리　まだあげ初めし前髮の
　　사과나무 아래에 보였을 때에　林檎のもとに見えしとき
　　앞에다 꽂아 놓은 꽃빗을 보고　前にさしたる花櫛の
　　꽃다운 당신이라 마음졸였네　花ある君と思ひけり　(1연)

16) 부드럽고 하얀 손 내밀어서는　やさしく白き手をのべて
　　사과를 이내 손에 건네준 것은　林檎をわれにあたへしは
　　담홍색 빛깔 고운 가을 열매에　薄紅の秋の實に
　　그대와의 첫사랑 시작이었네　人こい初めしはじめなり　(2연)

17) 덧없이 흩어지는 나의 한숨이　わがこころなきためいきの
　　님의 머리카락에 닿았을 때에　その髮の毛にかかるとき
　　감미로운 사랑의 그윽한 잔을　たのしき戀の盃を
　　당신의 연정으로 음미하였네　君が情けに酌みしかな　(3연)

18) 사과밭 사과나무 사과아래로　林檎畠の木の下に
　　어느새 생겨버린 좁은 오솔길　おのづからなる細道は

되었는지도 모른다. 이 시에서 우리는 연이 거듭됨에 따라 시간적 배경이 달라지는 느낌을 받으며, 여인의 이미지 또한 능금 같은 풋풋한 소녀에서 점차 잘 익은 붉은 사과로 변해 저절로 땅에 떨어지지 않았나 하는 생각이 들기 때문이다. 작품인 이상, 작가의 체험 자체만일 수는 없다. 몇 번씩이나 나오는「사과」라는 시어와 여인이 먼저 남자에게「사과」를 건네는 장면은 누구라도 쉽게 에덴동산에서의 아담에 대한 이브의 유혹을 엿볼 수 있다. 물론 일본의 신화에서도 여신인「이자나미」가 남신인「이자나기」에게 먼저 사랑을 고백하는 것으로 되어 있으나, 아무래도 이 노래의 분위기는 서양의 구약이다. 메이지시대 초기의 봉건적인 여성의 모습이 아니다.

3연에서「한숨」이 새어나오고 4연에서 이의 미련이 담긴「추억」으로 표현되는 것을 볼 때 두 사람의 사랑은 창세기에서처럼 용서받지 못한 사랑이었다고 생각된다. 잘 알려져 있듯이 창세기 3장에는 생명나무와 인류 최초의 유혹에 관한 이야기가 펼쳐진다. 구약성서의 세계에 의하면 최초의 인간에게 삶의 터전으로 주어진 곳은 에덴동산이었다. 동산에는 보기에 아름답고 먹기에 좋은 나무가 심어져 있었다. 그 중에「생명나무」[19]와「선악을 알게 하는 나무」도 있었다. 동산에는 맑은 강이 발원하여 흙을 적시고 거기서부터 다시 넷으로 갈라져 흘렀다. 최초의 사람과 그 배필은 갖가지 꽃이 핀 곳에 살면서 그 동산을 지켰다. 말 그대로 낙원이다. 그러나 그 낙원에는 하나님이「동산 한가운데 있는

그 누가 처음밟아 길을 냈을꼬　誰が踏みそめしかたみぞと
물으시던 말씀도 그리움이네　　問ひたまふこそこひしけれ　(4연)
19)「동산 한 가운데 있는 나무의 열매는 먹지도 말고 만지지도 말라」는 성서의 글에서 이 열매는「생명의 나무」를 뜻하는데 이누카이 미치코씨의 해석에 의하면 고대 오리엔트 민족 간에 자주 쓰였던 표현이라고 한다. 이누카이 미치코 저, 이원두 역『성서이야기 구약편(상)』(한길사 1997) p.141

나무의 열매는 먹지도 말고 만지지도 말라」는 금지된 나무가 있었던 것이다.

그러나 여기서 문제는 나무가 아니다. 생명의 나무였든 선악을 알게 하는 나무였든 그것은 별 문제가 아니라고 생각된다. 그보다는 많은 나무 가운데 겨우 한그루를 금기로 한 하나님의 선택을 「선」으로 받아들이느냐 「악」으로 배척하느냐 하는 인간 남녀의 자유선택의 문제에 있을 것이다. 성서의 이 부분의 기술자는 뛰어난 통찰력과 인간내면을 꿰뚫는 투철한 이해력으로 자유선택이라 불리는 것의 숨은 의미를 완벽하게 기록하고 있다. 4절의 「뱀이 여자에게 말하는」 부분은 에덴동산에 뱀의 형태를 가진 악의 힘이 들어와 있었다는 의미를 포함하는데, 여기서 뱀은 하나의 상징일 뿐이다. 아무리 작은 틈새라도, 아무리 높은 곳이라도, 소리도 없이 숨어 들어갈 수 있는 뱀의 특성을 취하여 인간의 「악」을 비유하고 있다고 하겠다. 여기서 도손은 아담과 마찬가지로 정신내면에 살며시 유혹하는 또 하나의 쾌락을 인정하고 자유의지로 선택하고 있는 것이다. 한 때, 무척 활기에 찼던 젊은 도손[20]으로서는 인간 창조설의 기원보다는 창조된 인간의 감정세계에 더 흥미를 가졌었다는 것을 알 수 있다. 건네받으면 안 될 「사과」[21]라는 상징이 가독교에서 말하는

---

20) 도손이 주로 교회를 접한 곳은 다이마치(台町)교회와 메이지 학원이다. 입학해서 1, 2년 동안은 혈기왕성한 청소년으로 가슴 설레며 나날을 보냈다. 마치 고삐 풀린 망아지처럼 자유분방하게 행동하고 지구의 중심이 자신 인 양 자신만만한 학교생활을 시작했다. 양가집 자녀들이 많이 다니고 있던 학교라 도손 자신도 양가집 자제들의 생활 풍속을 배우기도 했다. 도손은 개성이 강하여 자신의 생각대로 맞춘 모자를 쓰고 부드러운 모직 외투를 입고서 반바지를 입고 무릎까지 오는 긴 털양말을 신었다. 문학 동아리에 가입하여 젊은 여학생들이 영시를 암송하고 창가를 부르는 것을 듣는 즐거움을 만끽했다.
21) 주고받아서도 안 되고 찾아나서도 안 되는 상징의 열매로 괴테의 장편에도 나온다. 그 안에 주인공 빌헬름이 부르는 독일 전통 민요를 소개한다.

「원죄」[22]처럼 죄의식의 시작으로 설정되었다는 데서 세키료이치씨의 문제제기는 매우 의미 있는 것이라 하겠다.

비슷한 발상과 내용은 같은 『새싹집』에 들어 있는 「처녀 옷타(おった)」에서도 볼 수 있다. 이번에는 같은 죄의식의 상징으로 「감」을 사용하여, 수도승을 유혹하며 풍자하고 있다.[23] 「정신적 사랑이 아닌 관능적 사랑」[24]을 죄악시하는 것은 도손이 받아들인 청교도적 사고방식에

「어째서 그런 길을 갔지
능금을 찾아 그토록 위험한 데를
물방앗간 울타리의 아름다운 능금
옛날 에덴동산에서처럼 열려 있었지!」
요한 볼프강 괴테 저. 곽복록 옮김 『빌헬름 마이스터의 편력시대』(서울대학교출판부 1999) pp.60~61

22) Original Sin : 성 아우구스티누스가 4세기경에 만든 용어. 아담과 이브의 불복종과 하나님처럼 되고자 하는 욕망(창세기 3:5)에 의해서 나타나는 것으로, 몇 세대에 걸쳐서 이어지는 이 원죄는 세례를 받을 때 그 원죄가 나타나고 예수의 중보로 말미암아 인간에게 그 완전함을 회복시켜준다. 기독교에서는 신의 은혜로 원죄는 없어진다. 임마누엘 칸트의 『종교와 순수이성의 한계』(1793년)에 잘 나타나 있다.
Nicole Lemaitre 著 藏持不三也 譯 『キリスト教文化事典』(原書房 1998) p.90

23) 한 젊은 수도승이 말씀하기를　　　若き聖ののたまはく
때를 기다릴 테지 당신이라면　　　時をし待たむ君ならば
<u>매달린 빨간 감을 따지 마시오</u>　　<u>かの柿の實をとるなかれ</u>
　　　　　… (중략) …
수도승에게 감을 권하여보니　　　聖に柿をすすむれば
그의 입술 가져와 사알짝 대니　　　その口脣にふれたまひ
이렇게 빛 좋은 감이었다면　　　かくも色よき柿ならば
어찌하여 더일찍 안말해줬소　　　などかは早くわれに告げこぬ　(2연)

이 시에 나오는 젊은 성자(若き聖)는 그 시절의 서양전도사를 말한다고 하겠다. 기타하라 하구슈는 『邪宗門』에서 「빨간 수도승」이라고 표현하기도 하는 같은 의미이다.
24) 메이지초기시대의 혼인관계는 일부일처를 지키는 사람이 상당히 드물었다.

서 연유한다고 본다. 서구문화의 이미지인 「사과」[25]라는 언어를 일본인에게 익숙한 「감」이라는 토착화된 언어로 바꾸고 있을 뿐이다.

2) 구약의 「아가」와 『새싹집』의 「포도나무 그늘/가을의 노래」

도손의 연애시의 원천에는 구약성서의 「아가(雅歌)」가 들어 있음을 알 수 있다. 「아가」는 히브리어로 「쉬르 하쉬림」으로서 「노래 중의 노래(song of songs)」라는 뜻으로, 가장 아름다운 노래라는 의미이다. 「솔로몬의 아가(1장 1절[26])」라고 하기도 한다. 도손이 구약성서 중에서 바로 이 시편을 선택한 것은 무엇 때문일까? 그것은 다름 아닌 이 아가

처에는 본처(正妻)와 권처(權妻)가 있으며 첩에도 내첩과 외첩이 존재했다. 당시 한 남자가 여러 여자를 거느리고 먹여 살린다는 것은 남자가 여보다 우위에 있는 사회 현상을 의미하기도 하지만 탐욕과 정욕으로 이루어진 관계의 남녀관계가 유행하였다. 뚜쟁이에게 부탁만하면 하루에 몇 명씩 소개받고 자영업의 재산수준과 소득수준에 따라서 등급도 매겨질 정도로 만연되어 있었다.
服部誠一『100年前の東京(一)』(マール社 1996) pp.23~125 참조

25) 전통적으로 「지혜의 나무 열매」로 여겨지고 있으나 성서에는 그 전거(典據)를 갖고 있지 않다. 아마도 추측하건데, 초기 그리스토교 시대에 미술가가 헤스페리데스의 정원의 황금사과라는 고전 고대의 그림을 차용한 것으로 생각된다. 이러한 원죄의 상징이 된 사과는 성모마리아 상에게 안겨 있는 아기 예수의 손에 들려 있는 사과는 장래의 인류의 구세주로서의 사명을 암시하고, 황금의 사과는 탐욕의 상징이며, 황금의 사과를 주우면서 뛰어가는 그림은 아타란타(Atalanta)와 히포메네스(Hippomenes)의 이야기로 처녀 한사람을 두고 청혼을 하는 과제로 달리기를 하도록 되었으나 히포메네스가 사과3개를 떨어뜨리면서 달리자 아타란스는 주우면서 달리다가 시합에 지게 된다. 이 그림의 사과는 유혹의 상징이다.
ジエイムス・ホール 著 高橋達史 外譯『西洋美術解讀事典』(河出書房新社 1988) p.32, pp.369~370 참조

26) 저자는 솔로몬이라고 추정하기도 하나, 신학자 이은재씨는 '솔로몬에 관한 노래'라는 뜻이 강할 뿐 솔로몬이 저자가 아닐 수 있다고 주장하기도 한다. 『함께 읽는 구약성서』(한국신학연구소 1991) p.316

서가 연애시이기 때문이라 생각한다. 도손은 이 『아가』서를 문학작품으로서의 연애시로 이해하였기 때문에 수용하기 쉬웠을 것이다.

센다이의 도호쿠(東北)학원에는 예배시간이 있었고, 히브리 문학을 연구하는 신학교수 구마야 코마노스케(熊谷駒之助)교수의 논문[27] 이 『도호쿠문학(東北文学)』에 발표되어 있었다. 도손은 센다이에 1896년 9월에 도착하여 12월에 같은 문학지에 투고하기도 하였으므로 이 논문집을 이것저것 읽었을 것이 틀림없다. 구야마의 논문은 당시 외국시가의 본격적 연구서로 주목받던 글이어서 도손이 이 논문을 통해 성서를 신앙의 눈으로 읽지 않고 문학작품으로 읽다보면 충분히 연애시의 원형으로 받아들일 수 있었다는 것을 깨달은 것이다.

「아가」는 솔로몬이 시골의 소박한 처녀인 술람미와 사랑에 빠져, 그 여인을 자신의 궁정으로 데려가는 한 편의 드라마로서 해석될 수 있다. 솔로몬은 술람미 여인을 취하기는 하지만, 술람미 여인은 자신의 마음속에 자리 잡고 있었던 시골의 목동을 잊지 못한다. 이러한 사랑 이야기는 도손으로 하여금 전날의 이루지 못했던 사랑의 열정을 시로 승화시키려는 의욕을 갖게 했을 것이다.[28]

구약성서에서 「아가」처럼 독자들을 당황시키는 문서도 없을 것이다. 그것은 성(性)에 대한 솔직한 표현과 욕구가 거침없이 드러나고 있어[29]

---

27) 구마야 코마노스케(熊谷駒之助)가 집필한 이 논문의 내용은 "동서의 시가(詩歌)와 국민 − 히브리 시가의 범위 − 히브리 유일의 보전(寶典) − 히브리시가의 종류 − 히브리 시가의 형식 등"이다. 熊谷駒之助는 신학자이고 역사학 교수인데, 「히브리시가의 특질」이라는 제목의 논문을 4회에 걸쳐 실었다. 藤一也 『島崎藤村の仙台時代』(万葉堂出版 1977) pp.152∼154 참조

28) 히브리의 이 시를 읽고 있었을 때 도손은 그의 청년기에 이루지 못한 사랑, 사토 스게코와의 관계를 잊기 위해서 관서표박이라는 방랑 여행도 다녀오지만 그의 마음속은 여전히 복잡하고 안정되지 않았을 것이 틀림없기 때문이다.

이런 노래들이 어떻게 신성한 경전이 될 수 있었는지 의심하지 않을 수 없기 때문이다. 「아가」가 경전에 편입되자, 유대교 랍비들과 그리스도인들은 「아가」를 종교적인 내용으로 해석하기 시작했다.[30) 「아가」는 단순히 남녀 연인의 사랑을 노래한 것인 동시에 가장 바람직하고 지혜로운 사랑과 결혼에 대한 교훈을 주는 노래이다.

이 노래들은 25개 내지 35개의 짧은 사랑의 노래들이 모여진 것으로 솔로몬과 느슨하게 연결되어 편집된 것만은 사실이다. 또 무대배경은 북 이스라엘 북방지역의 지명들이 많이 언급되고, 농촌의 냄새가 많이 나고 있어서 이 노래가 처음에는 농촌의 젊은 연인들 사이에서 불려온 것으로 보고 있다. 당시 이스라엘의 지혜자들은 일부일처제를 가장 이상적인 결혼으로 보았다. 그러나 솔로몬은 결코 그렇지 않았다. 따라서

---

29) 나에게 입맞춰주세요,
　　숨 막힐 듯한 임의 입술로.
　　임의 사랑은
　　포도주보다 더 달콤합니다.
　　임에게서 풍기는 향긋한 내음,
　　사람들은 임을
　　쏟아지는 향기름이라고 부릅니다.
　　그러기에 아가씨들이 임을 사랑합니다.
　　나를 데려가 주세요, 어서요.
　　임금님, 나를 데려가세요.
　　임의 침실로.(「아가 1장 2절- 4절」)

30) 유대교는 「아가」의 연인관계를 하나님과 이스라엘의 관계로 받아들였고, 그리스도교는 하나님과 교회, 혹은 하나님과 신도와의 관계로 표상화했다. 가장 전통적인 이런 우의적 해석은, 그러나 성서자체나 성서 외의 어떤 문헌으로부터도 전혀 그 근거를 찾을 수 없다. 또 다른 해석은 「아가」를 제의(祭儀)신화에서 유래한 것으로 보는 해석이다. 즉, 두 연인은 본래 성스러운 결혼을 통해서 결합된 남녀 신, 예컨대, 탐무즈(Tammuz)신과 이슈타르(Ishtar)신의 제의신화를 유대교가 받아들였다는 것이다. 그러나 이런 해석들은 처음부터 인간의 사랑을 노래한 시들을 종교적으로 각색한 것에 불과하다.

그들은 솔로몬의 난잡한 성생활을 비판하고 올바른 성관계를 가르치기 위해서 사용했다는 것이다. 이런 지혜자들의 사상을 가장 잘 보여주는 것이 8장 6절에서 8절에 이르는 진실한 사랑의 소중함을 강조한 부분이다.[31] 이 노래는 사랑을 「죽음처럼 강한 것」이라고 강조하는가 하면, 남자가 자기 집 재산을 다 바친다고 얻어지는 것이 아니라고 진정한 사랑의 가치와 의미를 부각시키고 있다.

또한 「아가」에서 볼 수 있는 특징은 사랑에 대한 적극적인 표현이다. 도손은 이러한 사랑의 표현을 적극 수용한 것으로 보인다. 게다가 그 표현들은 매우 동적이라는 것을 알 수 있다. 예컨대 「달음질」「그늘 아래 뒹굴며」「맛보고 싶어라」「노루같이 날랜 사슴같이 껑충 껑충 뛰어오는 소리」「일어나요」「이리 나와요」「보여줘요」「들려줘요」등 매우 역동적이고 능동적인 동사들이 많이 사용되고 있다. 적극적인 노력과 표현은 그들의 사랑의 관계를 깊게 만들어 낼 수 있다. 「아가」는 사랑하는 어느 한쪽이 수동적으로 끌려가는 것이 아니라 남녀가 동등하게 그 사랑을 표현하고 있음에 주목하고 싶다.

이렇게 볼 때 「아가」는 성에만 국한된 노래가 아니라 인간에게 가장 절실한 〈온전한 사랑〉에 대한 노래라고 할 수 있다. 그러므로 비단 연인들의 관계만이 아니라 모든 인간관계, 그리고 나아가서는 하나님과 인간, 그리스도와 교회의 사랑까지도 포괄해서 해석할 수 있었을 것이다. 참사랑이란 하나님이 세상을 이렇게 사랑하셔서 외아들을 주셨듯이

---

31) 「도장 새기듯 임의 마음에 나를 새기세요. 사랑은 죽음처럼 강한 것 사랑의 시샘은 저승처럼 잔혹한 것 사랑은 타오르는 불길 아무도 못 끄는 거센 불길입니다 바닷물도 그 사랑의 불길 끄지 못하고 강물도 그 불길 잡지 못합니다. 남자가 자기 집 재산을 다 바친다고 사랑을 얻을 수 있을까요? 오히려 웃음거리만 되고 말겠지요. (친구들) 어린 누이가 아직 어려서 가슴이 없는데 청혼이라도 받는 날이 되면 누이에게 우리가 무엇을 해야 하나」

또한 그리스도께서 우리를 위해서 자기를 적극적으로 내어줄 때 이루어 진다는 것을 배울 수 있다. 남녀의 사랑은 결코 인간본연의 사랑과 다른 어떤 특별한 것만으로 이루어지는 것이 아니기 때문이다.

그럼 여기서 구약의 「아가」를 수용하고 있는 도손의 「포도나무그늘/ 가을의 노래」를 대표로 살펴보고 나머지 「여우의 장난/ 혼인축가/ 달랑 달랑」 등을 이와 연결 지어 고찰해보기로 한다.

① 「아가」와 「포도나무 그늘」

이 시는 12연으로 되어 있는데 자매의 화답으로 이루어져있는 게 특 징이다. 이 시의 전체 이미지와 구성법은 구약성서 「아가」에서 따 온 것으로 볼 수 있다. 물론 혹자는 포도와 여우의 등장을 보자마자 포도를 따지 못하는 여우의 마음의 표현을 하고자 하여 이솝우화에서 빌린 것 이 아닐까 하는 추측도 가능하리라 생각된다. 하지만 시의 구성면에서 나 장면 설정에서 볼 때 구약성서의 아가서의 수용이 확실하다고 생각 된다. 더욱이 도손은 주지하는 바와 같이 센다이에서는 구양성서공부를 하고 있었고 구약성서의 히브리 문학적 접근으로의 해석에서 「아가」를 보고 있었기 때문이다.

시상의 전개는 센다이에서 미우라 하숙 근처를 산책하고 있을 때 목 격한 장면에서 이루어진 것으로 두 자매가 포도를 딸까말까 망설이는 모습을 보고서 지었다 하겠다. 이러한 망설임을 보면서 도손은 청춘의 포도를 노래하며 청춘을 동경하게 되고 아직 청춘임에도 맛보지 못하는 청춘의 안타까움을 노래하고 있는 것으로 볼 수 있다. 특히 이 시의 형 식은 극시에 해당한다고 할 수 있는데, 도손은 극시의 형식을 어디서 가져왔을까 의문을 갖는 것이 당연하다고 생각한다. 도손은 서구문학의 여러 작가들을 수용하면서 영향을 받았으므로 어느 특정 작가의 영향만을 주장하기는 어렵다 할 수 있다.32) 구약성서를 히브리문학으로 보고 「아가」를 극시로 보고 포도라는 공통된 시어를 들어서 「아가」에서 따 온 것이라고 할 때 극시의 형식 역시 마찬가지가 아닌가 생각한다. 다음 은 극시의 형식을 취한 도손의 시 「포도나무 그늘」이다. 감상하면 알 수 있지만 대화법이고 합창하는 형식이다.

「**여동생**(妹)」

즐겁지 않은가	たのしからずや	
화려하게도	はなやかに	
가을 햇살 드리워	あきはいりひの	
비추일 때에	てらすとき	(1연)
즐겁지 않은가	たのしからずや	
포도밭길이	ぶどうばの	
넝쿨드리운 밭을	はごしにきもの	
지나다닐 때	かよふと	(2연)

「**언니**(姉)」

따사롭지 않은가	やさしからずや	
보라빛깔의	むらさきの	
포도손이 하나를	ぶどうのふさの	
손에 따 쥘 때	かかるとき	(3연)

---

32) 도손의 극시의 형식은 셰익스피어의 『햄릿』과 괴테의 『파우스트』나 바이런 의 『맨프래드』 등을 수용하여 지어진 것들로 한 작품에서도 다양한 작가의 작법을 수용하여 시작(詩作)을 하는 특징이 있기 때문이다.

따사롭지 않은가	やさしからずや
새벽별 하나	にいぼしの
포도손이 알알이	ぶどうのたまに
비추일 때에	うつるとき　　　　　　(4연)

　　　　… (중략) …

　이러한 대화법의 시 형식은 도손의 시집에 여러 작품이 나온다.[33] 이 시의 구성법도 간과할 수 없는 특징을 가지고 있는데, 그것은 일종의 대화법[34]이라는 특징이다. 이 시는 12연으로 되어 있는데 자매의 화답으로 이루어져있는 게 특징이다. 왜냐하면 이 시는 도손이 센다이에 도착하여 곧 시작(詩作)에 들어가서 지은 시인데, 그때 투고한 문학지가 「도호쿠문학」지였고 그 문학지에는 「히브리시가의 특질(希伯来詩歌の特質)」이라는 논문[35]이 실려 있었으며 도손이 그 논문을 읽었을 가능성이 높다고 추정되기 때문이다.[36]

---

33) 대표적인 작품이 「농부」라는 장시로서 형식은 괴테의 『파우스트』형식을 취하고 시상의 전개는 셰익스피어의 『햄릿』과 바이런의 「맨프레드」의 인간상을 추구하는 서사시적 장시이다.

34) 「숲속의 산책(森林の逍遥)」에서 〈산정(山精)〉〈목정(木精)〉이 서로 화답하는 형식도 같은 종류의 시 구성법이다. 木枝増一 『島崎藤村』 (三省堂 1943) pp.181～183

35) 「히브리 문학은 언뜻 보면 실로 백화난만(百花爛漫)의 다양한 특성을 지닌 것으로 보인다. 하지만 자세히 보면 모두가 서정시에서 출발한 것으로 '꽃은 여러 모양의 각양각색으로 피지만 초록이라는 풀에서 시작되듯이' 세 종류의 장르(서사시, 서정시, 극시)로 나뉘는 듯이 보이는 히브리 시가들은 서정시로 일괄하여 보아야 한다. 사상도 교훈도 우선은 인간의 감정을 따라서 나오는 것이다. 아가(雅歌)야말로 서정시가 발달하여 극시가 된 좋은 예이다.」「히브리시가의 특질(希伯来詩歌の特質)」『東北文学』15호

36) 실제로 도손은 이 논문을 쓴 구마야 코마노스케와 같은 학교에서 교편을 잡고 있었던 것이다. 도손은 미우라 하숙집으로 옮기기 전 처음에는 다시로 하숙(田代家)에 있었는데 그 집에 머무는 기간 동안에 이미 구약성서 「아가

도손은 자신이 머물던 미우라 하숙(三浦屋)을 나와서 7번지 길을 걷곤 했는데, 그 길은 과수원 길이라 도손은 늘 산책하는 걸 즐겼다. 그 길을 따라 걷자면 포도밭, 배나무 밭, 사과나무 밭이 즐비하게 늘어서 있으며 나무 그늘 아래서 흥얼거리면서 노래하는 소녀들의 노래 소리는 도손에게 상쾌하게 들렸다. 노래 소리에서 대화와 합창을 연상하여 극시를 구상한 것이고 포도를 보고 시어를 떠올린 것이다.

이 시에 나오는 포도를 비롯해서 사과, 배 복숭아 등은 당시부터 센다이의 특산물로 알려진 과일들이다. 도손은 센다이에 도착한 이후 포도를 주제로 한 시와 작품을 많이 썼다. 평론 「포도나무 그늘(葡萄の樹の陰)」(『문학계』1895년 8월)에서 도손은 자기 자신의 자연연구와 자연관에 대해 언급하고 「자연을 연구하는 것은 시인이 짊어져야할 무거운 짐이며, 희망이다」[37]라고 했다. 이처럼 도손은 포도를 자연미의 상징물로 사용하면서 자신의 미의식을 표현하는 낭만주의 표현의 도구로 사용하기도 했다.[38] 한편 구약성서에 심취하고 있던 도손에게 있어서 구약성서의 「아가」에서 포도는 또 하나의 낭만적 표현의 도구로 착상되었

(雅歌)」서에서 빌린 이미지의 시를 지었다. 「첫사랑(初戀)」과 「여우의 장난(狐のわざ)」이 바로 그 예이다. 다시로 하숙에 머물 던 기간은 도손이 내적 변화를 체험한 시기라고 생각한다. 이 기간에 도손은 방죽처럼 터져 나오는 노래를 주체할 수 없을 정도로 단숨에 써내려간 시가 많았다. 이 기간에 읽은 「히브리시가의 특질」과 외국시가의 본격적인 연구 논문들을 도손이 읽었다고 가정한다면 『와카나슈(若菜集)』를 중심으로 한 도손의 시작(詩作)의 비밀, 즉 도손의 시풍(詩風)과 시의 형식, 시어(詩語)의 비밀을 추론할 수 있다고 생각한다.

37) 「自然を研究するは詩人が一生の重荷なり、又希望なり。」『藤村全集』제5권 (筑摩書房 1983) p.189

38) こころなき/うたのしらべは　　비록 서투른/노래를 지었으나
ひとふさの/ぶだうのごとし　　한 송이 달린/포도와 꼭 같으니
なさけあるてに/もつまれて　　정겨운 한 손으로/따 주게 되면
あたたかき/さけとなるらむ　　따끈따끈한/포도주가 되리라　(제 1연)

다. 「아가」를 히브리 시가문학으로 보고 서정시로 이해한 도손으로서는 포도야말로 사랑을 예찬하기 위하여 예술화시켜진 상징어인 시어로 사용하는 경우가 많았으며 「자연 관조를 통한 사실적인 포도만 사용한 것은 아니다.」[39] 실제로 도손은 이국정취를 풍기고 자연을 대표하는 낭만적인 인상을 주는 시어의 도구로 포도를 초기에 많이 사용했다.[40] 포도나무는 도손에게 낭만이며 새로운 서구의 공기(空気)이며 자연미의 상징이기도 했다. 특히 도손이 나가케초의 미우라 하숙(三浦屋)에서 쓴 이 「포도나무 그늘」은 포도나무 넝쿨에 매달린 포도를 둘러싸고 소담스럽게 노래하고 화답하는 자매를 보고 읊은 시로서 이 시에는 도손의 포도에 대한 낭만적인 미의식이 담겨 있다고 할 수 있다.

솔로몬의 「아가」에 나오는 포도란 인생의 행복과 사랑의 열락을 의미하는 상징어로서, 포도원은 두 연인의 사랑의 언약을 하는 장소의 상징어로 읽었으므로 열렬한 사랑의 시를 표현하는 데는 더없이 좋은 소재로 여겨졌기[41] 때문이다. 남녀의 달콤한 사랑의 열매로 사랑의 공간으로 변용하기 위해서 도손은 구약성서의 이 「아가」라는 시집을 인용하고 수용하지 않을 수 없었던 것이다.

---

39) 伊東一夫 『島崎藤村事典』(明治書院 1972) p.388

40) 「애가(哀歌)」「가을노래(秋のうた)」「여우의 장난(狐のわざ)」「(마츠시마 서엄사에서)
松島瑞巖寺に遊び葡萄栗鼠の木彫を觀て」「(포도나무 그늘)葡萄の木のかげ」ー『若菜集』

41) 기독교에서는 포도는 그리스도의 피를 의미하는 포도주를 상징하며 포도나무는 그리스도 내지는 그리스도교 신앙을 나타내는 상징으로 널리 쓰이고 있다. 이러한 상징은 성서 속의 비유로 특히 예수의 포도나무 비유("나는 참 포도나무요 내 아버지는 농부시라…(중략)…너희가 무엇을 구하든지 다 그대로 이루어질 것이다"요한복음 15장 1-7절)에 의한 것이다. 포도나무는 또한 종교미술과 종교건축 장식의 모티브로도 끝없이 쓰이고 있다.
James Hall 著. 高橋達史 譯 『西洋美術解讀事典』 pp.281~282 참조

② 구약성서 「아가(2장 15절)」와 「여우의 장난(狐のわざ)」의 비교

「아가」

여우 떼를 좀 잡아주오.
꽃이 한창인 우리 포도원을
망가뜨리는
새끼 여우 떼를 좀 잡아주오.　　(아가 2장 15절)[42]

「여우의 장난」

앞마당 숨어 있는 작은 여우는　　庭にかくる〻小狐の
인적이 사라진 밤에 나와서　　人なきときに夜いでて
가을의 포도나무 그늘 아래에　　秋の葡萄の樹の影に
스을쩍 훔치는 이슬 머금은 포도　　しのびぬすむつゆのふさ

사랑이란 여우가 아니지마는　　恋は狐にあらねども
그대 한 송이 포도 아니지마는　　君は葡萄にあらねども
남이 보지 않을 때 기어들어와　　人しれずこそ忍びいで
그대를 훔쳐가는 이 나의 마음　　君をぬすめる吾心　『새싹집』

위의 두 시를 살펴보아도 알 수 있듯이 「여우의 장난」의 원형

---

42)　われわれのためにきつねを捕らえよ、
　　葡萄園を荒らす
　　小きつねを捕らえよ、
　　われわれのぶどう園は花盛りだから。(雅歌 2장 15절) 旧約聖書(日本聖書
　　協会 1955) p.935

(archetype)은 구약성서의 「아가 2장 15절」이다. 다시 말해서 「여우 떼를 좀 잡아주오 / 꽃이 한창인 우리 포도원을 / 망가뜨리는 / 새끼 여우 떼를 좀 잡아주오.」(아가2장 15절)라는 표현의 구약성서의 수용이라 해도 과언이 아니다. 도손의 연애시의 원천에는 구약성서의 「아가」가 있다는 의미이다. 도손은 일찍이 도호쿠 학원에서 히브리시가 연구를 할 때 신앙서로 보기보다는 히브리 시가문학으로 받아들였고 「아가」를 연애시[43]로 수용한 것이다. 따라서 성서에서는 여우를 신앙의 훼방꾼으로 보기 때문에 경계하고 쫓아내야하는 대상으로 보고 있는데, 도손은 오히려 「남이 보지 않을 때」여자의 마음을 따먹는 음흉한 여우로 바꿔 놓았다. 신앙의 훼방꾼 여우의 상징을 사랑을 위해서라면 〈죄〉를 두려워하지 않는 여우의 상징으로 바꾸어 놓은 것이다. 따라서 도손은 여우를 사랑의 방해자나 걸림돌 혹은 사랑의 훼방꾼이라기보다는 사랑을 훔치는 자, 즉 여자의 마음을 〈따먹는 자〉로 보았다 하겠다.

「아가 2장 15절」은 도손이 구약성서에서 〈순수한 사랑의 이야기의 원형〉이라는 인식에서 인용한 부분으로 도손의 「여우의 장난」이라는 시로 다시 태어나는데 시어는 동일하나 형식은 전혀 다르다. 구약성서의 「아가」는 대부분이 극시이며 이 부분 또한 극시이다. 원래 부제(副題)가 「겨울은 지나고」이므로 봄을 기다리고 맞을 준비를 하는 남녀가 서로 부르는 화답송이라 할 수 있다. 도손은 센다이에 머무는 동안 포도를 주제로 한 시나 포도와 연관된 시를 많이 지었다. 포도가 나오는 시만 해도 6편이나 된다. 『새싹집』및 시집 네 개를 새로이 편집하여 『도손시집』(1904년)을 출간하여 서시를 붙인 것도 포도를 시어로 쓴 시

---

43) 구약성서에서 일반적으로 여우는 신앙의 방해자와 걸림돌 역할을 하는 상징으로 사용되었기도 하나, 지나친 알레고리적 해석을 피하고 실존적 입장에서 성서해석을 받아들일 때 현대에서도 「아가」는 연애시로 보기도 한다.

이다. 포도나무는 도손에게 낭만이며 새로운 서구의 분위기이며 상징이기도 했으며 동시에 도손에게 미의식 표현의 소재이기도 했다. 도손이 이러한 시어를 사용하게 된 것에는 센다이의 자연, 즉 도호쿠의 자연에 있다고 생각한다. 센다이의 가와이 신수이(川合信水)와의 대담(「달밤의 대담(月夜の閑談)」)에서 도손은 「이슬을 머금은 포도 잎은 영혼을 노래하는 이스라엘의 옛날을 생각나게 한다.」고 했다. 그리고 센다이의 자연을 떠나면서 도손은 「도호쿠의 자연을 벗 삼아 이 자연을 노래하는 천재가 나와 목동 소녀의 천진난만한 입술에서 나오는 새로운 소리의 노래를 기다리노라」[44)는 고별사를 남겼다.

게다가 도손의 시는 아무튼 무거운 느낌을 주는 시라든지 감상적이라든지 평가가 다양하지만 그는 자신의 수필집『신 가타마치에서(新片町より)』(1909년 9월)에서 「유머가 없는 하루는 상당히 쓸쓸한 하루이다」라고 한 것처럼 도손은 유머를 잘 하는 작가이며 위트가 넘치는 시인이기도 했다. 언뜻 보면『이솝우화』의 배고픈 여우가 포도나무가 높아서 따먹지 못하면서도 「저 포도는 분명히 덜 익어서 먹을 수 없는 거야」 하면서 스스로 위안하는 「여우와 포도나무」에서 따온 듯이 보이며 실제로 그 동화에서 착안 한 점도 부인할 수 없다. 하지만 장면 설정이 가을 밤, 포도나무 아래이며 주인공은 가련하고 왜소한 여우이다.

내용전개는 마치 포도 절도 사건처럼 보이나 2연을 보면 사실은 절도 사건이 아니다. 상대방의 마음을 훔쳐가는 절묘한 장면으로 표현하여 사랑의 모험(adventure)의 성공자로 변용시키고 있는 것이다. 겉으로 이솝우화로 포장하고 있지만 제 2연의 「사랑은 여우가 아니지만(恋は狐にあらねども)」을 읽는 순간 이솝우화이야기가 아니었음을 알아차

---

44) 藤一也『若き日の藤村－仙台時代を中心に一』(本の森 1998) pp.24～27

리게 된다. 「사랑은 여우가 아니라」는 것은 알겠지만 왜 이런 묘한 표현이 여기에 배치되어 있는지 의아해하지 않을 수 없다. 하지만 마지막 한 줄 「그대를 훔쳐가는 이 나의 마음(君をぬすめる吾心)」을 읽으면 이 시가 이해되는 듯 안심이 된다. 겉으로 드러나는 것과는 달리 인간의 내면에 감추어진 비밀스런 문제에 유혹당하고 있는 자신을 발견한다는 내용으로 둔갑하고 만다는 시상전개에 독자는 놀라지 않을 수 없으나 오히려 안심하게 되는 것이다. 이러한 면에서 도손에게도 유머와 기지(機智)가 넘치는 시적 자질이 있음을 알 수 있다 하겠다.

도손은 그의 시집 『이른 봄(早春)』에서 「시를 새롭게 한다는 것은 내게는 언어를 새롭게 사용하는 것이었다.」고 말했다. 이와 마찬가지로 도손은 『성서』를 비롯한 서구문학에서 새로운 이미지를 흡수하고 그 이미지를 일본의 문학에 정착시켰다[45]. 그런 과정에서 수용하여 변용시키는 것은 도손에게 있어서 새로운 언어의 연금술인 것이다.

그렇다면 구약성서 「아가」의 어느 부분을 이 시 「여우의 장난」이 수용한 것인가를 분석해보자. 먼저 「아가」의 이 부분 2장 15절은 원래 8절부터 17절까지가 소제목 「겨울은 지나고」라는 한 단락의 시이다. 8절에서 10절은 신부의 노래로 10절부터 15절은 신랑의 속삭임을 신부가 흥얼거리는 화답송이라 하겠다. 특히 8절에서 15절은 사랑하는 사람들에게 봄은 얼마나 아름다운 계절인지 보여준다. 겨울비가 지나고 창 밖에는 따스한 햇볕이 대지에 쏟아지고 자연은 숨쉬기 시작하며 생명이 넘치고 꽃과 노래로 충만해진다. 봄이 찾아옴을 알리며 신랑이 신부를

---

45) 「첫사랑(初戀)」의 사과나 이 시의 「葡萄」는 그 대표적인 예이다. 그런 의미에서 도손을 '사과와 포도의 시인'이라 해도 과언은 아닐 것이다. 「첫사랑(初戀)」에서도 이 시 「여우의 장난(狐のわざ)」에서도 주인공의 상대가 되는 여성은 '그대(君)'라는 경칭으로 표현되어 있는 점 또한 명치의 낭만주의가 가져온 여성숭배사상도 엿보인다. 『藤村詩集』(角川書店 1971) p.586

향해서 부르는 노래는 「아가」 가운데에서도 가장 기쁨이 넘치는 노래이
다. 15절의 「여우 떼를 좀 잡아주오. / 꽃이 한창인 우리 포도원을 /
망가뜨리는 / 새끼 여우 떼를 좀 잡아주오.」는 14절의 「그대의 목소리」
는 신부의 목소리를 의미하며, 15절의 이 부분의 이야기는 신부가 한
말이다. 도손은 쿠마야 코마노스케 신학자와 구약성서를 공부하면서 구
약성서를 히브리 문학으로 보았으며 그 가운데서 「아가」를 히브리 시가
문학으로 보고 문학형식과 소재를 수용한 표현과 소재가 그의 시 여러
부분에서 나타난다.

③ 「아가 1장 2절 4절」과 「가을 노래」

임의 사랑은
포도주보다 더 달콤합니다.
　　　…중략…
우리는 임과 더불어
기뻐하고 즐거워하며
포도주보다 더 진한
임의 사랑을 기리렵니다.　　　(아가 1장 2, 4절)[46]

---

46) あなたの愛は葡萄酒にまさり……
　　あなたによって喜び楽しみ、
　　葡萄酒にまさって、あなたの愛をほめたたえます。(雅歌1장 1,4절)
　　旧約聖書 (日本聖書協会 1955) p.933

「가을 노래」

가을은 왔다	秋はきぬ
가을은 왔다	秋はきぬ
잎마다 꽃마다에 이슬이 맺혀	一葉は花は露ありて
바람불어와 켜는 거문고 소리	風のきて弾く琴の音に
파아란 청포도는	青き葡萄は紫の
자연의 포도주로 되어 가리라	自然の酒とかはりけり　(1연)

『새싹집』

「아가 1장」은 신랑과 신부의 서로간의 사랑을 그리고 있다. 두 사람의 사랑은 포도주보다 더 달콤하고 더 나은 사랑임을 확신하는 내용이다. 이 장은 「솔로몬의 가장 아름다운 사랑」이라는 부제를 달고 있다. 특히 눈에 띄는 특징은 신부가 신랑에게, 신랑이 신부에게 서로 화답하는 형식으로 되어 있는 점이다. 2절에서 신부가 「나에게 입 맞춰 주세요.」[47] 하는 표현은 사랑하는 신랑에 대한 신부의 열렬한 갈망의 표현이다. 게다가 여기서 입맞춤이 반복되어 복수로 사용하고 있음은 그만큼 신랑에 대한 사모의 정이 강렬함을 나타낸다고 할 수 있으며, 신랑에 대한 신부의 사모의 정에 대한 자연스런 고백으로 볼 수 있다.[48] 구약성서에서 「포도주」는 자주 사람들을 즐겁게 해주는 대표적인 것으로 등장한다.[49] 때로는 하나님의 축복을 받은 영적인 기쁨을 나타내기도 한

---

47) どうか、あなたの口の口づけをもって、わたしに口づけしてください。
　　(雅歌 1장 2절)
　　旧約聖書 (日本聖書協会 1955) p.933
48) 榊原康夫 『新聖書注解』旧約3 (いのちのことば社出版部, 1975), p.470
49) 사사기 9:13　시편 104:15　잠언 31:6　전도서 10:19　前揭書 p.470

다. 인간에게 기쁨과 만족을 가져다주는 최상의 포도주보다 더 진정한 기쁨과 만족을 가져다주는 것은 사랑하는 사람으로부터 받는 「사랑」이라는 것을 고백하는 시이다.

1장의 2절에서 4절까지는 신부는 신랑의 존재자체, 인격자체를 사랑하고 있음을 알 수 있다. 신랑에 대해서 「향유」라는 표현을 사용하고 있는데 당시의 향유는 기온이 45도 이상 올라가는 열대지방에서는 피부를 보호하기 위한 귀중한 것이었다. 신랑을 이러한 귀중한 「향유」로 칭하면서 비유한 것은 신랑에 대한 절대적인 사랑을 나타내는 데 그 의미가 있다. 왜냐하면 이름이란 사람이나 물건에 붙여진 단순한 기호가 아니라 인격자체를, 존재 자체를 나타내며 그 이름이 붙여진 대상의 성격을 나타내기 때문이다. 그래서 신부는 신랑을 「쏟아지는 향유」라고 칭하고 향긋한 냄새를 풍기는 사람으로 비유한다. 그래서 마을의 여자들은 누구나 신랑의 훌륭한 인격에 그 마음을 빼앗길 것이라고 고백할 정도로 신랑의 인격과 존재 자체를 찬양하는 절대적 사랑을 그리고 있다.

한편, 세키 료이치씨의 말처럼 도손의 이 「가을 노래」는 포도가 영그는 가을에 도취되고 싶어 하는 청춘 찬가이다. 청춘의 사랑을 노래하는 시라 할 수 있다. 가을은 열매와 결실의 계절로 사랑이 무르익어가는 계절이다. 이 계절에 사랑의 열매는 포도이며 사랑의 입맞춤의 달콤함을 포도주로 비유하고 있다. 다시 말해서 포도는 낭만의 상징어로 사용하고 있는데 포도주는 낭만이 무르익어 성숙된 사랑을 맛보는 입맞춤의 단계를 상상하게 하는 시어이다. 포도주를 모티브로 하여 청포도가 자연히 보라색의 포도주가 되어가는 것은 사랑이 깊어 감을 상징한다. 그런데 여기서도 포도의 이미지는 구약성서의 「아가」에서 가져온 것으로 생각된다. 구약성서의 「아가1장 2,4절」에서 포도주는 달콤한 사랑의 상징으로 쓰이고 있다. 여기서 「임의 사랑은 포도주보다 더 달콤한」 사랑으로 술람미 여인에 대한 솔로몬의 사랑을 상징한다. 원래 단 것이 포도주인데 그보다 더 단 것이 임의 사랑이라는 표현으로 임의 사랑이 얼마나 달콤한지를 상상하게 한다.

도손은 「아가」 전체의 구성을 완벽하게 소화하여 여러 시에 수용한 것으로 생각된다. 비록 성서를 그대로 베낀 것은 아니지만 형식과 방법을 빌려서 곳곳에 응용하고 있다. 아리스토텔레스는 예술은 모방이라 했듯이 도손의 시문학을 보면 실로 〈히브리 시가문학〉이라는 장르를 모방하고 수용하여 히브리 시가의 형식에서 현저하게 두드러진 〈후렴구(refrain)〉 형식을 수용하고 있음을 알 수 있다.[50] 도손의 이 「가을 노래」에서 「가을은 왔다(秋はきぬ)」라는 〈중복 후렴구(double refrain)〉는 1연에서 3연까지 첫머리에 반복되어 표현되고 있음을 알 수 있다. 이러한 사실은 도손의 근대시의 구성법을 분석하고 특징을 발견하는 데 중요한 단서로 여기지 않을 수 없는 것으로 생각한다.

④ 「아가(雅歌)2장 1~2」와 「혼인축가」

먼저 「아가(雅歌)2장 1절~2절」의 노래를 보자

　　　　(신부)
나는 샤론의 수선화
골짜기에 핀 백합이라오.

---

50) 시편 42편, 아가, 이사야서 40~46장에 후렴구가 많이 사용되었다. 「希伯來 詩歌の特質」16호 p.36

　　　　(신랑)
가시덤불 속에 핀 나리꽃,
아가씨들 가운데서도
나의 사랑 그대가 바로 그렇소.[51]

다음은 도손의 「혼인축가」를 감상해보자.

머리에는 골짜기 하얀 백합의　　髮には谷の白百合の
향기로운 기름을 머리에 부어　　にほへる油うちそそぎ
하나로 묶어보니 그 댕기위에　　むすべる見れば其帯に
황금빛의 금실을 수놓았구나　　黃金の糸を織りなせり　(1장 7연)

　　　　　　　　　　　　　　　　　　　　　　　『여름풀』

　　구약성서의 「아가2장 1절－2절」은 그야말로 신랑 신부의 대화로 이루어진 극시이다. 1절은 신부의 노래로 신부는 자신을 「샤론」의 수선화로, 골짜기의 백합화로 비유한다. 「샤론」은 지리적으로 지중해 연안의 평야로 솔로몬 당시 상당히 비옥한 토지로 이름나 있었다. 도손의 「혼인 축가」를 보면 신부의 자태가 메이지 시대의 전통적인 혼인의 신부의 옷맵시[52]와는 다른 서구적인 분위기의 시어를 사용하고 있음을 알 수

---

51)　　　(花嫁)
　　わたしはシャロンのばら、
　　谷の百合です。
　　　　(花婿)
　　おとめたちのうちにわが愛する者のあるのは、
　　いばらの中に百合の花があるようだ。(雅歌 2장 1～2절)
　　旧約聖書 （日本聖書協会 1955）　p.934
52) 1892년경의 신부의상은 검정・빨강・흰색의 세 겹 기모노를 입고 있으며

있다. 「머리에…하얀 백합…(髮には白百合…)」이라는 표현과 「향기로
운 기름(にほへる油)」만 보아도 구약성서의 「아가2장 1절~2절」수용
이라 하지 않을 수 없다. 더욱이 〈향기로운 기름〉이라는 단어는 원래
〈향유〉로서 「아가」에 자주 나오는 단어인데, 상대방에 대한 사랑의 표
시로 사랑을 붓는 행위를 표현하고자 할 때 〈향유를 붓다〉라는 표현을
관용적으로 쓴다. 실용적으로는 더운 지방에서 피부보호제로 사용하는
것이므로 일본의 풍토에는 더욱 어울리지 않는다.

그리고 신부의 의상에 사용하는 색은 흑·적·백 삼 색일 뿐이었다.
그러므로 이러한 색의 배합은 「아가」에 나오는 신랑과 신부의 대화 극
시를 그대로 수용하여 일본어로 노래한 것이라 하겠다.

이 밖에도 「아가2장 13절」[53]과 「울리네, 달랑달랑 소리가 달랑달랑」
을 비교[54]하여 볼 수 있으나, 먼저 「아가2장 13절」을 분석해보자. 이

기모노의 기장은 길게 늘어지게 한다. 손은 보이지 않게 하는 것이 옛 습관
이며 손에는 부채를 들고 있으며 머리에는 겉은 하얀 비단으로 되어 있고
안감은 빨간 비단으로 되어 있는 모자인 아게보시(揚帽子:지금의 쓰노가쿠
시)를 쓰고 있다.
　鈴木章代 編著 『百年前の女性のたしなみ』(マール社 1996) p.50
53) いちじくの木はその見を結び、
　　ぶどうの木は花咲いて、かんばしいにおいを放つ。
　　わが愛する者よ、わが麗しき者よ、
　　立って、出てきなさい。(아가 2장 13절)
　　旧約聖書 (日本聖書協会 1955) p.935
54) 「아가(雅歌)2장 13절」과 「울리네, 달랑달랑 소리가 달랑달랑」 비교
　　　　「아가(雅歌) 2장 13절」
　　무화과나무에는
　　푸른 무화과가 열려 있고
　　포도나무에는 활짝 핀 꽃이
　　향기를 내뿜고 있소
　　일어나 나오오. 사랑하는 님이여!
　　나의 귀여운 그대, 어서 나오오. 「아가 2장 13절[1]」

부분은 추운 겨울이 지나고 꽃피고 새들이 노래하는 봄이 찾아온 것을 신랑이 신부에게 알리면서 봄을 함께 기뻐하기 위해서 신부가 빨리 나오기를 재촉하고 있는 신랑의 노래이다.

도손은 『새싹집』에 실린 「여우의 장난」이라는 시에서는 2장 15절을 수용하여 환골탈태(換骨奪胎)하는 시의 구성법으로 모방에서 창조를 가져왔다. 하지만 놀라운 사실은 3년이라는 세월이 지난 후에도 15절의 바로 앞부분 「아가2장 13절」을 가지고 전혀 새로운 시를 썼다[55]는 사실이다. 「울리네, 달랑달랑 소리가 달랑달랑」이라는 이 시는 도손이 자신이 태어난 고향인 신슈의 기소 마고메를 떠나서 상경하던 과거 시절, 산에서 내려오는 고개 길에서 역을 지나는 말이 방울 소리를 달랑이는 것을 회상하고 지은 시이다. 도손은 1871년 그의 나이 10세 때에 그의 고향인 기소 마고메를 나와 도쿄로 상경한 후, 1896년에 모친의 장례를 치르기 위해서 귀경했었다. 이 시는 전체적으로는 한시(漢詩) 풍의 운치를 지니고 있지만 부분적으로는 구약성서의 「아가」에 나오는 포도를 연상하여 이미지화하고 무리하게 「아가」에 나오는 포도밭과 농원을 상상하게 하고 있다. 실제로 기소의 마고메는 산악지대로 포도가 탐스럽

「울리네, 달랑달랑 소리가 달랑달랑」

울창한 수풀 속의 포도나무에	しげれる谷の野葡萄に
가을 열매 영글어 매달린 채로	秋のみのりはとるがまま
깊고 깊은 숲 속의 노오란 단풍	深き林の黄葉に
가을 햇살 쏟아져 끌리는 채로	秋の光は履むがまま
울리네, 달랑달랑 소리 달랑달랑	響きりんりん音りんりん (제4연)

『낙매집』

55) 센다이에서는 『새싹집』에 실린 시들을, 신슈 코모로 산간지방에서는 『낙매집』에 실린 시들을 지었다. 이처럼 시간과 장소가 전혀 다른 곳에서 구약성서 「아가」의 같은 장 앞 뒤 부분에서 전혀 다른 시상을 떠올리는 점이 도손의 놀랄 만한 시작(詩作)이라 할 수 있다.
   木枝増一 『島崎藤村』(三省堂 1943) pp.163~165

게 영그는 곳은 아니다. 도손은 이처럼 한 시에 여러 모티브를 넣어서 조각조각 서로 다른 경험과 주제를 담고 있으므로 한 제목 아래 쓰여진 도손의 시에서 독자가 각각의 연에서 서로의 연관성을 찾아내기는 힘들다고 할 수 있다.

포도라는 시어를 생각하면서 울창한 숲은 어울리지 않는다. 그래서 포도를 산 속에 있는 산머루를 연상시키는 산포도(野葡萄)로 바꾸었으며, 신슈의 기소지방의 단풍을 노래한다. 그러므로 이 시의 이 부분은 「아가」에 나오는 포도라는 상징어만 사용했을 뿐 앞뒤는 전혀 다른 소재로 연결된다. 어디까지 수용하여 의미를 부여해야 하는지 작가 도손 외에는 해석 방법이 모호한 경우가 종종 있는데 이 부분이 그런 경우이다.

다만 구약의 「아가」의 수용을 말하자면 후렴구 사용하는 「아가」의 표현방법이라 할 수 있다. 예를 들어서 「일어나 나오오 어서 나오오」와 같은 반복 표현의 후렴구를 사용하는 「아가」와 같이 의성어를 시 속에 후렴구로 넣어 시 전체가 시원한 느낌을 주도록 하는 효과를 내고 있는 특징을 갖고 있다. 이러한 후렴구 사용 역시 구약성서의 히브리 시가 문학이 갖는 특질 중의 하나인데 도손은 이러한 형식을 수용했다고 할 수 있다. 여기서 방울소리는 말에게 달아 놓은 것으로 원래는 의성어 표현이 「샹샹(しゃんしゃん)」으로 표기 되도록 되어 있으나 신슈의 산간지방의 맑은 공기를 느끼게 하는 「링링(りんりん)」이라는 음향효과 음을 살리고 있다.

2. 신약성서의 마태복음과
『여름풀』의「두개의 샘물」

다음은『여름풀』중 7연으로 되어있는「두 개의 샘물」을 감상해보자. 「샘물」을 주제로 하여, 하나는 수풀이 우거진 계곡사이에서 뿜어 나와 흐르는 맑고 차가운 물이며, 또 하나는 바위 뒤편에서 천둥 같은 소리를 내며 그 빛깔이 검고 탁한 따뜻한 물이라고 3연과 4연에서 노래하고 있다. 제목 그대로「두 개의 샘물」이 주제인 이 시는 인간이 가지고 있는 정신과 육체의 두 가지 갈등을 두 개의 샘물에 비유하여 노래한 것이라 생각된다. 다음의 4연에서 우리는 신약성서의 마태복음 5장의 4절에서 6절 까지를 떠올리게 한다.

「두개의 샘물」

행복은 무더위에 지친 나머지	幸<ruby>は</ruby>あつさにつかれはて
목말라 슬퍼하는 자 차지하리	乾きかなしむ人にあれ
아아, 나무그늘과 우거진 수풀	ああ、木の蔭の草深く
맑고 시원한 샘물 가득 마시고	すめる泉を飲みほして
자연 속에서 절로 솟아오르는	自然のうちに湧きいづる
맑고 젊은 생명을 퍼올리게 하자	清き生命を汲ましめよ (4연)

위의 시에 나오는「목말라 슬퍼한 자 차지하리」라던가 또는「맑고 젊은 생명을 퍼서 올리자」라는 행에서 우리는 그 유명한 예수의「산상수훈」의 언어나 분위기가 닮아 있음을 알 수 있다. 또한 신약성경에서 늘 자주 인용되는「목마르고 배고픈 자 다 나에게 오라」는 예수님의 말

씀과 「나는 길이요, 진리요, 생명이니」 주님을 따르는 자들은 영생을
얻으리라는 구절이 수용되어져 배후에 깔려있다고 생각된다. 「맑고 젊
은 생명을 퍼서 올리자」는 마치 성경에서 말하는 정신적인 「생명수」를
떠올리게 만들기 때문이다. 하나의 정신적인 샘물은 신약성서에서 가져
온 것임에 틀림없다. 다음은 신약성경의 구절이다.

> 슬퍼하는 사람은 복이 있다.
> 하나님이 그들을 위로할 것이다.
> 온유한 사람은 복이 있다.
> 그들이 땅을 차지할 것이다.
> 의에 주리고 목마른 사람은 복이 있다.
> 그들이 배부를 것이다   「마태복음 5장 4~6절」[56]

위에서 「복」이라는 시어는 성경이나 도손의 「두 개의 샘물」에서나
모두 한자로는 「행(幸)」을 사용하고 있다. 그러므로 「복이 있다」고 번
역할 수도 있고, 「행복하다」고 번역할 수도 있다. 5연의 정신적이고 이
성적이었던 행복론은 곧 6연에서 육체적이고 감성적인 행복론으로 이
어진다. 「행복은 희미한 바람으로 괴로워하는 자에게 있으며, 저녁바람
이 불어올 때 뜨거운 샘물로 목욕하고 자연스럽게 뿜어나오는 신비한
힘을 알게 하라」고 외치고 있다. 달리 말하면 샘물의 행복론은 남녀간
의 사랑의 애욕에서 나오는 행복이다. 여기서는 인간중심의 르네상스적
인 표현이라는 것을 알 수 있다. 〈뜨거운 샘물(熱き泉)〉이라는 6연의

---

56) 柔和な人たちは、さいわいである。 / 彼らは地を受けつぐであろう。
　　義に飢えかわいている人たちは、さいわいである。 / 彼らは飽き足りる
　　ようになるであろう。
　　「マタイ第5章5節~6節」

시어는 셰익스피어의 소네트 153과 154에서 힌트를 얻었을 것[57]이라고 추측되고 있다. 이 부분은 제 4장 셰익스피어와의 관련에서 좀 더 자세히 언급하기로 한다. 이밖에도 신약성서의 마태복음과 관련된 것으로는 『낙매집』의 「치쿠마강 여정의 노래」가 있다.

「치쿠마강 여정의 노래」

어제도 역시 이렇게 지나갔지	昨日またかくてありけり
오늘도 역시 이렇게 지나가리.	今日もまたかくてありなむ
이 목숨 위해 무슨 억척을 떠니	この命なにを齷齪
내일의 일만 걱정하고 있구나.	明日をのみ思いわずらふ　(1연)

위의 노래는 「치쿠마강 여정의 노래」의 1연으로 어제도 오늘을 생각하며 우울하게 걱정만 하면서 지냈는데, 오늘도 마찬가지로 내일을 걱정하면서 우울하게 하는 일도 없이 나날을 보내고 있다는 시이다. 또한 내일 일만 걱정하기 때문에 각박하게 여유 없이 지내게 되는 일상에 무슨 억척을 떨고 있는지를 신약성서 「마태복음 6장34절」에서 시상을 얻어서 쓴 것이라 생각된다.

내일 일을 걱정하지 말아라.
내일 걱정은 내일이 맡아서 할 것이다
한 날의 괴로움은 그 날에 겪는 것으로 족하다.

「마태복음 6장 34절」[58]

---

57) 텍스트 p.337
58) だから、あすのことを思いわずらうな。あすのことは、あす自身が思い
　　わずらうであろう。一日の苦労は、その日一日だけで十分である。「マタ

위의 내용은 예수가 「내일의 걱정은 불필요한 것이다.」라고 선언한 것으로, 쓸데없는 걱정이나 후회를 강하게 금지한 것이다. 「내일」은 미래를 의미하는 것으로 언제나 「내일을 위한 걱정은 필요하지 않다」는 뜻이다. 인생에는 예측과 조정이 불가능한 일이 일어나게 마련이다. 때문에 하나님을 아는 자는 「내일」을 주관하는 그 분에게 섭리를 맡길 줄 알게 된다. 따라서 하루하루를 책임 있게 산다는 것은 「내일」이라는 미래로부터 「걱정」을 제거하는 삶을 산다는 것이다. 걱정이나 근심만큼 인간에게서 활력을 빼앗아가고 능력을 저하시키며 인생을 잿빛으로 물들이는 것은 없을 것이다. 때문에 마태복음의 기자는 하나님을 믿고 의지하는 신뢰에 의해서야말로 걱정을 떨쳐버리고 사는 진정한 삶을 살 수 있음을 역설한 것이다.

그러나 「치쿠마강 여정의 노래」 전체가 주는 정서는 걱정을 떨쳐버리고 생기 있는 미래적 삶의 추구라기보다는 유구한 자연을 통해서 본 인생의 무상함[59]을 노래하고 있는 것이라 할 수 있다. 이런 면에서 볼 때, 도손의 시와 마태복음의 시는 선택한 구절이나 시어는 같으나 정서는 정반대라 할 수 있다. 하지만 시어와 시상의 전개에 있어서는 역시 신약성서 「마태복음 6장 34절」의 수용이라 하지 않을 수 없다. 시어로서의 〈내일(明日)〉과 〈걱정(思いわずらふ)〉이라는 표현은 성서의 표현과 동일하며 시간의 전개도 동일하므로 바탕에는 무상함과 허망함이

イ第6章34節」

59) 일본인들의 무상감이란 가마쿠라 시대로부터 비롯되는 「무상감(無常感」에서 이어지는 마음이다. 무사정권이 들어서면서부터 하루도 편할 날이 없이 목숨을 잃거나 지위를 잃게 되는 상황에서 일본인들은 자연과 더불어 늘 변해가는 세월을 위로받았던 것이다. 하류귀족에서 세상을 등진 가모노 조메이(鴨長名)나 무사의 지위를 버리고 방랑자로 세월을 보내는 마쓰오 바쇼(松尾芭蕉)나 마찬가지로 생(生)이 덧없음을 인식한 사고(思考)에서 배어나온 정서이다.

깔려 있다고 하더라도 4행의 「내일의 일만 걱정하고 있구나.(明日をの
み思いわずらふ)」를 분석해 보면 걱정할 필요가 없다는 내용으로 볼
수 있다. 이렇게 볼 때, 「마태복음 6장 34절」의 「내일 걱정은 내일이
맡아서 할 것이다(あす自身が思いわずらうであろう)」와 동일한 의미
로 해석된다고 하겠다.

3. 『신선찬미가(新選讚美歌)』에서 변용한 시

불교가 전래되었을 때도 탑과 불상과 불경이 함께 들어오듯이, 원래
새로운 사상이 들어올 때는 반드시 새로운 문화 예술도 함께 동반되기
마련이다. 기독교도 마찬가지로 교회당의 탑과 종소리의 울림, 그리고
찬송가를 함께 들여왔다. 이러한 문물은 지적인 청년들을 매료시켰으
며, 특히 찬송가는 메이지의 시대의 낭만주의를 발효시키는 중요한 요
소였다.

후지 가즈야(藤一也)는, 도손이 이 찬송가 변용의 시를 지을 때의 상
황을 다음과 같이 기술하고 있다. 「도손이 10월 초순부터 살던 하숙집
다시로를 나와서 하숙 겸 여관인 나카케초(名掛け町)의 미우라야(三浦
屋)에 옮긴 것은 1896년 11월 중순경이다.[60] 그동안 어머니가 콜레라

---

60) 도손은 이 하숙에 1년간 투숙했는데, 7개월 반 동안에『문학계』47호(메이지
   29. 11.30)부터 54호(메이지30. 6.30)에 걸쳐서 약 30편의 시를 더욱이『새
   싹집(若菜集)』『쪽배(一葉舟)』의 대표적인 시를 쓰게 되었다. 집안 걱정에서
   벗어나서 고독하지만 자유로운 여행길에 몸을 맡기고, 게다가 안정된 직장
   생활로 일단 생활이 안정되었으므로 이때까지 마음을 추스르지 못했던 도손
   에게 센다이의 미우라 하숙생활은 자유와 심적 안정을 가져다주어 새 힘을
   얻게 되었다 할 수 있다. 藤一也『島崎藤村の仙台時代』(万葉堂出版 1977)
   pp.151~153 참조

로 세상을 떠나서 장례식을 위해 고향 코모로에 다녀온다. 도손이 미우라야로 옮긴 이유 중의 하나는 후세 아와지(布施淡) 집안의 후세 테루(布施てる)와 다시로 쿄(田代きょ) 때문이었다.」[61] 특히 후세 아와시(布施淡)는 진지하게 도손과 테루를 맺어주려고 생각하고 있었을 지도 모르지만 도손은 간신히 얻은 직장이며 타향살이를 하고 있는 와중에 혼담 등은 절대 피할 수밖에 없는 사안이었다. 하지만 그러한 상황 속에서 도손의 내면에는 위험한 그 무엇인가가 꿈틀거리고 있었다. 관능에 대한 동경이었다. 연애시에 있어서 에로티시즘을 의미하는 관능을 동경하고 추구하는 한 앞으로 서정시집 『새싹집』을 집필하면서 계속해서 자신과의 싸움과 실험을 해나가야 한다는 자기 각오를 다짐하고 있던 도손이었다. 도손으로서는 젊은 여성들이 있는 다시로(田代) 하숙집은 적합하지 않다고 판단되었다. 그 어느 누구보다도 자신을 잘 알고 있는 도손은 철저한 고독 속에 침잠하는 것만이 연애시를 쓰는 데 도움이 된다고 판단하여 「여자들이 드나들지 않는 하숙집인 미우라야(三浦屋)로 옮긴 것」[62]이다.

---

61) 上揭書 pp.143~144

62) 도손의 미우라 하숙 기간은 도손 문학 속에서 상당히 중요한 위치를 차지하는데, 도손의 대표적인 시편인 「가을 바람의 노래」「여섯처녀」「파도소리」「풀 베개」 등, 『새싹집』에 실려 있는 대부분의 시는 이 미우라 하숙집에서 지어진 것들이다. 이런 점에서 미우라 하숙집은 『새싹집』의 본고장이며 일본 근대시의 발상지라 할 수 있다. 이 하숙의 안채 2층이 도손의 1년간의 은신처였던 것이다.
　　伊東一夫 『島崎藤村事典』(明治書院 1972) p.422

1) 찬송가 4장과 『새싹집』의 「아지랑이」

「찬송가 4장」

저녁노을 조용해	ゆふぐれしづかに
<u>기도 하려고</u>	<u>いのりせんとで</u>
세상의 시끄러움	よのわづらひより
잠시 피하네.	しばしのがる

<u>하나님</u> 외에 아무도	<u>かみ</u>よりほかには
<u>듣는</u> 이 하나 없어	<u>きくものも</u>なき
나무 그늘에 엎드려	<u>木</u>かげにひれふし
죄를 뉘우치네.	つみをくいぬ

한량없는 <u>은혜를</u>	すぎこし<u>めぐみを</u>
<u>생각하여 보면서</u>	おもひつゞけ
<u>더더욱 세상 끝날의</u>	いよゝゆくすゑの
<u>행복을 바라도다.</u>	<u>さちをぞねがふ</u>
<u>슬픔도 걱정근심도</u>	<u>うれひもなやみも</u>
<u>나의 하나님께</u>	わがみかみに
<u>맡겨버릴 때에야</u>	<u>まかすることをぞ</u>
<u>즐거우리라</u>	<u>よろこびとせん)</u>　(중략)『<u>新選賛美歌</u> 4장」

이 찬송가는 세속에서 지금까지 지은 죄를 뉘우치고 세속을 떠나서
언젠가 천국으로 들어가기를 소망하면서 부르는 찬송가이며 기도에 열
중할 수 있는 조용한 신앙 일변도의 생활을 찬미하고 있다. 이 세상의

삶이 끝날 때까지 기도하는 사람 그 자신의 생명이 다하는 마지막 순간 뿐만이 아니라 이 세상의 마지막 〈종말〉 이른바 최후의 심판의 그 날까지 이러한 기도에 깊이 빠지는 생활을 계속하고 싶다고 간원하는 찬송가이다. 이 찬송가는 신학을 전공한 사무엘 브라운선생의 어머니인 피베 힌스데일 브라운 여사가 작사를 하고 그 시를 우에무라 목사가 번역한 것으로 1887년에 『여학잡지』에 발표된 것이다.

도손은 이 찬송가를 그의 소설 『버찌』에서 독실한 기독교 신자인 다마키(玉木) 부부에게 부르도록 부탁한다. 부부의 중창은 처음에는 흥얼거리는 듯 조용히 부르더니 신앙에 의심을 품기 시작한 스테키치를 의식하여서인지 듣든 말든 점점 큰 소리도 부르기 시작하는 장면이 나온다. 이러한 역사적인 찬송가를 도손은 보란 듯이 배교적인 연애시로 변용한 것이다. 「기도」는 「꿈」으로 「하나님」은 「그대」로 「은혜」는 「사랑」으로 바꾸어 놓았다. 후에 도손은 이러한 마음의 변화를 『버찌』에서 기독교적 감정에서 벗어나서 르네상스적 감정으로 생각하게 되었다고 회상했다. 다시 말해서 이토 가즈오(伊東一夫)의 말을 빌리면 「청교도적 신앙에서 연애지상주의로의 방향으로의 전환은 〈하나님(かみ)〉을 〈그대(きみ)〉로 〈변용(modification)〉한 것에서 단적으로 나타난다.」[63] 도손의 신앙의 대상으로서의 하나님이 연애의 대상으로 바뀐 것이다.

그러면 도손은 「아지랑이(逃げ水)」에 찬송가의 어떠한 시상을 수용하고 변용하여 〈연가(戀歌)〉로 탈바꿈시켰는지 그리고 그 배경은 무엇인지 분석해보자.

---

63) 伊東一夫 上揭書 p.343

「**아지랑이**(逃げ水)」[64]

저녁노을 조용해	ゆふぐれしづかに	
<u>꿈이라도 꾸려고</u>	<u>ゆめみんとで</u>	
세상의 시끄러움	よのわづらひより	
잠시 피하네	しばしのがる	(1연)

<u>당신 외에 아무도</u>	<u>きみよりほかには</u>	
<u>아는</u> 이 없어	<u>しる</u>ものなき	
꽃나무 그늘에가	花かげにゆきて	
<u>사랑 외치리</u>	<u>こひをなきぬ</u>	(2연)

너무 와버린 꿈길	すぎこし<u>ゆめぢを</u>	
기억 <u>더듬어보니</u>	おもひ<u>み</u>るに	
<u>사랑이야말로 죄 되니</u>	<u>こひこそつみなれ</u>	
<u>죄는 바로 사랑</u>	<u>つみこそこひ</u>	(3연)

기도함도 애씀도	<u>いのりもつとめも</u>	
내 지은 죄 때문	<u>このつみゆゑ</u>	
즐거운 동산으로	<u>たのしきそのへと</u>	

---

64) 「逃げ水」는 『新選賛美歌』4장 저녁예배 찬송가(1888년 편)로 번역자는 우
에무라마사히사(植村正久)목사이다. 1873년(메이지6)에 가톨릭교와 개신
교가 해금되었으나 이미 1868년경부터 개신교의 선교사들이 일본에 들어와
서 영어교육 등을 통해서 서서히 신도를 확보해나가고 있었다. 서방 기독교
가 대번에 밀고 들어온 면도 없지 않지만 받아들이는 일본 역시 기독교가
'일본의 근대화'라는 관점에서 볼 때 본질적인 역할을 담당할 것이라고 생각
하는 사람도 많았다는 증거이다. 우에무라 목사가 이사직을 갖고 있었다.

| 나는 가지 못하네. | <u>われはゆかじ</u> | (4연) |

정겨웠던 그대와 함께	なつかしき君と	
손을 맞잡고	てをたづさへ	
캄캄한 지옥까지	くらき冥府までも	
달려가리라	かけりゆかん	(5연) 『새싹집』

먼저 1연과 2연은 종교적 감정을 낭만적 감정으로 변질시켰으며, 3연 3행의 「사랑이야말로 죄 되니」를 보면 〈사랑〉에 대해서는 죄의식을 전제로 하고 있으면서도 4행에서는 그래도 사랑이기 때문에 죄를 짓더라도 사랑은 하고 말겠다는 자기 고집을 보인다. 그 표현을 찬송가의 음률에 맞추어서 「죄는 바로 사랑」이라는 표현으로 의식적인 이단행동, 반종교적 태도를 보여주고 있음을 알 수 있다. 뒤로 갈수록 그 정도가 심해져서 4연에서는 스스로 「즐거운 동산」즉 낙원을 거부하기까지 한다. 드디어 마지막 5연에서 사랑을 위해서라면 「캄캄한 지옥까지(くらき冥府までも)달려가」달려가 죽을 수 있다는 상념에 차있다. 제목을 부친 것만 보아도 방향 없이 방황하는 아지랑이와 같은 〈사랑〉을 상징하므로 위험천만한 느낌이다. 이 시만을 단독으로 읽으면 남 몰래하는 사랑으로 더군다나 세상으로부터 인정받지 못하는 금단의 사랑의 번뇌(煩惱)가 느껴지는 시이다. 하지만 『신선찬미가 4장』인 저녁예배 찬송가와 함께 대조해가면서 읽으면 「아지랑이」의 도발적이고도 공격적인 에로틱한 시정(詩情)이 분명하게 드러난다. 이 시에 엮어진 끝없이 떨어지는 나락의 끝에 악마적인 〈죄〉를 떠올리게 된다. 이 시를 다 읽고 나면 마치 밀회를 즐기는 연인의 만남에 비한다면 그리스도교의 기도가 뭐 그렇게 대수로운 일이겠느냐고 비웃기라도 하는 듯이 〈사랑〉을 찬미한

다. 『여학잡지』를 통해서 만난 기타무라 도코쿠(北村透谷)의 연애(戀愛)지상주의 사상이 바로 이 시 「아지랑이」에 나타나 있으므로 이 사상의 특성과 그 영향관계를 분석하기로 하자.

당시 도손으로 하여금 정치에 관심을 갖게 한 자유민권파 사람들은 유곽(遊廓)에 가서 호탕(豪宕)하게 논다는 사고방식을 지니고 있었고, 이러한 사고를 바탕으로 에도시대부터 계속 내려온 관습대로 살고 있었다. 기타무라 도코쿠는 이러한 에도시대의 구습과 근대 메이지시대에 서구사회로부터 유입된 「플라토닉·러브」[65] 사이에 끼어서 현실을 견디지 못하는 상태에 봉착하게 되었다. 기타무라 도코쿠는 구습에서부터 이어져 내려오는 〈恋(こい)〉와 서구사상에서 유입된 〈愛(あい)〉를 결합하여 〈사랑(愛)〉을 의미하는 〈恋愛〉라는 단어를 제창하여 정착시켰다. 서구사상의 〈愛〉는 이른바 「기독교의 근본 사상으로서의 〈사랑〉의 정신」[66]으로 신약 성서에 잘 나타나 있어 알 수 있다. 이러한 맥락 속에

---

65) 〈연애야 말로 인생의 비밀을 여는 열쇠라(戀愛は人世の秘鑰なり。)「厭世詩家と女性」〉라고 주창한 도코쿠에 의해 〈戀愛〉라는 단어가 생성되어 〈사랑(愛)〉이라는 어휘가 사회적으로 널리 알려지게 되어 박애(博愛)·우애(友愛)·애타(愛他)·애욕(愛慾) 등 근현대어가 생겨났다. 이처럼 생긴 언어 중 하나가 〈플라토닉 러브Platonic Love: 정신적인 사랑〉인데, 도코쿠는 〈플라토(Plato)의 말처럼 천상에서 내려오는 사랑으로 하나님이 인간에게 주는 사랑의 마음과 같은 것〉이라고 해석한다.
北村透谷「『歌念仏』をよみて」『여학잡지』1892년 발간
伊東一夫『藤村をめぐる女性たち』(図書刊行社1998) p.275 참조

66) ① 마태복음 22장 37절-39절: '네 마음을 다하고 네 목숨을 다하여 주 너의 하나님을 사랑하여라' …(중략)… '네 이웃을 네 몸과 같이 사랑하여라' …(중략)…
② 고린도전서 13장1절-8절: 모든 믿음을 가지고 있을 지라도 사랑이 없으면 아무것도 아닙니다. …(중략)…
사랑은 오래 참고 사랑은 시기하지 않으며 뽐내지 않으며 교만하지 않습니다. 사랑은 무례하지 않으며 자기 이익을 구하지 않으며 성을 내지 않으며 원한을 품지 않습니다. 사랑은 불의를 기뻐하지 않으며 진리와 함께 기뻐합

서 도코쿠가 전통적인 일본의 오랜 관습에 익숙한 일본인의 감정적 특색을 지닌 〈恋〉과 서구사상이 근간이 되어 있는 새로운 〈愛〉를 융합하고 병합시킨 것은 무리한 일이었다. 불교의 자애(慈愛)와 그리스도교의 사랑(愛)을 병합시키는 것은 본질적으로 무리가 없다. 결국 도코쿠의 〈恋愛〉라는 단어의 정착은 자가당착의 실책이었다고 생각된다.

옛날부터 일본인의 마음을 지배하고 있던 〈恋〉, 자연스런 감정이기는 하지만 지극히 인간적이어서 불교식으로 애염명왕(愛染明王)[67]이 구해주기를 기다리지 않으면 안 될 정도로 지옥에 떨어지는 듯한 비극을 맛보는 것이지만 사랑이라는 미명의 그늘 아래 숨어 있는 것처럼 보이기도 한다. 〈恋〉는 자기중심적인 정욕의 만족감과 파멸적인 위기감을 숨기고 있기 때문에 상대방에 대한 배려가 없이 오로지 자기 보호와 자기만족에만 중점을 준다. 분노·슬픔·질투·원망·근심 등 불교로 말하자면 번뇌에 가득 차게 된다. 자기뿐만 아니라 상대방을 자멸시키는 위기를 자초하는 마이너스적 감정이라 할 수 있겠다.

이에 반하여 〈愛〉는 자기보다도 상대방의 행복을 빌고 자신이 먼저 희생하는 것을 겁내지 않으며 건설이고 희생이며 헌신적인 감정으로, 바꿔 말하자면 원망이나 아낌없이 〈몸 던져 희생하는〉 감정, 죽음에 처한 사람을 살리는 플러스적 감정인 것이다. 이처럼 모순 대립의 본질을 지닌 개념인 〈恋〉과 〈愛〉는 물과 기름처럼 서로가 잘 섞이지 않고 융

니다. 사랑은 모든 것을 덮어주며 모든 것을 믿으며 모든 것을 바라며 모든 것을 견딥니다. 사랑은 없어지지 않습니다.
(표준 새 번역 개정판 대한 성서공회 2001)
67) 불교의 밀교에서 애욕을 지배하는 신. 중생이 애욕으로 인해 번뇌하는 것 자체가 깨달음이라고 가르치는 명왕(明王)신의 하나. 온몸이 적색이고, 눈이 셋이고, 팔이 여섯이며 분노에 찬 얼굴을 하고 있는 밀교의 본존(本尊). 근대에는 연애성취의 기원을 들어주는 명왕으로 숭배되고 있다. (廣辭苑)

합되지 않는 성질의 감정이다. 이 두 개념을 연결하여 〈恋愛〉라는 신어(新語)를 만들어 〈사랑〉의 종합적 의미를 나타내려 한 것은 모순이며 무리였다. 〈사랑〉를 극도로 이상화시킨 도코쿠의 이론이라 생각된다. 「〈愛〉는 〈愛〉이고 〈恋〉는 〈愛〉의 적(敵)일뿐이다.」[68]

하지만 도코쿠의 〈恋愛〉 사상은 연애지상주의를 불러와 유행처럼 퍼져나가 「〈恋愛〉는 아름다움과 진리를 간파할 수 있는 눈을 뜨게 해주고 인간에게 삶에 대한 희망과 행복을 가져다주며 삶의 의미를 부여해주는 것」[69]으로 여겨졌다. 연애의 중요성을 풀어나간 도코쿠의 연애론은 연애가 인간가치판단의 기준이 되는 연애사상으로 평가되고 메이지 봉건시회의 전근대적 사상에 일침을 가하는 역할을 한 셈이 되었다. 남녀 간의 사랑을 불의(不義)·치정(痴情)·불륜(不倫) 등의 관계로 치부해버리거나 경시하고 혐오하여 사랑으로 맺어지는 결혼을 거부해온 일본의 봉건사상에 대해 실로 충격적인 비판이었다. 도코쿠는 에도초기의 조루리(浄瑠璃)작가 지카마쓰 몬자에몬(近松門左衛門)의 『가염불(歌念仏)』의 비평을 통해서 다시 한 번 연애론의 요지와 결론을 내렸다. 그의 결론은 한 마디로 「신(神)이 인간에게 사랑(愛)하는 마음을 부여했다는 점과 연애가 종교와 깊은 관계가 있다는 점」[70]을 강조했다. 도코쿠의

---

68) 정토진종(淨土眞宗)의 승려인 신란(親鸞)의 가르침을 따랐던 극작가 구라다 햐쿠조(倉田百三)는 그의 작품에서 〈戀〉과 〈愛〉의 차이를 분명히 드러냈다. 「신란(親鸞)이 〈戀〉에 대해서 고민하는 제자 유원(唯円)에게 "〈戀〉과 〈愛〉의 차이를 가르쳐주겠다고 말했다. 〈戀〉에는 애증이 포함된 것으로, 〈戀人〉의 인생을 행복하게 하는데 근본 목적이 있는 것이 아니다. 그리고 〈愛〉는 상대방의 행복을 바라는 것이다. 따라서 거룩한 〈戀〉은 〈戀人〉을 이웃으로서 사랑하는 것이어야 한다. 보통 〈戀〉에서 서로에게 상처를 주지 않는 경우는 드물다. 인간의 〈戀〉이란 그런 것이다."
   倉田百三 作『出家とその弟子』(1916년)
69) 平岡敏夫『北村透谷研究』(有精堂 1967) p.160 참조
70) 「恋愛は天上より地下に降りたる神使の如きもの、人間への愛は浄愛にお

이 연애론에는 에머슨의 사상이 들어있지만, 그 밑바탕에는 그리스도교의 성서가 함께 투영되어 있는 이상론인 것이다. 이 평론을 읽은 도손은 감명을 받고 이것을 계기로 하여 도코쿠와 깊은 친분을 갖게 된 것인데 1894년 도코쿠의 사망으로 인하여 3년간의 교제로 그 인연은 끝마치게 되었다. 그러나 도손이 도코쿠에게 물려받은 연애론은 결정적인 것이었다. 1897년 발간된 첫 시집 『새싹집』을 장식하고 있는 서정시들은 바로 도코쿠의 연애론이 원동력이 되어서 작품화되었기 때문이다. 이로써 메이지 30년대의 일본인들의 청춘은 만요슈(万葉集)나 와카(和歌)를 통해서 뿐만 아니라 도손의 연애시에 의해서 꽃피울 수 있게 된 것이다. 도손의 연애시는 충돌이 없어서 카타르시스를 느끼게 한다. 모순을 가지고 있지 않기 때문이다. 도손은 도코쿠의 연애론을 보완하면서 영(靈)과 육(肉)을 완전히 분리하여 육(肉)에 속한 사랑은 〈연(恋)〉이고, 영(靈)에 속한 사랑이「천연(天戀)」즉「플라토닉 · 러브」라고 하면서「〈愛〉는 형상화시키지 않는다.」[71] 만일 정신적으로는 사랑하지 않는데 단지 성욕(性慾)이나 육정(肉情)의 만족만을 위한 것이라면 육(肉)에 속한 사랑이며 이것은 타락이며 죄인 것이다. 도손은 이러한 성욕에 의한 육적인 결합을 사랑(愛)과 구분하기 위해서「抱愛」[72]라는 단어까지 사용하며 철저하게 영(靈)과 육(肉)의 상극(相剋)을 유도하여 지나치게 정신적인 사랑(天戀)과 성욕에 의한 육체적 사랑(肉戀)을 분리했다. 그

　　いて、自然への愛にも通じており、宇宙の存すると共に存する一種の元素におらずして何ぞや。」
　　北村透谷「『歌念仏』をよみて」「여학잡지」1892년 발간
71) 도손은 〈愛〉를 정신적으로 지극히 높은 존재로 보고 있기 때문인지 모르지만 그의 문예에서는 아벨라르와 에로이즈와 같은 아가페 사랑이 형상화 되는 정도일 뿐 충동적 육감적 육체의 결합은 사랑으로 보지 않는다.
　　實方淸『島崎藤村文芸辭典』(淸水弘文堂 1979) p.135
72) 島崎藤村 『藤村全集 7권「집」』(筑摩書房 1966) p.42

는 인간 내부에 숨어 있는 야성을 「심원(心猿)」[73]이라 칭하여 억누를
수 없는 동물적인 성욕의 발동과 욕정의 「의마심원(意馬心猿)」을 옹호
하고 인정하여 육적인 쾌락의 감미로움에 빠진 사랑을 미화시켜 지상
(地上)의 사랑으로 구별하였다. 하지만 도손은 육욕에 빠진 사랑의 죄
와 지옥의 개념을 성서와『단테』에서 수용하여(본고의 3장) 지상(地上)
의 사랑은 죄로 연상시키고 있는 것이다.

도코쿠가 세워놓은 연애론을 가지고 도손은 연애시를 완성하였다. 그
이유는 도코쿠의 연애론은 최고의 이상론을 규명한 것은 공헌하였으나
이상(理想)은 그림자(相)에 불과하여 현실적으로는 실현가능할 수 없는
것이었다. 이것을 깨달은 도손은 상반된 것을 따르는 허무감에 충돌할
수밖에 없는 구조를 도손은 인간의 성욕의 고투(苦闘)를 해소하는 육적
인 것과 정신적인 것을 완전히 분리하여 오히려 영과 육이 충돌하지 않
게 하였다. 정신적인 사랑의 고민을 잊기 위해서 육체적으로 만족할 대
상으로 대체한다는 그럴 듯한 공식으로 육욕의 사랑은 죄이고 죄의 끝
은 지옥이라는 항목을 더 부가하여 사랑의 종류를 분명하게 이원화시켜
서 넘나들도록 하였다.

도코쿠의 이상적인 사랑의 갈등에 비하면 도손의 〈사랑〉은 〈육욕의
사랑〉아니면 「플라토닉·러브」처럼 선택할 수 있다. 도손은 언뜻 보면
사랑을 찬미하고 있지만 그 사랑은 대부분이 유혹에 넘어가 어쩔 수없
이 빠져버리는 육체의 쾌락과 같은 육체적 사랑(肉戀)이며 그 결말을
지옥이라든지 고통의 나락과 같은 비극으로 고정시켜 놓고 있다. 때로
는 사랑이라는 미명(美名)아래 충동적인 사랑을 택하기도 하는데 도손
은 인간 내면의 야성(野性)을 고투(苦闘)하면서도 의마심원(意馬心猿)

---

73) 島崎藤村『藤村全集 4권』前掲書 p.102

이라는 표현으로 옹호하고 미화시켜 정화(浄化)시켜서 「사랑(戀)의 정화시(浄化詩)」[74]라 할 수 있는 연애시를 완성한 것이라 하겠다.

세련된 미션스쿨인 메이지학원에 입학하여 여름 방학에는 기독교 여름성경학교에 참가하기도 하고 자연스레 흥얼거리면서 부르던 찬송가에서 「아지랑이」와 같은 시를 만들어 낸 것이다.

이 「아지랑이」는 도손이 다시로 하숙에 머물고 있을 때 『新選賛美歌』(제 4장 저녁예배 찬송가)를 변용한 것이며, 도손은 이때 이미 교회에서 자신의 적(籍)을 뺀 상태였다. 이 시는 연애시지만, 이미 연애시의 영역을 넘어선 격정적인 에로티시즘을 내포하고 있다. 육체적인 욕망을 억누를 수 없는 시인은 시적 상상 속에서 캄캄한 지옥으로 떨어지더라도(くらき冥府までも) 욕망에 순응하는 육체적 사랑을 담대하게 노래한다. 이러한 연애감정의 시는 「소매자락(四つの袖)」에서는 더욱 구체적이고 관능적이 된다. 더 나아가서「첫사랑(初恋)」에서는 연정에서 일탈한 사랑의 표현으로 「육체적인 욕망의 에로티시즘의 세계로 확장되어 나중에 『집(家)』이나 『신생(新生)』으로 직접 연결되는 사소설적인 관능의 세계가 그려진다.」[75]

---

74) 도손의 연애시는 자칫하면 성욕의 분출의 냄새를 주기 쉬운 내용이지만 센다이에서 마음의 평정을 되찾아 과거의 육체적 쾌락의 사랑이 미적(aesthetic)으로 정화(浄化)되어 있다. 이러한 전화(転化)의 바탕에는 도손의 자기애와 자기의인(self-justification)의 심성이 자리 잡고 있기 때문이다. 吉村吉夫 『藤村の精神』(筑摩書房 1979) p.101 참조

75) 부인 시마자키 시즈코(島崎静子)는 『処女地』일을 시작한지 한 달 만에 도손이 갑작스러운 충동적 행동을 참지 못하던 일을 경험한 이래로 늘 뇌리에서 떠나지 않아 회고하였다 한다. 「이 남자는 이런 식으로 충동을 억누르고 억누르다 결구 일을 저지르고 마는 그런 식의 삶을 살아 왔단 말인가? 비극의 자전 『新生』의 기시모도와 조카 세쓰코의 관계는 지극히 자연발생적인 〈죄악〉이었구나」
青木正美 『知らざる晩年の藤村』(図書刊行社 1998) p.102

도손은 당시의 여학생들이 찬송가를 부르면서 눈물을 흘리는 등 예수에 대한 신앙심과 하나님에 대한 경외심 이상으로 벅찬 감정을 갖는 것[76]은 지나치다고 생각한 것 같다. 그러한 감정 속에는 이성에 대한 사모의 정과 하나님에 대한 경애심이 혼재되어 구별이 안 될 정도라고 판단한 것으로 생각된다. 이러한 착상 속에서 도손은 예수가 애인의 역할을 하도록 변용해본 것이라 생각한다. 이렇게 볼 때 「아지랑이(逃げ水)」는 찬송가에서 영향을 받기는 했지만 감동과 감화를 얻어서 지은 것은 아니다. 오히려 모방이나 솔직하게 표절이라고 해야 할 것이고 오늘날이면 아마도 지탄을 받을 것이다. 하지만 이 시가 발표된 1896년 그 시대로서는 일본이라는 사회에 서구에서 유입된 하나님의 〈사랑(love)〉이라는 새로운 철학 사상이 기독교를 통해서 들어오기는 했으나 그것을 어떻게 생각해야 좋을지 모르는 현실이었다. 그 〈사랑〉의 정(feeling)을 〈애정〉이라 할 때 〈애정〉의 실체가 의식되지 않은 상태였던 것이다. 그러나 감각적으로는 〈애정〉을 의식할 수 있는데 그것은 〈예수의 사랑〉이라는 추상적인 것 안에 혼융(混融)되어 있는 것일 뿐이었다. 그 혼재되어 있는 추상적인 감정을 구체화시키는 것, 구분시키는 작업이 필요했던 것이다. 이 작업을 해준 것이 도손의 「아지랑이(逃げ水)」인 것이다. 이처럼 도손은 나름대로 확실하게 구체화하여 환골탈태(換骨奪胎)시킨 것이다. 젊은 여성들이 품고 있던 하나님에 대한 경애심이 이성(異性)에 대한 동경(憧憬)과 동질(同質)의 것으로 보고 두 가지가 혼융(混融)되어 있는 것보다는 구분하여 부르도록 변용한 것이다.

---

76) 有島武郎의 『或る女』의 주인공 14살의 여학생 요코(葉子) 역시 수업 시간 내내 교회의 하나님께 바친다고 숨어서 자수를 하느라 정신 못 차리다가 선생님께 걸려 야단맞는 에피소드가 있었다. 마치 남자에게 선물하는 것처럼 오해받을 정도로 열성이었는데, 당시의 미션스쿨의 분위기가 이러했다 하겠다.

〈하나님(かみ)〉을 〈그대(きみ)〉로 변용하여 당시의 젊은 여성들의 감정을 표명(表明)하려 생각한 것이라 해석된다. 도손이 찬송가를 수용함에 있어서 서구사상을 받아들인 것이 분명한데 그 가운데 중요한 사상은 〈사랑〉이라는 철학개념이다. 이 사상을 도손은 도코쿠의 영향을 받았으나 더욱 진화하여 〈사랑〉이라는 개념을 하나님과 인간의 〈사랑(愛)〉과 남녀의 〈사랑〉을 구분하여 받아들였으며 남녀사랑을 다시 천연(天戀)이라는 〈플라토닉·러브〉와 육욕에 의한 육체적 사랑(肉戀)으로 이원화하였다. 도손 자신은 천상의 사랑(天戀)을 지향한다.(3장참조)

서구에서 유입된 〈사랑(愛)〉이라는 개념을 정립하고 전개시켜나가면서도 자기모순 속에서 고통을 당한 도코쿠와는 대조적으로, 도손은 도코쿠의 이론을 활용하여 메이지 시대에 유입된 새로운 서구의 사상과 감정(感情)을 자신의 문학 속에 표현하는 실용주의자라 할 수 있다.

이처럼 찬송가에 표현된 인간과 하나님의 은혜의 관계를 남녀 사랑의 관계로 비추어서 변용시킨 시가 또 있다.

2) 찬송가 155장과 『새싹집』의 「첫샘물」

　원래 이 찬송가는 신약성서 요한복음4장 7절에서 15절[77]에 있는 생명수에 관한 내용을 찬송가로 옮긴 것으로 생명수란 예수의 복음은 영원히 목마르지 않는 영생수이며 지극히 복음적이고 선교적인 찬송의 표현이다. 특히 이 찬송가에서는 〈물〉이 상징적으로 사용되고 있는데 신약성서에나 구약성서에나 〈마시는 물〉로 표현되는 용례가 많다.

하늘에서 온 <u>샘물</u>	あまつ<u>ましみづ</u>
마시기 때문	<u>飲む</u>ままに
<u>목마름 못 느끼는</u>	かわきを知らぬ
<u>몸이 되었네</u>	身となりぬ
무한한 그 은혜는	つきぬめぐみは
깊은 <u>마음</u> 가운데	<u>こころ</u>のうちに
<u>샘물</u>같이 되어서	いずみとなりて
<u>솟아 넘친다</u>.	湧きあふる[78]　　　『新選賛美歌』155장

　물은 빵과 함께 인간에게 필수적인 것으로 서 이 〈물을 마심〉으로써

---

77) 한 사마리아 여자가 물을 길으러 왔다. 예수께서 그 여자에게 마실 물을 좀 달라고 말씀하셨다.…(중략)…예수께서 말씀하셨다. "이 물을 마시는 사람은 다시 목마를 것이다. 그러나 내가 주는 물을 마시는 사람은 영원히 목마르지 아니 할 것이다. 내가 주는 물은 그 사람 속에서 영생에 이르게 하는 샘물이 될 것이다."…(중략)…"선생님, 그 물을 나에게 주셔서 내가 목마르지도 않고 또 물을 길으러 여기까지 나오지도 않게 해 주십시오"(요한복음 4장 7-15절)
『성경전서 표준 새번역 개정판』대한 성서공회 2001, p.142

78) 『新選賛美歌』155, 1888년 편(현재는 1954년에 재편찬된 찬송가 217장에 실려 있다)

생명은 새로운 힘을 얻게 된다. 하지만 이스라엘이라는 중동 사막지대
에서는 좀처럼 얻기 힘든 귀중한 것이었으므로 때로는 하나님의 은혜로
여겨졌다.[79] 요한복음의 기자가 예수의 구원의 복음으로 상징하고 있
는 〈샘물〉은 이 찬송가에서 〈하늘에서 온 샘물〉이므로 〈목마름 못 느
끼는 물〉로 표현하고 이 〈물〉은 하나님의 〈무한한 그 은혜〉로 상징되
고 있다. 그렇다면 이러한 성서적이고 신앙고백적인 찬송가가 어떻게
낭만주의의 사랑의 서정시로 탈바꿈되었는지 살펴보자.

「첫 샘물(若水)」[80]

마를 줄도 모르는   かはきもしらぬ
새해 첫 샘물   わかみづを
그대 함께 마셨더라면   きみとのままし
그 샘물이라.   かのいづみ   (2연)

그해 첫 샘물   かのわかみづと

---

79) 구약성서에서 예언자 예레미야는 하나님을 「생명수의 샘」으로 부르고(예레
    미야서2장 13절), 이사야는 「물」을 하나님의 구원 그 자체로 상징화했다.(이
    사야서 55장 1절, 49장 10절) 신약성서에서 요한복음의 기자는 「물」을 상징
    적으로 사용하여 예수로부터 얻을 수 있는 축복과 구원을 나타내는 데 비유
    하였다.(요한복음4장 10절~15절, 요한 계시록7장 17절. 21장 6절, 22장 17
    절)『新舊約聖書辭典』新敎出版社 1961. p.425
80) 이 시는 처음 「문학계」49호(1897년)에 발표된 시 「若菜」 6편의 제 4편 작
    품.「若水」란 본래는 입춘 때에 궁중의 주수사(主水司)가 천황에게 바치는
    물로 천황의 장수를 비는 물이다. 여기서 비롯되어 정월 초하루 처음으로
    길어 올린 샘물은 그 해 운수가 대통한다는 의미이나, 이 시에서는 고어를
    변용하여 젊디젊은 청춘의 생명을 상징하는 의미로서의 「물」로 사용하고
    있다.『藤村詩集』角川書店(1971) p.85

<u>이내 몸 되어</u>   <u>みをなして</u>

봄날 청춘 <u>마음</u>에   はるの<u>こころ</u>に

<u>솟아나도다</u>.   <u>わきいでん</u>   (3연)   『새싹집』

　예수의 복음을 상징하는 〈생명의 물〉을 젊디젊은 청춘의 생명의 상징으로서 이미지를 변용한 시라고도 할 수 있다. 그럼 먼저 공통된 시어를 찾아보고자 한다.

　「샘물」, 「마시다」, 「목마름 없다」, 「솟아나다」라는 표현은 그대로 사용하면서 신과 인간의 관계를 나타내는 성서적 비유를 인간과 인간의 관계인 르네상스 표현으로 바꾸어버렸다. 예를 들면 찬송가의 「샘물」은 하늘에서 내려주는 「생명의 물」[81]인데 반해서 도손의 「첫 샘물」이란 천상계의 「생명의 샘물」이면서 사랑의 술이기도 하다. 열정적 청춘이 지니는 희망과 환희에 가득 찬 마음을 충만케 하자는 청춘 예찬의 시로 바꾼 것이다. 도손은 젊은 청춘의 생명의 상징으로서, 〈물〉의 의미로 사용하고 있다. 도손은, 『早春』[82]의 「草枕」에서 「시를 새롭게 하는 것은 나에게 있어서는 언어를 새롭게 하는 것이다. 언어를 새롭게 한다는 것은, 우선 잠들어 있는 언어를 깨우는 것이라」고 하면서 고어신생(古語新生)을 시도한 예라고 할 수 있다. 이 시는 「연인이여, 함께 〈청춘의 샘물〉을 길어 올려 청춘을 구가(謳歌)하자」[83]는 신화의 언어를 새롭게

---

81) 상징적 용법으로 사용될 때는 이 물을 마시면 생명에 새 힘을 얻게 되는 의미가 부여되고 (사무엘 상 30:11,12절) 하지만 이스라엘에서는 좀처럼 얻기 힘든 것이 물이므로 때때로 「하나님의 은혜」로 의미되기도 하였다.(신명기8:15, 시편78:15) 신약시대로 와서는 예수로부터 얻어지는 축복과 구원을 표현하는 데 상징화되었다. (요한복음 4:10, 계시록 7:17) 『旧新約聖書神学辞典』小塩力 監修 (新教出版社 1961) pp.423－425 참조
82) 『早春』山崎斌 著 (千曲書房) 1930년1월에 출간된 시집. 도손의 시 13편 수록. 도손은 이 시집에 서문을 섰다. 伊東一夫 前揭書 p.253

한 그 한 예라고 할 수 있다.

도손의 성서와 찬송가 변용을 분석한 결과 성서를 기독교 신앙서로 보기 보다는 문학으로 보았기 때문에 자유로운 상상으로 주체와 객체의 변용이 가능했다고 하겠다. 더욱이 창세기의 창조설화를 「새벽 동틀 녘」 이라는 상징시로 재창조한 점은 과연 낭만주의 시인의 면모답다고 할 수 있다. 현상을 있는 그대로 보는 것이 아니라 창조적 상상력으로 현실을 재창조 한다는 것은 서구 낭만주의 시인들의 필수불가결한 시정(詩情)인 것이다. 「상상력이 있는 시인만이 변용과 융합과 통합이 가능한 것이며 공상이 아닌 상상이 수반된 변용은 예술이라」[84]고 콜리지는 말했다.

도손은 창세기를 근대시의 새벽을 알리는 의미로 변용하여 신이 천지를 창조하듯이 근대시가 일본 문학의 새로운 장르가 될 것을 예고한 것이다.

찬송가의 변용에서는 하나님께 의지한다는 신앙고백을 「정겨웠던 그대 함께 손을 맞잡고」로 바꾸어 기독교 신앙적 측면에서 보면 기독교 신앙을 모독하는 것이라 비난 받을 만할 정도로 비기독교적 문화, 다시 말해서 르네상스적 시정(poetic mind)으로 경도되어 있음을 알 수 있었

---

83) 「청춘의 샘」은 로마신화에 의하면 요정 유벤타스가 유피텔에 의해서 샘으로 변해버렸는데, 이 샘물에 몸을 담그는 자는 누구나 젊어지는 묘한 신통력을 가지고 있었다고 한다. 이 신화는 중세 프랑스 문학에서도 자주 등장하는 소재인데, 장면 설정은 언제나 일정하며 지팡이를 짚고 샘에 도착한 남녀 노인이 지팡이를 던져버리고서 샘물 속으로 들어가려고 하는 장면 설정이다. 그들은 들어가자마자 처녀 총각으로 변신하여 물에서 올라와서는 둘이 얼싸안고 춤추기 시작한다.

ジエイムス・ホール 著 高橋達史 外訳 『西洋美術解読事典』(河出書房新社 1988) p.23

84) 허천택 『영국낭만주의 문학연구』(동국대학교 출판부 2003) pp.51~53 참조

다. 어떤 비평가의 「청순한 분위기를 지니고 있으면서 유혹적인 시는 도손의 『새싹집』에 많이 있는데, 이 시들은 메이지 시대의 청년들의 마음을 흔들어 놓는 유혹의 기술서로 기독청년들의 일탈과 파계를 충동질하는 성질을 지니고 있다」[85]는 지적은 충분히 납득이 간다고 할 수 있다.

메이지 초기의 개신교(protestant)에 윤리적경향이 강했던 것은 사실이지만 문제는 도손이 실제로 접한 기독교가 그러했는지 어떤지 보다는 도손 자신이 기독교를 어떤 식으로 받아들였는지가 문제이다. 도손이 주로 교회를 접한 곳은 다이마치(台町)교회와 메이지 학원이다. 입학해서 1, 2년 동안은 혈기왕성한 청소년으로 가슴 설레며 나날을 보냈다. 마치 고삐 풀린 망아지처럼 자유분방하게 행동하고 지구의 중심이 자신인 양 자신만만한 학교생활을 시작했다. 양가집 자녀들이 많이 다니고 있던 학교라 도손 자신도 양가집 자제들의 생활 풍속을 배우기도 했다. 도손은 개성이 강하여 자신의 개성대로 맞춘 모자를 쓰고 부드러운 모직 외투를 입고서 반바지를 입고 모직 무릎까지 오는 긴 털양말을 신었다. 문학 동아리에 가입하여 젊은 여학생들이 영시를 암송하고 창가를 부르는 것을 듣는 즐거움을 만끽했다. 도손은 교회생활을 통해서 젊은 남녀 학생이 자유로이 만나고 교회 장로 댁을 드나들면서 자신과 마음을 나누는 상대를 찾아보려고 애쓰기도 했다. 모든 것은 지극히 자연스럽게 절로 잘 되어가는 듯이 생각되었다. 이른 바 도손에게 기독교는 청교도 정신의 엄숙한 종교가 결코 아니었다. 오히려 그와는 정반대의 자유와 환락의 세계이며 특히 무엇보다 남녀의 교제가 공인되는 사교장이었다고 해야 옳을 것이다. 하지만 마침내는 기독교 안에서의 자유로

---

85) 龜井勝一郎 『島崎藤村論』(講談社 1974) p.25

운 남녀교제를 끊었는데 그 이유는 도손과 어느 여학생과의 교제가 입에 오르내리면서 남녀교제의 자유로운 생활에서 탈피하여 생활태도를 바꿈과 동시에 기독교에 대한 흥미도 잃게 된 것이다. 이런 관점에서 볼 때 도손에게 기독교는 어떠한 것이었는지 짐작할 수 있는 것이다. 요시무라 요시오(吉村善夫)의 말처럼「도손에게 있어서 남녀교제를 저해하는 요소는 기독교의 청교도적인 엄격한 가르침(rigorism)보다는 봉건제도의 인습」[86]이었던 것이다. 도손이 당시 목사의 설교를 열심히 듣고 진정한 감화를 받았다면 성서와 찬송가를 지극히 남녀사랑의 시의 모티브로 변용하는 일은 없었을 것이다. 실생활 면에서의 기독교보다는 관념적인 인식 속에서의 기독교를 인정하는 것에 그친 것이 분명하다. 도손은 스스로가 메이지 학원 재학시절「엄숙한 청교도적 종교사상과 자유분방한 예술사상」의 관념적 갈등을 경험한 사실이 있다고 고백하는데, 이러한 내용은 도손의『메이지 학원 학창 시절』에 기록[87]되어 있다.

사사부치(笹淵友一)씨의 주장처럼「도손의 내면의 갈등을 나타내는 근원은 바로 청교도적인 엄격주의와 기독교에 교화되기 이전의 자연인으로서의 도손의 육적인 욕망의 관계에 있다.」[88] 도손은 자신의 여러 작품 속에서「엄숙한 종교생활」을 청교도적 가르침으로 보지 않고「가톨릭교의 신부나 수녀 혹은 불교의 계율 승려와 같은 금욕생활」[89]로 보고 있다. 그러므로 도손이 성서를 읽고 찬송가를 부르면서 금욕적이기 보다는 오히려 관념적이나마 남녀의 자유로운 연애 감정을 나타내는

---

86) 吉村善夫『藤村の精神』(筑摩書房 1979) p.50
87) 『藤村全集 6권』(筑摩書房 1966) p.87
88) 前揭書 p.52
89) 『藤村全集 4권』(筑摩書房 1966) p.339

낭만시를 지을 수 있었던 것이라고 생각한다.

이른바 도손에게 있어서 예수그리스도 역시 사이교나 바쇼나 셰익스피어 모두가 같은 종류의 인간이며 종교도 예술과 같은 범주에 속했던 것이다. 이 말은 종교도 예술도 속세를 떠나 정신세계에 속하는 것이라는 뜻이다. 특히 도손은 문학에 뜻을 둔 자로서 그 정신적 세계를 문학에 두었으므로 도손은 끊임없이 「시신(詩神)」이라는 단어를 사용하고[90] 여호와 하나님 자리에 「뮤즈(Muse)」[91]의 신(神)으로 바꿔놓은 것이다.

결론적으로 도손과 기독교를 생각해 볼 때 「도손의 경우는 세례를 받음으로서 자신의 〈죄〉를 계속해서 깊이 자각하게 되어 그리스도에 의해서 새로운 삶을 산다는 신생의 길을 가는 것이 불가능 했다.」[92] 그는 자신의 내면에서 숨어있는 〈예술〉과 〈관능〉에 대한 강한 욕구를 버릴 수 없었기 때문이다. 아마도 낭만적인 분위기와 기분 속에서 세례를 받았던 도손으로서는 〈예술〉과 〈관능〉이라는 육체의 욕구가 영적으로 살고자 하는 욕구를 억눌렀을 뿐만 아니라 영과 육을 완전히 분리했으므로 오히려 심각한 갈등도 없었을 것이다. 육욕의 결과를 한탄할 뿐이다.

도손은 그리스도교의 길을 추구하지도 않고 예술과 범신론적 자연관으로 기울어져 갔다. 그리고 교회를 떠난 것도 교회에 대한 비판이나 그리스도교에 대한 반발과 같은 심적 갈등을 겪어서가 아니었다. 단지 연애문제와 같은 기분적인 문제로 인한 것이었다. 그러한 도손이 성서

---

90) 『藤村全集 16권』(筑摩書房 1971) p.129, 131, 133, 135, 138, 139, 143
91) 그리스신화의 제우스의 딸인 9명의 여신. 각각 시, 역사. 피리, 희극, 비극, 춤, 천문, 비파, 찬가 등을 주관하는 신. 특히 시신(詩神)을 가리킨다.
92) 久保田暁一 『日本の作家とキリスト教』(朝文社 1992) pp.37~42 참조

와 찬송가를 수용하고 변용하여 낭만 서정시를 지었으나 여기에는 도손의 기독교적 수용의 한계가 있다고 할 수 있다. 도손에게 있어서 기독교의 경험은 비록 짧고 깊지 않은 것이었지만 도손의 문학에서 기독교를 빼놓고는 그의 문학을 논할 수 없을 정도로 그의 문학 속에는 성서와 찬송가 및 기독교가 투영되어 있음을 간과해서는 안 된다고 생각하는 바이다.

吾胸の
　　　底のこゝには

吾胸の底のこゝには
言ひがたき秘密住めり
身をあげて活ける牲とは
君ならで誰かしらまし
もしやわれ鳥にありせば
君の住む窓に飛びかひ
羽を振りて昼は終日
深き音に鳴かましものを
もしやわれ梭にありせば
君が手の白きにひかれ
春の日の長き思を
その糸に織らましものを
　　　　『落梅集』より

제3장

단테의 서사시를 통한 이원적 남녀사랑의 수용

1. 도손의 근대시와 단테의 『神曲(Divinia Commedia)』
2. 『神曲』에 나타난 「지상의 사랑」의 이해
3. 『新生』에서의 「천상의 사랑」과 『여름 풀』의 「월광의 5수」

제3장
단테의 서사시를 통한
이원적 남녀사랑의 수용

1. 도손의 근대시와
단테의 『神曲(Divinia Commedia)』

메이지학원 시절 도손이 단테의 『神曲』에 대해서 특별한 경외감을 가졌는데, 이러한 내용은 『버찌』에 서술적으로 잘 나타나 있다.

"기시모토군 자네에게 보여주려고 가져왔네." 하면서 보자기에서 양서 한 권을 꺼냈다.
"사왔군"
무심결에 스테키치는 웃음을 지으며 기쁜 듯이 친구의 얼굴을 쳐다보았다. 단테의 『神曲』영역본이다. 스테키치는 친구 앞에서 거무스름한 초록 표지를 함께 들여다보고, 책을 펴니까 『新曲』의 첫 페이지가 나왔다. 장시(長詩)의 구절이 고전답게 빼곡하게 쓰여 있는 게 두 사람의 눈에 들어왔다.[1]

---

[1] 島崎藤村 『島崎藤村集(二)』(集英社 1974) p.270

위의 내용처럼 당시 도손은 친구들과 함께 서양문학을 읽고 토론하면서 서구문학의 사상과 표현에 감동을 받고 있었다. 서구문학을 접하면서 도손의 정신내부에는 이원적 구조, 즉 육체와 정신이 이원화 되어 존재하고 있었는데, 그것은 메이지 학원 시절, 도손이 단테에 대해서 특별한 경외심을 갖고 있었던 영향도 있었다고 본다. 단테는 독실한 기독교인으로 신과 인간의 존재라는 이원론적 가치관을 추구한 시인이다. 도손이 단테를 경외하게 된 이유는 단테가 형이상학적인 시인이라는 인식에서였으며, 그의 기독교 문학에 심취한 까닭이다. 도손은 입학 한 지 1년 후에 기독교의 세례를 받고 기독교인이 되었는데, 단테의 문학과의 만남과 무관하지 않다고 볼 수 있다.

2. 『神曲』에 나타난 「지상의 사랑」의 이해

1) 「지상의 사랑」과 『새싹집』의 「풀베개」

단테의 『神曲(The Divine Comedy)』의 지옥편 제 5번째 노래인 바울과 프란체스카의 지옥의 사랑은 육욕의 사랑으로 그 결과는 지옥이며, 단테와 베아트리체는 정 반대인 천상의 사랑으로 천국을 의미하는 사랑을 나타낸다.

중세 기독교에서는 지상의 세속적인 사랑, 정확히 말하면 육체적인 아름다움에 끌리는 현세적 사랑은 죄라는 도덕적인 가르침이 있었고 그런 사랑은 하나님에 대한 사랑을 방해한다는 생각이 있었다. 하지만 사회가 점점 부요해지면서 세속적인 쾌락이나 사랑이 중요한 요소가 되면서 그리스도적인 하나님에 대한 사랑만으로는 만족할 수 없게 되었다. 그래도 육체적인 아름다움이나 사랑은 참으로 무상한 것이라는 사실은 누구나 잘 알기 때문에 역시 인간은 무언가 소멸되지 않는 사랑, 사라지지 않는 아름다움을 찾았다. 이러한 현실을 서양미술세계에서도 잘 이해하여 이 두 가지 사랑을 만족시키는 절충안의 사랑을 그려, 티치아노는『천상의 사랑과 지상의 사랑』이라는 그림을 남겼다.[2]

　지상의 사랑을 가장 잘 나타내는 도손의 시를 감상해보자. 그의 시에 「풀베개」가 있는데, 이 시는 여행길에서 만나 사랑을 나눈 덧없는 사랑을 노래하며 그러한 육체적 사랑을 죄악시 하는 죄의식이 배태되어 있는 노래이다.

「풀 베개」[3]　4연『새싹집』

서글퍼지는구나 이내 몸 하나	かなしいかなや人の身の
<u>쉬일만한</u> 처소를 못 찾아 쓸쓸	<u>かき</u>なぐさめを尋ね侘び
길 없는 숲 속으로 헤쳐 들어가	道なき森に分け入りて
어째서 없는 길을 찾는 것일까	などなき道をもとむらん

---

2) 若桑みどり 지음, 조재국 역『이미지를 읽는다 - 르네상스미술 이해』(연세대학교출판부 2005년) p.144 참조

3) 1897년 2월, 문예잡지「문학계」50호에 발표된　시이다. 이때,「さわらび(고사리순)」이라는 제목 아래「파도소리(潮音)」「봄노래(春の歌)」「마쓰시마서엄사에서(松島瑞巌寺に遊び葡萄栗鼠の木彫を観て)」「사보히메(佐保姫)」「풀베개」가 발표되었다. 후에『새싹집』(1897년8월 발간)에 실렸다. 표제「풀베개」란 여행이나 여행길에서 노숙(露宿)하는 것을 의미하며, 도손은 이 단어를 대단히 좋아하였던 것 같다. 이 시 외에도 극시「풀 베개」(1894년 1월「문학계」)도 동일한 제목의 시 한편이 있다. 본문의 이 시는 7·5조 4구를 1연으로 하여 30연으로 되어 있으며 도손의 시로는 상당히 긴 장시(長詩)에 속한다. 도손은 1896년 9월에 도호쿠학원(東北学院)에 교사로 부임하는데, 그때 맞이하게 된「인생의 새벽」에 대한 감동이 이 시의 모티브가 되어 있다. 神田重幸『島崎藤村詩への招待』(双文社出版 2000) p.23

「풀 베개」 4연, 특히 3행과 4행은 단테의 『神曲』의 「지옥편」 첫머리에 나오는 표현의 이미지를 떠올리게 하는 부분이라고 생각한다. 도손은 그의 저서 『버찌』에서 「스테키치는 친구 앞에서 거무스름한 초록 표지를 함께 들여다보고, 책을 펴니까 『神曲』의 첫 페이지가 나왔다」[4]고 쓰고 있는 것처럼 여기서 주목해야 할 부분은 〈『神曲』의 첫 페이지〉이다. 누구나 첫 페이지에 대한 기억은 선명하기 마련이다. 도손은 이 첫 부분 「지옥편」 제 1권 개요를 자세히 읽었을 것이다. 당시 문학청년인 도손의 문학적 감수성을 미루어 볼 때 대강 읽고 넘어가지 않았을 게 틀림없다. 그렇기 때문에 읽고서 감명 받은 부분은 반드시 기억을 하고 시를 쓸 때 시상(詩想)으로 떠올리고 30연이나 되는 장시 속에 오로지 4연의 3행과 4행에만 단테의 시상을 끼어 넣은 것으로 추정할 수 있다. 사실 도손의 시는 한 제목 아래 여러 종류의 시상이 들어 있어서, 각 연의 시상과 시어와 상상의 원천이 제각기 다른 특징을 지니고 있다. 예를 들어서 「풀베개」 4연 4행 중 1행과 2행은 신약성서의 마태복음 8장20절[5]을 연상시키는 대목으로 여기서 「かき」란 「머리둘 곳, 집안(垣, 牆)」을 의미하기 때문이다. 이처럼 도손의 시는 길면 길수록 마치 누더기를 걸친 것 같은 느낌을 줄 수도 있는 특성을 지니고 있다. 도손의 시어는 하나하나 도손의 머릿속에서 기억하고 있는 일본 고전문학과 서구문학의 언어들이 얽혀서 새로이 태어난 것들이다. 때로는 서구의 시상이나 언어에 도손 특유의 시어라는 옷을 입히기 때문에 그 표현의

---

4) 島崎藤村 前揭書 p.270
5) 하늘을 나는 새도 보금자리가 있으나 인자는 머리 둘 곳이 없구나. (마태복음 8장 20절)
   성경전서 표준 새번역 개정판 (대한성서공회 2001)
   空の鳥には巣がある。しかし、人の子にはまくらする所がない。 (マタイ 8:20)

원천을 찾기 힘들다. 그러나 서구문학에 익숙한 사람이라면 그 흔적을 찾는 데 오래 걸리지 않을 수 있다.

그렇다면 단테의 『神曲』의 「지옥편」 첫머리와 「풀베개」4연 중 특히 3행과 4행은 어떠한 공통된 시어가 숨어 있는지 분석해보고자 한다.

죽을 수밖에 없는 인생의 한 복판에서

            In the midway of this our mortal life,

어두운 숲속을 헤매고 있는 나를 본다.

            I found me in a gloomy wood, astray

곧장 가는 바른 길 잃어버린

            Gone from the path direct:

                    「지옥편」 제 1곡

즉 시인 단테 자신은 자신의 가야할 바른 길을 잃고 인생의 여행길에 있는 어두운 숲속에 헤매고 있으니 두렵고 안타까운 마음임을 고백하고 있다. 단테는 인생을 여행길에 비유하고 있다.

죽을 수밖에 인생(this our mortal life)을 하나의 여행길로 볼 때 인간은 여행자 나그네인 것이다. 여행자는 여행길(midway)에서 올바른 길(the path direct)에서 벗어나서 어두운 숲(gloomy wood)으로 들어가고 말았다. 그 숲 속에서 헤매고 있는 자신을 발견하는 단테의 고백과 여행길에서 홀로 있는 자신을 돌아보며 〈고독의 침잠 속(かなしいかなや人の身の)〉에서 자신은 얼마나 이정표를 잃고 길이 아닌 숲에서(道なき森に分け入りて) 왜 갈 길을 찾는지 답답한 자신의 모습(などなき道をもとむらん)을 돌아보는 도손의 심상(心想)은 같은 것이라 할 수 있다. 이 두 시는 자신의 인생길의 현 위치를 발견하고 안타까워하는

심정을 노래하고 있다 하겠다. 하지만 단테의 『神曲』의 「지옥편」1권 첫머리에 나오는 이 시의 다음 내용들은 숲속에서 무서운 들짐승들을 만나서 지옥에서 받는 벌을 체험하는 장면이 나오는 걸 보면6) 이 「어두운 숲속」은 산책할 수 있는 단순한 그런 숲 속이 아니라 산 속에 잠복해 있는 「음침한 골짜기」를 의미한다고 그 의미를 확장해 볼 수 있다고 생각한다. 길이 아니면 가지 말라는 간단한 가르침을 어기고 길이 아님을 알면서도 가게 되는 인간의 충동과 본능의 세계는 결국 길 없는 길에서 갈 길을 찾아 헤매는 인간의 존재의 어리석음과 안타까움을 한탄해 하는 고백적 시를 단테와 도손은 같은 맥락 속에서 표현하고 있다. 도손의 시에는 이와 비슷한 시상을 여러 시에 삽입하는 경향이 있는데 다음의 시를 보아도 그 시상의 전개가 동일하다는 걸 알 수 있다.

「**백자화병부**(白磁花瓶賦)」7)

자칫 <u>헤매기</u> 쉬운 　　さまよひやすき
<u>나그네여</u> 그대 　　　たびびとよ

---

6) lost his way in a gloomy wood, and being hindered by certain wild <u>beasts from ascending a mountain,</u>
Dante Alighieri 『The Divine Comedy』(Oxford London 1970) p.1 (CANTO Ⅰ, HELL)
7) 1897년(메이지30) 6월, 「문학계」에 발표된 후 『쪽배』(1898.6)에 수록되었다. 도손은 이 시에서 요절한 예술가의 생애를 노래하고 있다. 여기서는 당연히 세상을 하직한 동료 기타무라 도코쿠의 모습이 오버랩 되어 있다. 한편으로는 키이츠(John Keats)의 「Ode on a Grecian Urn(그리스 古瓶賦)」이 발상의 원전이라고 사사부치(笹淵友一)씨가 비교문학적 비평을 한 결과 키이츠는 상당히 신비적 정조(情調)를 지니고 도손은 화병의 이미지 자체만을 부각시킨 단순한 시어로 쓰였다고 한다. (『「文學界」とその時代』下재인용) 神田重幸 前揭書 p.72

실수하지 마시오.　　　なあやまりそ

가는 인생길　　　　　ゆくみちを　　　　　(26연)　『쪽배』

「백자화병부」의 26연의 이 시는 「인생길을 헤매기 쉬운 나그네여 나그네 된 그대는 인생행로를 잘못 가지 말기를 바라노라」는 의미의 시이다. 겐모치 다케히코(劍持武彦)는 「이 시는 「나그네여(たびびとよ)」라고 부르는 표현이 인생을 '여행'으로 보는 바쇼(松尾芭蕉)의 마음과도 일맥상통 한다」[8]고 지적하고 있다. 그의 해석을 보면 여기서의 「나그네여(たびびとよ)」라는 호칭의 단어는 세상을 허망하게 느끼는 방랑자의 의미가 강하다는 지적이다. 하지만 「나그네 인생」라는 의식은 도손의 전 생애를 통해서 나타나는 시어(詩語)로서 항상 자기 자신에게 환기시키는 언어로 의미된다. 이 의식은 도손의 내면에 새로이 생겨난 자각(自覺)으로서 일본 문학의 선배 고전작가인 바쇼를 어설프게 흉내 내는 것으로 그치는 것이 아니라 스스로 새로운 시각으로 자연과 인생을 응시하며 살고자 하는 의식을 「나그네」라는 언어를 사용하여 나타내는 것이라고 생각한다. 왜냐하면 26연의 이 시는 자기응시의 시로서 특히 사랑의 고뇌를 노래하고 있기 때문이다. 이 시는 사랑의 길을 잘못 들어서게 되어 겪게 되는 인생의 고난과 역경을 노래한 것이라 아니할 수 없기 때문이다. 희망에 찬 청춘이 가슴 아픈 꿈으로 사라져 버렸고, 사랑이 남기고 간 것은 사랑의 기쁨보다는 고통과 슬픔뿐이라는 탄식(さまよひやすき 인생길 쉬 헤매는)의 노래이다.

　물론 이 시 전체는 30연으로 되어 있어서 각 연마다 사용하고 있는 시어(詩語)의 발상이 제각각이어서 시 전체의 흐름이 긴밀한 연관성 없이 끊어지는 경향이 많다. 이 시의 전반부는 처녀의 순결을 중시하는

---

8) 『藤村詩集』(角川書店　1971)　p.203

도코쿠(北村透谷)의 연애관과 유사한 표현으로 노래하는 부분9)과 도코쿠의 박명(薄命)과 요절로 인한 예술의 미완성과 좌절감을 통감하는 부분10)으로 구성되어 있다. 그리고 후반부 27연부터 30연은 도코쿠(北村透谷)의 죽음을 애도하는 진혼가 형식의 노래로 구성되어 있다. 또한 높은 이상을 가지고 있는 도코쿠가 「백자 화병」하나 밖에 남기지 않은 예술가로서의 아쉬움에 대한 도손 나름대로의 비평도 빼놓지 않았으며 이와 함께 도코쿠의 죽음을 숙명으로 받아들임으로써 자연에 순응하는 도손의 자신의 자세를 그리면서 예술가 생애의 허망함과 청춘의 덧없음을 노래하고 있다. 도손은 「백자 화병」을 시어(詩語)로 사용하여 깨지기 쉬운 소재의 꽃병의 이미지로 도코쿠의 허망한 일생을 노래하고 있다고도 할 수 있다.

여기서 「인생길 쉬 헤매는 (さまよひやすき)」존재로서 자신을 응시하는 도손의 이러한 발상은 기독교적 성찰에서 온 것이라고 할 수 있지 않을까 필자는 생각한다. 적어도 정해진 길을 예시하는 것은 당시 기독교 문화11)에서 비롯된 것이며 도손은 기독교 문학인 단테의 『神曲』을

---

9) 순결한 천녀 마음 하얀 진주의　　をとめごころを真珠の
　　상자라고 친구는 보고 있지만　　蔵とは友の見てしかど
　　보물같은 마음을 열어봐야지　　宝の胸をひらくべき
　　사랑의 열쇠마적 없었겠는가　　恋の鍵だになかりしか　(14연)
　　이 부분은 도코쿠의 「천녀의 순결을 논하다(処女の純潔を論ず)」「연애는 세상사의 비밀의 열쇠이다(恋愛は人世の秘鑰なり)」를 통해서 「순결은 세상에서 황금, 유리, 진주와 같다」고 한 표현들과 유사하다고 할 수 있다. 神田重幸 前掲書 pp.80〜81
10) 「薄き縁」(6연) 「落ちてくやしき青梅」(10연) 「薄き蝉の羽」(11연)
11) 당시 메이지 학원에서는 성서 다음으로 퓨리타니즘, 즉 청교도주의적 기독교 문학인 존 버년의 『천로역정(Pilgrim's Progress)』이 가장 유행하였기 때문에 도손도 원서로 접했을 것으로 추정해 볼 때 「천국」과 「지옥」이라는 이원론적인 기독교 사상과 문화에 대한 수용까지는 아니라 하더라도 이해는 했으리라 생각된다.

이미 메이지 학원 시절 읽었기 때문에 바른 길과 잘못된 길의 분별이 명확했을 게 틀림없고 그래서 갈등이 있는 것이다. 기준이 없다면 갈등도 없고 선택에 방황할 필요도 없는 것이다. 도손에게 있어서 연애의 잣대는 허락된 사랑과 금단의 사랑이다. 단테의 『神曲』에서 가장 첫 페이지에서 시작되는 「지옥편」을 분명히 읽은 도손은 남녀 사랑, 연애만 생각하면 지옥으로 떨어지는 고통의 연애부터 생각하게 되었다. 그 이유는 첫 사랑 사토 스케코는 이미 약혼자가 있던 몸이었으므로 해서는 안 될 사랑임을 깨닫고 그 사랑에 상처받고 관서 표박을 떠난 적이 있는 점을 미루어 보아도 알 수 있는 것이다.

그렇다면 단테의 『神曲』의 「지옥편」 첫머리에 나타나는 원문에서 「백자화병부」 26연에 표현되어 있는 시어(詩語)들, 즉 ①「헤매는(さまよひ)」 ②「잘못 들어서다(あやまち)」 ③「행로(みち)」에 해당하는 공통된 시어절을 찾아보아야 도손과 단테의 수용관계가 성립된다고 생각한다. 원문[12]을 대조해 보면 다음과 같다.

① 헤매고(astray)「헤매는(さまよひ)」
② 바른 길을 잃고(Gone from the path direct)「잘못 들어서다(あやまち)」
③ 여행길 한 복판(midway)「행로(みち)」

놀랍게도 이 부분은 「풀베개」 4연의 3행과 4행에 나오는 시상과 똑같은 표현의 시어로 이루어져 있음을 알 수 있다. 물론 같은 부분을 투영시켰어도 「풀베개」 4연에서는 사망의 음침한 골짜기를 연상시키는 「어

---

12) 「지옥편」 제 1곡 (앞에 번역되어 있음 참조)
Dante Alighieri 『The Divine Comedy』(Oxford London 1970) p.1
(CANTO Ⅰ, HELL)

두운 숲속(gloomy wood)」을 시어로 채택하여 잘못된 사랑의 종말에 대한 두려움을 갖게 하는 시상(詩想)을 전개했으나, 「백자화병부」26연에서는 인간 존재를 방황하기 쉬운 존재로, 잘못된 길로 빠지기 쉬운 존재로 시상을 전개했다는 점이 조금씩 다르다고 할 수 있다. 이처럼 도손은 한 가지의 시어(詩語) 내지는 시상(詩想)을 그의 시의 여러 군데에 삽입하여 장시(長詩)의 경우는 조각조각 퍼즐을 만드는 것과 같은 시작(詩作)을 취하고 있다. 따라서 도손의 시는 독자가 숨은 그림 찾듯이, 아니면 퍼즐을 맞추듯이 시상의 원천을 찾아내야 보다 충분한 감상을 할 수 있는 특징의 시라 할 수 있다.

「새 파도(新潮)」13)

이일을 생각하니 가슴 메여서	これを思へば胸満ちて
흘러내리는 눈물 막을 길 없어	流るる涙せきあへず
바로 옆에 있는 노 들어올려서	今はた櫂をうちふりて
파도와 싸워나갈 힘이 없어져	波と戦う力なく
<u>졸도해 쓰러지는 사람과 같이</u>	<u>死して仆るる人のごと</u>
<u>이 몸을 뱃바닥에 던져버렸다</u>	<u>身を舟板に投げ伏しぬ</u>　(21연)

『여름풀』

---

13) 1898년(메이지31년)12월 春陽堂에서 간행된 『여름풀』에 수록. 『여름풀』에 수록된 시들은 1898년 여름 은인의 아들인 요시무라 기(吉村樹)와 함께 기소 후쿠시마(木曾福島)에 있는 누나 시댁 다카세(高瀬)댁을 방문하여 머물고 있을 때 지은 시들이다. 이 시편은 7·5조6행을 기조로 1연을 형성. 2장으로 나뉘어 구성되어 있다.
「새 파도(新潮)」는 새로이 밀려오는 파도의 물결이라는 뜻이지만 여기서는 희망에 찬 새로운 삶을 가리킨다.

이 시는 28연이나 되는 장시(長詩)로서 전체적인 기조(基調)는 인간의 기구한 운명과 죽음을 통회하는 서정의 노래이다. 전체적으로는 운명 앞에서 어쩔 수 없는 인간의 나약함을 한탄해 하면서도 험한 파도 앞에 떠 있는 작은 조각배(쪽배)를 힘써 노를 저어 가야하는 도손 자신을 투영시킨 시이다. 이 시를 지을 때의 도손의 내면에는 1894년(메이지27)에 자살로 세상을 떠난 선배 도코쿠의 죽음과 1895년의 사토 스케코(佐藤輔子)의 죽음과 그 다음해 1896년에 당한 도손의 모친상이라는 계속되는 죽음의 체험으로 인한 인생의 허무함이 깔려 있었다. 이러한 연속되는 애도의 사건 2년 후 간신히 마음을 추스르고 나서 1898년 여름에 누나 집에 머물면서 이 시를 지은 것이므로 도손은 이러한 비운의 인생을 시로 노래함으로써 자신의 인생에 대한 새로운 다짐을 하고자 한 것으로 생각된다. 이러한 시사(示唆)는 이 시의 마지막 연(28연)[14]에 잘 나타나 나 있다. 그야말로 「희망에 찬 새로운 삶을 살자고 스스로 다짐하는(運命を追ふて活きて帰らん 운명을 따라잡아 힘차게 돌아가자)」표현, 다시 말해서 새로운 삶의 희망의 파도를 타고(ああ新潮にうち乗りて 아, 밀려오는 파도 노 저어타고) 운명을 극복하여 살아가자는 다짐의 표현으로 끝난다. 여기서 도손이 갖고 있는 생에 대한 강렬한 긍정의 자세[15]를 엿볼 수 있다. 따라서 「새 파도(新潮)」라는 제목도

---

14) 파도가 일렁이며 넘실거리면   砕かば砕けいでさらば
    파도를 가르는 노여기 있으니   波うつ櫂はここにあり
    설령 이내 뱃길이 어둡더라도   たとへ舟路は暗くとも
    세상을 이길 길은 이 앞에 있어   世に勝つ道は前にあり
    아, 밀려오는 파도 노 저어타고   ああ新潮にうち乗りて
    <u>운명을 따라잡아 힘차게 돌아가자</u>   運命を追ふて活きて帰らん (28연)
                                                   『여름풀』(필자 역)

15) 「この世の中には自分の知らないことがたくさんある―今ここで死んでもツマラナイ 이 세상에는 내가 모르는 게 많다. ― 지금 여기서 죽은 들 신통

문자대로라면 새로이 밀려오는 파도의 물결이라는 뜻이지만 여기서는 「희망에 찬 새로운 삶」을 가리킨다고 한다면 너무 비약일까?

『여름풀』에 실려 있는 시들은 대부분이 연애지상주의로 일관하고 있는 『새싹집』과는 달리 연애서정시는 거의 보이지 않고 한결같이 인간의 삶과 죽음이라는 운명의 문제를 다루고 있는 시상(詩想)으로 구성하려는 의욕이 배태되어 있다. 이러한 의욕으로 인해서 도손은 시상의 변화를 추구하는 가운데 이윽고 『낙매집』을 집필하면서는 서서히 산문의 세계로 들어가려는 경향이 짙어지고 자연과 인생을 관찰하고 관조하는 사생적(写生的)인 시상(詩想)을 추구하다가, 마침내는 시와 이별하게 된다.

그렇다면 도손의 「새 파도」(21연)와 단테가 무슨 연관이 있고 공통된 시어가 있는지 분석해 보자. 1행에서 4행까지는 분명히 도코쿠의 죽음을 생각하면서 복받치는 슬픔과 흐르는 눈물을 주체할 수 없는 상태를 나타내고 있다. 그런데 그 슬픔으로 눈앞이 캄캄해지면서 실신하여 쓰러질 듯한 자신을 보면서 언뜻 단테의 『神曲』의 「지옥편」을 떠올린 것이다. 그래서 5행과 6행에는 「지옥편」 제5곡의 마지막 종결 부분을 삽입한 것이다. 이 「지옥편」 제5곡에서는 바울과 프란체스카의 비극적 사랑의 종말을 프란체스카의 영혼의 목소리를 통해서 들은 단테의 심상(心想)을 그려낸 것이다. 단테가 비련(悲恋)의 종말, 죽음에 상심하여 프란

한 일 있을까?」
여기서는 죽음을 생각했던 기시모토 스테키치(岸本捨吉)가 파도치는 해안가에 서서 마음을 고쳐먹고 삶에 대한 강한 의지를 보여주고 있다. 따라서 한 순간의 격분과 격정으로 죽음을 택하는 것이 얼마나 잘못된 길인가를 도코쿠의 죽음을 애도하면서도 자신의 삶에의 의지를 다시 한 번 다짐하여 마지막 28연을 마무리 짓고 있음을 알 수 있다.
島崎藤村 『島崎藤村集(二)』「春」42장 (集英社 1974) p.64

체스카에 대해 너무나 안타깝고 가엽다는 연민의 정이 복받쳐서 가슴아파한 나머지, 「마치 죽은 사람처럼 별안간 졸도하듯 쓰러지는(死して仆るる人のごと졸도해 쓰러지는 사람과 같이like a corse fell to the ground)」장면16)을 도손은 이 시에 삽입하여 극적인 풍정(風情)을 설정한 것이다. 여기서 단테는 근친상간의 금단의 사랑의 죄악감을 탓하기보다는 「죽음」을 면할 수 없는 인간의 운명을 슬퍼한 것이다. 이처럼 「죽음」을 안타까워하고 인간의 파란 만장한 운명을 슬퍼하는 점이 도손과 단테의 공통점이라 할 수 있다. 도손은 누누이 지적하고 있는 바와 같이 시상(詩想) 하나를 생각하는 순간에 여러 가지 시재(詩材)를 떠올려 각 연마다 특징을 달리하는 시작(詩作)을 하는 특성이 있다. 예를 들면 「새 파도」 21연의 바로 앞인 20연에서는 인생은 한바탕의 일장춘몽(一場春夢)이라면서 인생살이의 허망함과 생명의 부질없음을 개탄하면서 21연과는 전혀 다른 일본 고전 문학의 「와카(和歌)」를 떠올려17) 도손의 근대시적 운율인 7·5조로 노래하고 있는 것이다.

단테의 서사시와 도손의 어휘를 분석 정리하여 대비시켜보면 공통된

---

16) 이처럼 한 영혼이 말하는 동안
　　　　　　While thus one spirit spake,
다른 한 영혼은 너무도 애처롭게 울부짖어 가슴이 메었다.
　　　　　　The other wail〈d so sorely, that hear−struck
나는 동정심으로 졸도하여 죽을 것 같았다.
　　　　　　I, through compassion fainting, seem〈d not far
그리고는 마치 죽은 사람처럼 바닥에 쓰러졌다.
　　　　　　From death, and like a corse fell to the ground.
　　　　　　　　　　　　　　　Dante Alighieri, Ibid. p.26
17) 「春の夜の夢の浮橋とだえして嶺にわかるるよこ雲のそら」
　　　　　　『新古今集』巻一　春上、藤原定家(5·7·5·7·7)
　人の命は春の夜の　　　사람의 목숨이란봄날 밤 꾸는
　夢とやげにも夢ならば　꿈이란 말인가실로 꿈이라 (20연) (7·5조)

시어가 발견되고 원문과 대조하여보면 다음과 같이 시어(詩語)의 수용
관계를 알 수 있다.

　① 졸도하여 죽을 (I, through… fainting,…. not far, From death)
　　졸도해(死して)

　② 죽은 사람 a corse쓰러지는 사람(仆るる人)
　③ 처럼(like) 과 같이(のごと)
　④ 바닥에(to the ground) 뱃바닥에(身を舟板に)
　⑤ 쓰러졌다(fell) 던져버렸다(投げ伏しぬ)

　그러나 프랑스의 비교문학자 마리우스(Marius−François Guyard)는
비교문학이란 「결코 비교가 아니다」18)라고 했듯이 도손과 단테 두 사
람의 관계는 결코 단순비교가 아니다. 만일 단순비교라면 절대로 비교
문학적 비평이라 할 수 없는 것이다. 진정한 비교문학이란 국가 간의
두 작품의 상호관계가 성립되고 수용과 변용과 차용이 확실히 드러나고
거기에 존재한 사실(factor)의 관련성을 연구하는 것이다. 이렇게 볼
때 두 작품은 비교문학적 고찰의 가치가 있는 것이라고 생각한다. 두
작품 중 「한 작품이 얼마나 많은 지식을 자신의 작품 속에 사용했으며
어떠한 정신적 관계가 성립되었는지를 조사 분석하는 것이 진정한 비교
문학」19)이라고 정의를 내릴 때 도손의 근대시와 단테의 「신곡(神曲)」
을 비교하는 것은 비교문학의 합리성에 공헌하는 것으로 생각된다. 도
손은 기독교 문학인 단테의 「신곡(神曲)」에서 많은 지식을 얻어서 자신

---

18) Marius−François Guyard 『La Littérature Comparée』 Universitaires de
　　France
　　福田陸太郎 譯 『比較文學』(白水社 1953) p.12
19) 前揭書 p.10

의 시에 수용하고 변용하여 하나의 「관계」를 성립시켰다 할 수 있다. 도손과 단테의 「관계」를 정의 내릴 때 우연한 관계가 아니라 「영향관계」[20]로 들어갔다고 할 수 있으며 도손은 자신의 시상(詩想)에 단테의 시상을 차용한 것이라 하겠다.

「높은 산에 올라가 멀리 바라보는 노래
(高山に登りて遠く望むの歌)」[21]

아아, 넓은 하늘에 바람이 불면	ああ大空に風吹けば
구름이 저 혼자서 흘러가듯이	雲おのづから舞ふこどく
안개 속을 <u>헤매어</u> 갇혀 있다가	<u>迷ひの霧</u>にこめられし
<u>어두운 골짜기를 빠져나와서</u>	<u>暗き谷間を歩みいで</u>
산봉우리 오르니 때를 기다려	高根にあれば時を得て
더욱 벅차오르는 이 나의 마음	はるかに揚るわが心　(5연)

『여름풀』

이 부분 역시 단테의 『神曲』의 「지옥편」 첫머리와 비슷한 공통된 시어가 될 수 있다고 주장하고 싶지만 조금은 무리한 면이 있다. 하지만 일단 시어(詩語)를 정리해 보면 도손만의 독특한 시작(詩作)의 모방적

---

20) 동시대 － 상호관계
　　다른 시대 － 영향관계

21) 이 시의 전체 기조는 6연6행 7·5조 정형시로서 『여름풀』에 수록되어 있는데, 멀리 바라보는 것은 도손 자신의 미래를 의미하며 실제로는 산 넘어 저편에 있는 고향 신슈(信州)의 기소(木曾)를 바라보고 있는 것이다. 높은 산을 소재로 한 것은 도손의 마지막 시집인 『낙매집』에 실려 있는 「울리네, 달랑달랑 소리가 달랑달랑(響りんりん音りんりん)」이라는 시의 원형(原型)으로서 그 발상이 같다고 할 수 있다.

창의성도 엿볼 수 있다고 생각하면서, 분석해보면 다음과 같다.

인생의 여행길 한 복판에서

        In the midway of this our mortal life,

<u>어두운 숲속을 헤매고</u> 있구나.

        I found me <u>in a gloomy wood</u>, <u>astray</u>

우리의 바른 길을 잃고

        Gone from the path direct:

            「지옥편」 제 1곡 (필자역)

① 헤매고(astray) 迷ひ(헤매어)

② 어두운(gloomy) 暗き(어두운)

③ 숲속을(in a wood) 谷間を(골짜기를)

교묘하게도 단어의 공통된 시어는 정확하게 맞출 수 있기는 하지만 두 시의 시상(詩想)은 같다고 할 수 없으므로 단어의 일치만으로 수용이라고 단정 짓는 데는 무리한 감이 없지 않다. 하지만 단테『神曲』의 「지옥편」과는 달리 도손은 처음부터 높은 산에 올라가 망향의 그리움을 노래하려 한 듯하다(1,2연). 그리고 마지막 부분(6연)에서도「구름에 가려 보이지 않는 고향을」 안타까워하고 있는 심경을 노래하고 있다. 그럼에도 불구하고 도손은 자신의 뇌리에서 떠나지 않는 서구문학의 표현들을 어딘가에 한 군데라도 끼워 넣는 버릇을 여기서도 여지없이 발휘하고 있는 것이다. 이 시 전체를 감상해보면 알겠지만 지극히 서경적이고 자연을 관찰하는 듯한 묘사로 사생적(写生的)이기까지 한 기조(基調) 위에 도손은 별안간 서정적인 시상(詩想)을 집어넣은 것이다. 도손은 시를 짓는 순간순간 자신의 감정을 창의적으로 표현하기에는 역부족을 느끼고 있었지 않았나 하는 생각마저 들게 한다. 한 마디로 도손은 낭만파 시인으로서의 자질이 부족한 때문이 아닌지 생각하게 된다. 왜냐하면 낭만주의 시인의 기본 조건은 풍부한 상상력이 담보되어야 하기 때문이다. 상상력이 부족한 도손은 자신이 구상한 시상에 맞는 동서양의 고전을 수용하고 변용하여 시상을 이어가는 시작법(詩作法)을 구사하고 있었다고 생각한다. 이른바 환골탈태 수법이라 하겠다. 도손은 이 시에서도 자신이 줄줄이 외우고 있었던 서구문학의 고전인 단테의『神曲』을 떠올려 자신의 서정을 넣은 것이라고 할 수 있다.

하지만 한 편으로는 오히려 이 부분은 구약성서의 「시편 23편」[22]과의 관련성이 더 있지 않는가 하는 생각도 든다. 왜냐하면 도손의 이 시는 프란체스카와 바울과의 허락되지 않는 사랑의 고뇌를 그린 단테『神曲』의 「지옥편」과는 달리, 도손이 지난날을 회상하면서 자신의 내면적 문제, 즉 과거를 되돌아보면서 청춘시절의 방황을 표현하고 있기 때문이다. 1893년 도손의 나이 22살 때 이미 약혼자가 있었던 제자 사토 스케코를 메이지여학교 교사 신분으로 사랑하게 된 고뇌와 자책감, 그로 인한 관서 표박(漂迫)을 돌이켜 보면서 파노라마처럼 펼쳐지는 그의 지난날의 애로(隘路)와 마음고생[23]을 생각할 때 불현듯이 「I found me

---

22) 死の陰の谷を歩むとも(죽음의 그늘 골짜기를 다닐찌라도) (日本聖書公会 1955년)

23) 1894년(메이지27)의 토코쿠의 자살(5월 16일)과 큰 형 히데오(秀雄)의 투옥(5월 말), 1895년(메이지28)의 연인이었던 사토 스케코의 갑작스런 죽음, 1896년(메이지29) 10월 25일, 모친이 콜레라로 세상을 떠나게 된 일 등을 가리킨다. 사토 스케코는 1895년(메이지28) 5월 29일 원래의 약혼자인 시카우츠 도요타로(鹿討豊太郞:삿포로 농업학교 강사)와 결혼하였으나, 8월13일 입덧이 너무 심하여 지독히 쇄약해져서 사망하게 됨. 伊東一夫『島崎藤村事典』前揭書 p.580

in a gloomy wood, astray(어두운 숲속을 헤매고 있었구나).」가 떠올랐을 것으로 추정된다. 도손은 상상력은 부족하나 당시의 동서양의 고전을 섭렵하고 있었기 때문에 충분히 입에서 톡 튀어나올 정도였을 것이라고 생각한다.

게다가 결정적으로 다르게 변용한 표현도 발견할 수 있다. 그것은 단테『神曲』의「지옥편」에서는 허락되지 않은 사랑의 죄의식으로 인해서 어두움에서 벗어나지 못 하고「헤매고 있는 자신을 발견(I found me in a gloomy wood, astray)」하는 표현이지만, 도손의 이 시는「어두운 골짜기를 빠져나와서(暗き谷間を歩みいで)」산꼭대기까지 올라가 가슴을 활짝 열고 희망에 차서「더욱 벅차오르는 이 나의 마음(はるかに揚るわが心)」이라고 고무된 심정을 노래하는 표현이라는 것이다.

「높은 산에 올라가」라는 제목인 만큼 이 시는 높은 산을 오르는 풍정(風情)이므로「어두운 숲속(a gloomy wood)」을「어두운 골짜기(暗き谷間)」로 바꾸어 놓았다. 따라서 도손은 단테『神曲』의「지옥편(제1곡)」을 기억하여「높은 산에 올라가…(중략)…(5연)」에 넣은 게 분명하다고 할 수 있겠다. 이처럼 도손은 서구 문학을 수용을 할 때도 언어가 가진 풍토에 맞게 변용하는 정교함을 보인다.

「**혼인축가**(婚姻の祝の歌)」[24]

1장 8연, 2장 14연 4행시 7·5조

눈길을 한데모아 사람들이여　　　まなこをそそげ人びとよ

---

24) 2장으로 나뉘어 1장은 8연, 2장은 14연으로 구성되어 있고 각 연은 4행시 7·5조 정형시이다.
　　『여름풀』에 수록

일찍부터 <u>사람들</u> 모여들었네　　　　はやかの<u>群れ</u>はちかづきぬ

함께 <u>따라</u> 들어온 처녀 아가씨　　　<u>ともなひきたる</u> をとめごの

<u>빛나는</u> 그 자태를 바라보시오　　　<u>かがやきわたる</u>さまを見よ

(1장 5연) 『여름풀』

우리의 아릿따운 <u>꽃을 든 신부</u>　　　わが<u>うるはしき花よめ</u>は

보라색 꽃피우는 <u>붓꽃</u>이어라　　　　むらさきにさく<u>あやめ</u>なり

(1장 6연 1, 2행) 『여름풀』

「혼인축가」의 「빛나는 그 자태로 오시는 모습(かがやきわたるさま
を見よ)」(1장 5연 4행)과 그 다음의 6연 〈아름다운 꽃을 든 신부(うる
はしき花よめ)〉의 표현은 서구적인 이미지를 풍긴다고 생각한다. 서구
문학 중에서도 단테 『神曲』의 「연옥편(purgatory)」의 제 30곡 노래 중
단테 앞에 〈베아트리체〉25)가 천국에서 내려오는 장면을 연상하게 한
다. 단테 『神曲』의 이 부분에서는 베아트리체가 나타나는 자태가 상당
히 상세하게 그려져 있는데, 그 안에서 도손은 이미지 전체를 수용한
것 같다. 이 곡의 대강 줄거리는 다음과 같다.

　일제히 노랫소리가 들리고 꽃이 구름처럼 주위 가득히 뿌려졌을 때
그 수레 위에 〈기품 있는 왕녀의 자태를 갖춘 베아트리체〉가 일어선다.
단테의 마음속에는 옛날의 사랑의 불꽃이 다시 세차게 타오른다. 베아

---

25) Beatrice:단테가 9살 때(1274년) 처음으로 만난 첫사랑이며, 단테가 18살이
　　되던 해 9년 만에 다시 만나게 되어 베아트리체를 지상의 천사라고 생각하
　　고 모든 정열을 기울였으나 베아트리체는 25살의 나이로 요절한다. 베아트
　　리체의 죽음 후 육체적 쾌락을 추구하다가 바른 길로 가지 못한 단테를 구하
　　기 위하여 베아트리체는 연옥에 머문다. 드디어 단테와 베아트리체는 강을
　　사이에 두고 연옥에서 만나, 단테가 베아트리체의 구원의 안내를 받는 장면
　　이다. 베아트리체는 신학의 상징이다. Dante Alighieri, Ibid. p.523

트리체가 단테의 이름을 부르며 올바른 길을 벗어난 과거 10년 동안의
그의 행동을 꾸짖는다.

"신부여! 레바논으로부터 나오라" 하고
노래를 부르며 세 번 외쳤다.
나머지 사람들 모두가 그 소리에 합창했다.
"중략"
"복되도다. 오시는 이여!" 하고 그들은 외치면서
"오! 손 안 가득한 시들지 않은 백합을 흩뿌려라."
그러면서 꽃을 머리 위로, 주변 가득히 흩뿌렸다.
일찍이 여명(黎明)을 보았을 때
동녘 하늘은 온통 장밋빛으로 물들고
서녘 하늘은 맑게 개어 고요하고
떠오르는 해의 얼굴이
아침 안개의 너울로 가리워져
눈으로 오래 볼 수 있었는데
지금 그 모양과 흡사하게 천사의 손으로부터
수레의 안팎으로 흩어지는
꽃구름 속에서
하얀 너울을 쓰고 감람(橄欖)나무 관을 쓴 처녀가
눈앞에 나타났다. 녹색 망토 밑에는 불꽃같이 빛나는 붉은 옷을 입고
있었다.

「연옥편(Purgatory) 제30곡」

두 시의 공통된 시어로 추정되는 시어를 정리해보면 다음과 같다.

① 사람들(人びと群れ)　　　all the rest (나머지 사람들)

② 처녀 아가씨(をとめご)　A virgin (처녀)

③ 빛나는 그 자태로(かがやきわたるさま)

　　　　　　　　　living flame(불꽃같이 빛나는)

④ 따라 들어온(ともなひきたる)

　　　　　　　　　in my view appeared (눈앞에 나타났다)

⑤ 꽃을 든 신부(花よめ)　spouse (신부)

⑥ 아름다운 꽃(うるはしき花)

　　　　　　　　　Unwithering lilies(시들지 않은 백합)

대체로 영어의 의미를 따라서 번역은 하되 소리 내어 읽었을 때 물 흐르는 듯한 어휘를 선택하여 무리 없이 시어를 수용하였으나 몇 가지 원문과는 의미가 다른 어휘수용을 볼 수 있다.

③의 경우는 직역으로 하면 「빛나는 그 자태로(かがやきわたるさま)」이지만 도손이 읽은 영어 원문 「living flame (불꽃같이 빛나는)」이라는 표현은 사실 「색깔(hue)」을 나타낸다. 도손은 「living flame」만 생각하여 「활활 타오르는 불꽃」에서 「불꽃이 빛나는」 의미로 본 것 같다. 단테는 기품 있는 모습을 색깔로 정하는 경향이 있는데, 예를 들면 이 시에서 베아트리체의 의상 색깔은 흰색(white veil)과 녹색(Green mantle)과 타오르는 불꽃의 빨강(hue of living flame)으로 이루어져 있고, 「연옥편 제29곡」에서도 「세 천사의 색깔」26)을 세 가지의 색, 즉

---

26) Three nymphs, ⋯중략⋯The one so ruddy, that her form had scarce
　　　세 천사⋯(중략)⋯ 하나는 너무 빨개서
　Been known within a furnace of clear flame;
　선명한 불꽃 속에 있다면 구별도 못할 만큼이고, 또 하나는
　　　The next did look, as if the flesh and bones

흰색과 녹색과 빨강으로 정해 놓았음을 알 수 있다. 여기서 흰색은 믿음을, 녹색은 소망을, 빨강은 격렬한 사랑을 상징하고 있다.

　6연 2행에서는 신부를 보고 「보라색 꽃피우는 <u>붓꽃</u>이어라(むらさきにさく<u>あやめ</u>なり)」고 하면서 「붓꽃」에 비유하는데, 이 꽃 역시 도손이 평소부터 좋아하는 보라색 꽃이다. 빨강과 파랑의 중간색인 보라색이 순수한 색깔은 아니지만 「보라색」[27]이라는 색채가 상징하는 인간 일반의 심정(心情)에서 볼 때 보라는 부드럽고 아름다움(優婉), 고귀함, 신비함, 불안함, 영원함을 나타내는 성향이 강하다. 이토오 카즈오(伊東一夫)는 「도손은 특히 자연미로서 나타난 보라색이 갖는 신비성과 영원성에 끌려서 작품 전반에 보라라는 색깔이 갖고 있는 독특한 상징성을 그의 작품 전반에 시재(詩材)로서 다양하게 사용하고 있는데, 보라색이 주는 신비성과 영원성에 끌리지 않았나 생각 한다」[28]는 이토의 말 그대로이다. 이 시에서 「아름다운 신부(うるはしき花よめ)」는 「보라색 꽃이 피는 붓꽃(むらさきにさくあやめ)」에 비유되고 있는 점에 착안해 보아도 알 수 있는데, 신부는 아직 밝혀진 것이 없이 베일에 가려진 비밀스런 존재임을 보라색이 갖는 신비성이라는 특성에서 끌어낸 것이다. 보라색이 주는 상징성 중에서 신부가 지닌 사랑의 영원성을 끌어내어 「보라색 꽃」을 시어로 채택하고 있다고 생각한다. 다시 말해서 도손은 「보라색을 통해 자연을 예리한 눈으로 관찰」[29]하는데, 인간도 자연의

　　그 뼈와 살이 마치 에메랄드로 만들어진 것처럼 녹색이고,
　　　　　　　Were emerald; snow new－fallen seem'd the third.
　　세 번째 천사는 방금내린 눈같이 희었다.

　　　　　　　　　　　　　　　　　　Dante Alighieri, Ibid. p.327

27) 보라색은 동양에서는 귀족의 이미지이다. 신라 백제 시대에도 그랬거니와 특히 일본에서는 성덕태자가 관위 12계급을 정하여 제일 신분이 높은 사람에게 보라색 모자와 띠를 갖추게 한 데에서 더욱 전통적 관습이 되었다.
28) 伊東一夫, 前揭書 pp.437～438

일부이므로 신부를 보라색이 갖는 상징성을 통해서 아름답고 고귀하고 신비한 존재로 관찰하고 있으니 보라색에 대해서 특별한 시각을 가지고 있음을 알 수 있다.

하지만 7연을 보면 다시 서구적인 표현으로「머리에는 산 속의 하얀 백합화(髮には谷の白百合の)」를 장식한 신부의 자태를 묘사하고 있듯이 같은 시 안에서도 각 연마다 시재(詩材)를 적절히 다양하게 사용하여 서구적 이미지와 일본 전통적인 이미지를 동시에 나타내는 시작법을 쓰고 있다.「머리에…(중략)…백합화」[30]를 장식한 신부의 자태는 분명히 서구적 이미지이지, 일본전통의 이미지는 결코 아니다. 서구의 결혼식에서는 머리에는 꽃 장식을, 손에는 부케를 들고 있다. 일본의 전통 결혼식은 결코 머리에 꽃을 달지 않는다. 머리에도 여자의 손에도 아무 것도 들지 않는다. 두 손을 얌전히 포개고 걸어 들어온다. 질투의 뿔을 억제하거나 감춘다는 뜻으로 면이나 비단으로 된「쓰노가쿠시(角隠し)」[31]라는 흰 두건을 쓰고 등장한다. 더욱이「산 속의 하얀 백합화」[32]라는 백합꽃은 청순한 처녀를 상징하는 서구적 이미지를 시재

---

29) 구름을 묘사하고 수식하는 형용사로써 사용, 예) 연보라색 구름(薄紫の雲), 보라색 구름(紫雲), 上揭書. p.437

30) 백합은 르네상스 회화에 있어서와 마찬가지로 순결을 상징한다. 성모 마리아와 동정성녀들과 관련이 깊다. 수태고지 장면에서는 꽃병에 백합이 꽂혀 있거나 또는 천사가브리엘이 손에 백합을 들고 있는 그림들이 상징적으로 그려졌다. ジエイムス・ホル著 監修: 高階秀爾『西洋美術讀解事典』(河出書房新社 1988) p.352

31) 정형,『일본, 일본인, 일본문화』(다락원 2004) p.40

32) 『구약성서』「아가(2장 1−2절)」에 나오는「シャロンの野花、谷の百合花」의 이미지이기도 하다. 구약성서의「골짜기의 백합화」는 팔레스타인의 들판에 흔히 피는 들꽃이다. 꺾꽂이를 하여 번식시키므로 어떤 인류학자는 무궁화라고 주장하고 있다.
『관주 톰슨성경』(기독지혜사 1984) p.960

(詩材)로 쓰고 있는데, 이미 르네상스 시대부터 순결을 상징해온 꽃이며 12세기부터 백합은 「프랑스 왕가의 문장(紋章)」[33]이기도 하였다.

이처럼 도손은 다양한 서구적 이미지가 뇌리에서 떠나지 않아 시상(詩想)에 맞는 구절이나 시어(詩語)를 곳곳에 점철시키는 특징이 있다. 다음의 2장 10연을 보면 더욱 잘 나타나 있다.

인연 맺는 신에게 허락받아서	緣の神にゆるされて
두 사람 몸은 지상만이 아니라	ふたり身は世に合ふのみか
서로가 사모하는 가슴의 불꽃	たがひに慕ふ胸の火は
마음의 하늘에도 타오르누나	心の空にもゆるかな (2장 10연)

『여름풀』

① '인연을 맺어주는 신의 허락에'라는 표현으로 시작되는 이 2장 10연의 흐름을 보면 신성하고 순결한 「혼인축가」의 이미지가 넘치던 1장 5연과 6연과는 달리, 왠지 안타깝고 슬픈 사랑을 구상하고 있는 듯한 느낌을 주고 있다. 왜 축복이라는 표현을 쓰지 않고 「허락받은 인연」이라는 표현을 쓰고 있는 것일까? 이 10연은 두 사람의 결혼이 사랑의 신의 허락으로 이루어진 것이며 이 두 사람의 몸은 이 세상에서뿐만 아니라 저 세상에서도 결코 떨어질 수 없어서 죽어서도 둘이 한 몸 되어 「하늘」에서 사랑의 정염(情炎)을 불태우고 있는 장면을 연상하게 한다.

단테의 『신곡(神曲)』의 「지옥편 제 5곡」[34]을 보면 비련의 두 사람

---

33) 프랑스 국왕의 문장(紋章)으로 사용된 것은 프랑크 왕 크로비스가 기독교로 개종했을 때 세례를 받음으로 해서 정결(淨潔)해진 것을 기념으로 순결을 상징하는 백합을 왕 자신이 백합의 문장(紋章)을 선택했다고 한다. 국왕이 백합을 공식적인 문양으로 채택한 것은 12세기 이후부터이다. ジエイムス・ホル著 前揭書 pp.352～353

바울과 프란체스카는 칠흑 같은 지옥의 하늘을 뜨거운 바람에 떠밀려 다니면서도 절대로 두 몸이 떨어지지 않도록 꼭 끌어안은 채 영원히 지옥의 광풍에 실려 다닌다.

마치 ②「마음의 하늘(心の空)」은 마음에 속해있는 하늘인 것과 같은 은유법을 쓰고 있는 듯하지만, 이 표현은 단테의 시어(詩語)를 변용한 것이 아닌가 생각된다. 왜냐하면 별안간 ③「지상에서뿐일까(世に合ふのみか)」라는 표현을 사용함으로써 세상(世), 즉 「지상」과 「하늘(空)」을 대조적으로 표현하고 있기 때문이다. 도손은 세상에서 사는 동안에 하는 사랑, 즉 지상의 사랑이 축복받은 사랑이라는 시상(詩想)을 따라서 쓰다가 죽어서도 함께하는 천상의 사랑을 떠올려 지옥에 가서까지도 불타는 사랑을 하면서 아파하는 프란체스카의 비극적 사랑의 시상을 순간적으로 떠올린 것이라고 생각한다. 만일 단순히 불교적 종교사상을 가지고 썼다면 이 세상(この世)과 저세상(あの世)의 극락정토의 시어를 사용해야 했을 것이다. 왜냐하면 일본사회에서는 이 세상에서의 사랑이 이루어질 수 없는 경우는 저세상, 극락정토에 소망을 두고 「신주(心中)」35)를 함으로써 미화시키고 있었기 때문이다.

---

34) 이 곡은 지옥 중에서도 제2옥의 중천에서 일어난 일을 단테가 노래한 것이다. 죄를 규명하는 심판관 미노스(Minos)가 죄상에 따라 영혼을 저마다의 골짜기로 떨어뜨린다. 이 중천에서는 육욕(肉慾)의 죄를 범한 자에게 지옥의 광풍(狂風)이 쉴 새 없이 휘몰아치고 있다. 헬레나, 클레오파트라 등에 잇따라서 사후(死後)에도 둘이 같이 사는 바울과 프란체스카의 영혼이 날아와 있다. 단테의 청을 받아들여 프란체스카는 그 비련(悲戀)의 사연을 이야기한다. 단테는 너무나도 슬픈 나머지 충격을 받고 까무러친다. Dante Alighieri, Ibid. (CANTO Ⅴ, HELL) p.21

35) 가장 일반적인 경우는 남녀 두 사람의 동반자살인 경우로 이 세상(この世)에서 이루어질 가능성이 없는 사랑의 전망을 비관하여 함께 자살하는 행위인데, 동반 자살할 정도로 골몰히 생각하게 되는 이유는 사회적 이유로 사랑하는 두 사람의 사회적 배경이 다르다는 점에 있다.

　여기서 「마음의 하늘(心の空)」은 단테의 「지옥의 하늘(地獄の空)」을
변용한 것이라고 생각할 수 있다. 단테의 「지옥편 제 5곡」에는 지옥의
하늘을 날라 다니는 영혼들이 많이 나온다. 하늘은 때로는 공기(air)로,
때로는 하늘(sky)로 표현되지만 두 단어가 동의어로 쓰이고 있다는 증
거는 전달동사가 같다는 점이다.

「학들이 슬픈 노래를 부르면서 <u>하늘을 가르고서(traverse the sky)</u> 긴
줄을 짓고 날듯이」36)
「비둘기가 돌아가고 싶어지면 힘껏 날개를 움직여 넓은 <u>하늘을 가르며
(cleave the air)</u> 휴식의 둥지로 돌아가듯」37)
　　　　　　　　…(중략)…
「그 두 사람은 <u>더러운 공기를 가르며(through the ill air)</u> 나에게로 왔
다」38)

　여기에 나오는 하늘은 모두 지옥의 하늘을 의미한다. 지옥의 하늘을
육욕의 죄를 지은 영혼의 무리가 바람결에 이리저리로 떠다니는 그런

　本名信行, Bates Hoffer編『日本文化を英語で説明する辞典』(有斐閣 1986)
　p.237
36) As cranes
　　Chanting their dolorous notes, <u>traverse the sky,</u>
　　Dante Alighieri, Ibid. (CANTO V, HELL)　p.23
37) As doves
　　By fond desire invited, on wide wings
　　And firm, to their nest returning home,
　　<u>Cleave the air</u>
　　Dante Alighieri, Ibid. p.24
38) They, <u>through the ill air</u> speeding:
　　Dante Alighieri, Ibid. p.24

하늘을 의미한다. 도손은 지상의 사랑과 천상의 사랑을 모두 소유할 수 있는 결혼을 축하하는 노래를 지으면서도 전혀 다른 맥락 속에 있는 시어를 놓치기 아까워서 끼워놓고는 하늘을 「마음의 하늘(心の空)」로 바꾸어 놓는 세심한 주의를 기울인 것이라고 생각한다.

더욱이 ①「인연을 맺어주는 신의 용서로」라는 표현 역시 그냥 넘어갈 수 없는 어색한 부분이라 아니할 수 없다. 물론 「용서로」는 「허락으로」라는 뜻으로 번역할 수도 있다고 생각한다. 그럼, 「허락으로」 해석한다면 일본인들은 남녀가 사랑할 때마다 신에게 허락된 사랑인가 허락되지 않은 사랑인가를 의식하고 있는 것일까? 그렇지 않다고 생각한다. 유럽의 기독교 국가에서는 간음을 금하는 엄한 계율이 성직자는 물론 일반 신자에게도 요구되어왔으나, 일본은 일본 종교의 영향39)도 있겠지만 일본인들은 남녀의 성에 대해서 비교적 관용적이다. 남녀의 성애가 종교적 입장에서 고뇌로 받아들여진 것은 메이지시대 이후 서구문화의 영향이지, 메이지 이전 에도시대는 물론 그 이전 시대의 일본에는 존재하지 않는다. 따라서 일본 전통적인 남녀사랑이란 신을 의식하는 종교적인 죄의식은 없는 것이라 할 수 있다.

그렇기 때문에 「허락」으로든, 「용서」로든 사랑을 논하면서 「신에게 용서받은」 사랑이나 「신에게 허락된」 사랑을 말한다는 것은 서구기독교문학과 문화의 영향이라 할 수 있다. 그렇다면 이 부분이 구체적으로 어떤 기독교문학의 영향을 받았는지 추론해보고자 한다.

도손은 22연이나 되는 이 「혼인축가」를 지으면서 일본고전문학은 물

---

39) 한국인들은 성에 대한 표현을 자제하도록 엄격히 요구하는 유교의 영향으로 폐쇄적인 성의식을 지니게 된 반면, 일본인들은 있는 그대로를 드러내 놓고 자유분방한 성을 중시하는 신도(神道)와 불교의 영향으로 개방적인 성의식을 갖게 되었다고 할 수 있다.
정형, 前揭書 pp.62~66 참조

론 그가 즐겨 읽었던 서구 문학의 표현을 시어로 수용하기도 하고 변용하기도 했다. 어떤 곳은 구약성서의 이미지 연상(1장 7연)으로, 어떤 곳은 신약성서의 시어(詩語)수용(1장 3연)으로, 단테의 『신곡(神曲)』의 수용과 변용의 흔적(1장 6,7연, 2장) 등으로 시상(詩想)의 폭을 넓혔다. 하지만 도손의 이러한 환골탈태의 시작법은 터무니없이 비약적이어서 각 연마다 뒤틀리고 연계성이 없어서 전체적인 흐름을 방해하는 경우가 많다고 할 수 있다. 1장에서는 아름다운 신부의 모습을 그리더니 2장에서는 결혼하여 한 몸을 이룬 부부의 모습을 노래한다. 예를 들면 2장의 마지막 연, 13연과 14연[40]에서는 일본 고전의 제아미(世阿弥) 작품의 노(能)를 수용하여 사랑에 취하여 흐트러진 모습을 보이는 부부의 자태를 아름다운 모습이라고 노래하며 마친다. 2장의 전체적인 흐름을 볼 때 혼인하여 한 몸을 이룬 부부를 축하하는 노래임에도 불구하고 도손은 불길하고 슬픈 사랑의 상징인 프란체스카의 사랑을 억지로 끼워 넣은 흔적이 보인다. 2장 10연을 제외하면 그야말로 2장은 동양 고전문학에서 풍기는 은근한 신혼부부 축하 노래임에 틀림없다. 구태여 이 부분을 끼워 넣은 이유는 어디 있을까? 그 이유는 도손은 남녀의 사랑을 강렬한 사랑으로 표현하고 싶었기 때문이 아닐까 생각한다. 도손은 이러

---

40) 아름다운 모습이 흐트러지면　　玉山ながく倒れては
　　미덥지는 못해도 손뼉을 치고　　おぼつかなくも手をうちて
　　다카사고의 노래 재미있어라　　高砂の歌おもしろき
　　이런 자리야말로 축하할 만해　　このむしろこそめでたけれ (2장 14연)
　　여기서 「高砂」는 제아미 작품의 노(能)를 의미한다. 스미요시(住吉)의 소나무와 다카사고(高砂)의 소나무가 부부라는 전설을 바탕으로 한 것으로 혼례식 때 축하의 노래로 자주 불리던 신사물(神事物)이다.
　　「玉山」은 李白의 시 「玉山自ラ倒ル」를 수용한 것이다.
　　『藤村詩集』(角川書店 1971) pp.350~351

한 내용을 넣음으로써 사랑의 열정이 얼마나 격정적인 것인가를 자신의 체험과도 비추어 보아 실감했을 것이다. 프란체스카의 비극적 사랑만큼 강렬한 것이 어디 있겠나. 그렇기 때문에 정서는 다르지만 죽어서까지 한 몸이 되어 떨어질 수 없는 운명적 사랑을 표현하고 싶었던 것이리라 생각한다.

서구문학의 냄새가 물씬 풍기는 시어(詩語)를 먼저 찾아서 분석해보자. 그것은 다름 아닌 ①「인연을 맺어주는 신」이라는 표현이다. 이 표현은 단테『신곡(神曲)』의 「지옥편 제 5곡」에 「Love」41)라는 한 단어로 표기되어 있는데, 「love」는 대문자로 쓰면 서구문학 속에서 「사랑의 신」42)이라는 뜻으로 이해된다. 도손은 「사랑」을 주관하는 신의 의미를 파헤쳐 「인연을 맺어주는 신(緣の神)」라는 새로운 언어, 즉 일본 풍토에 맞는 언어로 바꾸어 표현한 것이라 생각한다. 「緣(연)」이란 원래 「えん(緣)」「ゆかり(緣)」로 읽어도 되지만 도손은 인연을 강조하는 의미를 더해주기 위해서 일부러 「えにし」로 읽고 자신의 시에 덧말을 붙이고 있다. 인연이란 혈연(血緣), 지연(地緣), 학연(学緣) 등 그 원인은 어찌 되든지 뭔가의 계속되는 관계를 의미하는데, 결혼하는 두 사람의 인연은 어디에서 비롯된 것이라고 볼 수 있는가. 결혼은 「인연을 맺어주는 신의 허락을 받아서」 이루어진 것이라는 도손의 표현을 보면 과연 이 표현이 일본 전통적인 종교관에서 비롯된 것인지 도손이 단테를 흠모하

------

41) 어떤 식으로 어떻게 <u>사랑의 신의 허락을 받고서</u>
　　　　　By what, and how <u>Love granted,</u> that ye knew
　　당신이 알고 싶은 것을 알게 되었나요?
　　　　　Your yet uncertain wishes?
　　　　　　　　　　　　　　Dante Alighieri, Ibid. p.25
42) Love는 서구문학 속에서 사랑의 신으로, 아모르(Amor), 큐피드(Cupid), 에로스(Eros)를 의미한다.

여 그의 뇌리 속에서 떠나지 않는 프란체스카에 대한 사랑의 토로(吐露)를 생각나는 대로 가져다 붙였는지 확실하지는 않다.

만일 이 시에서 표현하는 「緣(연)」이 일본 전통적인 종교관[43]에서 기인하는 것이라면 「신(神)」은 인간을 초월한 위력을 가진 존재로 숨어서 그 모습을 드러내지 않는 존재이거나, 일본의 신화에 등장하는 인격신(人格神)을 의미하거나, 최고의 지배자 천황을 의미하거나, 신사 등에서 참배를 받는 사자(死者)의 영(靈)을 의미하든지 그 가운데 하나라고 생각한다.

하지만 「인연을 맺어주는 신(緣の神)」을 단테의 「지옥편 제 5곡」에 표현된 대로 「Love」를 번역한 것이라고 추정할 때 기독교의 유일신 사상의 「신(God)」의 개념과는 별개의 개념으로 단지 서구 문학 속에서의 시재(詩材)에 불과하지만 그러한 서구 문학적 시어를 일본적 시어로 바꾸어 놓고 있다.

하지만 그 다음 표현이 문제가 된다고 생각한다. 과연 「신의 용서로 허락으로(神にゆるされて)」라는 표현이 단순히 서구 문학적 시어라는 차원에서 이해될 수 있는가. 이 표현을 분석해 보면 신은 용서하고 허락하는 존재이다. 즉 용서와 허락은 신에게서 구하고 신이 용납하는 그 어떤 것이 있다는 뜻이 들어 있다. 주도권은 신에게 있으며 신과 인

---

43) 일본의 전통종교는 크게 신도(神道), 불교로서 신도는 원시시대 이래 일본민족의 생활체험 가운데서 생성되고 형성되어온 애니미즘적 자연종교로서 일본인들의 자연관이나 조상숭배의 핵심이라 할 수 있다. 신도는 기본적으로 다신교이며 모든 삼라만상은 신이 낳고 주관하며 모든 자연물에 신이 내려 있다고 믿는다. 결혼의식은 신도로 하고 장례는 불교식으로 치른다. 정월 초하루에는 하쓰모데(初詣)를 올리고 오본(お盆)에는 절에 가서 참배하며 크리스마스에는 아기예수의 탄생을 축하하며 캐롤송을 부르는 것이다. 정형, 前揭書 p.47

간 사이에 계약(covenant)이 있고 그 계약을 어겼을 때 용서를 받는 관
계 속에서 인간의 존재를 이해했을 때 이러한 인간 이해는 기독교 사상
의 인간 이해라 할 수 있다. 도손이 이 2장 10연의 「신의 용서로」라는
표현에서 「신(神)」을 서구 기독교 사상 속에서 말하는 유일신 사상의
영향을 받아 우주를 창조하고 지배하는 전지전능의 절대자로서의 신
(God)을 의미하고 그 관계 속에 있는 인간의 존재를 이해한 것이라고
가정해 보자. 그렇게 추정해 볼 때 「신의 허락으로(God granted)」라는
표현은 단테 『신곡(神曲)』의 「지옥편 제 5곡」을 떠올리고 쓴 것이라고
확신하지 않을 수 없다. 하지만 여기서 도손의 영문해석의 오역을 발견
할 수 있다. 도손의 뇌리에서는 언제나 용서받을 사랑과 용서받지 못
할 사랑, 허락된 사랑과 금지된 사랑이라는 이분법적인 갈등이 떠나지
않았다. 자신의 젊은 날의 스케코와의 금지된 사랑을 되 내이고 시를
짓고 있었기 때문이다. 그래서인지 영어문장을 볼 때 동사의 서술적 표
현을 한정적 표현으로 제한하는 실수를 범한 것이라고 생각한다. 영어
원문을 살펴보자.

내게 말해주시오; <u>당신이 달콤한 한숨을 쉬고 있을 때,</u>
어떤 식으로 어떻게 <u>사랑의 신이 허락을 하셔서</u>
당신이 알고 싶은 것을 알게 되었나요?
But tell me; <u>in the time of your sweet sighs,</u>
By what, and how <u>Love granted,</u> that ye knew
Your yet uncertain wishes?

「지옥편 제5곡」

여기서 「granted」의 주어는 「Love(사랑의 신)」이다. 언뜻 보면 「By

what」이 있으므로 수동태 문장인 것 같아서 도손은 「granted」 동사의 과거형(p형)으로 보지 못하고 과거분사(pp형)로 보았을 것이다. 그리고는 수동태 조동사형(され)으로 해석하여 「-에게 허락받아서(-にゆるされて)」로 이해한 것이라고 생각한다. 따라서 도손은 「인연을 맺어주는 신에게 허락받아서(1행)」「두 사람은 지상에서뿐만 아니라(2행) 서로 사모하는 가슴의 불꽃은(3행) 죽어서도 열정적인 사랑의 불꽃을 함께 태운다.(4행)」는 표현으로 10연을 자연스럽게 마치는 것이다. 도손은 단어에 집착한 나머지 앞뒤 문맥을 놓치는 경우가 종종 있는데, 여기서도 바로 앞 문장에 놓여 있는 상황을 놓치고 단어에만 급급한 것으로 생각된다.

이른바, 「in the time of your sweet sighs(당신이 달콤한 한숨을 쉬고 있을 때),」라는 상황은 단테가 프란체스카에게 질문을 던지는 장면인 것이다. 바울과 프란체스카는 끔찍이도 서로가 사랑한 결과 죽음에까지 이르렀고, 그 죽음으로 인해서 비참한 길에 떨어지고 말았으나 죽어서까지 그 사랑을 믿고 여전히 사랑은 자신을 버리지 않았다고 믿는 프란체스카에게 단테가 「상대방의 마음속을 아직 모르고 있었을 때 어떻게 해서 상대방의 자상한 마음을 알았느냐?」고 물었던 내용인 것이다.

그렇다면 여기서 도손이 단테로부터 시상을 얻어서 표현한 비슷한 수용된 시어를 살펴보기로 하자.

① 縁の神(인연을 맺어주는 신) ← Love(사랑의 신) - 수용
② ゆるされて (용서받아서) ← granted[44] - 오역 혹은 의도적 해석

____

44) 도손이 수동태로 해석한 것은 오역일 수도 있고 의도적일 수도 있다.

③ 世に合ふのみか(지상에서뿐일까) ← paradise hell의 상대적 개념
－수용

④ 心の空(마음의 하늘) ← 地獄の空(skyair) － 변용

특히 ④ <u>마음의 하늘(心の空)</u>은 단테의 『신곡(神曲)』「지옥편 제 5곡」에서 바울과 프란체스카는 둘이 부둥켜안고서 「하늘(空)을 가르며(cleave the air)」, 「하늘을 가로지르며(traverse the sky)」단테에게로 오는 장면이 있으므로 「지옥의 하늘」을 「마음의 하늘」로 바꿔 넣은 것이라 할 수 있다.

2) 「지상의 사랑」과 『낙매집』의 「죄」

도손의 연애에는 일찍부터 죄의식 내지는 죄악감이 배태되어 있는데, 「아지랑이」의 「사랑이야말로 죄 되니 죄는 바로 사랑」에서도 나타나듯이 남녀의 연애감정에는 죄의식이 깊이 들어 있음을 알 수 있다. 그러나 이러한 죄악감은 코모로에서 지은 『낙매집』에 나타난 도손의 시를 보면 죄를 피하려하지 않고 오히려 죄 속에 안주하려는 듯 하는 의식이 드러난다. 그의 「죄」라는 시의 마지막 4연을 보면 그야말로 용서받지 못할 사랑이라 할지라도 사랑의 불꽃을 피우겠다는 표현으로 죄로 인한 열락과 기쁨이 죄의식으로 인한 고통을 넘어선다는 과감한 용기가 들어 있음을 알 수 있다. 이러한 죄악감은 도손의 만년에까지 점차적으로 물들어 조카와 근친상간(incest)의 금지된 사랑으로 세간을 떠들썩하게 했던 『신생』사건을 예감하게 하는 대목이다.

특히 이 시의 4연은 단테의 『神曲』의 「지옥편」의 이미지를 내포하고 있다. 「지옥편」의 5번의 시에는 사악한 사랑의 죄 값을 치루고 있는 사람들이 질풍노도의 바람에 휩쓸려가 영원히 칠흑 같은 하늘을 떠돌고

있지만, 그 가운데 바울과 프란체스카는 서로가 꼭 끌어안은 상태로 떠돌고 있는 장면을 연상시킨다.

「죄(罪)」

죄가 되므로 몸 죽어 부서져서	罪なれば滅び砕けて
끝을 모르는 지옥에서의 고통	常闇の地獄のなやみ
아아 두 사람 끌어안고 타가네	嗚呼二人抱きこがれつ
사랑불꽃에 타버리는 두 영혼	恋の火にもゆるたましい　　(4연)

『낙매집』

두 번째 지옥으로 들어가면서 단테는 입구에서 저승사자 미노스를 만난다. 그로부터 어떻게 하면 이 지옥으로 오게 되는가를 경고 받고 알게 된다. 여기서 단테는 육체적인 죄를 지은 자들에 대한 징벌을 목격한다. 이른바, 그 죄인들이 거센 바람이 휘몰아치는 끝없는 암흑 속으로 내던져진다. 이들 가운데서 단테는 프란체스카[45]를 만나 그녀의 슬픈 이야기를 듣고 동정심을 느끼고 어둑어둑한 땅으로 떨어진다.(단테『신곡』의 지옥편, 제 5곡. 개요)[46]

---

45) 본명은 프란체스카 다 리미니(Francesca da Rimini)로서 리미니의 성주 장치오토 말라테스타(Gianciotto Malatesta)에게 출가했다. 그녀는 속아서 미남인 동생 바울(Paolo)과 선을 보았는데, 결혼 후에야 절름발이고 추남인 형 장치오토에게 시집간 것이라는 사실을 알게 되었다는 이야기가 전해지고 있다. 그러나 프란체스카는 바울과 사랑에 빠지게 되어 두 사람 모두 남편 장치오토에게 살해되었다. 이 사건은 단테가『神曲』을 쓰기 얼마 전에 일어난 대형 스캔들이었다.
Dante Alighieri『The Divine Comedy』(Oxford London 1970) p.534
46) Coming into the second circle of Hell, Dante at the entrance beholds Minos the Infernal Judge, by whom he is admonished to beware how

특히 단테『신곡』의 지옥편, 제 5권의 장시(長詩)에 나타나는 두 연인이 마지막까지 둘이서 부둥켜안고 끌어안은 상태로 지옥에 떨어지는 장면47)은 「끝을 모르는 지옥에서의 고통 아아 두 사람 끌어안고 타가네(常闇の地獄のなやみ 嗚呼二人抱きこがれつ)」에서 충분히 그 연관성이 엿보인다. 왜냐하면 이 부분은 도손 자신과 히라다 도쿠보쿠(平田禿木)와 우에다 빈(上田敏)이 즐겨 읽던 부분으로 추정되므로 이 부분을 떠올려서 시어를 구상했기 때문이다.48)

하지만 여기서 놓쳐서는 안 될 도손의 죄악감은 단순히 기독교적인 영향과 신앙적 성질의 것만은 아니라는 사실이다. 만일 기독교적인 신앙의 죄악감 내지는 죄의식이라면 후회와 회환의 갈등이 보여야 하는데 오히려 죄악감을 느끼면서도 회환이나 참회가 조금도 표현되지 않고 있다는 점이다. 죄로 보이고, 죄라고 생각하고 죄인 줄 알지만 죄 그 자체에 몸을 맡기고 자신의 몸을 사랑의 불꽃으로 불사르는 영혼, 「사랑불

---

he enters those regions. Here he witnesses the punishment of canal sinners, who are tost about ceaselessly in the dark air by the most furious winds. Amongst these, he meets with Francesca of Rimini, through pity at whose sad tale he falls fainting ground.1)
(Argument, CANTO Ⅴ, HELL, 『The Divine Comedy』)

47) Soon as the wind swayed them toward us, ...
As doves
By fond desire invited, on wide wings
And firm, to their sweet nest returning home,
Cleave the air, wafted by their will along; ...
The wished smile, so rapturously kissed
By one so deep in love. then, he, who ne'er
From me shall separate, at once my lips
All trembling kiss'd.
Dante Alighieri 『The Divine Comedy』(Oxford London 1970) p.26
(CANTO Ⅴ, HELL)

48) 『藤村詩集』(角川書店 1971) p.463

꽃에 타버리는 두 영혼」을 후회하지 않는다. 타부를 깨고 타오르는 열정이 환희라고까지 할 수 있을 정도의 기쁨으로 노래되고 있다. 도손 특유의 「파계의 열락」이라 할 수 있다. 이 열락은 지옥의 고통이라는 대가를 지불했을 때만 가능한 것이다. 죄악감이라는 본질적으로는 종교적 색채를 띠는 고뇌를 수반하는 연애만큼 도취적인 것은 없다. 두려움에 떨면서도 죄의 매력에 끌려가도 후회하지 않는 것 그것은 죄 그 자체가 열락인 것이다. 도손은 죄를 최상의 기쁨, 열락으로 받아들여 결국 파멸에 이르는 지옥의 사랑을 결코 주저하지 않으며 그러한 사랑을 서슴지 않는다. 결국 도손의 전 생애에 따라다니는 데카당스 의식이 이미 그의 시 〈죄〉에 배태되어 있는 것이다.

한편 그의 이러한 죄의식은 일종의 반역이기도 했다. 연애감정의 대담한 표현과 남녀의 공공연한 교제 및 자유결혼 등은 모두가 당시 사회로부터 〈죄〉로 지탄받았을 게 틀림없다. 여기에 저항하는 사람들은 숨이 막혀 질식할 정도로 궁지에 몰려 있었다. 도코쿠의 생애를 통해서 알 수 있듯이 도코쿠는 이러한 점에서 메이지시대 낭만파의 특공대장의 역할을 한 셈이다. 하지만 도코쿠의 뒤를 이은 도손의 낭만주의 서정은 봉건사회에 대해 항쟁하는 식으로는 표현되지 않는 반역이다. 세간의 눈총과 억압에 대해서도 세간의 인식이나 인습을 논쟁하여 표면화시키지 않고 그의 시에 나타나듯이 자신의 내면에 억제시켰다. 이른바, 죄로써 내면화시켰다.

언뜻 보면 도손의 그의 시 「죄」는 세간의 지탄에 저항하지 않는 듯이 보이나 굴복은 절대 아니다. 죄 때문에 당시의 세간의 이목을 두려워해서 굴복하는 것이 아니라 죄때문에 일종의 승리감과 해방감을 넌지시 나타내고 있으니 죄를 부정하는 게 아니라 오히려 긍정하기 위한 것이라 하겠다.

도손 특유의 침묵에 의한 내면화, 다시 말해서 수동적인 태도를 취하면서도 끈질긴 끈기를 발휘하는 것이 도손의 반역적인 성격이다. 집념이 강하면서도 능동적이 아닌 수동적인 자세가 그의 '죄'된 사랑의 내면적 본질이다. 세간의 질타를 받으면서도 사랑의 열락을 느끼고 이로 인해서 육체가 지옥 불에 떨어져 멸망에 이르는 것이 도손 시의 중요한 주제 중 하나인 것이다. 한마디로 「죄」라는 이 시는 설령 지옥에 떨어진다 하더라도 터부를 깨고 자신의 욕구대로 사랑을 이루는 시로서, 이 시에서는 사랑이 더 이상 이상(理想)이 아니라 지옥에 떨어지는 고통을 감내하는 현실의 사랑이 되어버린다. 단테『신곡』의 「지옥편」에 의하면 육욕을 이기지 못해서 이성을 잃고 육욕의 죄를 지은 자는 지옥의 제2옥에서 고통의 신음소리를 내면서 벌을 받는다. 비통의 깊은 골짜기 끝에서 아비규환이 모여 천둥처럼 들리는 곳을 헤매는 바울과 프란체스카를 도손은 상상하면서도 사랑의 숙명 같은 것을 믿는다. 프란체스카의 고백처럼 육적인 사랑은 두 사람 모두 죽음으로 내몰고 지옥이라는 비참한 길에 내몰리고 말지만 그러한 사랑을 거부할 수 없는 끔직한 사랑을 도손은 상상하면서 이 시를 썼다고 생각한다. 제2옥에는 음탕한 여인 클레오파트라도 사랑 때문에 현세를 쫓겨나고 지탄을 받은 영혼으로 분류되어 있고, 사랑 때문에 끝내 사지(死地)에 다다른 아킬레우스도 있다.

「가슴에서 가슴으로(胸より胸に)」[49]

그대로 인해 이내몸 쉬지 않고	君ゆえにわれは休まず
그대가 있어 이 몸 안 쓰러지네.	君ゆえにわれは仆れず
아아 이내몸 그대에게 이끌려	嗚呼われは君に引かれて
어둔 세상을 덧없이 헤매인다.	暗き世をはつかに捜る　(6장 2연)

오직 아는 건 저무는 봄 햇살이	ただ知るは沈む春日の
눈에 비추는 하늘의 번득거림	目にうつる天のひらめき
사랑스러운 목소리 나는 저쪽	なつかしき声するかたに

『낙매집』

　단테『신곡』의 지옥편, 제 5곡의 마지막 부분이 연상되는 대목이다. 이 대목은 프란체스카의 영혼의 하소연과 바울의 통곡, 그리고 단테의 충격으로 끝나는데, 프란체스카의 하소연을 듣는 동안 단테는 두 사람의 비극적 사랑이 얼마나 애처로운 것인지를 실감한 나머지 열렬한 육체적 사랑을 비난하기 보다는 가슴저려하고 있는 부분이다.

　이 6장 전체는 둘이 하나 되어 떨어질 수 없는 애절한 사랑을 소상히 그리고 있는 가운데서도 끝날 듯한 예감의 사랑을 그리고 있다. 특히 2연과 3연은 지난 밤(夕べ)이라는 시제를 사용한 것을 보아서 이미 과

---

49) 1901년(메이지34)에 출간된 시집『낙매집』에 수록된 시인데,『낙매집』에는 10편의 연애시가 수록되어 있으나 이 시가 가장 대표적인 연애시다.『새싹집』이래 서정시의 테마를 연애시의 세계로 그 모양을 달리한 듯이 보이지만 시정(詩情)에 있어서는 연애의 양상이『새싹집』시대에는 청춘의 쾌락적이고 관능적인 해방을 노래하고『낙매집』시대에서는 인생론적인 응시와 침통한 정서를 내포하는 세계로 기울고 그 경향이 연작시 형식으로 노래하고 있는데 이점에서 연애시에 대한 도손의 새로운 의욕이 보이는 시이다.

거가 되어버린 애처로운 사랑을 하소연하고 있는 시정(詩情)을 나타낸
다. 그렇다면 사랑이 끝난 지금은 어떠한지를 도손은 어떤 식으로 그리
고 있는지, 그 표현을 빌리면 결국 「어둔 세상을 덧없이 헤매인다」는
혹독한 현실을 그리고 있음을 알 수 있다. 여기서 「어둔 세상」이란 지옥
을 의미하므로, 여기서 그리고 있는 사랑이란 지옥으로 떨어지는 육욕
에 이끌린 사랑이라 하지 않을 수 없다. 이 시정(詩情)을 보면 도손은
사랑에 빠져 있는 두 사람을 그리기 보다는 사랑이 끝나고 지나간 사랑
을 응시하는 단계에 와 있지 않은가 생각된다. 그는 왜 제목과는 걸맞지
않게 끝난 사랑을 회상하듯이 허망한 사랑을 그리고 있는 것일까?

　이 시재(詩材)를 생각한 것도 사용하고 있는 어휘를 분석해보면 알
수 있듯이 도손의 뇌리에는 〈사랑〉을 논할 때 단테의『신곡』을, 그 중
에서도 「지옥편」이 떠나지 않기 때문이다. 따라서 항상 사용하는 「지옥
편」의 단골 어휘들이 나타나는 것이라 할 수 있다. 이른 바, 사랑에 대
해서 노골적이고 직접적인 격렬한 어휘는 이 「지옥편」을 연상하여 시상
(詩想)과 시어(詩語)를 빌려오면서도 동양적인 은근한 사랑의 간접적인
표현은 한시(漢詩)에서 그 착상을 가져오기도 한다. 구체적으로 예를
들자면 6장과는 달리 바로 앞의 5장에서는 한시(漢詩)풍의 언어[50]를 일
본시풍(和風)의 언어로 바꾸어 표현하는 시작(詩作)을 시도하고 있다.

---

50) 가슴속 비파(胸の琴)「5장 6연3,4행」라는 표현에서 가슴 속 깊은 심연에 담
　　아두는 사랑을 거문고에 비유한 한시(漢詩)적 표현을 도손은 가슴에서 가슴
　　으로 전해지는 비파소리(胸より胸の琴にこそ伝うべきなれ)로 바꾸어 표현
　　부분을 예로 들 수 있다. 왜냐하면 「琴(거문고)」란 몸통을 밀봉하여 통 속에
　　소리가 틀어박힌다는 의미에서 명명한 것이 「琴」이기 때문이다. 도손은 동
　　양적인 잔잔한 사랑의 심경은 「琴」로 표현하고 서구적인 격정적인 사랑의
　　심경은 말이나 원숭이 등 동물로 표현한다. 도손의 정신과 육체의 갈등은
　　「心の猿(心猿)」으로 번뇌, 욕정, 망상으로 뒤엉킨 억누를 수 없는 격정적인
　　마음상태를 의미하며 서구문학의 영향이라 할 수 있다.

이 6장에서도 서구문학적 언어를 일본시풍에 맞는 표현으로 바꾸면서도 시상(詩想)은 그대로 두고 있는 특징을 엿볼 수 있다.

① 쉬지 않고(休まず) // he, who ne'er from me shall separate

② 이 몸 안 쓰러지네(われは仆れず) // I, like a corse fell to the
　　　　　　　　　　　　　　　　　　　　　ground

③ 그대에게 이끌려(君に引かれて) // our eyes were drawn together
　　　　　　　　　　　　　　　　　　love brought us to one

④ 어둔 세상을 헤매인다(暗き世を捜る) // traverse the sky ill air

⑤ 사랑스러운(なつかしき) // through compassion

⑥ 정이 깊었던 지난밤 생각나네(花深き夕べを思ふ) //

　　　　　　　　　　　　　　　　　remember days of joy

　　　　　　　　　『The Divine Comedy』(CANTO V, HELL)

프란체스카는 지옥에 떨어진 비참한 현실 속에서 행복했던 기억만이 슬프게도 영원히 지속되니 더욱 가슴이 쓰라리다는 고백을 하는 장면에서 시상(詩想)을 가져왔다고 할 수 있다. 도손은 그 자신의 시작(詩作)의 특성상 단테『신곡』의「지옥편」중에서도 일반적인 내용은 전혀 관심이 없이 오로지 프란체스카와 바울의 금지된 사랑에만 관심을 집중시키고 그 부분만을 인용하고 시적 소재를 가져왔다. 그는『낙매집』에 10편의 연애시를 싣고 있지만 한결같이 진행 중인 사랑이 아니라 지나간 사랑에 대한 관조와 응시를 그리고 있다. 이미 이때부터 도손은 자연과 사물에 대해 관찰하는 객관적인 시각으로 과거의 사랑을 회상하면서 응시하는 자세를 보이기 시작하여 자연주의적 관찰의 수법과 스케치하듯이 그려내는 사생적(写生的) 수법의 장시(長詩)와 수필로 전향하고 있었던 것이 아닐까 생각한다. 도손 자신의 사랑 역시 현재는 이루어지지 못 해서 안타까운 아픈 현실이지만 행복하던 시절을 회상하는 것만큼 쓰라린 일은 없다는 상념에 젖어서 이 시를 쓴 것이라고 생각한다.

그렇다면 이 시의 배경에는 어떠한 이야기가 숨어 있기에 이러한 소재를 수용하여 도손은 이 시를 비극적인 슬픈 프란체스카를 연상하게 하는 시상을 쓴 것일까?

이 시 6연은 다른 연과는 달리 멀리 떨어져 있는 연인을 생각하는 애절함과 사랑에 눈이 멀어서 맹목적인 사랑으로 치닫는 운명적인 연애 인생을 그리고 있다. 그 사랑의 종말은 다름 아닌 어두운 하늘, 세상을 표류하는 존재로 전락해버리는 지독한 사랑을 그리고 있다. 이 시가 지어진 시대적 배경을 볼 때 1898년(메이지31)은 도손이 우에노(上野) 음악학교에 다니면서 다치바나 이토에(橘糸重)라는 피아노 선생에게 개인지도를 받았던 시기이다. 따라서 이 시는 이토에에 대한 연애감정에 그 바탕을 두고 있다고 생각된다. 실제로 이토에는 도손의 고향 신슈를 방문한 적이 있고 당시로서는 도손과의 스캔들이 났었던 관계이기도 하다. 도손은 평생 자신의 억누를 수 없는 심원(心猿)의 욕정 때문에 고민하고 우울해 한 작가이다. 육체와의 싸움이라고도 할 정도로 육체의 정염(情炎) 대문에 더욱 고독해야 하는 인생을 보냈다. 물론 이토에와의 관계에 대해서 단순한 연애감정이라기 보다는 우정 어린 감정과 가슴 깊이 감추어진 동경심이라고 정리되는 면이 없지 않으나 이 시는 어쨌든 연정에서 발상된 짙은 사랑의 시임에는 틀림없다. 한 편으로 이 시는 도손의 연애시가 그러하듯이 현재의 사랑이나 연애감정보다는 오히려 헤매고 방황하는 통렬한 아픔과 깊은 고독에 휩싸인 영혼이 느끼는 인간적 우정과 승화된 사랑을 나타낸다고도 할 수 있다.

3. 『新生』에서의 「천상의 사랑」과 『여름풀』의 「월광의 5수」

단테 알리기에리는 1265년 5월 이탈리아의 피렌체에서 태어났다. 그 무렵 피렌체는 제네바, 베네치아와 더불어 서구에서 가장 번영한 도시 국가 중의 하나였다. 단테에게 있어서 구원(久遠)의 여성인 베아트리체는 단테의 젊은 날의 서정 시집 『신생(新生)』 속에 생생하고 아름답게 묘사되어 있다. 단테가 후에『신생』에 첨가한 자서전에 의하면 그는 그녀와 거의 비슷한 나이로 그의 나이 9살 때 처음 보았으나 첫 눈에 이미 사랑을 느꼈고 18세에 다시 만나 사랑을 불태웠다고 한다. 그러나 베아트리체는 시모네데 발디와 결혼하여 1290년, 25세의 젊은 나이로 세상을 떠났다. 그 후 10년간의 단테의 타락한 생활은 단테의『신곡』중「연옥편 23곡」에 잘 나와 있다.

단테가 그의『신생(New Life)』에서 말하는 사랑이란 죽은 후에도 지속되는 영원한 천상의 사랑을 의미한다. 단테의『신생』은 현실 생활에서의 두 사람의 만남에서 일어나는 베아트리체에 대한 사랑과 그녀의 죽음을 애도하는 탄식과 그녀에 대한 헌신적인 사랑을 고백하는 일련의 고백시를 지었는데, 그 연애시집이다.

「月光의 五首」

저녁노을 번지는 다리 옆에서	薄暮れ橋のたもとにて
그리웠던 옛님을 만나게 되듯	故の人に逢ふごとく (3장 6연 1, 2행)

『여름풀』

도손은 당시에 「시인 화가인 로세티의 영역본과 헨리 홀리데이의 베아트리체 그림을 접했다」[51]고 전해진다. 이를 미루어 볼 때 도손은 그 그림을 보고 베아트리체와 단테가 다리에서 만나는 장면을 떠올려 5장으로 되어 있는 「월광의 5수」에 끼워 넣은 것이라고 생각된다. 그 그림에는 아르노 강을 따라서 다가 오는 베아트리체와 그의 하녀를 본테 베키오 다리 옆에서 맞이하는 단테의 모습이 그려져 있다.[52] 따라서 이 시를 노래할 때의 시상(詩想)은 단테의 책을 읽고 떠올린 것이 아닌 게 분명하다. 앞뒤의 연결도 매끄럽지 못하고 도손 특유의 편집증적인 취향이 들어간 것뿐이라 하겠다.

「농부(農夫)」

〈중〉	〈僧〉
언제부턴가 너무 마음아파서	いつしかいとどいたまじき
그리움일랑 모두 병이 되누나	わづらひとこそかはりけれ (12연 7, 8행)
또다시 복사꽃은 피고 지며는	ふたたび桃はさきかへり
또다시 제비꽃은 향기롭지만	ふたたび菫にほへども (13연 1,2행)

「하권 1장 12, 13연」『여름풀』

이 시는 농부와 중이 서로 노래로 화답하는 극시로서 이 앞부분은 농부의 화답으로 「일본 전통 요곡(謠曲)을 떠올리고 노래한 듯한 서정」[53]을 지닌다. 그런데 그 다음 중이 화답하는 부분에서는 젊은 나이

---

51) 『藤村詩集』(角川書店) p.310
52) 이처럼 베아트리체는 미술의 중요한 발상의 원천이 되고 있다.
   ジエイムス・ホル著 前揭書 p.291
53) 등장인물이 무대 위에서 지나간 세월을 회상하며 노래하듯이 구두로 전하는

에 세상을 떠난 연인이 등장하고 마음에 핀 봄꽃마저도 병이 되어버리는 슬픈 이야기가 등장한다. 꽃다운 젊은 나이에 생명을 잃은 연인은 만나고 싶어도 만날 수 없는 현실이기에 사모의 정만을 가슴에 품고 애태우는 중의 심정을 그리고 있다. 도손에게 이 아픈 사랑은 젊은 날의 연인 사토 스케코인데, 왜 도손은 「농부」에 또 다시 스케코와의 사랑을 집어넣은 것일까?

도손이 「농부」를 구상했을 때 그 자신이 이러한 비통한 체험을 하기 전 후해서 읽은 것으로 추정되는 로세티 영역본인 단테의 『新生(New Life)』을 염두에 두고 있지 않았나 하는 생각이 든다. 왜냐하면 베아트리체도 25살 젊은 나이에 세상을 떠나고 사토 스케코 역시 같은 나이에 요절했다. 베아트리체도 사랑하는 단테를 두고 다른 사람과 혼인을 했듯이 스케코 역시 부모님이 미리 정해 놓은 약혼자가 있어서 사랑하는 도손을 떠나보내고 다른 남자와 정혼을 했다. 이런 저런 점이 도손에게는 신기할 정도로 단테의 첫사랑 베아트리체와 자신의 청년기 첫사랑 스케코와 동일한 점이 많은 것을 알게 되었다. 그래서 도손은 단테와 베아트리체의 지고지순한 사랑의 체험을 스케코와의 사랑의 체험의 원형(archetype)으로 삼기 위해서 끼워 넣어서 연상을 시킨 것으로 생각된다. 도손은 이 「농부」라는 장시(長詩)에 사랑의 패턴을 서구문학의 여러 양상을 적용시켜서 모자이크화하고 있다. 예를 들면 남녀의 헤어지는 장면은 셰익스피어의 『햄릿』을 모방하는가 하면 연인의 죽음의 설정은 단테의 『新生(New Life)』의 주인공 베아트리체의 요절을 투영시키고 젊은 시절 연인을 잃은 젊은이 단테의 방황을 도손 자신에게 이입

시정(詩情)을 요곡(謠曲)이라 할 때 이 부분에서는 謠曲『스미다가와(隅田川)』를 연상시키는 구성을 이루고 있다고 할 수 있다. 『藤村詩集』(角川書店) p.362

시킨다. 도손의 영원한 젊은 연인 스케코도, 단테의 영원한 젊은 연인 베아트리체도 젊어서 세상을 떠났으므로 이 두 사람의 묘한 공통점을 도손은 영원히 젊고 아름다운 이상적인 두 여성으로 동일시하여 투영시킨다. 하지만 무리한 이미지 삽입으로 인해서 이 시는 전체적으로 부자연스러운 면이 없지 않다.

「녹음(緑蔭)」5연 3,4행

내 머리 길게 자라 늘어지더니	わが髪長く生ひいでて
이마에 흐르는 땀 덮을 지라도	額の汗を覆ふとも
보람 없이 구슬을 껴안은 걸까	甲斐なく玉を抱きては
참으로 죄 많았던 쿠사마쿠라	罪多かりし草枕　　　『낙매집』

이 시는 시인이 나그네 여행길에서 스쳐가며 만난 사람과도 하룻밤의 덧없는 사랑을 하고 난 후에 갖는 후회의 마음과 죄의식을 그리고 있다. 부정한 행동을 한 후에 진정으로 마음에 품고 있던 연인과 다시 만나게 되었을 때 느끼는 죄의식의 고백적 시이다. 이러한 죄의식의 괴로운 심정은 도손이 1893년에 관서표박 체험을 한 기억들로 인해서 되살아난다. 관서 표박 여행길에서는 호시노 텐지(星野天知)가 소개한 4살 연상의 여인 히로세 가키코(広瀬垣子)에 대해서 격렬한 연정을 느끼고 정도에 지나친 행동을 보였으므로 텐지의 빈축을 샀으며 충고를 들었다. 가키코는 도손을 친 남동생처럼 대했으나 도손은 연애감정을 품고 일탈행동을 했다고 전해진다. 도손은 나중에 가키코에게 사과의 편지를 보내고 자신의 행동에 대해 양심의 가책을 느꼈다고 한다.[54]

─────────────────────

54) 관서 표박 여행길에서는 호시노 텐지(星野天知)가 소개한 4살 연상의 여인

도손은 메이지 여학교에서 제자 스케코와의 사랑을 단념하지 않을 수 없는 상황에 놓여서 고민 끝에 새로운 돌파구를 찾기 위해서 방랑길에 나서지만 그런 여행길에서 도손은 새로운 연애감정을 체험하게 된 것이다. 도손은 머릿속으로는 스케코를 사랑한다고 인식하면서, 여행길에서는 육체의 요구에 따라서 행동하게 되었고 그러한 자신에 대해서 회한(悔恨)을 갖고 있었기 때문에 육체적 사랑에 대한 죄의식에 대한 시를 쓰게 된다고 생각한다. 도손은 사토 스케코에게 자신의 이상형을 투영시켜서 정신적인 사랑을 불태우는 것으로 만족한다고 하겠다. 도손은 그러한 상상과 회상을 바탕으로 하여 시적 영감을 끌어내고 연애시를 쓰는 것이라 그의 연애시에는 순애보와 같은 애절함보다는 후회와 쓸쓸함과 고독과 죄의식이 팽배함을 알 수 있다. 「보람 없이 구슬을 껴안은 걸까」와 같은 표현을 보면 여자를 안은 사랑의 행위가 결코 보람 있는 일이 아니며 덧없는 것임을 암시하고 있음을 알 수 있다. 도손의 스케코에 대한 사랑은 플라토닉 사랑으로서 진정으로 사랑한다는 이념은 확실하다. 하지만 구체적인 사랑의 행위는 다른 상대와 나눔으로써 고귀한 것에 대한 경외심을 손상시키지 않기 때문에 스케코를 영원한 사랑으로 남겨둘 수 있다는 도손 특유의 연애관이다.

「참으로 죄 많았던 쿠사마쿠라」를 보아도 알 수 있듯이 도손은 이상적인 남녀 사랑을 정신적 사랑으로 보고 있어서 육체적 욕망의 사랑에는 죄의식을 느끼는 것이다. 이 죄의식은 육체적으로 교감을 나눈 상대방에 대한 죄의식이 아니라 도손의 정신을 지배하고 있는 영원한 이상

히로세 가키코(廣瀬垣子)에 대해서 격렬한 연정을 느끼고 정도에 지나친 행동을 보였으므로 텐지의 빈축을 사고 충고를 들었다. 가키코는 도손을 친남동생처럼 대했으나 도손은 연애감정을 품고 일탈행동을 했다고 전해진다. 도손은 나중에 가키코에게 사과의 편지를 보내고 자신의 행동에 대해 양심의 가책을 느꼈다고 한다. 伊東一夫『藤村詩集』(角川書店) 前揭書 p.381

형의 연인인 스케코에 대한 죄의식인 것이다. 도손에게 있어서 이러한 정신적 사랑은 자기 본능적인 욕구와의 조화를 끌어내려는 노력에 의한 것이므로 자연스러운 것은 아니다. 왜냐하면 도손은 육체적 사랑은 찰나성으로 보고 정신적 사랑을 영원성으로 보고 있으며, 자신의 영원한 사랑은 마치 단테가 베아트리체를 영원한 이상형으로 인정하고 사랑하듯이 스케코와의 정신적 사랑을 영원한 이상적인 사랑으로 규정하기 때문이다. 사실 정신적 영원한 사랑이란 기독교적 사랑으로 기독교 신앙을 가진 자가 느낄 수 있는 사랑을 의미한다. 도손은 기독교는 버렸지만 기독교적인 사랑의 영원성을 그의 문학적 이상(理想)으로서 추구한 나머지, 그의 문학 속에 영감을 불어 넣고 시적열정을 나타내 주는 것은 기독교적인 사랑의 영원성에서 비롯된 것이라 할 수 있다. 따라서 도손에게 있어서 천국에서도 영원히 지속될 수 있는 사랑이란 베아트리체와 단테의 사랑과 같이 설령 헤어지더라도 끝까지 기억 속에서 영원한 사랑을 의미한다.

이상으로 도손의 근대시에 투영된 단테의 『신곡』의 영향을 살펴보았다. 도손은 그의 연애시에 있어서 단테와 비슷한 첫사랑의 경험을 살리고 있다. 지옥에 가더라도 헤어질 수 없는 육욕적인 남녀사랑은 단테의 『신곡』의 「지옥편」에서 그 발상을 가져왔으며 육체적 사랑으로 인한 죄의식 또한 서구 기독교적 가치관의 영향이었다고 생각된다. 당시 일본인들의 성의식으로서는 이해하기 힘든 가치관이라고 할 수 있다. 이처럼 도손의 근대시라는 하나의 장르를 통해서 일본에 기독교 윤리사상이 유입되게 된 것이라 할 수 있다.

도손은 단테와 베아트리체와의 사랑에서 이상적인 남녀사랑의 원형으로 천상의 사랑의 형태를 수용했으며 바울과 프란체스카의 불륜의 사랑은 지옥의 사랑으로 받아들였다. 도손은 단테의 기독교 문학을 통해서 이원론적인 남녀사랑의 양태를 수용하여 육욕적인 남녀사랑은 결국 죄의식을 가져다주는 것으로 이해하여 그의 시에 죄의식에 관한 많은 표현을 남기게 되었다. 반대로 정신적인 사랑은 육체의 욕망에 따르지 않는 사랑으로 서로의 존재를 기뻐하며 서로의 기억 속에서 영원할 수 있는 사랑이다. 이 사랑은 기독교 신앙 안에서 승화된 사랑이므로 죽은 후에도 천국에서 만날 수 있다는 천상의 사랑으로서 찰나가 아닌 영원한 사랑을 의미한다. 도손의 연애시에는 이 천상의 영원한 사랑보다는 육욕적 사랑을 택하여 지옥에 떨어지는 사랑과 그로 인한 죄의식으로 괴로워하는 시상의 시가 많다.

제4장

셰익스피어와 괴테의 극시에 드러난 인간상의 수용

1. 셰익스피어의 극시에 드러난 형식과 인간상 수용
2. 괴테의 극시에서의 노동관 수용

제4장
셰익스피어와 괴테의 극시에 드러난 인간상의 수용

1. 셰익스피어의 극시에 드러난 형식과 인간상 수용

셰익스피어에 대한 도손의 본격적인 관심은 기타무라 도코쿠(北村透谷)에 의해서 시작되었다고 할 수 있다. 도코쿠는 도손보다 먼저 셰익스피어의 작품에 깊은 관심을 갖고 접하고 있었고 도손에게 셰익스피어의 작품을 빌려주곤 했다. 셰익스피어가 얼마나 도손에게 영향을 끼쳤는지는 도손의 소설 『봄』(1908년)나 『버찌』(1919년)를 읽어보면 알 수 있다. 셰익스피어의 영향은 일시적인 것이 아니라 실로 내면화되어서 도손의 문학을 결정지을 정도의 비중을 차지한다 해도 과언이 아니다. 기무라 쿠마지(木村熊二)의 소개로 이와모토 요시하루(巖本善治)가 주관하는 『여학잡지(女学雑誌)』에 번역[1]을 게재하게 된 도손은 도코쿠를

---

1) 1892년에 21세에 도손은 무명씨의 필명으로 『비너스와 아도니스』를 「夏草」라는 제목으로 번안하여 『여학잡지(女學雜誌)』의 324호, 325호, 327호, 328

만남으로써 본격적으로 문학에 관여하게 되었다. 1893년 도코쿠가 중심이 되어『문학계』가 창간되는데[2], 바로 이 시점이 도손의 작가인생의 출발점이며, 작품 연구에 중요한 시점이다. 왜냐하면 문학에 대해서 가장 심각하게 생각하고 결심한 시기의 작품에야말로 문학경향을 여실히 드러내기 때문이다. 분명 습작시대의 작품이고 미숙하다고 하면 할수 있는 시기의 작품이다. 하지만『문학계』가 창간된 1893년, 바로 이 해는 도손이 셰익스피어와 같은 희곡작가가 되려고 세 편의 희곡을 쓴 해이며 동시에 셰익스피어와 같은 희곡작가가 되기를 포기한 해이기도 하다.

　1893년 22세의 도손은 세 편의 희곡을 썼다. 평생 동안 도손이 남긴 희곡은「비곡비와법사(琵琶法師)」「차의 게부리(茶のけぶり)」「주문의 우울(朱門のうれひ)」의 세 편 뿐이다. 여기서 분명히 알아 두어야 하는 사실은 테마나 모티브니 인물 구성에 있어서『햄릿』과 유사한 점이 많이 있다는 점과 모두가 다 비극이며 공통적으로 연애의 고민, 인생에 대한 번민, 더 나아가서는 광기서린 인물 묘사가 들어 있다는 점이다. 성공작은 아니지만 이 모두가 도손의 문학 속에 그대로 녹아있다는 점에서 도손의 근대시 분석에 중요한 열쇠가 된다. 도손의 근대시 속에

　　호에 4회에 걸쳐서 게재한다. 도손이 문학을 하기로 결심한 첫 해이며 그 해에 셰익스피어의 작품을 접하고 나서 번안에 착수했다는 사실에 주시해야 한다.『비너스와 아도니스』번안은 일본에서 도손이 최초인데, 도손은 나중에「여작의 마(与作の馬)」라는 제목의 시를 남겼다.

　2) 당시『문학계』동인은 봉건적인 사회 풍조를 싫어하고 서양의 연애를 이상적 모델로 추구하며 연애지상주의를 외치고 있었다. 이들이 주창하는 연애관은 현실과 인생에 대해서 염세주의적인 감정이 지배적이고 끝없는 동경과 걷잡을 수 없는 좌절감이 혼연일체가 되는 서구 낭만주의를 받아들이고 있었다. 이러한 서구낭만주의의 연애관 즉, 남녀의 연애감정과 사랑의 갈등을 다루고 청년의 고뇌와 번민을 가장 단적으로 나타내는 셰익스피어의『햄릿』의 작품세계라 할 수 있다.

배태되어 있는 성에 대한 어두운 측면은 이미 셰익스피어의 작품을 경
험하면서 실험을 거친 소재라는 점이 더더욱 셰익스피어의 연관성과 셰
익스피어에서 무엇을 수용하고 변용시켰는지 분석하고 해부할 가치가
있는 것이다. 문학의 길을 가기로 결심한 도손에게 있어서 셰익스피어
와의 만남은 22살이라는 젊은 나이에 벌써 인간 내면에 짙게 깔려 있는
비극적인 요소에 관심을 갖게 했다는 점에서 놓칠 수 없는 중요한 사건
인 것이다. 도손의 시집 4권을 분석해 보아도 얼마나 많은 부분에 셰익
스피어의 작품, 특히 『햄릿』의 흔적은 7편의 시에 흔적을 남겼을 정도
로 빈번한 점을 발견할 때 도손이 『햄릿』에 특별한 관심을 가지고 있었
음을 알 수 있다. 그 배경에는 셰익스피어의 모방이라는 단순동기도 있
었지만 보다 근본적인 것은 『문학계』의 동인 중 하나인 도손은 메이지
라는 질풍노도의 시대를 살아나가는 메이지 시대의 청춘의 고뇌를 셰익
스피어의 『햄릿』에서 발견했다. 도손의 관심은 청년의 고뇌와 번민이
있는 그대로 그려져 있는 셰익스피어의 사실성(写実性)에 있었다. 도손
은 그의 소설 『봄(春)』에서 그리고 있듯이 『햄릿』의 「3막의 독백」과
「오필리아의 노래」를 언제나 외워서 흥얼거리고 있을 정도로 셰익스피
어를 자신의 내면세계에 수용하고 있었다. 또한 도손의 셰익스피어의
수용에는 쓰보우치 쇼요(坪内逍遥)의 셰익스피어 몰이상론(没理想論)
의 영향이 있었다고 할 수 있다.

1) 『햄릿』3)과 『여름풀』의 「농부」『낙매집』의 「가슴에서 가슴으로」

「농부(農夫)」(上－四－3연)

「숲속」	「林の中」

생각하니 나 자신오늘 이맘때　　　　　思へばわれはこの日ごろ

잠시 허망한 꿈속 헤매 다녔소.　　　　あだなる夢に迷ひつつ

일시적일 수 없는 그대의 몸을　　　　かりそめならぬ汝が身を

범한 것이야말로 너무 지나쳐　　　　あやまりしこそうたてけれ

『여름풀』

「농부」는 극시로 되어 있는데 이 극시의 영향은 셰익스피어의 극문학의 영향을 받은 것이라고 생각된다. 시 전체에 흐르는 분위기는 남녀의 사랑의 덧없음과 더 나아가서는 남녀 사랑의 행위조차도 꿈을 꾼 것에 불과하다는 비극적인 연애관을 나타내고 있다. 남녀 사랑의 갈등 구조는 서구 문학 속에서도 셰익스피어의 작품이 대표적인 것은 누구나 다 주지하는 바이지만 도손 역시 내면에 도사리고 있는 상대방의 마음을 어떻게 알고 믿을 수 있는지 항상 염두에 두고 있었던 것 같다.

숲 속에서 나누는 농부와 산골처녀의 대화는 마치 3막 1장의 햄릿과 오필리어의 대사와 같은 암울한 분위기를 자아낸다. 바로 이 3연 뿐만이 아니라 5연, 6연, 11연에 계속해서 3막 1장의 햄릿의 대사를 삽입하

---

3) 도손은 『햄릿』을 숙독하고 문학의 지침서로 하고 있었다. 사토 스케코에 대한 사랑의 파경과 함께 교직을 그만두고 여행길에 오를 때 『햄릿』을 몸에 지니고 있었다. 도손은 「石山寺へ『ハムレット』を納めるの辞を」를 『문학계』(1893년)에 게재했다.

고 있다. 그래서인지 이 시는 마치『햄릿』의 대사를 읽고 있는 듯한 착각을 불러일으킬 정도로 햄릿의 대사로 점철되어 있다. 먼저 3연에서 인용하고 있는 햄릿의 대사를 살펴보기로 하자. 3막 1장의 햄릿의 대화는 다음과 같다.

① 그대는 <u>내 말을 믿지 말았어야 했소</u>. 썩은 나무 밑바탕에 아무리 미덕이라는 새로운 가지를 접목한다고 해도 그 썩은 바탕이 아주 없어질 리는 없소.
② 다만 <u>새로운 가지의 맛을 좀 보는 것일 뿐이요.</u>
③ <u>나는 사랑 따위는 하지 않았소.</u> 4)　　　　　(『햄릿』3막 1장)

농부는 지난밤에 나누었던 사랑이 다음날 아침에 생각해 보니 실수였고 허망한 꿈에 지나지 않는 것으로 후회하고 있는데, 다음의 표현을 보면 햄릿의 후회 장면과 흡사하다는 것을 알 수 있다. 「생각하니 나 자신오늘 이맘때…(중략)…잘못했다 하기엔 너무 지나쳐」라는 도손의 표현은 햄릿이 오필리어에게 한 말, ①의 「그대는 <u>내 말을 믿지 말았어야 했소.</u>」와 후회의 어조와 실수라는 표현으로 ③의 「<u>나는 사랑 따위는 하지 않았소.</u>」가 거의 같다고 할 수 있다.
　또한 놀라운 것은 햄릿이 오필리어의 아름다움과 정절이라는 미덕, 즉 새로운 가지에 접목이 된다고 해도 자신에게는 더러운 피가 흐르고 있는 존재의 본질자체는 변하지 않는다는 고백 속에서 사용한 표현을

---

4) You should not have believed me,
　　for <u>virtue</u> cannot so <u>inoculate</u> our old stock but we shall <u>relish of it.</u>
　　<u>I loved you not.</u>
　　Tucker Brooke 『Hamlet－The Tragedy of Hamlet Prince of Denmark』
　　(New Haven Yale University Press 1917) p.83

도손은 놓치지 않고 자신의 시어로 만들어 버렸다는 점이다.②의「다만 새로운 가지의 맛을 좀 보는 것일 뿐이요」(「but we shall relish of it」)에서「그대의 몸을 실수라고 하기엔 너무 지나친」행위를 한 자신을 책망하는 농부의 고백과 병행되는 표현이라고 할 수 있다.「실수라고 하는」것은 여기서 여자의 순결을 빼앗은 것이고 영어 표현으로「relish of it」가 된다.「relish A of B」라는 표현의「of」는 탈격의「of」로서「~에게로부터 ~을 빼앗아」의 의미를 첨가시키는 역할을 한다. 따라서 도손은 처녀에게로부터 순결을 빼앗아 맛을 보다, 먹다의 의미로 우리말로는「범했다」는 의미로 해석하고, 농부의 회한의 심정을 강조하여 너무 지나치다고 할 수 있는 자신의 모습을 고백하는 부사로서「너무 지나쳤도다(うたてけれ)」로 3연을 마치는 것이다.

2행의「잠시 허망한 꿈속 헤매 다녔소」는 ③의「나는 사랑 따위는 하지 않았소」가 거의 같다고 할 수 있다. 지난밤에 나눈 것은 진신이 아닌 한 바탕의 허망한 꿈에 지나지 않으므로 결국 자신은 산골처녀를 사랑하지 않은 것임을 솔직히 고백하는 풍정을 보여준다.

이 연관성은 햄릿에서는 오필리어가 아주 짧게「그렇다면 저는 정말로 속은 셈이네요?」5)라고 대답하는 장면이 이어지는데, 도손 역시 산골처녀의 아주 짧은 2행의 화답으로 맺고 있다.

「**농부(農夫)**」

그러면 둘 맺어준 인연의 신을	さらば二人のえにしをば
허망한 꿈이라고 생각하나요?	あだなる夢と思ふかや　　　(4연)

---

5) Oph.「I was the more deceived」
　　Tucker Brooke, Ibid, p.83

이 질문을 들은 농부는 5연에서 또 다시 햄릿의 대답을 연출한다. 이번에는 더욱 상세하고도 단호한 어조로 화답한다. 이러한 화답 식의 극시(劇詩)는 도손이 셰익스피어의『햄릿』을 너무 열심히 읽고 뇌리에 박히도록 암기했기 때문에 저절로 전개되는 자연미를 갖기도 한다. 왜냐하면『햄릿』3막 1장의 대사를 연이어서 집어넣었기 때문에 더더욱 자연스럽다고 할 수 있는 것이다.

「농부(農夫)」

그대에게 고백한 아침까지를	汝になげきしけふまでを
허망한 꿈이었다 생각해주오	あだなる夢と思ひてよ
아아, 잘못 헤매어나는 일찍이	あああやまてり我は早や
그대를 사랑하는 마음 없었소	汝に恋する心なし　(5연 4~7행)

햄릿은 갈등의 대비를「사는 것과 죽는 것(To be or not to be)」,「자는 것과 꿈꾸는 것(To sleep, or perchance to dream)」,「아름다움과 정절(Beauty, or honesty)」[6]로 구성한다. 현실을 기피하기 위해서 꿈을 이용하여 허망한 꿈을 꾸다가 깬 것은 현실에 대한 책임이 없기 때문에 꿈으로 돌려버리려는 햄릿처럼 도손의 시「농부」에서의 주인공 농부는 산골처녀에게 어젯밤부터 새벽까지 고백하며 사랑을 외치던 모든 고백은 지난밤의 꿈으로 돌리고 사랑한 것이 아니었다는 단호한 대답을 한다. 여기서 잠깐 햄릿의 대사를 그대로 맛볼 수 있는데 다음과 같이 대조하면서 감상할 수 있다.

---

6)『햄릿』에서 〈honesty〉는 〈chaste(성적으로 더럽혀지지 않은 순결한 정절의)〉를 의미한다.

「그대를 사랑하는 마음 없었소(汝に恋する心なし)」

(5연 4-7행 「농부」)

「I loved you not.「『Hamlet Ⅲ: i 』

(나는 그대를 사랑하지 아니하였노라)

이처럼 지루하리만치 한 작가의 작품을 점철시킴으로써 도손의 시는 때로는 마치 서구문학의 일본어 번역본을 읽고 있는 듯한 착각에 빠지게 만들기도 한다.

3막 1장에서 햄릿은 점점 더 격정어린 어조로 오필리어에게 수도원으로 가버리라고 하더니, 별안간 오필리어의 아버지 얘기를 꺼내면서 아버지한테로 꺼져버리라고 호통을 친다. 이러한 장면을 도손은 염두에 두고서 6연을 써내려갔다고 생각한다. 도손은 확실히 햄릿의 대사 전체를 꿰뚫고 있었던 게 분명하다. 왜냐하면 오필리어의 아버지 안부를 묻는 세세한 장면까지 기억하여 〈부모〉라는 단어를 사용하고 있기 때문이다.

「농부(農夫)」

예전에 <u>식어버린 찬 돌이므로</u>	<u>すでに冷たき石なれば</u>
<u>사랑은 소용없는 이내몸 되니</u>	<u>恋は用なき吾身なり</u>
깊은 은혜 넘치는 <u>어머님에게</u>	めぐみは深きたらちねに
<u>돌아가서</u> 효도를 충실히 하소	<u>行きてまことをつくせかし</u>

(6연 6-9행)

이 시에서 알 수 있듯이 농부는 심한 자격지심을 가지고 있으며 산골

처녀의 부모에 대한 부러움까지 내보인다. 이러한 대비 현상은 의심할 여지없는 햄릿의 대사이다. 햄릿은 자신의 출생마저도 자책하며 남녀 사랑 내지는 결혼까지도 부정한다. 죄 많은 인간이 또 다시 죄인을 낳게 되는 악순환을 끊어버려야 한다는 주장을 하는 햄릿의 대사 장면과 다를 바가 없는 표현이므로 그 시어를 정리하여 비교하여 보도록 하자.

① すでに冷たき石 (예전에 식어버린 돌멩이)

　인간다운 감정이 사라진 상태의 의미

　　→ the native hue of resolution is sicklied o 〈 er with the pale cast

② 恋は用なき (사랑은 필요 없는)

　　→ I loved you not

③ たらちねに (네 부모에게)

　　→ your father

④ 行きて (돌아가서)

　　→ Go thy ways

⑤ まことをつくせかし (효도를 충실히 하소)

　　→ Let the doors be shut upon him,『Hamlet Ⅲ: i 』[7]

　도손의 시의 특징은 자신의 서구 문학적 소양을 충분히 살리고 있는 점이다. 그의 시를 읽으면 당시의 그 누구라도 그의 문학적 지평이 넓음을 알 수 있게 된다. 그는 창의성은 뒤떨어지지만 환골탈태는 능하여서 일본 근대시 문학에 새로운 시어(詩語)를 풍부하게 만들어 놓는 공헌을 했다고 할 수 있다. 다시 말해서 도손은 어느 작품을 읽든지 세밀하고

---

7) Tucker Brooke, Ibid, pp.82~83

면밀하게 읽고 명문장은 외우고, 끈질기게 분석하여 서구의 언어를 변모에 변신을 거듭시켜서 새로운 아름다운 일본어 표현을 만들어내는 데에 주력했다고 할 수 있다.

마지막으로 11연을 분석해보면 도손이 얼마나 햄릿을 좋아하고 햄릿의 여성상을 찬양했는지 다음의 농부의 화답 시 표현만 읽어보아도 잘 알 수 있다.

「농부(農夫)」

처녀 맘속에 있는 꽃은 한 송이	處女の胸の花一杖
두 개 있을 수 없지 향기와 색깔	二つとはなき色香ぞや
일시적일 수 없는 그대의 몸의	かりそめならぬ汝が身の
소중한 보물 깊이 감춰두시오	寶を深く藏めてよ
아아, 조심하시오이 어리석은	ああ心せよおろかしき
나는 벌레만치도 못한 자이요	われは虫にも劣る身ぞ

(11연 2-7행)

햄릿과 오필리어는 다음과 같은 대화[8]를 주고받는다.

---

8) Ham. Ha, ha! are you honest?
   Oph. My lord!
   Ham. Are you fair?
   Oph. What means your lordship?
   Ham. That if you be honest and fair, your honesty should admit no discourse to your beauty.
   Oph. Could beauty, my lord, have better commerce than with honesty?
   Tucker Brooke, Ibid, pp.82~83

햄릿: "그대는 정절을 지키는가?"

오필리어: "네."

햄릿: "그대는 아름다운가?"

오필리어: "무슨 뜻인지요?"

햄릿: "만일 그대가 <u>정조</u>가 있고 <u>아름다움</u>을 지니고 있다면 그대의 정
　　　조은 그대의 아름다움의 은밀한 어떠한 소통도 받아들여서는 아
　　　니되오."

오필리어: "전하, 여자의 아름다움과 정조처럼 잘 어울리는 관계가 어디
　　　　에 더 있겠습니까?"

햄릿의 이 질문은 셰익스피어의 여성상과도 직결되며『햄릿』의 주제
이기도 하다. 햄릿은 여자의 마음을 믿지 않으며 남녀 사랑에 비관적이
다. 여자의 아름다움은 은밀한 유혹을 동반하여 순결한 정신을 타락시
키고 육체적 쾌락의 노예로 만들기 쉬운 덫을 가지고 있다고 생각하는
것이다. 따라서 정조와 아름다움은 동반될 수 없는 비극적인 대립과 갈
등의 관계라고 보고 있다.

도손은 이러한 서구적 관념 언어인 「정조(honesty)」와 「아름다움
(beauty)」의 대립되는 언어를 「농부」라는 극시 속에서 「색깔과 향기(色
香)」로 바꾸어서 표현한다. 또 다른 시어(詩語)를 생성한 셈이다. 여자
의 마음속에 지닐 수 있는 값진 보물은 향기와 색깔 중 하나일 뿐이라는
의미이다. 두 가지가 동시에 동반될 수 없는 상극관계임을 넌지시 알리
고 있는 점이 햄릿의 대립 개념 설정과 흡사하다고 볼 수 있다.

색(色)은 육체적인 아름다움을 의미하고 향(香)은 인품의 덕을 의미
하는 것으로 정조의 개념에 넣어 대립적으로 노래한 부분은 분명히 햄
릿의 질문에서 그 힌트를 얻은 것이 분명하다.

하지만 도손은 일본 고전에도 통달한 작가라는 점을 감안 할 때, 색(色)은 분명히 「모습이 아름다움」의 뜻도 가지고 있음을 알고 분류했을 것으로 추측된다. 향(香)은 원래 「수수를 삶을 때 공기를 타고 전해지는 좋은 냄새라는 뜻으로 공기의 이동에 따라서 전해진다는 뜻」[9]을 가지고 있다. 그러므로 눈으로 보이는 아름다움이아니라 눈에는 보이지 않는 아름다움이므로 인품이나 덕(德)과 관계가 있으니, 도손의 이 두 가지 대립되는 개념의 시어 선택은 틀리지 않다고 생각한다.

도손은 처녀를 동경하고 처녀의 순결을 찬양하는데, 이 시의 5행의 표현을 보면 산골처녀에게 하는 그의 간절한 당부를 통해서 그의 여성관을 알 수 있는 것이다. 여성의 순결과 같이 「소중한 보물 깊이 감춰두어」야지 함부로 내놓으면 안 된다는 것이다.

또한 6행과 7행을 분석해보면 햄릿의 자포자기적 자기비하의 표현과 맞물리는 공통된 시어를 발견할 수 있다. 도손의 극시 「농부」에서 농부가 하는 말과 햄릿의 하는 말을 비교해보면 다음과 같다.

「아아,① 조심하시오이 ②어리석은」(6행)
「나는 ③벌레만치도못한 자이요」(7행)

---

9) 香: もとは「黍(きび)＋甘(うまい)」で、きびを煮たときに、空気に乗ってただよってくるよいにおいを表す。
　　空気の動きに乗ってつたわる意を含む。(広辞苑)

<두 작품의 표현의 연관성과 차이점>

도손의 「농부」	셰익스피어 『햄릿』의 번역문	『햄릿』의 영어원문
① 조심하시오 (心せよ)	아무도 믿지 마시오	Believe none of us
② 어리석은 (おろかしき)	기회만 있으면 언제나 죄를 저지를 수 있는	with more offences at my beck
③ 벌레만치도 못한 자 (虫にも劣る身)	땅을 기어 다니는 그런 족속	such fellows as I do crawling

도손의 이러한 시상은 『햄릿』의 영향이 강하다고 할 수 있다. 더욱 중요한 것은 도손이 영어 원문을 꼼꼼하게 읽고 소화하여 시상을 전개해나가면서 새로운 시어(詩語)를 구사해냈다는 점을 알 수 있다.

이와 비슷한 경우의 표현이 다른 시에서도 많이 발견되므로 시를 분석하여 감상하도록 하자. 『낙매집』에 실려 있는 「가슴에서 가슴으로」 4장 1연(5·7조)를 먼저 감상해보기로 한다. 도손이 결혼 한 후에 코모로의 생활 속에서 지은 시이므로 결혼 전의 수용방법과 어떻게 다른지도 알 수 있다고 생각한다. 결혼 후에는 오히려 남녀의 갈등이 없을 수 있겠지만, 도손 특유의 처녀 숭배 궤적(軌跡)도 봐야 할 것 같다.

「가슴에서 가슴으로」 4장 1연(5·7조)

〈내 사랑 강가에서(吾恋は川邊に生ひて)〉

나의 사랑은 강변에서 태어나	吾恋は川邊に生ひて
뿌리를 내린 버드나무10) 되었네	根を浸す柳の樹なり

---

10) 도손의 시에서 버드나무가 언급된 부분은 이 시와 같은 시기에 쓴 「치쿠마강 여정의 노래」 두 군데 뿐이다. 이 두 시를 지은 시기는 도손이 신슈 코모로에

가지 뻗어나 푸르게 될 때까지　　枝延て緑なすまで

이내 목숨을 그대여 취하소서　　生命をぞ君に吸ふなる 『낙매집』

이 이미지는『햄릿』의 4막 7장[11]에서 왕비가 오필리어의 죽음을 알리면서 그 당시 상황을 설명하는데 그 상황을 그린 듯한 풍정(風情)이라 하겠다.

햄릿의 사랑을 잃고 상심한 오필리어는 자신의 아버지가 햄릿에 의해 죽임을 당했다는 사실에 더욱 비통해진 나머지 실성해버린다. 들판의 꽃을 꺾어서 화관을 만들어 그 화관을 강가에 늘어진 수양버들 가지에 걸려고 하다가 화관과 함께 물에 빠져서 목숨을 잃게 되는 장면에서 그 이미지를 얻어서 시상(詩想)을 전개한 것이라고 생각한다.

하지만 어색한 면이 없지 않다. 이 시를 지은 곳은 코모로이고 이곳의 강은 아사마(浅間)의 협곡이 이어지는 산악지대를 흐르는 강이므로 푸른 버드나무 늘어진 따사로운 강변은 어울리지 않는다. 도손은 오필리어의 죽음의 장면을 놓치기도 그대로 버리기도 아까워서 「가슴에서 가슴으로」라는 남녀사랑의 시에 넣은 것이라고 생각한다. 이러한 추론

이사하여 살고 있었던 때이므로 그가 그리고 있는 강은 지쿠마강(千曲川)이라 할 수 있다. 이 강에 버드나무 늘어진 풍정이 얼마나 부자연스러운지는 신슈의 치쿠마강을 가보면 알 수 있다. 스산한 분위기의 이 강에 이른 봄 버드나무 늘어진 한가로운 분위기는 전혀 어울리지 않는다. 澤野久雄「千曲川のほどりで藤村を思う」『太陽』(1972년 3월호) 平凡社 pp.67～73참조

「치쿠마강 여정의 노래(千曲川旅情のうた)」(4연 1,2행)

치쿠마강에 <u>버드나무</u> 비추니　　千曲川<u>柳</u>霞みて

이른 봄 되어 강물이 <u>흐르누나</u>　　春淺く<u>水流れたり</u>　　　　『낙매집』

11) There is a willow grows aslant a brook,

　　There, on the pendent bough her cornet weeds　　　　(4막7장)

　　Tucker Brooke, Ibid, pp.145～146

을 하게 되는 것은 시어(詩語)를 정리해 볼 때 『햄릿』을 연상하게 하는 표현이 극명하게 드러나기 때문이다. 도손은 이 시 「가슴에서 가슴으로」는 각 장마다 서로 다른 이미지를 주기 위해 시재(詩材)도 각기 다른 것으로 쓰고 있으며 소제목에 따라서 수용하거나 인용한 작품도 제각각 달리 했다. 예를 들어서 2장(其 二)의 경우는 주로 성서의 이미지를 수용하거나, 3장(其 三)의 경우는 「일본 고전을 인용」[12]하는 등 소제목에 따라 특징을 구분하여 지었다고 하겠다.

그러한 착상 가운데 4장(其 四)은 오필리어가 강물에 빠지는 장면의 이미지로 『햄릿』의 4막 7장을 떠올린 게 틀림없다고 생각한다. 이 장면은 오필리어가 실성한 상태이기는 하지만 비극적 자살로 그려지는 장면은 아니고 오히려 서경적인 스케치와 같은 이미지 상황이다. 그래서인지 도손의 이 시 역시 마치 그림을 보는 듯한 서경적 정취가 느껴지는 시라 할 수 있다. 그러면 먼저 시어를 정리해보고 어느 부분을 수용하여 어떤 표현으로 자신의 시어를 만들었는지 살펴보고자 한다. 이러한 분석을 통해서 도손이 단순히 시어만 차용했는지 그 속에 담긴 햄릿의 메

---

12) ① 도깨비 사는 어둠속도 아닌데　　鬼の住む暗にもあらず

(「其 三」 3연 2행)

도깨비는 재빨리 한입에 여자 삼켜 鬼はや女をば一口にくひてけり。

(『伊勢物語』6段「芥川の段」)

이 두 표현을 비교해볼 때 도손은 이 부분은 『伊勢物語』를 염두에 두고 쓴 것으로 보인다.
구정호역 『伊勢物語』(제이앤씨 2003) pp.29~32 참조

② 天の戸は雲かあらぬか(4연 2행)
　ひさかたのあまの戸ひらき(比左加多能安麻能刀比良伎)『万葉集』卷二
　十 4495番
두 시를 비교해볼 때 도손의 근대시는 일본고전 『万葉集』를 염두에 두고서 인용하여 시상을 전개해나갔다고 하겠다.
佐竹昭広 木下正俊 共著 『万葉集』(塙書房 1963) p.504

시지도 수용했는지 알 수 있는 것이다.

<도손이 「가슴에서 가슴으로」에 수용한 시어와 『햄릿』의 표현>

도손의 수용 시어(詩語)	『햄릿(4막7장)』번역문	『햄릿』의 영어원문
강가에 (川邊に)	시냇가	aslant a brook
버드나무 (柳の樹)	버드나무	a willow
가지 늘어져 (枝延て)	늘어진 버들가지	the pendent bough, or sliver

　비교해보면 풍경은 같으나 그 속에 감추어진 셰익스피어의 처녀의 순결한 죽음이라는 시상은 전혀 드러나지 않는 특징을 알 수 있다. 도손은 비극적이고 어수선한 분위기의 『햄릿』을 평화로운 목가적 풍경으로 바꾸고 그 풍경 속에 들어 있는 사람 역시 고향을 향해서 강가 풀밭에 한가로이 추억을 그리며 앉아 있는 것으로 장면을 바꾸고 있음을 알 수 있다.

　이처럼 도손은 군데군데 자신이 기억하고 있는 명문장과 명장면은 여기저기에 끼워 넣어 퍼즐과 같은 시를 이루는 다양함을 선보이는 시적 재능이 평가된다고 생각된다. 이 시 역시 마찬가지 경우로 4장은 2연으로 되어 있는데, 2연은 1연과는 흐름이 전혀 달리 도손의 고향 코모로를 향하여 앉아 있는 이미지를 그리고 있다. 그러므로 이 4장은 『햄릿』의 4막 7장의 장면을 나타내는 시어만을 빌린 것일 뿐 오필리어의 슬픈 사랑의 죽음과는 무관한 시상(詩想)을 펼치고 있다는 것을 알 수 있다.

「오요」「오키누」「오사요」에 투영된 『Hamlet』의 혼적

① 白菫さく若草に　　하얀 제비꽃 피는 어린 풀잎에
　　　　　　　　　　　　　（「오요(おえふ)」3연 3행）

② 人の處女の身に落ちて　처녀의 몸속으로 떨어져서는
　　　　　　　　　　　　　（「오키누(おきぬ)」1연 2행）

③ 黒髪長き吾身こそ　　검은 머리 늘어진 처녀이지만
　　　　　　　　　　　　　（「오키누(おきぬ)」1연 7행）

④ 巖陰われは生まれけり　갯바위 그늘 아래서 태어났지
　　　　　　　　　　　　　（「오사요(おさよ)」1연 2행）

　도손은 그의 청춘 소설 『버찌』에서 젊은 시절 즐겨 읽었던 서구문학을 비교적 상세하게 소개한다. 주인공 스테키치는 셰익스피어의 『햄릿』에 나오는 「오필리어의 노래를 단숨에 외우는 장면」[13]이 나온다. 그 장면을 보면 도손이 얼마나 『햄릿』을 즐겨 읽고 자신의 삶에 적용하고 있었는지 알 수 있다. 도손은 1917년에 다시 개정한 시집『改刷版藤村詩集』에 「여섯 명의 처녀(六人の処女)」라는 제목 아래 서로 다른 타입의 여성을 노래한 6편을 실었다. 도손은 가공(架空)의 젊은 여성을 만들어서 그 속에 자신의 연애관과 낭만적 발상, 예를 들어 연애의 열정과 관능, 애환과 고뇌 등을 한 번에 여섯 명의 여성을 통해서 나름대로 일본 여성의 환상을 노래한 것이라고 평가할 수 있다. 『새싹집』첫 부분에 소

---

13) 島崎藤村, 『島崎藤村二』前掲書 p.325

개된 이 6편의 시14)는 「도손이 야심찬 시도를 해본 작품이라 할 수 있을 정도로 촉촉한 감성 넘치는 서정시들이라」15)고 간다 시게유키(神田重幸)는 극찬했다. 그렇다면 도손은 여성상을 어디서 가져온 것일까? 여성상을 주제로 한 이 6편의 시들도 반드시 「그 원형이 있을 것으로 추정」16)하는 세키 료이치(関良一)의 주장대로 『햄릿』의 오필리어를 형상화한 듯한 시어(詩語)를 찾아보았을 때 「제비꽃(菫)」「처녀(處女)」「검은 머리 늘어진(黑髮長き)」「갯바위 그늘(巖陰)」을 예로 들 수 있다고 하겠다. 하지만 어디까지가 서구적인 시어(詩語)이고 어디까지가 일본 고전적 시어(詩語)인지 구분이 모호하다고 하지 않을 수 없다. 따라서 시의 흐름을 깨뜨리면서까지 끼워 넣은 듯한 표현을 간추려서 두 작품 속에서의 공통된 시어를 맞추어 보는 수밖에 없다고 생각한다.

먼저 ①「하얀 제비꽃 피는 어린 풀잎에(白菫さく若草に)」(「오요(おえふ)」3연 3행)의 표현을 볼 때 앞에서 스미다강 가에 핀 앵두나무 꽃의 그늘에 내려 앉아 처녀가 되리라(2연)고 하다가 다시 졸졸 흐르는 시냇물 가에 피는 「하얀 제비꽃」에 감정이입을 하는 장면으로 바뀐다. 이 시의 제목 「오요(おえふ)」는 〈잎새〉17)라는 뜻으로 식물의 이미지를 가지고 있으며 이 식물이미지를 여성에 이입시킨 것이다. 그렇다면 도

---

14) 「오요(おえふ)」「오키누(おきぬ)」「오사요(おさよ)」「오쿠메(おくめ)」「옷타(おつた)」　　　　　　　　　「오키쿠(おきく)」 6편

15) 神田重幸 『島崎藤村詩への招待』(双文社出版 2000) p.9

16) 세키 료이치(関 良一)는 그 원형을 『햄릿』의 「오필리어의 노래」뿐만 아니라 괴테의 『빌헬름 마이스터의 편력시대』 중 「미뇽의 노래」등을 바탕으로 하여 일본여성 노래로 바꿔 착상한 시라고 추정한다.
　　『藤村詩集』(角川書店) 前揭書 p.576

17) 일본어 고어의 [えふ]는 [よ(枝)]로 변격. (エの転) えだ。一説に花びら。万葉集(8)『広辞苑』
　　꽃잎, 풀잎, 작은 가지의 뜻. [けふ]가 [きょう]로 바뀌는 용법과 같다.

손은 어떻게 식물이미지의 여성을 상징하는 문학적 소재를 찾을 수 있었을까? 도손은 『햄릿』을 읽으면서 앞부분에서 상징적으로 표현하는 대사를 읽으면서 〈자신이 좋아하는 제비꽃〉[18]이 서구문학 속에 그것도 아주 중요한 키워드로 사용되고 있는 점에 분명히 공감하고 그 부분을 어떻게 해서든지 도려내어 자신의 시 속에서도 상징의 의미를 갖게 하고 싶었을 것이다. 도손은 문학적 편식이 심해서 자신이 좋아하는 부분이나 표현은 달달 외우고 있다가 시상(詩想)이 떠오르면 끼워 넣기를 잘한다. 인용하는 부분도 정해져 있고 묻어나오는 시어(詩語)도 어디서 온 것인지 곧 알아차릴 수 있을 정도이다. 여성을 생각하면서 일본고전의 이하라 사이카쿠(井原西鶴)의 『오색다섯여자(五色五人女)』를 생각하지 않았을 리 만무하고, 『햄릿』의 오필리어를 생각하지 않았을 리는 없다. 이러한 추론 속에서 그 흔적을 찾아볼 때 흔적은 묻어 있음을 알 수 있다.

실제로 『햄릿』의 1막 3장에서는 오필리어의 오빠 레어티즈가 오필리어를 제비꽃(violet)에 비교하여 표현한 대사가 있다. 『햄릿』에는 꽃이 나타내는 상징이 구체적으로 나타나는데[19] 제비꽃은 「피기는 일찍 피어나지만 지는 것도 빠르고 향기롭기는 하나 오래가지 못 하는」[20] 「단

---

18) 제비꽃(菫)은 낭만적 정취를 가지고 있는 식물로서 도손 시에서 초기에 많이 사용되었다. 특히 도손은 「菫草」(1888년)라는 문학잡지에 논문과 7·5조의 신체시를 발표하여 문학적 재능을 인정받았으므로 제비꽃에 대한 애착이 남다르다. 伊東一夫 前揭書 p.242

19) 만수향(rosemary) - 영원히 잊지 말아 달라
상사꽃(pansies) - 날 생각해 달라
회향풀(fennel) - 아첨의 상징
매발톱꽃(columbine) - 감사할 줄 모르는 마음을 나타내므로 뉘우침을 상징
Tucker Brooke. Ibid. p.135

20) A violet in the youth of primy nature,
Forward, not permanent, seet, not lasting,...

명(短命)의 존재를 상징」21)한다. 풀잎과 같이 여린 소녀의 꿈 많은 시절은 불안하고 사소한 일에도 미묘한 마음의 동요가 일어나는 때이다. 오필리어는 햄릿의 사랑 고백을 믿다가도 믿기지 않는 불안한 마음 상태를 가지고 있었다. 오필리어의 노래22)를 도손은 전부 영어로 외우고 있었던 점으로 미루어 보아서 상대방의 보이지 않는 진심과 잡을 수 없는 마음을 미치광이처럼 노래하며 부르짖는 가련한 소녀를 연상하여 ① 의 「하얀 제비꽃 피는 어린 풀잎」을 집어넣은 것이라고 생각한다. 그리고 도손은 이 「하얀 제비꽃」은 「강 언덕에 서있는 벚꽃 그늘에(岸の桜の花影に)(2연 3행)」 피는 꽃으로 한정짓고 있음으로 해서 한층 더 가련하고 부드러운 여성을 상징하여 그리려고 했다고 생각된다.

또한 제비꽃의 문화적 코드는 〈겸양〉〈정절(貞節)〉〈박명(薄命)〉의 상징인 만큼 제비꽃에 〈하얀〉 색을 더한 것은 〈순결〉의 의미를 더해주려는 도손의 의도가 엿보인다. 오필리어의 노래 중에서 4막 5장에 집중적으로 나오는데, 도손 역시 이 부분을 읽고 외우고 있었을 것이라고 생각된다. 이 노래에서 처녀의 순결이라는 시상(詩想)을 떠올려 〈하얀〉 제비꽃으로 수식했을 것으로 생각된다. 이 노래에는 다음과 같은 표현이 나온다.

Tucker Brooke, Ibid. p.28

21) Ⅰ.iii, 7, violet, Early violets were proverbial examples of transitory things.

Tucker Brooke, Ibid. p.181

22) How should I your true love know いづれを君が恋人と
From another one? わきて知るべきすべやある。
By his cockle hat and staff, 貝の冠と、つく杖と、
And his sandal shoon. はける靴とぞしるしなる。
Tucker Brooke, Ibid, p.128 島崎藤村『島崎藤村二』前掲書 p.326

들어갈 때는 처녀였으나 나올 땐
처녀의 꽃잎이 떨어졌으리.[23]

이 노래의 원문에서 사용하고 있는 「maid」는 문학적 용어로는 소녀, 처녀를 의미한다. 「departed」는 「떨어져나가다」의 의미로 「죽다(die)」의 완곡한 표현으로 쓰이기도 한다. 「꽃」은 바로 앞의 노래[24]에 나오는데 오필리어는 한 장면에서 계속해서 노래를 부르고 있으므로 앞의 노래와 연관을 짓지 않을 수 없다. 꽃은 오필리어의 순결한 처녀성을 지닌 자신이고 「departed」를 사용함으로써 꺾여 버린 꽃은 처녀성을 잃은 오필리어 자신을 의미한다.

다음으로 ②처녀의 몸속으로 떨어져서는(人の處女の身に落ちて)「오키누」(1연 2행)을 분석해보기로 하자. 도손은 왜 「오키누」에서 〈처녀〉라는 단어를 다시 사용하고 있는 것일까? 나긋나긋한 처녀의 몸에 들어오기 전에 「창공을 나는 독수리」였다는 발상은 그로테스크적인 느낌이 없지 않으나 서구적인 발상[25]으로 생각하면 낯설지 않은 착상이

---

23) Let in the maid, that out a maid
   Never departed more. 소녀는 더 이상 떨어뜨릴 것이 없게 되었다는 의미로 해석된다.
   Tucker Brooke, Ibid, p.129
24) Larded all with sweet flowers: 예쁜 꽃 속에 계신 내 님
   Tucker Brooke, Ibid, p.129
25) 로마 신화의 쥬피터(Jupiter－그리스신화의 제우스)는 신들의 세계뿐만이 아니라 인간세계도 넘나들면서 모습을 바꿔가며 신이든 인간이든 가리지 않고 많은 처녀들을 농락하는 호색의 신이다. 서양미술을 보면 주피터의 그림에는 반드시 독수리가 등장하는데, 쥬피터가 티탄족의 신과 싸울 때 독수리가 날아와서 승리를 예고해준 것을 계기로 독수리는 쥬피터에게는 사자(使者)의 상징이기도 하지만 때로는 쥬피터가 독수리 모습으로 변신하기도 한다. ジエイムス・ホル著 前掲書 pp.350～351

라 할 수 있다. 도손은 이러한 서구적인 이미지를 염두에 두고서 독수리가 인간의 모습으로 변신하는 시상(詩想)을 떠올린 것으로 생각된다. 도손은 〈화신(化身)〉이라는 단어를 익숙하게 사용하고 있었다. 그의 소설『버찌』에서 스테키치는 「신이란 아버지와 아들과 성령의 삼위(三位)를 일체화한 것」[26] 이라는 표현을 사용하는 점으로 미루어 볼 때, 도손은 신이 인간의 몸을 빌려 인간의 모습을 한다는 〈화신(incarnation)〉이라는 어휘에 낯설어하지 않음을 알 수 있다. 그만큼 도손은 성서라든지 그리스 로마신화 등의 서구문화에 익숙해서 언뜻언뜻 뇌리에 스쳐지나가는 발상을 놓치지 않고 있음을 알 수 있다. 그렇기 때문에 도손은 한 제목 아래 들어 있는 여러 연(連)과 행(行)을 동양과 서양의 문학과 문화를 넘나들면서 다양한 시상(詩想)을 느끼게 하는 문학적 특성을 나타내고 있다고 할 수 있다.

 시작은 로마신화에서 시작하는 듯하지만, 그의 뇌리에서는 아직도 『햄릿』의 4막 5장의 오필리어 노래가 떠나지 않아서 7행으로 가서는 미쳐버린 오필리어의 「어깨까지 풀어헤친 긴 머리」[27]를 떠올리지 않을 수 없었을 것으로 추측할 수 있다. 인간의 몸을 입어서 인간이 된 독수리를 기쁨보다는 슬픈 운명의 소유자로 형상화시키기 위해서는 불행한 오필리어의 이미지를 이입시킬 수밖에 없는 것이다. 왜냐하면 ③의 「검은 머리 늘어진 처녀이지만(黒髪長き吾身こそ)」의 다음에 나오는 표현이 「태어나면서부터 장님이구나(8행)」로 이어지기 때문에 불행한 운명의 소유자로 형상화시키고 있는 것이 라고 할 수 있다.

 물론 도손은 꼼꼼하게 일본적 풍토에 맞게 단어를 바꾸는 기술이 뛰

---

26) 「神とは、父と子と精霊の三位を一体としたようなもの」
　　島崎藤村 『島崎藤村二』 前掲書 p.326
27) Tucker Brooke, Ibid, p.128

어나므로 틀림없이 〈금발〉일 유럽 여성의 이미지를 동양적, 일본적인 〈검은 머리〉로 바꾸어 놓은 것이라 하겠다.

　　내일은 성 발렌타인 축제날
　　동녘하늘이 밝아오면 자리에서 일어나
　　이 처녀가 사랑하는 님 창 밑에 서서
　　그대를 기다릴 거예요.
　　내 님은 일어나 새 옷을 입고
　　방문을 열어주네요
　　들어갈 때는 처녀였으나 나올 땐
　　처녀의 꽃잎이 떨어졌으리.

　④「갯바위 그늘 아래서 태어났지(巖陰われは生まれけり)(「오사요」 1연 2행)」28)에서 「오사요」는 바닷가 출생임을 나타낸다. 그렇다면 해변에서 출생한 인물이 한 둘도 아닌데 왜 먼저 출생을 밝히는 것인지 생각해 볼 문제다. 의도적으로 도손은 「오사요」라는 여성의 이미지를 한 초점으로 좁혀가려는 시작(詩作)을 하고 있는 것이다. 때문에 출생을 알리면서 출생의 이미지를 부각시켜 서둘러서 극적 반전으로 3연에서는 별안간 실성한 모습의 여자를 묘사함으로써 독자로 하여금 오필리어를 연상하게 만드는 것이다. 『햄릿』의 1막은 오필리어의 오빠 레어티즈는 오필리어에게 뱃길을 조심하고 소식을 전하라는 이야기로 시작되

---

28) And, sister, as <u>the winds give benefit</u>　애야, <u>순풍을 타고</u> 오는
　　And <u>convoy</u> is assistant, do not sleep,　<u>배편이</u> 있으면, 잠만 자지 말고.
　　But let me hear from you.　　　　　　　내게 소식을 전해다오.
　　　　　　　　　　　　　　　　　　　　　　　　　　　　(1막 3장)

Tucker Brooke, Ibid, p.28

면서 오필리어가 바닷가 출신임을 암시하고 있음은 주지하는 바이다. 도손은 언제나 자신이 외우고 있는 부분을 그냥 자신만 알고 두기에는 아까운지 놓치지 않고 여러 장면에서 반복적으로 인용하고 변용하는 놀라운 변신을 거듭한다. 그리고 집요하도록 꼼꼼하게 일본적 풍토에 맞게 시어(詩語)를 생성한다. 이 3연과 4연이 모두가 『햄릿』의 4막 5장의 미쳐버린 오필리어의 풍정(風情)을 연출하고 있는 것이다.

「**오사요**(おさよ)」

をかしくものに狂へりと
이상히 여길 정도 미쳐 버렸네   (3연 1행)

げに狂はしの身なるべき
실로 실성해버린 이 내 몸이여   (4연 1행)

이 부분은 4막 5장의 「미쳐버린 오필리어 등장」[29]을 연상하게 한다. 도손은 이처럼 동일한 시재(詩材)와 소재를 가지고 여러 가지 시상(詩想)으로 전개시켜서 다양한 캐릭터로 변신시킨다. 따라서 같은 소재를 가지고도 시상에 따라서는 전혀 다른 감성을 느끼게 하는 새로운 시어(詩語)로 변용시키는 시문학적 특징이 있다.

---

29) Enter Ophelia distracted
　　Tucker Brooke, Ibid, p.128

「첫 샘물(若水)」4연에 투영된 『햄릿』의 흔적

새해 <u>첫 새벽 푼 물</u>	かの<u>わかみづ</u>と
이내몸 담가	みをなして
그대 함께 흘러가	きみとながれん
꽃에 파묻혀	花のかげ　　　　(4연)

『햄릿』의 5막 1장에서 오필리어가 물에 빠져죽는 장면[30]을 연상케 하는 시상(詩想)을 전개하고 있으나, 도손은 왜 앞 뒤 연과 전혀 무관한 분위기의 시상을 이 장면과 연결하고 있는지 피상적으로는 알 수가 없다. 2연에서는 이 〈물〉은 〈생명의 물〉이고 영원히 목마르지 않는 물을 의미하는 듯하다. 마치 성서에서 의미하는 기독교의 〈복음〉에 비유하여 표현하는 듯하지만, 4연에 와서는 오필리어가 꽃 속에 파묻혀서 물에 빠져 죽는 장면을 설정하고 만다. 결국 도손의 뇌리에서는 〈물〉이 주는 영적인 생명력의 이미지보다는 여자의 몸속을 흐르는 물에 대한 시상(詩想)이 떠올라서 처녀성과 관계된 이미지로 부각시키고자 하는 것이라 생각된다. 더욱이 제목 역시 단순한 〈물〉 아니라 「첫 샘물」인 것처럼 아무도 손대지 않은 순결과 정절을 의미하는 〈물〉로의 이미지로 제한하고 있는 것으로 해석하지 않을 수 없게 된다. 의도적으로 『햄릿』의 이미지를 끼워 놓은 것은 『햄릿』의 주제와도 무관하지 않은 것으로 해석된다. 『햄릿』을 통해서 셰익스피어는 여자의 정절(貞節)과 아름

---

30) She <u>drowned herself</u> in her own defence
　　…(중략)…
　　She <u>drowned herself</u> wittingly
　　Too <u>much of water</u> hast thou, poor Ophelia,
　　Tucker Brooke, Ibid, pp.146～147

다움의 상관관계를 얘기하고 있는데, 「아름다움이 정절을 타락시켜서 음란하게 만들기는 쉬운 일이다. 허나 정절의 힘이 아름다움을 정숙한 것으로 여기게 하는 일은 어려운 일이라」[31]고 했듯이 도손 역시 마찬가지이다. 여자의 아름다움은 여자를 타락시키기 쉬운 것이므로 아름다움이 죽어야 순결이 지켜지는 것으로 보고 있다. 여자의 첫 순결은 결국은 아름다움이 죽어야 지켜지는 것이므로 여자의 아름다움은 위험한 것이고 여자에게 있어서 아름다움보다는 정절과 정조, 그리고 처녀성이 더욱 중요하며, 도손이 이러한 처녀성을 동경하고 있는 점은 셰익스피어의 『햄릿』의 여성관 내지는 여성상의 영향을 받은 것이라고 생각한다.

「백자화병부(白磁花瓶賦)」와 셰익스피어의 『햄릿』

너무 천진한 걸까 낯선 두 남녀	いとけなきかなひとのよに
지혜로워 보이는 사랑이련만	知恵ありがほの恋なれど
여자의 마음이란 덧없는 거라	をとめこころのはかなさは[32] (15연)

이 시를 읽는 순간 누구나 느끼고 알게 되듯이 셰익스피어의 『햄릿』의1막 2장의 대사를 그대로 수용하여 표현한 것이라고 해도 과언이 아

---

31) the power of beauty will sooner transform honesty from what it is to
   be a bawd
   than the force of honesty can translate beauty into his likeness.

(3막 1장)

   Tucker Brooke, Ibid, p.83

32) 「Frailty, thy name is woman.」약한 자여, 그대의 이름은 여자니라.

(1막 2장)

   Tucker Brooke, Ibid, p.23

니다. 이 장면은 햄릿이 그의 어머니의 불륜에 대해서, 그리고 아버지의 독살에 의한 사망에 대해서 한바탕 어머니에게 충고하는 장면이다. 햄릿은 여자의 정절과 여자의 마음을 신뢰하지 모 하는데, 그것은 그의 어머니의 영향 때문이라고 생각된다. 도손 역시 햄릿에게서 동병상련의 마음을 가졌을 것이다. 그렇기 때문에 이 부분을 부각시켜 30연이나 되는 장시로 각 연마다 서로 다른 다양한 시상을 전개하는「백자화병부」에 끼워 넣어서 여자의 내면에 감추어진 마음은 마치 흔들리는 갈대인 것처럼 생각하고 사랑에 대해서는 허망하고 덧없는 것으로 노래하고 있는 것이다.

2) 『한여름 밤의 꿈』[33)과 『여름풀』의 「늦은 봄의 이별」

「늦은 봄의 이별(晩春の別離)」(8연5행−7행)

여행길 멀리멀리 들판 나가면	旅路はるかに野辺行かば
들판의 비밀갖고 숲으로 가면	野辺のひめごと森行かば
숲속의 비밀들을 캐내어 가자	森のひめごとさぐりもて

「늦은 봄의 이별」은 14연으로 되어 있는 시로서 자연 속에서 연인을 생각하고 추억하는 시상이 전개되는 시이다. 다른 시와 마찬가지로 도손 특유의 짜깁기식의 시어와 시상은 독자들로 하여금 다양한 상상력을 불러일으키지만 서구 문학적 색채가 드러나는 부분은 그리 많지 않은

---

33) 셰익스피어의 작품, 1594−1595년의 작품으로 추정되고 1600년 간행되었다. 아테네의 귀족과 서민들, 요정이라는 세 세계가 숲에서 한 곳에 모여 서로 친근한 관계를 맺으면서 낭만적이고 몽환적인 세계가 전개된다.

특징을 지니고 있다. 그런 가운데서 숲 속을 소재로 노래하고 있는 이 부분 8연은 전체가 자연은 사랑하는 연인을 위해서 존재하며 숲 속에는 여러 비밀스런 신기한 일들이 많이 일어나고 있는 풍정을 보여준다.

도손은 〈숲으로 들어가는〉 장면을 쓰면서 언뜻『한여름 밤의 꿈』을 떠올린 듯하다. 도손이 셰익스피어 작품을 인간형성의 모델로 삼은 것은 사실이지만『한여름 밤의 꿈』을『햄릿』만큼이나 정독했다는 기록은 어디에도 없다. 따라서『한여름 밤의 꿈』이 시작되는 도입부분에서 주인공들이 황급히 숲으로 들어가는 장면을 연상하고「숲으로 가면(森行かば)」을 쓴 것 같다.『한여름 밤의 꿈』에는 모든 세계가 신화의 신비로운 세계이며 숲에 사는 요정들의 세계는 판타지를 느끼게 하는 새로운 시재(詩材)로서 도손으로서는 충분히 만족할 만한 장면 설정이 아니었나 하는 생각이 든다. 자연을 느끼라.「들판에 나가면(野辺行かば)」들판의 신기한 자연의 비밀을 느껴보고, 들판 길지나「숲으로 가면」숲 속의 신비스런 비밀을 느껴보자. 그 비밀은 다음 연 9연[34]부터 계속되

---

34)「늦은 봄의 이별(晩春の別離)」

꼭대기에 올라가 천지를 보니	高きに登り天地の
한가운데 노니는 커다란 강이	もなかに遊び大川の
그 흐름을 다하여 이산 저산의	流れを窮め山々の
신들도 불러 모아 골짜기마다	神をも呼ばひ谷々
귀신도 불러 모아 시인을 위해	鬼をも起こし歌人の　(9연)『여름풀』

　이처럼 8연에서는 셰익스피어의『한여름 밤의 꿈』의 도입부분을 설정하여 신비스런 분위기를 자아내고 9연부터는 바로 바이런의「맨프레드」를 연상하게 하는 시어와 시상이 전개된다. 극시의 주인공 맨프레드가 천지자연에 있는 일곱 정령을 불러 모아 자신의 과거의 죄를 망각하게 해달라고 간구하는 장면과 아주 흡사한 풍정이 펼쳐진다. 높은 산에 올라가서 천지를 지배하는 신들과 귀신까지도 불러 모으는 표현이 나오며 계속해서「노래의 신」「예술의 신」이 등장하는데 이 장면은「맨프레드」에서 주인공 맨프레드가 산꼭대기에서 일곱 정령을 불러 모으는 장면과 아주 흡사하다. 이 장

어 밝혀지고 있다. 여기서 숲 속의 비밀을 서구의 그리스 로마신화적인 요정의 세계를 염두에 두고 의인화하여 그리고 있다는 점을 발견할 수 있다. 이러한 세계의 전개를 위해서 셰익스피어의 『한여름 밤의 꿈』이 펼쳐지는 듯한 상징적 이미지가 부각되고 있다고 생각한다. 이 분위기 설정을 위해서 「숲으로 가」는 표현이 필요하고 그 다음에는 숲에서 벌어지는 신비한 일을 독자로 하여금 호기심을 갖게 하여 그 다음 연으로 이동시키고 있다 하겠다. 도손은 시적 풍정과 장면 설정을 위해서 서구문학 작품의 한 부분을 오려내어 수용하는데 어느 시에서는 시상을, 어느 시에서는 시상과는 관계없이 시어(詩語)만을, 어느 시에서는 시상과 시어를, 어느 부분에서는 시재(詩材)만을 수용하여 시를 전개하는 등 다양한 방법으로 서구문학의 색채로 물들인다. 이 부분에서는 『한여름 밤의 꿈』에서 〈숲〉이라는 시재(詩材)만을 수용하여 「9연의 정령의 세계를 전개」[35]시키는 데 필요한 풍정(風情) 설정을 한 것이라고 볼 수 있다.

면의 도입부분으로 이 8연에서 신비하고 비밀스런 숲 속의 이미지를 설정한 것이라 하겠다. 주지하는 바와 같이 『한여름 밤의 꿈』의 시작부분에서는 인간이 숲 속으로 몰려가는 장면이 나오고 숲 속에서 모든 신비한 일들이 일어나게 된다. 신과 인간과 정령(님프)이 혼재하여 서로 도우며 위로하는 일들이 벌어지는 신비한 숲속의 이야기이다.

35) 바이런의 「맨프레드」의 시상을 전개하며 시어도 수용하고 있다 (본고 6장 참조)

3) 『소네트(Sonnet) 153-154』[36)와 『여름풀』의 「두 개의 샘」

「두 개의 샘(二つの泉)」

한 샘물은 드맑고 <u>차가운 샘물</u>	一つは淸みて冷ややかに
<u>골짜기</u> 사이에서 솟아오르고	谷の間にほどばしり
풀잎 무성히 덮힌 파아란 잎새	葉を重ねたる靑草の
우거진 수풀 속을 흐르는구나.	しげみのうちを流れけり　(3연)

또 하나의 <u>샘물은</u> <u>따끈따끈해</u>	一つは泉あたたかに
그 빛깔은 어두워 너무 탁하고	其色暗く濁りいで
용솟음치는 소리천둥 같아서	ひびきは神の鳴るごとく
바위틈바구니로 넘쳐흐르네.	巖の陰に溢れけり　　　(4연)

<u>바라는 것</u> 적을 때 행복할진데	幸は望みの薄くして
<u>고민하는</u> 자에게 있을 지어라.	思ひなやめる人にあれ
아아, 저녁 바람이 불어올 때에	ああ夕風のきたるとき

---

36) 셰익스피어가 소네트의 작가로 처음 언급된 것은 1598년이었다. 당시의 소네트 작가들 가운데서 가장 「사랑의 어려움이 오는 슬픔을 가장 열정적으로 표현하는 작가」로 평가받기도 했다. 셰익스피어의 소네트의 전체 구성을 보면 크게 두 부분으로 나눌 수 있는데, 1번에서 126번에 이르는 소네트는 대부분이 셰익스피어의 친구이기도 한 젊은이에게 바치거나 그를 염두에 두고 쓴 것으로 보이고 127번에서 154번에 이르는 소네트는 얼굴이 검고 시인의 애인이었는데, 배신하고 시인의 친구와 모종의 관계를 맺게 된 한 여인을 염두에 두고 써서 바친 것으로 추정된다. 특히 153번과 154번은 〈내 애인의 눈〉이라는 주제를 두고 쓰여진 세 쌍의 소네트 중 한 상이다.(139140, 127130, 153154번)

w.셰익스피어 원작. 이덕수 역『소네트』(형설출판사 2005) pp.15~17

뜨겁게 솟는 샘에 <u>몸을</u> 담그니	熱き泉に浴みして
자신도 모르는 새 용솟음친다	自然のうちにほどばしる
<u>야릇한 솟는 힘을</u> 알려주시오	奇しき力を知らしめよ　(6연)

자연계에 냉천과 온천이 있듯이 인간의 내면에도 냉철한 이성의 판단으로 억제되는 청교도적 기독교적인 이상세계가 있고 인간의 본능의 어두운 리비도가 지배하는 욕망의 현세적 세계가 있는 것에 시상(詩想)을 얻어서 「두 개의 샘」으로 상징한 것이라고 생각한다. 도손은 결국 인간의 내면에 감추어진 것에 대해 고민하며 해결해보려는 노력을 시를 통해서 구체화시키고 있는 점에서 셰익스피어의 영향이 크다고 생각한다. 셰익스피어는 당시 엘리자베스 여왕 시대에 팽배해 있던 외적인 아름다움 지상주의에 상반되는 진실의 아름다움, 즉 내면의 아름다움을 추구하고 호소한 작가였다. 인간상 추구에 있어서 그의 영향을 받은 도손인 만큼, 도손 역시 그의 영향으로 르네상스 시대에 유행하던 인간의 현세적 욕망의 추구에서 벗어나 정신적인 아름다움을 그려내려고 노력하여 이 시를 섰다고 할 수 있다.

안톤 필코퍼(Anton M. Pirkhoffer)는 「셰익스피어는 인간의 마음을 벌거벗겨서 인간의 생각과 감정을 그대로 드러내 보여 내면에 감추어진 진실을 명명백백하게 내어 보여주는 데 성공한 작가」[37]라고 평가했다. 셰익스피어의 궁극적인 욕망은 피조물 인간들의 내면의 〈아름다움〉을 발견하는 데 두었는데, 도손 역시 인간 본능의 정염(情炎)을 드러내고 그 반대의 개념을 표출하여 인간의 내면의 아름다움을 추구하고자 노력하고 있다고 하겠다. 「두 개의 샘」에서도 뜨거운 정염의 온천과 차가운

---

37) Hilton Landry, 『New Essay on Shakespeare's Sonnets』(AMS Press, INC 1976) p.110

이성의 냉천의 갈림길에서 고민하는 인간이 더욱 행복하다고 노래하고 있다.

그렇다면 이러한 갈등 구조를 어디서 생각하고 시상(詩想)을 얻었을까? 도손은 이미 『햄릿』에서 매순간 결단하고 선택해야 인간으로서 내면의 아름다움을 겸비한 모습으로 살 수 있다는 진리를 터득했으므로, 당연히 셰익스피어에게서 그 시재(詩材)를 얻은 것으로 추정할 수 있다.

따라서 「뜨겁게 솟는 샘물(熱き泉)」의 관념은 셰익스피어에게서 얻었다고 가정할 때 그의 『Sonnet 153-154』의 양 장에서 그 원형을 찾을 수 있다. 이 소네트가 시사하고 있듯이, 도손이 표현하고 있는 「뜨겁게 솟는 샘물(熱き泉)」이란 남녀 간의 사랑의 애욕을 의미한다. 그러므로 제목이 시사하는 「두 개의 샘」은 생의 이상과 현실세계, 꿈과 현실, 아름다움과 정절, 죽느냐 사느냐의 결단 등을 비롯해서 기독교적인 신앙세계와 디오니소스적 세계로까지의 갈등을 의미한다고 할 수 있다.

도손이 자라난 곳은 나가노(長野)현의 신슈(信州) 코모로(小諸)인데 그 곳은 산속 깊은 곳의 산골마을로서 자연의 혜택이 풍부한 곳이다. 도손은 자라면서 자연스레 솟아오르는 온천에 익숙해졌으며, 그러한 자연을 「회상하면서 자연을 관조하고 자연을 찬미하는 시상을 갖게 된 것이라 하겠다. 이 시에서 시재(詩材)로 쓰고 있는 온천 역시 도손의 기억 속에서 생생한 용솟음치는 온천을 남녀의 애욕으로 이미지화 한 것으로 생각된다. 도손이 두 가지의 대립 개념을 가지고 갈등 양상을 표현 하는 것은 셰익스피어의 영향이라고 할 수 있는데, 실제로 도손은 이 시에서도 인간의 애욕에 대한 갈등을 기독교적인 절제와 르네상스적인 인간의 욕망의 표출이라는 두 가지로 나누어서 고민하고 있는 것을 알 수 있다. 「고민하는 자에게 행복할진데(幸は思ひなやめる人にあれ)」육체의 욕망대로 움직일 건지 절제해야 될 건지를 고민한 후에 행동을 하는 것이

행복해질 수 있다는 시상(詩想)을 전개하고 있다.

그렇다면 셰익스피어의 『Sonnet 153－154』[38]와 도손의 「두 개의 샘」을 비교해보도록 하자. 먼저 시어를 정리해보면 다음과 같은 공통된 시어(parallel)를 발견할 수 있다.

① 두 개의 샘(二つの泉) a cold valley－foundation and a seething bath

② 차가운 샘물(冷ややか) a cold valley－foundation/ cool well

③ 골짜기 사이(谷の間) valley

④ 샘물 따끈따끈(泉あたたかに) a seething bath/bath

⑤ 바라는 것(望み) hot desire

⑥ 고민하는 자(思ひなやめる人) a sad distempered guest

⑦ 뜨겁게 솟는 샘(熱き泉) dateless lively heat /new fireheat perpetual

⑧ 몸을 담그니(浴みして) steep

---

38) Cupid laid by his brand, and fell asleep
　　…(중략)…
In a cold valley－foundation of that ground;　　(4)

Which borrowed from this holy fire of Love
A dateless lively heat, still endure,
And grew a seething bath,
　　…(중략)…　　　　　　　　　　　　　　　　　(8)

But at my mistress' eye Love's brand new－fire
The boy for trial needs would touch my breast;
I, sick withal, the help of bath desired,
And thither hied, a sad distempered guest,　　(12)

But found no cure; the bath for my help lies
Where Cupid got new fire －my mistress' eyes. (Sonnet 153)
w.셰익스피어 원작. 前揭書 pp.344~345

⑨ 야릇한 솟는 힘(奇しき力) healthful remedy/brand new—fire

　두 작품을 비교해 보았을 때 셰익스피어는 로마 신화를 모티브로 하여 사랑의 신(Love)인 큐피드를 전달자로 사용하고 있어서 남녀의 사랑이 식었을 때는 사랑의 신 큐피드라는 미소년은 화살을 들고 졸고 있는 장면부터 연출한다. 반면에, 도손은 서구적 로마의 신화는 투영시키지 않고 자연을 매개로 하여 무한한 자연 속에 존재하는 한 인간의 장면 구성에서 출발하고 있음을 알 수 있다.

　그러나 보다 강렬한 어두운 애욕의 표현은 셰익스피어보다는 도손의 표현이 섬세하다고 생각한다. 도손은 셰익스피어의 서구적 시재(詩材)를 가져다가 완전히 소화하여 인간 남녀의 어두운 정염(情炎)의 본능 세계와 밝고 냉철한 이성의 세계를 시어(詩語)로 확실하게 구분하는 놀라운 구사력을 이 시에서 발휘하고 있다. 본능의 지시를 따르는 정염의 「그 빛깔은 어두워 너무 탁하고(其色暗く濁りいで)」 본능의 힘도 걷잡을 수 없이 거세다는 것을 직감적으로 느낄 수 있는 표현, 「용솟음치는 소리천둥 같아서(ひびきは神の鳴るごとく)」을 하고 있다. 이와는 상대적인 개념으로 냉철한 이성의 세계는 「드맑고도 차가운(淸みて冷やかに)」샘물과 같은 것으로 대비시키고 있다. 또한 그 빛깔은 「파아란 잎새(青草の)」와 같이 싱그러운 색깔로 대비시키는 하는 탁월함을 보이고 있다.

　이 장에서 도손은 셰익스피어의 작품세계를 통해서 극시의 형식을 받아들이고 배웠음을 알 수 있다. 도손은 시를 마치 연극의 대사처럼 만들어서 등장인물을 설정하여 대화를 나누게 하여 그 대화 속에서 시상을 전개하는 독특한 시작(詩作)을 받아들였다고 할 수 있다. 따라서 대화에서 드러난 인간의 내면의 세계를 표출시키는 서정시이므로 여러 등장인물을 통해서 인간상이 표출(表出)되고 있다 할 수 있는데, 셰익스피어가 그리고 있는 주인공들의 대화를 수용한 만큼 그러한 인간상의 표출이 강하게 드러난다고 할 수 있다. 구체적으로 말하자면 남녀의 인간상에서 남자는 갈등하는 인간의 존재로, 여자는 사랑에 대해서 약한 존재로 그려진다. 인간에게 갈등적 요인이 되는 대립적 상황을 만들어 놓고 그 가운데서 결단을 해야만 하는 고민하는 인간상, 갈등하는 인간상을 그리고 있다. 남녀 사랑에 있어서는 사랑을 후회하고 사랑을 인정하지 않으려고 하는 우유부단한 남성을 표상화 시키고 있으며 여자는 사랑에 약하고 사랑에 잘 넘어가는 약한 존재로 그리고 있다. 남녀 사랑에 있어서의 여성상은 부정적인 이미지로, 여성의 순결은 믿을 수 없으며 여성의 정조는 지켜지기 어려운 것이라는 염세적 여성상을 표상화 시키고 있다. 남녀 사랑에 있어서 사랑에 약하고 빠지기 쉬운 여자와 사랑을 후회하는 남자의 인간상은 햄릿의 어머니와 삼촌과의 불륜이라는 간접 경험과 실제 도손 자신의 어머니의 불륜 사건이라는 가족사의 직접적 경험의 영향이라고 하겠다. 도손이 그리는 시적 대상의 남자는 갈등하고 후회하며 자신의 존재까지도 부정하고 마는 처절한 고민의 인간이라면, 여자는 사랑에 넘어가기 쉽고 유혹에 빠지기 쉬워서 죄의 그림자를 끌고 다니는 듯한 인간상이라 하겠다. 도손의 연애시에는 놀랍게도 순애보같은 사랑의 시는 없다. 그 이유는 바로 이러한 인간상 확립의 영향이라 아니할 수 없다. 여성에게는 불륜이 따라다니고 남성에게는 후회와 갈등이 따라다니므로 순수한 사랑이 존재하지 않는 것이다. 도손의 내면에 존재하는 인간에 대한 깊은 실망과 슬픔 때문이라 하겠다. 도손의 『봄』에서 알 수 있듯이 주인공 39)스테키치와 아오키는 『햄

---

39) 島崎藤村 『島崎藤村二』 前掲書 pp.12－13

릿』의 명대사를 서로 암송하면서 각인된 남녀의 인간상에서 벗어나지 못한 것이라 생각된다. 그러한 점만 보아도 도손은 변심하는 여자, 불륜에 빠지는 여자, 유혹에 쉽게 넘어가는 여자와 같은 유형을 그려내는 노래만 읊고 있음을 알 수 있다. 이것이 바로 도손에게 있어서 가족사의 어두운 경험과 셰익스피어의『햄릿』의 여성상에서 각인되어 부정적인 여성상이 나오게 된 것이라고 할 수 있다. 따라서 도손의 연애 서정시의 주제와 시적 대상이 되는 남녀의 인간상은 햄릿의 영향으로 표상화 되었다고 생각된다.

2. 괴테의 극시에서의 노동관 수용

1)『빌헬름 마이스터 편력시대』[40)]와『여름풀』의「농부」

「풀베개(草枕)」

아아, 홀로 지내는 이 외로움일랑	ああ孤獨の悲痛を
느껴서 알 수 있는 사람 있는가	味ひ知れる人ならで

---

40) 이 책은 괴테의 나이 76세세 때 완성하고 그 다음 해에 출간되었다. 괴테는 이 작품을 인생의 상징과 비유로 생각한다고 다음과 같이 말한다.「이 책은 바로 인생 그 자체와 같습니다. 전체의 복합 속에는 필연적인 것과 우연적인 것, 예정된 것과 완결되지 않은 것이 혹은 성공하고 혹은 실패한 형태로 존재합니다, 이로 말미암아 이 책은 오로지 오성 내지는 이성적인 언어로서는 도저히 파악할 수도 없고 포함할 수도 없는 일종의 무한 한 것을 내포하고 있습니다.」
J.W.괴테. 곽복록 역『빌헬름 마이스터의 편력시대』(서울대학교출판부 1999) p.666

누구에게 말할꼬 이 겨울날의　　　誰にかたらん冬の日の
이 얼마나 스산한 들녘의 풍경　　　かくもわびしき野のけしき(12연)

「농부」(하권 3. 대장간 언덕에서)

〈대장장이〉　　　　　　　　〈鍛冶〉

그때의 그 모습이　　　　　あな面影の
이 내 가슴에　　　　　　　わが胸に
활기차게 미소짓는　　　　　活きて微笑む
마음 기쁜 일　　　　　　　たのしさは
끝까지 내 할 일을　　　　　やがてつとめを
부지런히 해　　　　　　　　いそしみて
슬픔을 이겨내는　　　　　　かなしみに勝つ
삶을 얻으리.　　　　　　　生命なり　　　(7연)
흐르는 땀 소중한　　　　　汗はこひしき
눈물이 되고　　　　　　　涙なり
노동은 활력주는　　　　　勞働は活ける
추억이 되고　　　　　　　思なり
자, 최선을 다하자　　　　　いでやかひなの
힘닿는 대로　　　　　　　折るるまで
오늘의 이 노동을　　　　　けふのつとめを
힘내어하자　　　　　　　　いそしまむ　　(8연)

〈농부〉　　　　　　　　　〈農夫〉

베개를 적시면서 밤이 새도록　　　枕をうちてよもすがら
한탄하며 날밤을 샌 적 있는 자　　なげきあかせしものならで

누군가가 이토록 그리운 이 밤　　　たれかかくまでなつかしき

시를 짓는 이 마음 기억하리라　　　詩の心を思ふべき　　　『여름풀』

　도손은 메이지 학원 재학시절 때『빌헬름 마이스터의 편력시대』를 영어 번역본으로 읽고 감명을 받았다. 주인공이 일생을 살아가는 동안 그 시대에 순응하면서 인간으로서 자기 형성을 이룩해나가는 성장 교양 소설이지만 도손 문학의 모든 장르의 원천이 되었다.

　이 시는『빌헬름 마이스터의 편력시대』의 2권 13장의「노인의 노래」41)에 나오는 부분을 투영시켜서 노래한 것으로 보인다. 도손은 괴테의 이 작품을 너무나 애독한 나머지 그 가운데서도 혹독한 겨울날의 쓸쓸함을 노래한 이 부분은『여름풀』에 실려 있는 장시「농부」에도 삽입시켰다. 괴테는「어떻게 하면 나 자신을 알 수 있을 까? 성찰로서는 안 되지만 행동을 통해서는 가능하다. 너의 의무를 다하도록 노력하라. 그렇게 되면 너의 본질이 무엇인지를 알게 될 것이다.」42) 라고 한다. 성찰하는 것이 제 1의 자기라면 행동하는 것은 제 2의 자기 자신이라는 것이다. 이러한 행동 실천적 축구를 명하는 이 소설에 젊은 도손은 매료되지 않을 수 없었을 것이다. 그래서 센다이에 부임해 갔을 때는 매일 아침 새벽에 이웃집 석공과 앞 다투 산책을 하면서 책상에 앉아 고민하는

---

41) 이렇게 추운 겨울에 노래한다.
　　풀 하나 자라지 않을 때에
　　　…(중략)…
　　고민에 가득 찬 밤마다 침대에서
　　배개를 적시며 날밤을 샌 적이 없는 자
　　고독에 몸부림친 적이 없는 자.
　　누가 이 외로움을 알겠는가?
　　J.W.괴테. 곽복록 역 前揭書　p.412
42) 前揭書　p.661

것보다는 걷고 자연을 호흡하면서 행동하는 사색에 잠기고는 했다. 특히 도손이 읽은 영어 번역본은 칼라일이 번역한 것[43]으로 역자가 달아놓은 주석은 도손에게 젊은 시절의 좌우명이 되기도 할 정도로 가슴에 새겨졌다. 도손은 이 부분을 거의 암송하고 있었던 것 같다. 그래서 그의 수필에도 잡지[44]에 투고도 이 영문을 해석하여 게재하고는 했다.

장시 「농부」를 통해서 도손은 무엇을 보여주고자 하였는지 생각해 보면 시상의 전개와 시재(詩材)를 볼 때 괴테의 노동관의 수용이라고 해도 과언이 아니라고 생각된다. 위의 시 「농부」(하권 3. 대장간 언덕에서)를 감상하면 노동의 신성함을 대장장이의 노래를 통해서 젊은 농부가 깨닫는 장면이 나옴을 알 수 있다. 이 노래에서 교훈을 얻은 농부는 일상의 노동을 통해서 슬픔을 극복하고 우울함을 해소하고자 결심하게 된다. 실제로 도손이 그려내는 젊은 주인공은 감상적이고 암울한 청년이며 꿈을 꾸는 이상주의자로서 소위 〈햄릿〉형의 인간이며 도손 자신도 그렇다고 할 수 있다. 하지만 도손은 괴테의 『빌헬름 마이스터의 제자시대·편력시대』를 읽고서 그의 가치관은 행위의 정신으로 바뀌고 일상의 생활의식의 전환을 가져왔다. 상념에 잡혀 고민에 빠져있기 보다는 몸을 부지런히 움직여서 일상생활을 열심히 하여 〈몸도 마음도 구원받는 체험을 느낀 센다이의 나날들〉은 어떤 의미에서는 괴테의 생활

---

43) Who never ate his bread in sorrow　涙もてわがパンを喰ひ
　　Who never spent the daksome hours　煩い多き夜夜を
　　Weeping and watching for the morrow,
　　　　　　　　　　　床の上に泣き明したることなき者は
　　He knows ye not, ye heavenly Powers.
　　　　　　　　　　　天なる御力よ、おん身を知らじ
　　J.W. Goethe著 Thomas Carlyle 英譯　小宮豊隆譯 『Wilhelm Meister Wanderjahre』(岩波文庫 1953) p.594

44) 『太陽』(1898.5)에 게재

철학의 영향이라고 할 수 있다. 도손이 영역본으로 괴테를 접한 것은 주지하는 바이며 칼라일의 영역본이다. 때문에 도손의 괴테 수용도 카아라일 식의 괴테 수용이라 할 수 있으며, 상당히 실용적이며 실천적인 삶의 방식에 관한 교훈이 담긴 괴테관이 수용되었다고 생각된다. 괴테의 『빌헬름 마이스터의 제자시대·편력시대』의 내용은 삶의 지침서라 할 정도로 일상의 활동이 구체적으로 적혀 있으며 여러 사람들의 이야기가 담겨 있으므로 사람들의 행동양식을 알 수 있는 지혜서라 할 수 있다. 그 가운데서도 인간의 목표는 사상이 아니라 〈행위〉이며 〈행위〉 속에서만 〈생의 확신〉을 얻을 수 있다.

그래서 도손은 더 이상 사랑에 목매는 일 없이, 사랑 때문에 〈암울〉한 자신을 극복하고 건강한 삶을 사는 것이 바람직하다는 시상을 전개해나가고 있는 것이다.

왜냐하면 장시 「농부」의 주인공 젊은 농부는 허무적이고 운명론적인 발상을 바탕으로 사랑을 하지도 믿지도 그야말로 우유부단한 인간상이다. 그러한 농부가 무리하게 이별을 고하고 전쟁으로 출정했다가 고향에 돌아와서 사랑을 거절당해 죽어버린 연인의 죽음을 알게 되어 상심에 차 있었다. 그때 연인의 아버지 대장장이가 힘차게 일하면서 죽은 딸의 웃는 모습을 느끼는 듯하다는 노래를 부르는 것을 보고 노동이라는 것에 감동을 받았던 것이다. 젊은 농부는 마음의 상처를 잊게 하고 승화시켜주는 것이 육체의 노동임을 깨닫게 되어 일상의 노동을 매일 기쁘게 최선을 다하는 것, 즉 대장간 일을 열심히 하는 것이 승리하는 것이라고 확신하게 된다. 도손은 괴테의 예술관보다는 노동관을 수용하고 이상론보다는 현실론을 택하였으며 〈회의(懷疑)〉보다는 〈행위(行爲)〉를 택하였으며 〈사상〉보다는 〈생활〉을 〈암조(暗調)〉보다는 〈건전(健全)함〉을 〈서정형식〉보다는 〈서사형식〉45) 을 택하였다. 도손은 괴테를 수용하여 현실에 깊이 뿌리를 내리는 작가로서의 입지를 확고히 했으며, 당시로서는 『문학계』에 신선한 충격을 가져다 주었다 하겠다. 노동을 실천하는 생활과 그 속에서 새로운 삶의 이상을 모색하여 적극적인 생의 긍정적 자세를 취하는 주제를 보여주고 있기 때문이다. 이로써 억압되고 파괴된 이상(理想)은 현실에 의존하여 특정의 사상보다는 현실을 경험적으로 파악해야 한다는 행위의 정신이 도손에게 있어서 근본적인 생활의식이며 이 의식이 괴테에게 수용된 것인데 이 「농부」(하권 3. 대장간 언덕에서)에 투영되고 있음을 알 수 있다.

2) 『파우스트』의 갈등하는 인간과 『여름풀』의 「두 개의 샘」

「두개의 샘」(1연 1,2행)

자연은 어머니의 젖가슴에서　　　自然の母の乳房46)より

---

45) 1898년 12월 『여름풀』에 발표되었으나 서정 시인에서 출발한 도손의 마음 속에는 이미 서정에서 떠나 현실감 나타내는 서사시로 옮겨가고 있었다. 「농부」는 이러한 의식의 변화를 자각시켜준 작품이며 이러한 의식의 변화로 인해서 서사적 기술의 의도를 가지고 현실을 있는 그대로 보고 현실에 뿌리를 내리고자 하는 문학적 방법까지 발전하여 『파계』로 일본 최초의 자연주의 작가로서의 모색을 시도한 것이다.

46) 파우스트의 제1부의 「밤」에 나오는 표현을 연상하게 하는데 그 원문을 읽어 보고자 한다.
"무한한 자연이여, 내가 너의 어느 곳을 잡으란 말인가?
너의 젖가슴, 어디에 잇는가? 모든 생명의 원천,
하늘과 땅도 매달리는 원천,
메마른 이 가슴이 갈망하는 생명의 원천이여─
너는 넘쳐흘러 만물을 적시어 주는데,
나는 공연히 허덕이고 있어야 하나?"
J.W.괴테. 지명렬 역 『파우스트』(서울대학교출판부 2003) p.7

거기 흐르고 있는 샘물 있어라　　そこに流るる泉あり『여름풀』

　여기서 도손은 인간의 생명의 근원은 자연이고 생명을 윤택하게 하는 것 또한 자연임을 선포한다. 하지만 이 자연 선포는 괴테의『파우스트』제 1부「밤」에서 파우스트가 외치는 선포이다. 괴테는 호메로스, 하만, 셰익스피어의 세계를 섭렵했다. 모두가 자연에 뿌리박은 인간의 진실한 외침이었다. 이성의 이름으로 해방된 인간의 주체성이 그 이성의 비이성적 지배 때문에 비뚤어지고 억압되어 개체의 신전(神殿)이 얻어지지 않는 데 대한 반발로서, 문명에 의한 인간 퇴락(頹落)의 위기를 방지하고 창조적 반전 작용을 갖는 유기적 생명체인 자연에 적응한 인간성 회복에의 외침인 것이다.

　도손과 괴테는 이런 점에서 상통한다고 할 수 있다. 문명화된 인간이 자연회귀를 외친다는 것이 시대착오적이라 할지 모르나 자연은 〈어머니〉라는 인식 속에서 문명 속에서 피곤해진 인간이 자연에서 치유를 받고자 하는 것은 지극히 자연스러운 일이라는 인식을 도손과 괴테는 공유하고 있다는 의미일 것이다. 이러한 관점에서 볼 때 괴테의 내면에는 범신론적인 경향이 강하게 깔려 있다고 할 수 있다. 괴테의 일생은 자연 속에서 인간의 존재와 사색의 다양한 영역을 섭렵하면서 갖가지 착오와 인생 실험을 거쳐 총체적인 자기실현에 이르는 도정(道程)이었다.

　도손은 이러한 괴테를 진정한 예술가의 전형으로 삼고 예술과 인생을 양립시키려고 노력한다. 괴테가 자연을 어머니로 본 관점에서 한 발 더 나아가 도손은 그 어머니를 인간의 본능적 욕구를 만족시켜주는 샘으로 보고 있다. 사실「두개의 샘」은 다른 연에서는 인간의 애욕을 상징하는 〈샘물〉로 표현되고 있지만 도손은 인간의 욕망을 애욕으로 해소시키는 것이 아니라 자연 속에서 해소해야 한다는 외침을 하고 있는 셈이다. 이러한 면에서 도손은 육체의 욕구에 응하기 보다는 육욕을 억제하고 오히려 육욕에서 해방되고자 하는 몸부림이 그의 시상에서 느껴진다. 자연은 역동적이다. 끊임없이 활동하며 생산한다. 〈어머니의 젖가슴〉은 생산을 의미한다. 자연 속에서 노동과 생산을 통해서 인간은 회복됨을 선포하기 위하여 괴테의 시상을 도입했다고 하겠다. 육체의 헛된 욕망과 유혹에 빠지지 않기 위해서는 영혼을 팔지 말아야 하며 영혼을 팔지 않기 위해서는 자연으로 돌아가 육체를 움직여 노동을 하여야 한다. 육체를 움직인 후의 영혼의 강건함으로 인간은 회복되고 자연은 회복된다는 것이다. 『파우스트』 제 1부 「밤」에 선포되는 〈육체〉와 〈영혼〉의 갈등관계를 도손은 「두개의 샘」에서 표현하고 있는 것이다. 언뜻 보면 갈등으로 보이나 순환구조이며 상호필수 불가결의 관계인 것이다. 도손은 괴테의 시어와 시상을 그대로 수용하여 시작(詩作)에 착안을 했다고 하겠다.

「농부」(서곡)

《서곡의 목소리-3》

생시에 숨어있다 꿈에 나타나	うつつに隠れ夢に出で
빛 속에 숨어있다 그림자 비쳐	光にひそみ影に見え
타오르는 시련의 불이 되어서	もゆる試練の火となりて
젊은 농부 시험해 보려고 하네.	若き農夫を試みん　『여름풀』

1806년에 완성된 괴테의 『파우스트』를 도손은 메이지 학원 재학시절 때 『빌헬름 마이스터의 편력시대』와 함께 영어 번역본으로 읽고 감명을 받았다. 도손의 자전적 소설 『버찌』에는 주인공 스테키치가 서구문학에

특별한 관심을 가지고 있었던 생활이 묘사되어 있다.

　도손은 「농부」의 구상을 구성면으로 볼 때 목소리를 셋으로 나누어 청각적 효과를 주고자 하는 독특한 형식을 취하고 있는데, 그 형식은 괴테의 『파우스트』의 제 1부에 있는 「천상의 서곡」에서 힌트를 얻은 것 같다. 즉, 「목소리－1, 목소리－2, 목소리－3」은 「천상의 서곡」에서의 세 천사 〈라파엘〉〈가브리엘〉〈미가엘〉의 음성이 들리는 장면을 연출하고 있다. 이 장면은 『파우스트』의 제 1부 「천상의 서곡」에서 메피스토페레스가 파우스트를 유혹해 보려고 내기를 걸면서 신에게 말을 거는 장면47)이다.

　그는 다시 시인 괴테가 쓴 책을 통해서 아직까지 몰랐던 더 큰 세계가 존재한다는 것을 상상하기 시작했다.
　(彼はまた詩人ギョエテの書いたものを通して、まだ、知らなかったような大きな世界のあることを想像しはじめた。)48)

　도손이 단테와는 조금 대조적인 의미에서 메이지 학원 재학시절 때부터 괴테에게 특별한 관심을 가지고 있었는데, 도손에게 있어서 괴테는 예술가의 전형이었다. 도손은 실생활을 통해서 회의를 느낄 때마다 절망하지 않고 회의를 극복해나가는 사상을 괴테로부터 배우고, 『파우스트』에서는 악마 메피스토페레스의 유혹과 끊임없이 투쟁하는 파우스

---

47) **メフイストーフエレス**：何をお賭けですか。大旦那のお許しさえあれば、あの男をそろりそろりと私の道へ引き入れてごらんに入れます。まず、勝負はこっちのものだがなあ。
　　主：あれがこの地上に生きている間は、お前が何をしようと差し支えない。人間は精を出している限りは迷うものなのだ。
　　J.W. Goethe著 高橋義孝 訳『Faust』(新潮文庫 1967) p.25
48) 島崎藤村『島崎藤村二』前掲書 p.275

트에게서 감화를 얻었다. 도손의 나이 스무살 젊은 학창시절에는 예술가만 보면 괴테를 생각하고 연상시켰을 정도로 괴테에게 빠져 있었다. 도손에게 예술과 괴테는 동의어로 인식될 정도였던 것이다.

특히 대화체의 극시는 원래 괴테의『파우스트』에서 그 원형을 찾을 수 있다고 생각한다.[49] 실제로 이 시의 구성을 볼 때 서곡편은『파우스트』의 「천상의 서곡」과 흡사하게 구상했기 때문이다.

그러나 구성면뿐만이 아니라 시상(詩想)도 수용하여 메피스토페레스의 정신적인 유혹 장면을 연출하고 있었는지, 도손은 왜 무엇을 나타내고자 도입을 했는지 생각해 볼 필요가 있다. 먼저 「농부」의 〈서(序)〉에서 「목소리-1, 목소리-2, 목소리-3」은 천사의 목소리 형식과 장면 연출은 도입했지만 메피스토페레스의 정신적인 유혹은 없다는 점을 지적하고 싶다. 〈서(序)〉를 읽으면『파우스트』의 「천상의 서곡」을 생각나게는 하지만 정신적인 그 어떤 흔적이 전혀 보이지 않는다는 점이 석연치 않다고 할 수 있다. 정신적인 것을 시험하는 것, 즉 영혼의 거래가 있어야『파우스트』의 서곡이 되기 때문이다. 결국 형식만으로『파우스트』의 흉내만 낸 것일 뿐 파우스트적 사상시로 발전하지는 못하고 말았다고 하겠다.[50]

또 한 가지 문제는 등장인물의 적절성이다. 이 시의 등장인물은 농부와 산골처녀와 처녀의 부모 그리고 중이다. 이들이 나누는 대화는 젊은

---

49) 도손은 「맨프레드」와『파우스트』를 본보기로 하여 기타무라 도코쿠의 희곡『봉래곡』을 부러워했다가 셰익스피어 희곡이 동기가 되어서 마치 경쟁이라도 하듯이 지어낸 것이 이 극시 「농부」이다.
　　吉田精一『比較文学研究　島崎藤村』(朝日出版社　1978) p.68 참조
50) 도손은 괴테의 영향을 칼라일을 통해서 받아들였기 때문에 특정한 파우스트적 사상보다는 오히려 생활신념적인 신조를 받아들였다. 때문에『파우스트』보다는『빌헬름 마이스터』에 더 많은 감명과 관심을 받고 그의 문학과 인생에 영향을 받았다. 伊東一夫『島崎藤村事典』pp.126~127 참조

농부를 전쟁에 출정시키는 것에 대한 고민과 갈등인 것이다. 이 갈등에는 사랑과 전쟁에의 출정(出征)이 가로 놓여 있기 때문이다. 이러한 정도의 등장인물과 시상의 전개라면 구태여『파우스트』의 도입부분을 취하지 않아도 되었을 것이다.

그래서 그런지 사실 도손은 서곡부분에서는 괴테의『파우스트』의 형태를 도입하지만 다음에 이어지는「상－하권」의 대화시의 내용은『햄릿』의 오필리어와의 대화를 주로 수용한다(본고 4장 셰익스피어 참조). 도손은 주인공 파우스트에게서 육욕에 끌려서 사는 인생의 비참한 결과[51]를 간접적으로 체험하여 관능적 사랑에 빠져버린 결말을 예리하게 주시하고 있던 것이다. 청순하고 순결한 처녀 그레에트헨을 유혹하여 임신하게 한 나머지 그녀의 어머니와 오빠까지 죽음으로 몰아넣게 되고 그녀를 버리고야 만 파우스트의 죄의식에 도손은 깊이 공감하고 있었기 때문에 의도적으로 악마의 유혹 장면을 먼저 앞부분에 삽입하여 시상을 전개해 나간 것이라고 생각된다. 그러나 도손은『파우스트』를 염두에 두고 시작(詩作)을 했으면서도『햄릿』의 비극적 사랑을 극시의 시재(詩材)로 떠올리고 바이런의「맨프레드」의 우울과 고독을 시어(詩語)로 수용하여「농부」라는 장시를 서사적으로 완성하였다. 이처럼『파우스트』의 분위기는 자아내면서 파우스트적 성격은 철학적 의미에서 추구하지 않고 사상성보다는 감상적 인물 묘사와 주인공 젊은 농부의 마지막 삶의 장소 〈대장간〉을 〈행동하는 삶〉의 장소로 의미 부여함으로써 결국 내용적으로 이상이 아닌 현실생활주의 작품이 되었다고 할 수 있다. 여

---

51) 파우스트는「24년간 악마의 도움으로 지상의 모든 지식과 쾌락을 얻는 대신 그리스도교의 적으로 행동하고 약속 기한이 되면 영혼과 육체를 악마의 손에 맡기겠다.」는 계약을 맺는다. 결국 악마의 유혹대로 24년간 신을 모독하는 악행을 하다가 끝내 탄식과 후회도 헛되이 그의 생명은 굉음과 더불어 순식간에 끊어지고 그의 혼은 지옥에 떨어져 영겁의 벌을 받는다.

가서 도손의 의도를 간파해야 한다고 생각한다. 파우스트와 같은 사상과 철학을 생각하게 하는 서곡을 도입해 놓고 시의 전개는 왜 전혀 다른 〈우울〉과 〈갈등〉으로 가다가 〈노동 찬양〉과 〈행위신념〉으로 끝나고 있는지 그 의도를 파악해야 할 것이다.

도손은 그동안 가족 문제와 자신과 스케코와의 사랑의 실패 문제, 스케코의 죽음과 도코쿠의 자살로 인한 슬럼프 기간이 너무 길었고 방황도 길었다. 소위 바이러니즘(Byronism)이라 하는 〈암울(暗鬱)〉한 회의주의자였다. 그러한 자신을 되돌아보고 그러한 삶이 얼마나 헛되고 허망한 것인가를 〈서사적〉으로 〈극시〉 형식을 빌어서 소설 주제로 조형한 것이라 하겠다. 시상의 전개를 따라가자면 결론 부분에서는 결국 괴테의 철학 사상서 『파우스트』가 아닌, 괴테의 생활 지침서 『빌헬름 마이스터의 제자시대·편력시대』의 노동관에서 인간의 회복과 위로를 찾고 있음을 보여 주고 있는 것을 알 수 있다. 그러므로 도손의 의도는 자신의 시작(詩作)의 정신은 사상에 있는 것이 아니고 예술 지상주의도 아니며 〈생활〉이며 〈자연〉 그대로임을 선언하고자 하는 데 있다고 하겠다. 더 나아가서 〈행위의 정신〉이 도손의 근본적 생활 의식이며 이러한 행위의 정신을 있는 그대로 서사적으로 표현하는 작가로서의 한 획을 긋고자 하는 의도이며 감상적인 청년과의 결별을 선언하는 의도로도 해석할 수 있다 하겠다.

제5장

워즈워스의 시를 통한 자연관의 수용

1. 워즈워스의 『서정담시집』에서의 자연관 수용
2. 워즈워스의 장시 「영생불멸의 암시」에 대한 이해

제5장
워즈워스의 시를 통한
자연관의 수용

1. 워즈워스[1]의 『서정담시집』에서의 자연관 수용

1887년부터 1897년대 일본 사회는 메이지 유신으로 인한 정치와 사회의 동요도 어느 정도 안정기에 접어들고 일본의 독서계도 에도말기의 게사쿠(戲作)에서 벗어나 참신한 사상을 전해주는 문학다운 문학을 찾

---

[1] William Wordsworth(1770-1850) 잉글랜드 북서부주 Cumberland(1774년 Cumbria주 일부가 됨)의 Cockermouth에서 출생. 13살 때 한 살 아래 여동생 Dorothy Wordsworth와 함께 어린 나이에 고아가 삼촌의 보호를 받고 지냄. 1798년 코울리지와 함께 낸 『서정담시집』의 시론과 함께 낭만주의 시를 꽃피웠다. 일본에 는 1871년 처음 이름이 소개되기 시작하여 1890년경에 작품이 『国民之友』(93호)에 소개되고 1891년 최초로 워즈워스의 시 번역과 해설이 山田美秒의 번역으로 『国民之友』(118,121호)에 소개되다가, 1893년 집중적으로 소개되고 본격적으로 번역되어 시집으로 출간된 것은 미야자키고쇼시(宮崎湖処子)역 『湖処子詩集』(ニッケル文庫 右文社 1893)이다. 福田光治 外 編 『欧米文学と日本近代文学 第一巻(英米編)』 pp.15~16 참조

기 시작했다. 바로 이런 시기에 일본인에게 보급되기 시작한 영미 소설과 영어 교과서에 실린 문학교재가 일본인들의 관심을 끌게 되어 그런 교재들을 통해서 영미 작가와 작품이름을 알게 되었고 어떤 문학이 새로운 시대의 문학인지 시대의 조류도 알게 되었다. 당시의 학교 영어 교사나 목사들 번역가들을 통해서 영미문학의 지식은 일본인들에게 널리 전해졌다. 이로 인해서 그 당시의 일본인들은 우연히 접하게 된 영미 문학에 파고들어 영미 작가들이나 작품들이 손에 잡히는 대로 읽고 되지도 않는 영어 실력임에도 시험 삼아 번역을 해보기도 했다. 이러한 사회적 분위기 속에서 가장 일찍부터 보급된 영미작가 중의 한 사람이 워즈워스이다.

도손이 「워즈워스를 알게 된 것」[2]은 상당히 오래 전의 일로 도손 나이 19살 때 이미 워즈워스의 전집을 다 읽었다. 도손은 1892년 7월 「To the Cuckoo」에 대한 비평을 「뻐꾸기(郭公詞)」라는 제목으로 『여학잡지』에 썼고 나중에 워즈워스 숭배자로 알려진 미야자키 고쇼시(宮崎湖処子)[3]나 구니기타 돗보(国木田独歩) 보다 훨씬 더 선구자적 역할을 했다. 도손이 언제 누구로부터 워즈워스를 배웠는지는 확실하지 않지만 그가 메이지학원 재학시절 워즈워스에 심취하였으며, 처음으로 산 시집도 워즈워스 시집이었다는 사실은 유명하다. 그는 이 시집을 품에 넣고 시로가네다이(白金台)[4]에서 다카노와(高輪)까지 산책하면서 읽기도 하

---

2) 메이지 학원 학창시절의 후반기인 1890년에 워즈워스전집을 다 읽고 고모로 시대의 중반기(1899년경)에 이르기까지 거의 10년을 계속적으로 워즈워스에 대한 관심을 갖고 있었다.
伊東一夫 前揭書 pp.576~584 참조
3) 평론가, 작가, 목사로서 본명은 八百吉, 民友社에 들어가 「帰省」「空屋」등 전원시인으로 알려짐. 「湖処子 詩集」(1893년)으로 신체시의 선구자(1864~1922)
4) 현재는 港區白金台一丁目를 가리킨다. 1887년 메이지학원이 개교되고 도손

고 나무 그늘 아래서 혼자서 읽던 그 즐거움을 훗날 돌이켜보며 말한 적이 있다.

도손이 읽어온 워즈워스론의 영문학자는 스윙톤(Swington), 아놀드(Arnold), 텐느(Taine)이다. 이들의 워즈워스론의 비평서는 예를 들면 Swington의 「Studies in English Literature」라든지 Arnold의 「Essays in Criticism」 등인데, 당시의 「문학계」 사람들에게 상당히 읽혀졌다.

스윙톤의 『영문학 연구(Studies in English Literature)』는 영문학 개론서로 당시의 문학가들이 외국문인들의 이름과 대표작 등에 관심을 갖는 정도의 책이므로 그다지 영향을 받지 않았을 것이라고 생각된다.

다음으로 아놀드의 『문학비평(Essay in Criticism)』은 『문학계』 동인들에게 상당히 많이 읽힌 비평서로서 도코쿠는 아놀드의 「시론(The Study of Poetry)」의 일부분을 인용할 정도5)이며 그 당시 아놀드의 워즈워스론은 유명했다.

도손의 첫 번째 시집으로 일본의 시가의 새로운 지평을 연 『새싹집』을 볼 때 문체는 5,7조의 변형이며 주제에 있어서도 고전 시와 마찬가지로 자연을 배경으로 사랑과 우수(憂愁)를 여전히 노래하고 있다.

1887년 도손이 16세였을 때, 도손은 메이지 학원에 입학했다. 이 학교는 방금 개교한 아주 새 학교로서 개신교의 미션스쿨이었다. 이 학교의 가장 첫 번째 설립취지는 일본에 최초의 의료선교를 하는 것으로서 초대 교장인 헵번 박사(Dr. J. C. Hepburn)는 메이지 시대의 일본 문화

자신이 16살부터 20살까지 지내던 장소이다.

5) 아놀드에 관해서는 도코쿠가 훨씬 더 깊이 이해하고 있었고 도손이 실제로 아놀드의 「시론(The Study of Poetry)」을 읽고 충분히 이해할 수 있었는지 어떤지는 당시의 도손의 영어실력으로 볼 때 의구심이 가므로 「생의 비평」이라는 표현은 도코쿠로부터 듣고 안 것일 것이다.

八木功 『島崎藤村と英語』(双文出版社 2003) pp.216~217

개방과 개발에 혁혁한 공을 세웠다. 새로이 개교한 메이지 학원은 그야 말로 생기에 넘치고 희망에 부풀어 있는 학교였다. 대부분의 선생들은 외국인으로, 많은 과목들이 영어로 된 교과서를 사용했다. 도손은 이 학 교에 우선적으로 입학이 허용되었는데 형 히로스케(広助)의 친구인 요 시무라(吉村忠道)[6]는 도손이 장래에 그의 사업에 도움이 될 것을 희망 하여 영어 배우는 것을 원했기 때문이었다. 도손은 처음 2년 동안 굉장 히 열심히 공부했고 반에서 최상위권이었다.

메이지 학원 도서관은 책이 많았다. 일본서적과 중국 서적 그리고 영 어서적도 많이 비치되어 있었다. 그래서 도손은 읽고 싶은 책들은 이것 저것 마음대로 닥치는 대로 읽었다. 이 학교에 다니고 있는 동안 도손은 셰익스피어, 단테, 괴테, 바이런 셸리, 워즈워스 등등을 비롯하여 일본 의 작가들의 작품도 섭렵했다.

도손의 일생을 통해서 볼 때 도손이 메이지 학원의 도서관에서 읽은 독서가 대단한 영향을 주었음을 알 수 있다. 분명 처음으로 워즈워스의 작품을 읽는 기쁨을 만끽했던 곳이 바로 메이지 학원시절이었음이 틀림 없으며 게다가 그가 읽었던 시집 중에서 최초의 서구 시집이었다.[7]

도손은 젊은 청년시절부터 감수성이 예민했으며 그의 수필집에서 알 수 있듯이 그의 지적 반경은 상당히 광범위했다. 메이지 학원 졸업하고 나서 도손은 작가가 되기로 결심했다. 작가가 된다는 것은 도손의 경제 적 후원자이며 은인인 요시무라씨의 은혜와 기대를 저버리는 것을 의미 하는 것이기도 했지만 결심을 굳혔다. 잘 알려져 있는 사실이지만 도손

---

6) 도손의 형 히로스케의 지인으로 도손 소년시절의 은인. 도손은 12살 때 이 집에 맡겨져서 20세에 메이지학원을 졸업하고 자립할 때까지 10여년간을 이 집과 가족처럼 지냈다.

7) 島崎藤村『藤村全集16』新潮社 p.94

이『여학잡지』에 번역 작품을 게재해도 될지를 묻는 편지를 보냈을 때 요시무라는 허락한 사실이 있다. 그 잡지는 기독여성들의 기독교 교육을 증진시키기 위해 창간된 잡지였으나 점차적으로 문학적 경향이 짙어지게 되었다. 그로부터 2년이 지나서, 도손은『문학계』의 동인이 되어서 정기적으로 시, 수필, 번역물 등의 글을 올리게 되었다. 이 기간 동안의 도손의 시는 뛰어나지 못했고 문학 지망생의 습작에 불과했다. 하지만 그 습작은 몇 년 후에는 넘치는 젊음과 기쁨을 표현하는 시인의 조짐을 보여주기에 충분한 작품들이었다.

도손이 초기 습작 시대에 쓴 비평서에는 「당시의 문학계와 타협하기를 거부했던 워즈워스(Wordsworth, nor did he compromise to follow the gaudy literary world of the time)」[8]에 대해서 간단히 소개한 후에 워즈워스의 영시의 직역을 피하고 구절구절마다 해설과 해석을 곁들여서 인용했다. 이 비평 에세이를 읽는 사람은 누구나 도손이 얼마나 워즈워스에게 애착을 갖고 있는지 비평서에 나타난 그의 열정에서 알 수 있다. 이 초기 작품들에서 도손은 언제나 워즈워스를 〈은둔의 시인〉 〈은둔의 산(Rydal Mount)〉으로 불렀다.

같은 해 1892년 도손은 「To the Cuckoo」에 대한 비평을『여학잡지』에 썼는데, 「죽은 자」라는 제목으로 다음과 같이 썼다.

세월은 영원히 흐르고, 하루하루가 과거 속으로 들어가 버린다. 언덕 위에 오르면 나는 시간을 느낀다. 그리고 이런저런 생각을 한다. 들꽃은 언제나 붉은데, 은둔의 산에 사는 시인은 노래하기를 그만둔 지 이미 오래다.[9]

---

8) 島崎藤村『藤村全集1』新潮社 p.4
9) 島崎藤村『藤村全集1』新潮社 p.46

우리는 젊은 도손, 22살 밖에 되지 않은 도손이 후지산과 그 주변의 자연경관의 아름다움에 매료되어 자신감 넘치게 워즈워스의 시를 암송하는 것을 볼 수 있다. 도손이 워즈워스를 얼마나 사랑했으면 워즈워스의 시가 입 밖으로 절로 나와 줄줄 인용할 수 있었는지 알 수 있다.

이러한 애착은 이 시기에 쓴 도손의 또 다른 수필에서도 명료하게 나타난다. 「인생의 풍류를 생각한다」에서 워즈워스를 자연 이해의 현자(賢者)로 예증되어 있는데, 「시끄러운 세상에 대해서 지조가 있는 자로서 세상의 욕구를 만족시키는 것을 경멸하는 자로 표현되어 있다.

그의 자서전적 소설『봄(春)』에도 키시모토(岸本)의 친구 스가(菅)라는 청년이 별안간 「영국의 호반 시인이 노래한 「오두막 소녀의 노래(To a Highland Girl)」 읊기 시작했다.」[10]는 표현이 나온다.

이처럼 도손이 워즈워스에 심취한 것이 그의 문학 여기저기에서 나타나는 것에서도 알 수 있는 것처럼 메이지시대의 문학이 외국 문학의 번역문학과 일본의 고전 문학의 부흥이 공존하던 시대에 도손은 문학을 시작했다. 도손은『여학잡지』와『문학계』의 문학 활동에 자극을 받아서 시인이 되기로 결심한 것이어서 새로운 스타일의 시문학이 들어서기에는 문학적 상황도 적절하지 않았다. 그럼에도 불구하고 도손은 새로운 시문학의 개척과 발전에 헌신하기로 결심한 것이다. 메이지학원 시절 이래 읽은 워즈워스는 도손에게 놀라울 정도의 영향을 가져다주었으며 그 증거로서 워즈워스에 대한 비평을 쓴 초기 습작을 들 수 있다.[11]

---

10) 島崎藤村『島崎藤村二』前揭書 p.24

11) 도손의 워즈워스 이해를 파악하는 데에 중요한 작품은『鴨長明とウオイヅ ヲルス』와『郭公詞』(1892.7), 『인생의 풍류를 생각한다(人生の風流を懷 う)』(1893.4), 『포도나무그늘(葡萄の樹の蔭)』(1895.8), 감바라아리아케(蒲 原有明)에게 보낸 편지와 그 후 2년 뒤에 발간한 합본『도손시집(藤村詩集)』 (1904.9)초판의 서문 5개이다. 그 밖에도 도손이 읽은 것으로 추정되는 영문

1) 「수선화」와 『새싹집』의 「숲속의 산책」

여기서 다루고자 하는 도손의 시 「숲 속의 산책」은 『새싹집』의 대부분의 서정시와는 달리 워즈워스의 자연시적인 자연의 찬미와 자연종교를 언급하는 듯한 범신론적인 표현이 있으며, 마치 스케치를 한 듯한 서경적인 자연묘사가 두드러진 시이다. 아오키(青木範夫)씨에 의하면 이 시는 도손이 지금까지 시도해본 봄의 찬가를 집대성하고 그 위에 처음으로 시도해본 자연묘사부분을 첨가함으로써 서사시적이면서도 서정적인 양면을 갖춘 거대한 자연시를 완성하려 한 것일 거라고 단언하기까지 한다. 이러한 점에서 이 시를 분석하기위해서는 당시의 도손의 심경과 상황을 조사 분석할 필요가 있다.

도손이 이른바 동경을 떠나 〈관서 표박〉이라는 여행길에 오른 것은 1893년 1월말이고, 『문학계』창간과 때를 같이한다. 화려한 출발과 함께 세간의 이목을 끌었던 『문학계』운동도 2년이 지나면서 1895년 가을경부터는 내부적으로는 상당히 의욕이 상실된 상태였다. 도손도 이 1895년 중반기부터 1896년 중반기까지는 『문학계』창간 이래 가장 심한 슬럼프 기간이었던 것 같다. 저작목록을 보아도 이 기간에는 아무 발표도 하지 않은 달이 가끔씩 있으며 발표해도 새로운 원고는 고작해야 한두 편에 불과하며 스스로도 「요즈음은 부쩍 공부도 안 되고 집안일로 분주하다」고 변명을 할 정도다.[12] 그러나 『문학계』동인들의 슬럼프와 도손

학 서적들 몇 권을 들 수 있다.

12) 木枝増一(1943)『島崎藤村』三省堂 pp.533～535
　　도손의 제자이자 연상의 연인인 사토 스케코가 1895년 5월 29일 결혼하여 삿포로로 떠나고 8월 13일 심한 입덧으로 인하여 사망하는 슬픔을 겪는다. 9월 25일 도손의 고향 본가가 불에 타 소실되고 12월에는 메이지 여학교를 사직한다. 이러한 고난을 당한 도손은 작품작업에 열중할 수 없게 되어 실제로 6월에 미완성 소설 1편, 7월에 시 1편(「ことしの夏」), 8월에 감상문 1편, 10월에 희곡 1편으로 그해를 마무리, 1896년(메이지29) 중반까지 조사해보

의 슬럼프는 전혀 질적으로 다른 것이다. 다른 동인들은 제각각 안정된 길을 가느라고『문학계』에 글을 올리지 않게 된 것이고 도손은 안정되지 못해서 글을 올리지 못 한 것이다. 바로 이때 도손에게는 인생의 전환기를 맞이한다. 각기 안정된 길을 가게 된 다른 친구들과 헤어져서 창작에만 몰두하게 된다. 우연히 센다이(仙台)에 갈 기회를 얻고 도손은 자신의 운명을 스스로 개척해 나아가야 한다고 생각하고 센다이로 출발한다.13)

『새싹집』의 시는 대부분이 센다이에서 매일 아침 옆집의 석공과 앞다투어 일찍 일어나 쓴 시이며 열렬한 의지의 도손이 단번에 써내려간 것이 이『새싹집』의 시이다. 그리하여 1896년(메이지 29) 말경부터 도손의 분투는 세상에 인정받게 되어「숲속의 산책」을 쓸 즈음에는 도손에게는 상당한 여유도 있었고 자신감도 생기게 되었다.

그러면 구체적으로 이 시의 자연 묘사부분을 분석해보기로 하자. 이 시에는 자연시적인 자연의 찬미와 자연종교를 언급하는 듯한 범신론적인 표현으로「산의 정령」「나무 정령」이라는 시어를 사용하고 있으며, 한 폭의 스케치를 보는 듯한 서경적인 자연묘사가 실로 두드러진 시라 할 수 있다.「봄날 햇살이 /안개 속 숨어 있음 /구름이 빠알갛게 물에 젖으면」등의 표현을 보면 하나의 풍경화를 보는 듯한 풍정(風情)이라

면 2월과 5월 번역소설 1편 정도에 그쳤다.
「1895. 6~1896. 6 작품 활동 상황」

1895년							1896년					
6월	7	8	9	10	11	12	1월	2	3	4	5	6
○	○	○	×	○	×	×	×	○	×	×	○	×

13) 伊東一夫『島崎藤村事典』(明治書院 1972) p.581 이하
　　1896년 8월 하순 小此木忠七郎의 소개로 도호쿠학원 작문 교사로 부임하게
　　되고 9월 상순에 센다이에 들어감.

할 수 있다.

이 시는 도손이 지금까지 시도해본 봄의 찬가를 집대성하고 자연묘사부분을 첨가함으로써 서경적이면서도 서정적인 양면을 갖춘 자연시를 완성하려 한 것이라 생각한다.

산정(山精)

나 혼자 알고 있는	ひとにしられぬ
즐거움 있네.	たのしみの
깊고 깊은 숲 속을	ふかきはやしを
그 누가 알리	たれかしる

나 혼자 알고 있네.	ひとにしられぬ
봄날 햇살이	はるのひの
안개 속 숨어있음	かすみのおくを
그 누가 알리	たれかしる

목정(木精)

붉은색의 꽃이여	はなのむらさき
푸른 잎이여	はのみどり
여리고 어린 초목	うらわかぐさの
들의 실이라	のべのいと
…(중략)…	

산정(山精)

<u>저 붉게 타오르는</u>	<u>かのもえいづる</u>
풀잎을 밟고	くさをふみ
<u>저 솟아나 오르는</u>	<u>かのわきいづる</u>
샘물을 마셔	みずをのみ
<u>저 새로이 피어난</u>	<u>かのあたらしき</u>
꽃의 향기여	はなにゑひ
봄 내음이 그윽한	はるのおもひの
향기에 취해	なからずや

목정(木精)

이전에 걸쳤던 거	ふるきころもを
벗어버리고	ぬぎすてて
<u>봄날의 안개 옷을</u>	<u>はるのかすみを</u>
몸에 걸치고	まとへかし
<u>지저귀는 꾀꼬리</u>	<u>なくうぐひすの</u>
소리에 끌려	ねにいでて
<u>깊은 산속에 나와</u>	<u>ふかきはやしに</u>
노래하도다	うたへかし
…(중략)…	

목정(木精)

오래된 마른잎을	ふるきおちばを
부드럽고도	やわらかき
어린 잎 그늘아래	青葉のかげに
묻어버리자	葬れよ

다다른 숲 속까지 훤히 열려서	たどる林も ひらけきて
조용한 물 가득한 숲 속 호수의	いと静かなる 湖の
호숫가 둘레에 핀 산철쭉이여	岸辺にさける 花躑躅
뜬 구름 지나가면 그림자지고	うき雲ゆけば かげ見えて
물 속에 잠겨드는 봄날 햇살아	水に沈める 春の日や
그 붉은 빛으로 물들여서는	それくれないの 色染めて
구름이 빠알갛게 물에 젖으면	雲紫と なりぬれば
그림자까지 빨간 물새들이여	かげさえあかき 水鳥の
봄날의 호숫가에 피어난 화초	春のみづうみ 岸の草
울창한 숲이여 산철쭉이여	深き林や 花つつじ
헤매는 이 한 사람 나 산골짝에	迷ふひとりの わがみだに
진홍빛 띠고 있는 붉은 산철쭉	深紫の 紅の
붉은 빛깔 비추는 저녁노을아	彩にうつろふ 夕まぐれ

이 시에서는 자연을 묘사하는 부분과 산정(山精), 목정(木精)의 대화가 교대로 등장한다. 시인은 숲 속의 나무들을 바라보고 생명을 느끼며 화초들을 사랑하는 마음과 흐르는 폭포수에게 말을 걸며, 한참 동안 폭포를 주시한다. 그리고 마지막으로 다다른 곳은 호숫가인데 이 호숫가 주변을 가득 메운 것은 다름 아닌 산철쭉이다. 산철쭉이 석양에 비쳐져

서 주변의 모든 것을 붉게 물들이는 정경은 과히 격렬하다고 할 수 있다. 「자연을 사랑하고 자연 속에 녹아들려고 하는 시인 도손」[14]의 귀에는 끊임없이 찾아오는 봄의 환희를 속삭이며 서로 노래로 화답하는 산의 정령과 나무 정령의 소리가 메아리쳐온다.

분명히 도손이 이 시에서 나타내고자 한 것은 자연 찬가이며 봄의 찬미였다. 그리고 나무정령이 말한 대로 드높게 밝게 긍정적으로 생을 찬미하는 삶의 찬가였던 것이다. 「아, 나 같은 신세도 어떻게 해서든지 살아가야겠지」[15]라고 말한 것처럼 처량하고 기죽은 신세의 한숨이 아니라 이 시에서는 보다 직접적인 보다 진지한 생의 긍정이 들어 있다.

더욱이 이 시에 나타나 있는 생과 봄에 대한 찬미의 표현을 과거에 사용했던 표현을 찾아서 유감없이 다시 사용하고 있다.[16]

따라서 「숲속의 산책」에서 도손은 이제까지 써보았던 봄의 찬미를 집대성하고 거기에 처음으로 시도해 보는 자연묘사의 부분을 추가함으로써 서사와 서정의 양면을 겸비한 자연시의 완성하려 한 것이라 생각된다.

우선 부자연스러운 장면 설정을 보자. 이 시의 무대는 도손이 머물고 있던 센다이가 아니다. 도손은 관서표박으로 여행했던 시가현의 비와코

---

14) 오니시(大西克礼)의 분류 유형에 의하면 자연감정의 유형이 두 가지가 있는데, 객관적 자연감정과 교감적 자연감정이 그것이다. 이 경우 「자연과 인간과의 관계가 친화적인 교감적 자연감정」에 속한다고 할 수 있다.
笹淵友一「藤村の自然観の一面」『島崎藤村(日本文学研究資料叢書)』(有精堂 1971) p.225 참조
15) 島崎藤村 『島崎藤村二』前掲書 p.183
16) 若紫の朝霞　　　　　　　　ふるきころもを
かすみの袖をみにまとへ　　ぬぎすててはるのかすみを
はつねうれしきうぐいすの　なくうぐひすのねにいでて
鳥のしらべをうたへかし　　ふかきはやしにうたへかし

（「숲속의 산책」）(佐保姫)

(琵琶湖)를 회상하면서 호반시인인 워즈워스의 「나는 한조각 구름처럼 헤매였네(I Wandered Lonely as a Cloud)」[17]라는 시를 떠올리면서 무리한 장면 설정을 한 것이라고 생각한다. 더욱이 도손이 이 시를 쓴 1월과 2월 초에 산철쭉이 피어 있을 리가 만무하다. 산철쭉은 이른 봄에 피는 꽃이 아니다. 실로 현실감이 떨어지는 장면 설정이다.

「봄날의 호숫가에 피어난 화초 울창한 숲이여 산철쭉이여 붉은 산철쭉」이라는 이 표현은 다시 말해서 산철쭉이 아닌 수선화가 호숫가에 흐드러지게 피어 있는 워즈워스의 시에 수선화 대신 산철쭉으로 배치한 것이라 하겠다.

다음은 워즈워스의 「수선화」이다. 감상하고 비교하도록 하자.

「수선화(The Daffodils)」

하늘 높이 골짝과 산 위를 <u>떠도는</u>
<u>구름처럼 외로이 헤매다</u>
홀연히 나는 보았네 수없이
많은 <u>금빛 수선화가</u>
<u>호숫가 나무 아래</u>
<u>미풍에 한들한들 춤추는 모습을.</u>

은하수에서 빛나며
반짝거리는 별들처럼 <u>쭈욱 잇달아.</u>
<u>수선화들은 호반(湖畔) 가장자리 따라</u>

---

17) 워즈워스의 「수선화」의 첫 구절의 표현이다. 도손은 워즈워스의 영시를 거의 외우다시피한 놀라운 워즈워스 숭배자였던 것이다.

한없이 줄지어 뻗쳐 있었네.

무수한 수선화들이, 나는 보았네,

머리를 흥겨이 까딱이며 춤추는 것을.

수선화 곁 호수물도 춤췄으나, 수선화의

기쁨은 반짝이는 물결을 이겼었네 :

　　　　…(중략)…

이따금 멍하니 아니면 생각에 잠겨

카우치에 누워 있을 때면,

수선화들은 반짝거린다.

고독한 기쁨에, 마음의 눈으로;

그러면 내 마음 기쁨에 넘쳐

수선화와 더불어 춤을 추네.18)

---

18) 「The Daffodils」
　　　I wandered lonely as a cloud
　　　That floats on high o'er vales and hills,
　　　A host, of golden daffodils;
　　　Beside the lake, beneath the trees,
　　　Fluttering and dancing in the breeze

　　　Continuous as the stars that shine
　　　And twinkle on the milky way,
　　　They stretched in never－ending line
　　　Along the margin of a bay:
　　　Ten thousand saw I at a glance,
　　　Tossing their heads in sprightly dance.

　　　The waves beside them danced; but they
　　　Outdid the sparkling waves in glee;
　　　　　…(중략)…
　　　For oft, when on my couch I lie

워즈워스의 「수선화」를 감상하여 보면 시인은 호수의 가장자리를 따라서 미풍에 나부끼는 수선화의 모습과 은하로 명멸하는 듯 반짝이는 무수한 별빛, 기쁨에 겨운 듯 미풍에 한들거리는 수선화 주위의 잔물결들이 빚어내는 조화로운 분위기에서 자연현상의 다양함을 느끼고 있다. 이러한 자연의 다양성과 변화성에서 시인은 한없이 행복하고 즐거운 감정을 맛보는 것이다. 이처럼 워즈워스는 자연현상의 변화성을 수용함으로써 자연의 아름다움을 체험한다.

그런데 도손의 시와 비교하여 볼 때 역시 같은 의미의 표현이 많으며 장면 설정은 더욱이 동일하다고 할 수 있다. 도손의 시에 표현된 시어와 시상을 정리하여 비교하면 다음과 같다.

① 호숫가 둘레에 핀 산철쭉이여 // 수선화들은 호반 가장자리 따라
② 뜬 구름 지나가면 헤매는 이 한 사람 // 구름처럼 외로이 헤매다
③ 깊고 깊은 숲 속 // 골짝과 산 위
④ 즐거움 있네 // 내 마음 기쁨에 넘쳐
⑤ 붉은 산철쭉 // 금빛 수선화

장면 설정과 시어와 시상을 비교하여 볼 때 거의 동일하다고 할 수 있으나 색감에 있어서 도손은 빨간 산철쭉으로 온통 붉게 물든 호숫가를 서경적으로 그리고 있으며 워즈워스는 황금빛 수선화가 한들거리는

In vacant or in pensive mood,
They flash upon that inward eye
Which is the bliss of solitude;
And then my heart with pleasure fills,
And dances with the daffodils.
Andrew J. George 『The Complete Poetical Works of William Wordsworth』 (Houghton, Mifflin and co. 1902) p.311

모습에서 자연의 변화의 기쁨을 노래하고 있는 부분이 다르다. 구성면에 있어서는 도손의 시는 대화시로서 자연이 서로서로 호응하고 화답하는 듯한 구성을 하고 있고 게다가 정령들의 출현은 마치 범신론적인 발상을 나타내고 있는 점은 상당히 다르다고 할 수 있다. 두드러지게 공통된 점은 자연 속에서 일체감을 느끼며 교감하는 시인의 모습인데, 「수선화」의 워즈워스는 수선화가 한들거리며 춤추는 모습에 덩달아 춤을 출 듯이 자연의 변화에 따라 변하는 인간의 고취된 감정을 나타낸다. 한편 「숲속의 산책」에서 도손은 푸른색의 자연 초목 속에서 새로이 시작되는 인생의 봄을 만끽하면서 「붉게 물든 석양」[19]과 빨간 철쭉처럼 인생의 열정과 환희를 나타낸다 하겠다. 이 두 시 모두가 자연 속에서 위로를 받고 기쁨을 얻고 있다는 점에서 자연을 인간과의 일체적 관점에서 바라보고 있는 자연시라는 공통점 또한 간과할 수 없다고 생각된다.

하지만 어색한 점은 앞에서 지적한 바와 같이 도손이 〈수선화〉 대신에 〈산철쭉〉을 바꿔 넣은 것으로 볼 때, 도손의 마음의 눈에 비친 수선화는 일본의 숲 속에 어울리지 않아서 철쭉으로 바꿔 놓은 것일 뿐 도손의 상상력은 여전히 워즈워스의 〈수선화〉에서 자연을 재생하고 있는 것이라 하겠다. 이러한 심리적 체험은 낭만주의 시인으로서, 더욱이 워즈워스의 추종자로서는 지극히 당연한 시작(詩作)인 것이다. 이처럼 도

---

19) 「석양의 아름다움(夕日の美)」은 도손에게 특별한 감동의 추억거리이며 도손 시에 있어서 중요한 시재(詩材)의 역할을 한다. 산골마을에서 자란 도손이 바다를 그리워하는 것처럼 시골 소년이 자연의 아름다운 경관에 처음으로 매료된 것은 메이지학원시절 1890년(19살) 7월의 일이다. 제 2회 하기학교(7월5-15일) 친목회 장소인 고텐산(御殿山) 숲 속에서 나무그늘 사이로 비치는 석양을 보았을 때 자연미에 눈을 떴다.
　(島崎藤村 『島崎藤村二』의 『버찌』p.256) 八木功 前揭書 p.226

손에게 자연은 눈에 비치는 것만이 자연이 아니라 그의 창조적 상상력으로 재생된 제 2의 자연과의 교감에서 일어난 일종의 회상(recollection) 과정이라 할 수 있다. 도손의 이러한 상상력은 콜리지의 시론에 의하면 「변용과 융화 통일시키는 능력(the modifying and coordinating faculty)」[20]인 것이다. 상상은 깊은 감정과 사색이 공존하는 전인적 활동이므로 지력이 미치지 못하는 이념의 세계에까지 도달하게 하는 능력으로 볼 수 있는 것이다. 이것이 바로 도손이 워즈워스에게서 수용한 회상과 기억의 상상력이며 낭만주의 시정(詩情)이라 할 수 있는 것이다.

그렇다면 도손은 왜 이러한 소재와 장면을 상상하고 그리게 되었는가. 거기에는 이유가 있다. 「숲속의 산책」은 「제국문학」3권3호에 실린 시이다. 이 시의 게재는 도이 반수이(土井晩翠)의 원고 청탁으로 인해서 도손이 투고하게 된 것이다. 도이 반수이가 의뢰하기 이틀 전 3권1호지에 실린 기사[21]를 도손이 읽고 자극받았을 것이라고 생각된다.

「제국문학」지에 게재의뢰를 받은 상황의 도손으로서는 이 기사에 적잖이 자극을 받았을 것이다. 상당히 의리심이 깊은 도손이 이러한 요청을 들어주기 위해서 자신이 특별히 직접 만든 자연시를 투고하려고 하

---

20) 허천택 『영국낭만주의 문학연구』(동국대학교 출판부 2003) p.52참조
21) 일본 국민은 천지산천을 사랑한다. 하지만 자연관과 자연시를 일본 문학사 가운데서 볼 수 있음에도 아직 불행하게도 자랑할 만한 시인이 없다. …(중략)…일본국민의 결점은 내관의 통찰력이 부족한 점이다. 지나치게 사실에만 좌우된 나머지 사물의 안에 감추어져 있는 거대한 사실을 보지 못 한다. 내부의 생명을 감지해야 하는데…(중략)…메이지문단의 발달은 나날이 눈부시게 달라지지만 아직 자연시인 한 사람 볼 수 없다는 것은 왜인가. 나라 시대에는 히도마루 아카히도, 헤이안 시대에는 츠라유키, 도쿠가와 시대에는 바쇼가 있었는데, 메이지시대에는 아직 자연시인이 없다. 다만 최근 도손 씨의 운문에서 신사상의 자연관을 발견하기도 하지만 이것은 편견일까. 이제부터 나오는 자연시인은 바이런풍의 염세시인일지, 괴테풍의 철학적 자연 시인일지, 「제국문학」3권1호

여 지금까지 지어냈던 모든 자연시의 집대성판을 작성할 마음이 생긴 것은 지극히 당연한 일인 것이다.

그렇다면 도손은 어떠한 시인의 자연관을 수용하여 자연시인이 되려 한 것일까? 루소도, 후다바테이 시메이 번역의 투르게네프도 생각할 수 있지만 이「숲속의 산책」은 워즈워스라고 단정해도 지나치지 않다고 생각한다. 자연시에도 여러 가지 있으나 이 시처럼 세속적인 것은 보이지 않고 유유자적하게 하늘과 땅 사이를 거닐면서 자연의 소리를 듣고 봄을 찬미하는 시는 워즈워스 특유의 전유물적인 것이며 도손이 해석하고 있는 워즈워스도 실로 이러한 워즈워스였기 때문이다.

소요(逍遥)라는 말 자체가〈wandering〉의 번역이다. 워즈워스가 그의 시에서 사용하는 〈wander〉이란 〈정해진 진로, 목표, 목적 없이 거닐다 (=move about without a fixed course, aim, or purpose)〉는 의미로서 워즈워스의 詩「To the Cuckoo」[22]에도 이러한 의미로 표현된 단어가 나온다. 더욱이 호반파인 워즈워스가 한 말 중에는 다음과 같은 표현이 있다.

「Wandering, I came with truth affirm, was mine」[23] 아오키 노리오(青木範夫)는「이 말만 보더라도 소요(逍遥)란 워즈워스의 전유물적 표현」[24]이라고 언급했으나, 이 부분의 원서를 분석해 보아도 역시 소요(逍遥)는 워즈워스가 즐겨 쓰는 단골말이 분명하다고 생각한다. 호반파의 특징은 거니는 것이었다고 생각할 수 있다. 자연 속을 거닐면서 시의 숲을 만나는 것이다.

---

22) O Cuckoo! shall I call thee Bird, 오 뻐꾹새여! 너를 불러「새」라 할까, Or but <u>a wandering Voice?</u> <u>헤매이는 목소리</u>라 할까?「To The Cuckoo」Andrew J. George 前揭書 p.310
23) Ibid. p.312
24)『比較文学研究』青木範夫 「深林の逍遥」(1957) pp.26〜29 참조

이 자연 속에서 자연관을 갖게 되고 자연시인으로서 쓴 시가 「숲 속의 산책」인 것이다. 이 시는 도손의 다른 시와는 달리 눈에 보이는 그대로 유유하며 천지에서 들려오는 자연의 소리를 들으며 봄을 칭송한다. 이러한 특징 때문에 이 시는 워즈워스의 전형적 표현에 영향을 받았다고 하지 않을 수 없다는 것이다.[25] 워즈워스의 「나는 한조각 구름처럼 헤매었네(I Wandered Lonely as a Cloud)」라는 시에서 워즈워스는 자연과 분리가 아니라 자연과 일치되는 속에서 인간은 자연의 섬세한 움직임과 떨림과 속삭임을 들을 수 있고 그 속에서 기쁨을 얻을 수 있다는 생각을 하는데 이러한 자연묘사 부분을 비교해 볼 때에 워즈워스의 영향은 분명하게 드러난다고 생각한다.

워즈워스의 자연시인의 특성에 대해서 영문학 비평가 테느(H.A.Taine)는 「워즈워스는 현인이며, 행복한 사람이며 사색가이며 몽상가이기도 한데, 그는 언제나 읽고 산책했다(Wordsworth was a wise and happy man, a thinker and a dreamer, who read and walked.).」[26]고 소개하고 있다. 실제로 워즈워스는 호반파 시인으로 불리는데, 호반파 시인의

---

25) 「I Wandered Lonely as a Cloud」

　　　I wandered lonely as a cloud That floats on high o'er vales and hills, When all at once I saw a cloud,

　　　한조각 구름처럼 헤매었네. 높은 계곡과 언덕을 떠다니면서 나는 갑자기 보았다네.

　　　A host, of golden daffodils: Besides the lake, beneath the trees, Fluttering and dancing in the breeze.

　　　한 무리의 금빛 수선화를: 호숫가 나무 그늘아래서 미풍에 나부끼며 춤을 추고 있는 것을

　　　Andrew J. George (1902) 『The Complete Poetical Works of William Wordsworth』Houghton, Mifflin and co. p.311

26) H.A.Taine(1871) 『History of English Literature』 Henry Holt and Co. p.261

특징은 산책하는 것[27]이다.

도손은 워즈워스의 짧은 시(shorter poem)에는 암송할 만한 문장이 많다고 『뻐꾸기(郭公詞)』에서 언급한 적이 있으며, 아놀드의 워즈워스론을 통해서 워즈워스가 노래한 인간, 자연, 인생에 관한 많은 발상(idea)을 얻어냈다. 그리고 워즈워스가 자연을 통해서 「생명(生)」을 힘차게 노래한 점을 그의 위대한 면으로 받아들였다.

『버찌』를 보면 도손이 메이지 학원의 도서관에 비치된 워즈워스의 전기 및 그의 전기를 읽었다는 기록을 볼 수 있는데, 그래서인지 도손은 워즈워스에 대해서 전기적인 부분까지도 상당한 지식이 있었다. 그 가운데서 마이어즈(F. W. H. Myers)가 쓴 워즈워스 평전을 읽고 워즈워스를 일본의 바쇼나 사이교와 같은 은둔시인으로 보면서 세상의 인연을 끊고 자연으로 돌아가서 사는 은둔자(recluse)와 동일시한 것이다.[28]

마이어즈는 「자연종교(Natural Religion)」[29]이라는 장에서 워즈워스의 자연관을 분석한다. 워즈워스의 작품 속에서 나타난 평정함이란 워

---

27) 필자의 자유로운 상상이지만 메이지시대의 워즈워스 숭배자들, 워즈워스에게 심취되어 있는 작가들의 이름을 보면 호수와 산책, 걷기라는 뜻의 예명을 지은 것을 알 수 있는데 이 예명들은 워즈워스의 호반파 자연시인이라는 특징을 따라서 지은 것은 아닐까 추론해본다. 예를 들면 워즈워스 숭배자로 유명한 宮崎湖處子의 '湖處'의 뜻은 호숫가라는 의미고, 國木田獨步의 「獨步」는 〈혼자서 걷다〉의 뜻이므로 워즈워스의 〈거닐다(wander)〉 〈逍遙〉가 연상된다. 더 나아가서 坪內逍遙의 「逍遙」까지 상상해본다. 이들의 예명만을 가지고도 그 정도로 워즈워스가 유행되고 있었음이 추론가능하다고 생각한다.

28) 藤一也『島崎藤村の仙台時代』(万葉堂出版 1977) p.127 참조
당시 도호쿠학원 도서관인 케르카 도서관에는 워즈워스 관계의 서적이 3권 있었다. 그 중 「1143 F. W. H. Myers, William Wordsworth」을 읽고서 워즈워스의 자연관을 이해한 것으로 추정된다.

29) 신의 은혜에 기초한 계시종교와는 반대로 인간의 종교적 성질로서의 이성과 감정 등에 바탕을 두는 종교

즈워스가 냉정하기 때문이 아니라 워즈워스에게는 철학이 들어 있기 때문이라고 설명한다. 따라서 마이어의 워즈워스론은 극히 종교철학적이며 플라톤의 이데아론에 가깝다. 플라톤의 이데아론에 의하면, 우리 주위에는 많은 실재(reality)가 존재하나 이것들은 추상적 진리를 사색함으로써 이해될 수 있는 것이어서 뚜렷하지는 않지만 인간에게 여러 형태로 지각될 수 있다. 인간은 신에게 심취(divine madness)할 때에 실재를 지각할 수 있게 되는 것이 가능한데 이것이 바로 영감(inspiration)이고 예언자의 계시와 기도의 열정이 바로 그 순간으로서 이러한 자극이 인간을 고양시키고 이성을 잃고 신성(神聖)으로 가득 찬 상태로 만든다고 한다. 워즈워스는 이 플라톤의 자극(stimulus), 이른바 촉매 역할을 하는 것에 중요한 것을 부가했는데, 그것이 바로 관조(contemplation)이다. 워즈워스에 의하면「자연을 관조(contemplate)하는 것은 강한 자극이 되고 우리로 하여금 그 속에 감추어진 생명을 통찰할 수 있게 한다(to see into the life of things)」[30]는 것이다.

워즈워스의 자연 신앙은「그리스 신화 속에서 나타나는 자연의 힘」[31]

---

30) 이러한 워즈워스의 관조(觀照)는 이미 시가론의 사생(寫生)에서의 정신세계를 의미하는 것이라고 마사오카시키(正岡子規)는「사생과 회화」라는 회화론에서 지적하고 있다. 즉,「사생(寫生)이 잘되면 그 그림에 정신이 생긴다. 그 〈정신〉은 바로 그 천연, 또는 사물이 가지고 있는 〈생명〉과 통한다.」:워즈워스의 〈자연관조〉를 통한 〈내부생명통찰〉과 일치한다고 볼 수 있다.(필자 견해)
    손순옥『正岡子規의 詩歌와 繪畵』(중앙대학교출판부 1995) pp.60~61 참조
31) 지중해적 그리스의 청랑(晴朗)함은 괴한 암석에 뒤덮혀 있어서 오히려 그리스자연을 신들의 거처로 만들어버렸다. 고대 그리스사람들은 '눈'으로 모든 것을 관찰하고 생각했다. 그들에게 가시적인 것, 손으로 만질 수 있는 것만이 실재이며 진실이었다. 그러한 그리스의 자연풍토는 인간지향적인 풍토이며 그래서 합리적인 사고를, 인간중심의 심사를 갖게 하였다. 그리스-로마

과는 다르다. 자연에 대한 순수한 경외심을 보다 더 고결하고 순수한 형태로 재생시킨 것이다. 워즈워스가 주장하는 자연신앙이란 이교도들에 의해 왜곡된 자연신앙 체계 자리를 대신하기 위해서 변함없는 자연숭배와 극히 섬세한 자연이해와, 자연에 대한 깊은 공감을 가지고 자연의 힘을 경외하는 자연신앙인 것이다. 그래서 마이어즈의 주장에 따르면 워즈워스의 이러한 자연숭배는 보통 이교라든지 범신론(汎神論)이라는 표현으로 나타내는 의미와는 다른데, 이 점을 주목해야 한다. 스윙톤도, 테느도, 아놀드도 〈워즈워스 하면 범신론자 〉라고 금방 떠올릴 정도로 범신론을 언급하지 않았다. 오히려 마이어즈는 일보 진전하여 만유신론(万有神論)인 범신론(pantheism)을 분명하게 부인하고 있는 것이다. 마이어즈에 의하면 보통 범신론은 눈에 보이는 대상(external objects)을 부인하는데 워즈워스는 그 대상을 관조(contemplate)하고 명상하여 그 내부에 있는 생명을 찾으려 하기 때문에 범신론이 아닌 것이다.

물론 이러한 사상은 워즈워스 이전부터 있었지만 인간의 의식 속에 진리가 떠오른 것은 워즈워스가 처음이고 그러한 발상은 예수 그리스도와 그의 사상의 출현과 동일하다고 할 수 있다. 워즈워스의 『틴턴사원(Tintern Abbey)』[32]은 예수의 『산상수훈』[33]과 마찬가지로 인류에게

신화의 제신들은 몸과 마음이 지극히 인간적이라는 사실은 익히 아는 바이며, 이러한 풍토에서 그리스는 결국 인간중심의 문명을 이룬 것이다.
이광주 『내 젊은 날의 마에스트로 편력』 (한길사 2005) pp.38~39
32) 워즈워스는 틴턴사원이 보이는 언덕 위에 서서 자연의 은둔과 조화, 평화와 창조의 능력을 확인하며, 대자연 속에 깃든 신화적 적요함을 확인하게 되고 현세와 낙원이 융합되어 있는 단일적인 세계를 그리고 있다. 가시적인 전경(landscape)으로서의 자연과 그 자연을 인식하는 조정의 힘(meditating power)으로서의 인지적 마음(perceiving mind) 간의 대응적인 표현들이 이러한 이원적인 세계를 잘 나타내고 있다.

자연에 대한 새로운 의의를 갖게 한다. 『틴턴사원』에서 워즈워스는 고
양된 사상의 기쁨을 누리게 해주는 자연에 대한 인식능력은 바로 인간
의 마음속에 존재한다고 말함으로써 「자연과 인간의 일체적 공감대」[34]
를 보여준다. 이 시에서 자연을 인간과의 일체적 관점에서 바라보려고
하는 워즈워스는 인간의 마음을 설레게 하는 존재의 고향은 바로 저물
어가는 태양의 빛과 둥근 바다와 공기 푸른 하늘, 인간의 마음속에 있는
것이라고 노래한다. 이처럼 자연과 인간의 합일적인 사상과 삼라만상

Geoffrey Durrant 『Wordsworth and the Great System』
(London: Cambridge University press, 1970) p.99

33) 산상수훈의 산은 호반 가버나움북서쪽에 이마를 맞대고 있는 구릉 가운데
하나이다. 구릉능선이 완만해지는 지점이므로 많은 군중이 편하게 풀밭에
앉아 있을 수 있었다. 예수는 모든 군중이 쳐다볼 수 있는 위치에 정면으로
빛을 받으면서 서있었다. 정적을 깨고 예수의 입에서 나온 말은 "마음이 가
난한 자는 복이 있나니"였다. 이원화된 언어의 단일적인 세계를 희구하고
있는 점이 산상수훈의 특징이다. 일종의 파라독스(paradox)의 진리이다.
이누카이 미치코 저, 이원두 역『성서이야기 신약편(상)』(한길사 1997).
pp.201~205 참조

34) For I have learned 　　　왜냐하면 나는 <u>자연보는 법</u>을 배웠으므로
To <u>look on nature,</u> not as in the hour
　　　　　　　　철없는 시절처럼이 아니라

Of thoughtless youth;
　　…(중략)…

And I felt 　　　그리고 나는 느꼈다.
A presence that disturbs me with joy
　　　　　　고양된 사색의 환희로
Of elevated thought: 　내 마음을 설레게 하는 한 존재를:
And the round ocean and the living the air,
　　　　　　둥근 대양과 살아서 숨 쉬는 공기이며
And the blue sky, <u>in the mind of man:</u>
　　　　　　그리고 푸른 하늘이며, 인간의 마음속에 내재하
　　　　　　는 것
　　　　　　　　　　　　(「Tintern Abbey」 11. 90-104)

속에 존재하는 생명적 요소에 대한 인식이 마음과 감각의 세계에 대한 투시력을 가져다줄 것이며 이것이 바로 깨달음이고 계시인 것이다. 워즈워스는 「자연을 관조하고 인식하며 그 자연을 느끼는 감각의 언어 속에서 가장 순수한 사고의 돛과 정신적인 존재의 핵심을 발견한다.」[35]고 말한다. 워즈워스는 그의 자연관을 통해서 인간 자신의 감동을 고취시키고 자연을 관조하는 것이 자연의 계시를 깨닫게 된다는 것을 보여주었다고 하겠다.

예수의 『산상수훈』에도 자연 속에서 깨달음을 갖도록 촉구하는 예수의 가르침이 들어 있다. 신약성서의 마태복음 5장, 6장, 7장은 예수의 교훈이 어록으로 나와 있는데, 다른 복음서보다도 마태복음에 예수의

---

35) Therefore am I still   그러므로 나는 한결같이
    A lover of the meadows and the woods,
                    풀과 숲과 산을; 그리고 이 푸른 대지로부터
    And mountains ; and of all that we behold
                    우리가 바라보고 있는
    From this green earth ; of all mighty world
                    모든 것을 사랑하고 거대한
    Of eye, and ear—both what they half create,
                    감각의 세계를 ─감각이 반쯤 창조하고
    And what perceive ; well pleased to recognize
                    인지하는 것을 사랑한다.
    In nature and the language of the sense
                    자연과 감각의 언어 속에서
    The anchor of my purest thoughts, the nurse
                    나의 가장 순수한 사고의 돛을,
    The guide, the guardian of my heart, and soul
                    내 심장의 유모, 안내자, 보호자를 그리고 모든 나의
    Of all my moral being.   정신적 존재의 영혼을 발견하고 즐거워한다.
    (「Tintern Abbey」 11. 104~113)

어록이 제일 잘 기록되어 있다. 그 어록을 살펴보면 온 우주의 창조자를 자연 속에서 느끼며 그 섭리를 깨닫도록 예수는 설파하고 있는 것이다. 그렇기 때문에 예수는 산등성이에 군중들을 모아놓고 자연 경관이 훤히 보이는 언덕에서 자연을 관조하면서 그의 교훈을 남긴 것이다. 어려운 철학적 용어가 아니라 자연스럽게 드러나는 인간의 감정이 고취되어 창조자의 계시를 인식하게 된다는 교훈이다. 대표적인 예로 두 개만 들어보기로 한다.

「마음이 가난한 사람은 복이 있다. 하늘나라가 그들의 것이다」[36]는 말에서 가난하다」는 것은 돈도 없고 사회 지위도 없는 상태의 〈페네스〉가 아니라, 간절히 요구한다고 해서 가난하다는 뜻의 〈프토코스〉이다.」[37]자연 상태를 느끼지 않고는 간구함도 갈망도 없고 갈망이 없다면 보다 높은 경지의 깨달음도 없다는 것이다. 여기서 〈마음〉이란 그리스 철학 용어로 영혼, 정신, 몸을 의미하는 〈프뉴마〉로 되어 있지만 실제로「그리스 용어가 성서로 유입된 것일 뿐, 용어를 제 자리로 돌리면 창세 때 어둠 위에 움직이던 하나님의 영, 창조자의 숨결을 의미」[38]한다. 따라서 인간이 자연 속에서 창조자를 느끼고 그 창조자의 영을 간절히 구하는 사람이 복되다는 뜻이라 할 때 인간은 자연 속에서 그 원형을 찾고 위로와 축복을 받는다는 의미로 해석된다.

「공중의 새를 보라…(중략)…들의 백합화가 어떻게 자라는가 살펴보라…」[39]라는 어록에서도 눈에 보이는 자연 현상 속에서의 느낌 (sensational)을 가지고 감정을 불러 일으켜서 인식할 수 있는 능력

---

36) 마태복음 5장 3절(표준새번역 개정판)
37) 한태동『성서로 본 신학』(연세대학교 출판부 2003) pp.97－98 참조
38) 上揭書 p.98
39) 마태복음 6장 26－29절(표준새번역 개정판)

(intellectual)을 촉구하고 있다. 인간과 자연과의 교감(man's interaction with nature)이 없이는 불가능한 가르침이요, 깨달음이다. 공중의 새는 날개 짓을 하지 않으면 추락할 것이고 「이스라엘에서 백합화가 들에 피기 위해서」[40]는 여간 힘든 수고를 하지 않으면 안 되는 일이다. 이러한 자연계의 일원을 가지고 말한 예화는 당시 예수와 함께 교훈을 듣는 청중은 누구나 다 알게 되는 자연 현상이다. 이러한 관점에서 예수의『산상수훈』은 자연과 인간의 대응과 호응을 촉구하는 것이며 인간과 자연이 갈라진 것을 회복하고 인간과 인간이 갈라진 것을 회복할 때 진정한 위로와 치유가 주어진다는 가르침이므로 워즈워스의 자연관과 일맥상통하는 점이 있다 할 수 있다.

도손이 워즈워스의 자연관에 관한 평전을 읽었을 때가 분명 17살이나 18살이었을 것이다. 상당히 어려운 부분인 〈자연종교〉부분을 도손이 제대로 잘 이해했으리라고는 생각되지 않는다. 앞에서 언급된 워즈워스에 대한 도손의 초기의 비평 내지는 평가를 보면 확실히 알 수 있다. 설령 마이어즈의 워즈워스론을 도손이 읽었다 하더라도 전부 이해했을 것이라고 단정 짓기는 어려울 것으로 생각된다. 도손이 어쩌면 이 〈자연종교〉라는 장을 건너뛰고 나머지를 읽었을 지도 모른다고 의심해 볼 만하기도 하지만 집념이 강하다고 할 정도로 한번 시작하면 그만둘 줄 모르는 도손이기 때문에 중도에 포기해버리지는 않았을 것이다. 이렇게 생각하면 가장 자연스럽게 상상되는 것이 플라톤을 운운하면서 설명하는 철학적 색채가 농후한 부분은 건성으로 읽어 넘어가고 그 가운

---

40) 이스라엘에서 들에 핀 백합화를 보는 일은 쉽지 않은 일인데, 실제로 만들어 보면 여간 어려운 일이 아니다. 백합화를 심어서 뿌리가 어느 정도 자라면 면도칼로 잘라낸다. 그러면 뿌리가 다시 나오고 이것을 서너 번 잘라주면 마른 땅에도 뿌리를 잘 내리게 된다. 이러한 과정을 거쳐서 이스라엘 들판에 백합화가 피는 것이다. 앞의 책 p.108

데서 마음에 드는 어구만이 단편적으로 눈에 띈 것은 아닐까 생각된다.

아놀드를 먼저 읽었다면 도손은 지나치게 철학적으로 해석해나가는 마이어즈에 싫증이 났을 지도 모른다. 왜냐하면 두 비평가에 대한 도손의 평가는 당연히 먼저 읽은 아놀드 쪽에 더욱 치중했을 것이고 실제로 「아놀드의 비평 대부분이 도손의 워즈워스관으로 나타나고 있기」[41] 때문이다. 실제로 도손은 아놀드의 워즈워스론을 인용하여 문학을 인생의 비평으로 보고 문학은 작가의 삶의 전부이며 인생 그 자체로 보고 있는데, 이러한 도손의 입장은 문예잡지 『批評』[42]에 잘 나타나 있다.

그러므로 도손이 마이어즈의 워즈워스 평전에서 〈자연종교〉라는 장을 극히 간단히 몇 마디로 해석하고 말았다면 결국 도손이 이해한 것은 자연을 사랑하고 자연을 경외하고 자연 안에서 자신의 인생을 끌어내고 자연 속에 토로할 수밖에 없는 자신을 깨달았다는 결과가 된 것은 아닐까. 그리고 도손 생각에는 자신의 풍류라는 표현 정도라면 아놀드의 비평 내용에도 저촉되지 않으므로, 이 정도로 정리해 버리는 것도 가장 적절한 것이었을 것이다.

1892년과 1893년경의 도손이 가졌던 워즈워스관을 조사해보고 당시

---

41) 아놀드의 워즈워스론은 '시는 인생의 비평(Poetry is at bottom a criticism of life)' 이 그 중심을 이루며 최고의 시인은 '어떻게 살 것인지(human life itself is in so preponderating a degree moral)'를 추구하는 자세로 시, 즉 예술과 인생의 긴밀한 관계를 중시한다. 합본 『藤村詩集』의 서문에서도 이 입장을 고수하여 예술지상주의에 동조하지 않는 도손의 시론의 특징을 볼 때 아놀드의 워즈워스론을 많이 취한 것으로 해석된다. 八木功 前揭書 pp.218~219

42) 「その作品を描かずにおれなかった作者の生き方のすべてであり、人生そのものである」『批評』(1908년12월호)
「一を人生の批評、一を芸術の批評という風に分けて考えたくない。芸術を批評は則ち人生を批評するのであると考えたい。」『批評』(1909년3월호)

읽었을 것으로 추정되는 비평서를 조사해 보니 도손에게 아놀드도 마이어즈도 이해하기 어려운 부분이 있었던 것으로 생각된다. 이른바 서구 비평가의 워즈워스 비평이 내용적으로 철학적이고 추상적이긴 하나, 그렇기 때문에 더욱 서구문예의 본질적 내용인 것이다. 그러나 그럼에도 불구하고 도손은 철학적 이해를 충분히 하지 못하고 단순하게 동양적 풍류관으로 정리해서[43] 워즈워스를 「풍진(風塵)을 떠나서 시림(詩林)의 저편에서 소요(逍遥)」한 은둔자라는 식으로 해석했는데, 그 해석 역시 무리한 해석은 아니었음을 알 수 있다.

그러나 은둔자라는 해석이 무리는 없지만 워즈워스를 〈은둔자(recluse)〉로 보는 견해를 도손이 천편일률적으로 주장해서는 안 된다고 생각한다. 왜냐하면 〈은둔자〉라는 단어는 그 단어를 사용한 마이야 자신 역시 모순적이기는 하지만 부인하고 있는 부분도 있을 정도로 한마디로 단정 지어버리기에는 위험한 단어이기 때문이다.

우에무라 마사히사(植村正久)의 『자연계의 예언자 워즈워스(自然界の予言者ウオルズウオルス)』라는 비평을 읽어보아도 우에무라보다 훨씬 어린 도손이 그와 견줄 만한 워즈워스관을 지녔음을 알 수 있다.[44] 이렇게 볼 때 도손은 서구문학의 본질적 의미를 이해는 했다고 볼 수 있지만 역시 완전히 소화했다고는 볼 수 없다. 특히 「워즈워스의 철학적 시들에 내포되어 있는 자연관」[45]은 자연 종교라고 할 수 있는데, 그

---

43) 『郭公詞』에서mystery를 〈유현(幽玄)〉으로 번역.

44) 藤一也, 『島崎藤村の仙台時代』(万葉堂出版 1977) pp.206~208

45) Wordsworth once again celebrated the grand tripartite progression of the visionary <u>man's interaction with nature</u>. Now, however, he offers a supplementary perspective on this dialectic. <u>His communion with nature</u> in a statement subtly suggestive, again, of his three—stage <u>spiritual development</u>. '<u>sensational</u>' '<u>emotional</u>' '<u>intellectual</u>' —he now also more specifically identifies this envisioned "<u>life of things</u>" as "<u>truly one life</u>",

특성은 기독교의 유일신 사상과는 다른 것이다. 기독교적이라기보다는 오히려 플라톤의 이데아 철학에 가깝다고 할 수 있다. 먼저 자연을 느끼고(sensational) 자연에 대해 고양된 감정(emotional)을 가지면 인간의 마음속에서(in the mind of man) 자연을 인식하게 되는 데, 그 인식 능력(intellectual)이 바로 인간의 마음속에 있다는 것이다. 자연과 인간과의 교감(man's interaction with nature)과 자연과 인간과의 긴밀한 관계(communion with nature), 그리고 자연과의 일체적 관계에서 조화와 질서의 우주를 깨닫게 되며 눈에 보이는 모든 것들에 내재되어 있는 생명감을 느끼고 하나의 진정한 생명체(truly one life)로 인식하게 되는 것이다. 이처럼 마이어즈의 워즈워스론은 이러한 자연관에 기초한 자연종교를 의미하며 워즈워스의 철학적 시를 이해하지 않고서는 납득하기 힘든 워즈워스관이라 할 수 있다.

당시 도손의 나이가 어린 탓도 있으나 워즈워스의 자연종교에 대해서는 단순하고 유치한 해석에 그쳤던 것이 분명하다고 생각된다. 그래서인지 도손은 1893년 이후 2년여 동안[46] 워즈워스에 대해서는 언급을 하지 않았으므로, 1895년 후반기에 언급한 도손의 워즈워스관을 간추려보고자 한다.

---

a "something far more deeply interfused" both "in the mind of man" and through all the natural world, "a motion and spirit" that "rolls through all things"

John A Hodgson 『Wordsworth's Philosophical Poetry, 1797−1814』「We See into the Life of the Things: Tintern Abbey and the Early Prelude」(University of Nebraska Press 1980) p.35

46) 1893년 1월 관서표박으로 방랑생활과, 그해 12월 도코쿠의 자살, 1894년 6월 루소에 심취, 같은 해 10월 유고집 「透谷集」 간행으로 분주하게 보내느라 자신의 글은 쓸 겨를이 없었다.

伊東一夫 前揭書. pp.579−580

가여운 백발의 노인. 워즈워스는 다음과 같다. 입으로 자연을 노래하고 눈으로 자연을 보며 귀로 자연을 듣는다.[47]

자연에 대한 철학은 이리저리 변하지만 자연은 만고 의연하게 남아 있다. 그렇기 때문에 만요(万葉)의 시인이 있고, 바쇼의 시인이 있다. 자연을 벗 삼는다고 하는 반스로부터 처음으로 「쥐의 노래」[48]가 있으며, 자연을 신(神)으로 삼는 워즈워스로부터 처음으로 「산가 소녀의 시(山家の少女の詩)」[49]가 있다.[50]

이처럼 워즈워스에 대한 비평적인 언급을 하기 시작했는데, 도손은 워즈워스를 종전에 은둔자로 보는 시각과는 다른 시각에서 보고 있음을 알 수 있다. 이전과는 전혀 새로운 관점으로 보고 있는 워즈워스의 범신론은 어디서 나온 것인지 모르지만, 「자연을 신(神)으로 삼는 워즈워스」라는 표현을 쓰고 있는 것이다.

워즈워스에 대한 범신론적 입장은 도손이 읽었다고 생각되는 비평서에는 거의 언급되어 있지 않다. 도손 자신도 이전에는 워즈워스에 대해서는 어떤 내용이나 자신 있게 한마디 했었으나, 범신론에 대해서는 한

---

47) 憐れむべし白頭翁。ウオルヅオースにして斯くの如し。口に自然を唱へ、目に自然を視、耳に自然を聴くとも、猶未だ自然に徹する能はざるものあるか。『藤村全集』第1권 p.76

48) 「To a Mouse」라는 반스의 시를 읽고 감명을 받아서 도손은 「가련한 쥐(鼠をあはれむ)」를 지었다.

49) 「To a Highland Girl」는 워즈워스가 1803년 스코틀랜드 여행을 갔을 때 로치 로몬드라는 해안가에서 만난 소녀를 노래한 것이다. 도손은 이 시를 매우 좋아하여 암송하다시피 했다.

50) 自然に対する哲学は転々と変ずとも、自然は万古依然として残れり。されば万葉の詩人にして初めて高烈雄大なる自然の声を聴き、蕉門の詩人にして始めて幽玄閑寂なる自然の声を聴きたまひしなり。自然を友とせしといふバアンスにして始めて鼠の歌あり。自然を神とせしといふウオルヅオースにして始めて山家の少女の詩あり。『藤村全集』前掲書 p.78

마디도 언급하지 않았던 점을 보면 이처럼 워즈워스를 「자연을 신으로 삼는」 시인으로 보는 시각은 새로이 공부해서 얻은 지식이라고 하지 않을 수 없다. 하지만 도손은 워즈워스의 자연관을 깊이 이해했다고는 할 수 없다. 워즈워스의 자연종교는 범신론으로 단정 짓기는 어렵기 때문이다. 도손의 『인생의 풍류를 생각한다』라는 수필을 보아도 알 수 있는 것처럼 도손이 말하는 「산가 소녀의 시(山家の少女の詩)」는 워즈워스가 1803년 스코틀랜드를 여행했을 때 로치 로몬드(Loch Lomond) 해변에서 만난 소녀를 노래한 「산골처녀의 시(To a Highland Girl)」를 의미하는 것이다. 이 시를 범신론과 연관 지어 운운하는 것은[51] 왠지 위험한 발상인 것 같다. 하지만 도손은 「이 시를 너무 좋아하고 이 시의 낭만성에 너무 매력을 느낀 나머지 아마도 워즈워스라는 이름과 함께 이 시의 제목이 툭 튀어나온 것일 것」[52]이다.

과정이야 어떻든지 「자연을 신으로 삼는」 시인이라는 새로운 표현이 워즈워스에게 붙여진 것은 엄연한 사실이다 어디에서 착상을 얻은 것인지 확실히 알 수가 없지만 추론은 가능하다.[53] 1893년 1월에 나쓰메

---

51) 「To a Highland Girl」에 관해서 "이 아름다운 피조물은 하나님의 선하심을 통해서 이미 계시된 일종의 예언임을 나타내는 시이다(The sort of prophecy with which the verses conclude, through God〈s goodness, has been realized)"라고 워즈워스의 심경이 그려져 있음을 알 수 있다.
Andrew J. George 『The Complete Poetical Works of William Wordsworth』 Houghton, Mifflin and co. 1902 p.297

52) 이 시는 그의 자전적 소설 『봄』에도 키시모토가 홀로 여행을 떠나는 상상을 하면서 이 시를 생각해 내는 장면이 나온다. 島崎藤村 『島崎藤村二』 前揭書 p.24 참조

53) 青木範夫(1957) 「深林の逍遥」 比較文学研究 p.29 소오세끼의 『영국시인의 천지산천에 대한 관념』이라는 논문이 1893년 1월 강연에서 발표되고 3월에서 6월에 걸쳐서 「철학잡지」에 게재되었는데 좋은 평가를 얻은 논문이었고 도손은 이 논문을 읽었을 것이다.

소세키(夏目漱石)는 『영국시인의 천지산천에 대한 관념』이라는 제목으로 강연을 했고 이 논문은 「철학잡지」에 발표되어 세간의 높은 평가를 받았다. 1893년 여름(7월 22일 경) 관서 표박에서 돌아온 도손은 도가와 슈코츠(戸川秋骨) 등 친구들에게 이 논문을 반드시 읽도록 권유받았을 것이다. 그래서 자신의 워즈워스관이 경박한 점이 있었음을 깨달았을 지도 모른다. 도손의 워즈워스언급은 관서 여행에서 돌아온 후부터는 이상할 정도로 잠잠해진 점도 상당히 암시적이라 할 수 있다. 그러나 이 새로운 지식이 어디서 어떻게 얻어진 것인지는 확실히 알 수 없다고 하더라도 시기적으로는 도손이 인생에 대해서 새로이 깊은 안목을 갖게 된 1895년 후반이고 이때에 워즈워스에 대한 새로운 관점이 나온 것이라 할 수 있다.

「숲속의 산책」을 쓸 때쯤의 도손은 새로운 시대의 새로운 시인으로 인정받게 되었으며 스스로도 자신감을 갖게 되었을 때[54]로, 「제국문학」이라는 새로운 무대를 제공받았을 때였다. 문학의 길을 함께 가던 동료가 각자 학문의 길로 가는 데 성공했으나 도손만이 대학에 들어가지 못하고 생활에 쫓기면서 계속 고생을 하고 있는 상태였다. 그러한 상황에서는 당연히 창작에는 성공적이라 할지라도 학문과 학벌 혹은 상아탑에 대한 일종의 열등감으로 인한 콤플렉스를 느끼고 있던 점은 사실일 것이다. 그러므로 이 「제국문학」이라는 문학의 발표의 장을 도손은 자신의 창작적 재능을 맘껏 발휘하는 무대로 생각하고 있었다는 것은 충분히 상상이 가는 일이다. 그리고 이 「제국문학」은 새로운 자연시인을 소개하고자 했고 도손이 위촉받은 것이므로 도손이 요청에 응하여서 자연시를 지으려고 했고 지극히 신중하게 행동했을 것으로 생각된다.

---

54) 1897년 3월 10일 「제국문학」에 실림

도손에게 자연시인의 본보기는 바로 워즈워스였다. 왜냐하면 젊을 때부터 가장 친근하게 느껴지던 시인이고 최초로 산 시집도 워즈워스의 시집이며 소오세끼가 영국시인 중에서 가장 진정한 자연시인은 워즈워스라고 평가도 했기 때문이다. 더욱이 「제국문학」은 고답적인 잡지인데다가 분위기적으로 워즈워스가 가장 어울리는 시인이라고 생각했기 때문이다. 그리고 다른 한 편으로는 도손 자신의 습작시대에 가지고 있던 워즈워스관이 지나치게 단순했다는 점을 인식하고 있었고 「자연을 신으로 삼는 워즈워스」와 같은 관점도 있다는 것을 깨닫게 된 것이다.

그러나 도손은 워즈워스의 「자연 속에서 신을 발견하는 자연신앙(to see into the life of the thing)」에 대한 이해가 부족하여 「자연을 신으로 삼는 워즈워스」로만 이해한 것으로 생각되지만 이 「숲속의 산책」을 쓰면서 다시 한 번 워즈워스를 검토한 것이라 생각된다. 다시 말해서 도손은 워즈워스에 대해서 재평가와 재발견을 한 것이라 하겠다. 이러한 도손의 워즈워스 이해는 인생의 쓴맛을 맛보고 그 고난을 감내하고, 고통을 통해서 세상에서 인정을 받을 가능성도 있게 되었고 이제 인생을 잠시나마 즐길 수 있다고 생각할 만큼 여유로워진 26세의 청년 시인이 되어서야 가능해졌다는 사실을 깊이 염두에 두고 평가하여야 할 것이다.

이러한 추정을 뒷받침해줄 단서는 아무것도 없다. 왜냐하면 「센다이 시대」[55)]의 도손은 편지나 감상문 한편도 남기지 않았기 때문에 추론할 수밖에는 별 방도가 없는 것이다.[56)] 「숲속의 산책」을 발표하기 두 달

---

55) 1896년 9월 8일~1897년 6월 30일
56) 하지만 한 가지 단서가 될 만한 표현이 있는데, 「숲속의 산책」(1897.3 제국문학)을 쓸 즈음에 완성된 도손의 시 「天馬」(1897.1 문학계)에서 이미 범신론적 상념이 표현되어 있다.
　一つの紅き/春花に/見えざる神の/宿りあり한 송이의 빠알간 봄에 핀 꽃에

전에 발표한 「천마(天馬)」의 경우 시의 주제와 흐름과는 별로 연관성이 없고 무의미한 범신론이 살짝 얼굴을 내미는데 그것은 워즈워스가 그 순간 도손의 머릿속에 들어 있었고 범신론에 대한 깊은 이해가 부족했음을 나타내 준다. 「봄꽃에 신 깃들어(春花に神の宿り)」[57] 라는 범신론적 착상은 도손이 쓰고 싶어서 쓴 표현에 불과하지 원래의 시적 흐름에 어울리는 표현은 아니다.

이처럼 「숲속의 산책」에서도 결국 한 시인이 숲을 거니는데 어디선지 모르지만 나무의 정령과 산의 정령이 서로 화답을 하고 있다는 도손의 구상은 워즈워스의 자연종교적 범신론을 안일하게 해석해서 나온 착상일지도 모른다. 워즈워스의 범신론에는 자연종교라는 철학적 요소가 많이 포함되어 있으므로 도손에게는 이해하기 난해한 것이었을 것이다. 하지만 도손이 워즈워스의 시를 다시 읽고 그의 자연종교 및 자연관에 대한 재발견을 한 것은 오히려 도손의 시적 자질을 재평가하는 계기가 되었다고도 할 수 있다.

한마디로 말하자면 인생을 달관한 은둔의 시인 워즈워스가 아니라 인생을 강렬하게 찬미하는 워즈워스로 다시 보고 있다는 점이다. 21살 때의 『뻐꾸기』와 22살 때의 『인생의 풍류를 생각하다』를 쓰던 도손이 나이도 어린 주제에, 아니 어리기 때문에 더욱 노숙(老熟)한 척 하려고 했던 것과는 대조적으로 이 「숲속의 산책」을 쓸 때의 도손은 젊음이 넘

눈에 안 보이는 신 깃들어있네

여기에 '신(神)'이라는 표현이 나올 필요는 없지만 자연히 등장하는 것은 이 시를 쓸 때 도손의 뇌리에는 '자연을 신으로 삼는 워즈워스'로 온통 점철이 되어 있었던 때문은 아닐까 생각된다. 한 번 맘에 드는 표현과 단어를 발견하면 원문의 의미와 관계없이 여기저기 몇 번이고 반복 사용하는 점이 도손의 문학적 특성이다.

57) 「雄馬」연의 57~58행

치는 시인으로 그리고 자신의 인생에 봄이 찾아오는 것을 느끼고 인식하고 있는 26살의 시인이었다는 사실을 생각하면 충분히 가능한 추론이라 할 수 있다. 다시 말해서 지난날에 오해했던 워즈워스관을 정정한 것에 지나지 않지만 도손에게 있어서는 대단한 발상의 전환인 것이다. 워즈워스를 바쇼와 사이교와 대등하게 보았고 덧없는 세상을 버리고 자연을 벗 삼아 세상만사를 무상한 것으로 여겨서 산 속에 은거하는 은둔자적 방랑시인으로 보았으나[58] 그렇지 않다는 사실을 발견한 것이다.

그렇다면 도손에게 어떻게 이런 발상 전환의 기회가 온 것일까. 도손에게 있어서의 전환기는 센다이시대의 1년간의 생활에서부터이며, 센다이 생활은 새로운 시작(詩作)의 생활이었다. 도손은 바쇼에 대해서까지 새로운 관점으로 보기 시작하였다. 서양의 시를 읽고서도 동양적 풍류로 깨닫고 은둔자로 정리해버리는 일은 이제 없어졌다. 그가 생각하고 있던 워즈워스는 이른바 노년의 워즈워스였지만 그러한 워즈워스에게도 젊음 넘치고 생기 넘치는 강렬한 숨소리를 느낄 수 있음을 깨닫게 된 것이다. 도손은 자신도 모르게 인생을 다 산 것 같이 노숙한 쪽을 선호하여 원숙한 경지에 있는 옛 시인들의 발자취를 답습하고 모방하듯이 살고 있었던 것이라 생각된다. 그래서인지 아놀드의 워즈워스론 「인생의 비평(a criticism of life)」을 읽어도, 마이어즈의 워즈워스 평전에서 「내부의 생명을 보는 것(to see into the life)」을 읽어도, 20세 전

---

58) 「문학계」 운동은 서양문예에 대한 강한 열망으로 이루어진 것과 동시에 일본 고전의 재발견과 왕조문학에 대한 동경도 함께 어우러져 있었다, 당시 지나치게 젊은 나이의 동인들은 서양적인 것과 동양적인 것의 본질적인 차이를 정확히 분별하지 못하는 경향이 있었다. 예를 들어 도손의 『朱門のうれひ』 는 형식이나 틀은 『햄릿』『젊은 베르테르의 슬픔』을 모방했으나 내용은 에도 문학의 의리와 인정 사이에서 고민하는 젊은이 묘사에서 한 치도 벗어나지 못 했다고 평가 할 수 있다.

후에는 인생의 풍류의 극치라는 식으로 일본화하여 이해해버렸으나, 26살의 도손은 드디어 워즈워스의 시적 본질을 이해하게 된 것이라고 볼 수 있다. 이렇게 볼 때 도손은 센다이에 가서 처음으로 자신이 워즈워스를 제대로 이해하지 못했다는 사실을 깨달았고 발상을 전환한 것이라고 할 수 있다.

「산골처녀(To a Highland Girl)」나 「외로운 추수군(The Solitary Reaper)」59)처럼 도손이 본질적으로 좋아했던 시도 다시 읽었을 것이라고 추정한다면, 그것도 「숲속의 산책」을 쓰던 시점에서 다시 읽었다고 한다면 역시 봄을 노래하고 생을 찬미하고 추구한 시로서의 재해석은 가능했을 것이다.

지금까지 도손의 「숲속의 산책」을 워즈워스와의 영향 관계에서 분석해보고 워즈워스의 자연관을 어떻게 받아들였는지 추론해 보았다. 확실한 것은 없이 추론할 따름이라 논지가 불분명하여 논란의 여지가 있다고 생각한다. 하지만 어디까지나 도손의 센다이시대를 집중적으로 분석하여 도손이 부임해 있던 「도호쿠학원(東北学院)의 케르카 도서관에 비치되어 있는 워즈워스의 텍스트와 비평서를 중심」60)으로 추론하였으므

---

59) 스코틀랜드의 외딴 섬 헤브리디즈(Hebrides)에서 만난 처녀가 추수하면서 부르는 노래 소리에 감동을 받지만 그 처녀는 스코틀랜드 고지주민의 방언인 게일어를 쓰고 있어서 워즈워스는 내용을 알아듣지 못한다. 이 시는 「To a Highland Girl」과 같은 시기 비슷한 장소에서 지어진 것으로 자연에 동화되어 일하는 한 처녀의 아름다운 모습을 그린 시이다.
이재호 『낭만주의 영시』(탐구당 2003) p.151 참조.
「Behold her, single in the field, 보라 들판에서 홀로
Yon solitary Highland Lass Reaping and singing by herself
추수하며 노래하는 저 하이랜드 처녀를」
Andrew J. George(1902) 『The Complete Poetical Works of William Wordsworth』 Houghton, Mifflin and co. p.298
60) NO.529 The Complete Poetical Works of W. Wordsworth with an

로 어느 정도는 단서가 잡혔다는 게 본장의 수확이라 하겠다.

워즈워스의 자연관은 자연과 인간의 유기적인 관계를 암시하며, 인간의 삶의 상처를 치유하기도 하는 자연의 도덕적 기능을 뜻하기도 한다. 그의 자연관은 자연은 자연을 사랑하는 자를 결코 속이지 않는다는 사상으로 인간과 자연이 어우러져 있을 때 인간은 행복과 창조적인 삶의 힘을 얻게 된다. 자연은 인간을 보다 다정다감한 인간으로 만들어 줄 뿐만 아니라 속세의 삶의 짐도 덜어주는 도덕적인 기능도 하고 있다는 것이다. 자연은 영원한 정신적 세계의 원형이며 질서와 조화와 창조적 힘의 상징들이다.

도손이 이러한 워즈워스의 자연관을 제대로 이해하지 못했을 것이라는 추론으로 인해서 도손이 워즈워스를 잘못 이해하고 있다고 간주하는 것은 조금 안타까운 일이다. 도손은 워즈워스의 자연종교사상을 받아들여서 일본의 범신론적 정령사상으로 토착화시킨 점은 주목할 만하며, 범신론이라는 종교적 사상을 나름대로 시문학이라는 장르를 통해서 정령사상으로 표출시켰다는 데는 문학적 의의가 있다고 생각된다. 서구의 종교적 사상과 문화를 일본의 풍토에 맞고 잘 어울리는 새로운 시어를 찾아내고 사상을 시 속에서 표출시키는 역할을 했다고 하겠다.

도손은 영어, 특히 워즈워스의 시에서 발견되는 상징적인 미사여구나 어법 등을 자신의 작품에 활용하기 위해서 영문의 원서를 읽었다고 할 정도로 집요하게 영문학을 자신의 시작(詩作)에 끌어들였다. 하지만 도손의 영어 실력은 구상성이나 상상력이 부족하였기 때문에 어려운 영문

---

introduction by John Morley

NO.1143 T. W. H. Myers, William Wordsworth.

NO.1620 W. Wordsworth, We are seven and other poems 藤一也 前揭書 pp.348~351 참조

이 나오면 충분히 이해하지 못 하는 경우가 많았다고 생각된다. 도손의 서구문화이해를 밝히기 위하여 워즈워스의 서구 낭만주의 영시와 그 속에 들어 있는 자연관을 분석해 볼 때에 1897년 그의 나이 26세인 도손의 영어실력으로는 이해하기 어려운 내용이 있었던 것은 틀림없다. 하지만 도손은 워즈워스의 철학적 시를 통한 자연종교적 자연관을 일본의 정령 신앙적 자연관으로 토착화시켰다.

본장을 통해서 도손이 워즈워스의 자연관을 단순히 수용만 한 게 아니라 변용하고 토착화시켜 서구의 자연종교사상을 일본의 정령사상으로 표출시킴으로서 철학적 사상의 지평을 넓히는 데 공헌했다고 하겠다.

2) 워즈워스의 시론의 문체와 『도손시집』의 「서(序)」

일본의 근대 서정시를 완성시킨 사람으로 평가받는 서정시인 도손은 소설가 도손보다 시인 도손으로서의 삶은 비교적 짧았으나 카메이 카쓰이치로(龜井勝一郎)의 비평대로 그의 문학적 비중은 방대한 산문보다도 오히려 크다고 할 수 있다.[61]

도손의 첫 번째 시집인 『새싹집』은 실로 일본의 시가의 새로운 지평을 열었다고 할 수 있다. 문체는 5,7조의 변형이며 주제에 있어서도 일본의 고전시와 마찬가지로 자연을 노래하고 사랑과 고독을 노래한 서정시들이다. 이러한 서정시들이 일본의 시문학에 있어서 무엇이 새로운 것일까? 그것은 도손이 지닌 예리한 감수성이다. 감수성이 예민한 도손의 정신은 새롭고도 방대한 시적 잠재력과 충돌하여 그의 잠재력을 끌어 낸 것이다. 일본의 근대시인들이 그러했듯이 도손도 영국의 낭만주

---

61) 龜井勝一郎 『島崎藤村』(講談社 1966) p.46

의 시인들의 시를 접했다. 셸리, 바이런, 키츠, 콜리지, 그리고 워즈워스 등의 시를 읽었다.[62]

낭만시인으로 출발한 도손은 강렬한 열정과 감정을 중요시했다. 이러한 서정성은 아마도 워즈워스의 영향에서 비롯되지 않았나 생각한다. 도손이 1904년에 발간한 합본『도손시집』의 서문에서 시에 대한 정의를〉시가는 조용한 곳에서 떠오르는 강렬한 감동에서 절로 흘러나오는」것으로 내린 것은 워즈워스의 유명한 구절「it(=poetry) takes its origin from emotion recollected in tranquility」[63]을 인용했다는 사실은 잘 알려져 있다. 야노 미네히토(矢野峰人)는「시집을 구입한 후 몇 년 지나고 나서 처음으로 이 부분을 읽은 것은 아닐까 생각된다. 게다가 전문이

---

62) 도손이 문학에 뜻을 두기 시작한 1882년대부터 1897년이라는 기간은 두 말 할 것도 없이 문명개화의 시기이다. 근대 유럽 문명이 절대적으로 퍼져나가면서 동양의 끄트머리에 있는 일본이라는 섬나라까지 회오리바람처럼 불어와 지적 호기심이 왕성한 일본인들에게 변모의 거센 바람을 일으킨 시기라 하겠다. 이질적인 두 문명의 돌발적 접촉에서 일어난 혼란과 극단적 서구화주의와 국수보존주의, 그리고 쌍방의 혼혈작용의 연속이라는 독자적 실험은 오늘날의 일본을 특징지어 주고 있다. 당시 18세기 말부터 19세기에 걸친 유럽의 서구문학이 상당히 빠른 속도로 거세게 밀려옴에 따라서 그동안 묻혀져 있던 일본의 고전이나 에도문학 등이 복각(復刻)되었다.
이러한 시대의 지적인 청년 도손이 읽은 독서는 어떤 것일지 그 내용만큼 흥미로운 것은 없을 것이다. 도손은 실제로 만년까지 지적 호기심이 왕성한 사람이었다. (앞의 책 p.17)

63) Wordsworth, W. 『Wordsworth's Complete Poems,』(Cambridge Edition, 1904) p.797
「I have said that poetry is the spontaneous overflow of powerful feelings : it's origin from emotion recollected in tranquillity ; the emotion is contemplated till, by a species of re-action, the tranquillity gradually disappears, and an emotion, kindred to that which was before the subject of contemplation, is gradually produced, and does itself actually exist in the mind.」「Preface To The Lyrical Ballads, 1800」

아니라 그 일부분이 아니었을까 하는 추측이 가능하다」[64]고 말한다. 왜 일부분인지의 언급은 없으나 메이지 학원시절 이후부터 도호쿠학원부임까지 수년간 이 유명한 워즈워스의 「시의 정의」에 대해서 도손이 한 마디도 하지 않았다는 것은 도손이 이 시론의 존재조차 모르고 있었던 것은 아닐까 하는 의구심마저 든다. 아니면 센다이에 와서 처음으로 알게 된 것은 아닐까 하는 추정도 가능하다. 실제로 이 표현은 센다이(仙台) 시절 도손의 마음에 자주 떠올리던 부분이며 센다이 시절을 회상하는 글에는 반드시 인용되는 표현이다.

한편, 후지 가즈야(藤一也)는 도손의 시론의 정의를 「워즈워스의 시론」[65]에서 인용한 것이라고 『시마자키 도손의 센다이시대』에서 상세히 밝히고 있다.[66] 후지씨에 의하면 센다이에서의 도손은 도호쿠학원으로 부임한 9월부터 12월까지는 모친의 사망으로 고향에 다녀오는 일과 러스킨(J. Ruskin)의 『고대유럽의 산수화를 논한다』[67]번역작업에 바빠서 워즈워스의 30쪽에 가까운 『서문』을 읽고 인용했을 가능성은 없다. 단지 센다이에서의 미우라 하숙집에서 함께 지내던 도호쿠학원 교사인 도이 구스히코(土井久寿彦)의 영향이 아닐까 한다. 왜냐하면 도이씨는 지리 교사인데 시에 관심이 많아서 『도호쿠문학』(제21호 1897.2)에 『산가집과 워즈워스』를 발표할 정도였기 때문이다. 도손은 워즈워스에 관한 도이씨의 논문에 깊이 감동받아서 워즈워스의 『서문』을 읽을 필요성

---

64) 『「문학계(文學界)」と西洋文學』 p.69
65) 워즈워스의 『서정담시집』의 「서문」은 보다 자신 있게 낭만주의 문학을 정의한 선언서라 할 수 있다. 이러한 점에서 도손의 『藤村詩集』의 「서문」의 선언과 맥을 같이 한다고 할 수 있다.
66) 藤一也 『島崎藤村の仙台時代』 前揭書 p.127
67) Ruskin John 『Modern painters v. 5, Of leaf beauty, Of cloud beauty, Of ideas of relation』(Merrill and Baker 1873.)

을 느끼고 있었지만 당장은 시작하지 못하고 코모로에 부임하고 나서부터 이『서문』을 자연탐구의 발판으로 삼아서 자연묘사에 착수했다 할 수 있다.

도손은 이 표현이 너무 맘에 들어서 1902년 1월 감바라 아리아키(蒲原有明)에게 쓴 편지 첫머리에도 「시가는 조용한 곳에서 떠오르는 정서(情緒)가 아닌가.」라고 인용하면서 영어표현[68]도 함께 써 놓았다. 그 후 합본『도손시집』의 서문에도 인용하고 있고, 그 후에도 「여러 다른 작품에서도 인용」[69]하고 있는 도손의 상투적 표현이 되었다고 하겠다.

이 합본『도손시집』이 발간된 시기는 도손이 낭만 시에서 산문으로 옮겨가는 시점(1904년 9월)이지만 새로운 합본 시집에 붙인 「서문」은 새로운 시가(詩歌)의 시대가 도래했음을 선포하는 내용이었다. 도손이 말하는 새로운 시가는 어떤 시를 말하는 것인가? 도손이 인용한 워즈워스의 「서정담시집 서문」은 서정시의 이론서, 즉 시론을 논한 내용이다. 서정시란 먼저 조용한 곳에서 가능하며, 여기서 「조용한 곳」이란 장소도 의미하지만 침묵을 의미하기도 한다. 워즈워스는 묵상(contemplation)으로 표현하고 있는데, 「이 묵상(contemplation)을 카메이 가쓰이치로 씨는 침묵으로 해석」[70]한다. 이 침묵은 감정(feeling, emotion)을 불러일으키는 원천이 된다. 워즈워스의 서정시론에 의하면 감정은 본래부터 존재하는 것이지만 감정은 먼저 침묵, 즉 묵상을 거쳐서 조용한 묵상이

---

68) 「Poetry is an emotion remembered at tranquility.」 워즈워스의 원문과 대조하면 조금 표현이 다른 부분이 있으나 도손의 자유로운 해석으로 보아도 문제는 없을 듯하다. (원문 각주 243참조)
69) 수필「『若菜集』時代」『仙台の二日』/ 단편『青年』/ 장편『家』『新生』『夜明け前』/ 편지「神津猛宛の手紙」(1933.4 14) 등에 인용하여 회심의 문자로 삼았다. 八木功 前揭書 pp.79~81 참조
70) 亀井勝一郎『島崎藤村』(河出書房新社 1979) p.24 참조

서서히 사라진 다음에 묵상하던 대상에 대한 감정이 서서히 힘차게 생겨나며(emotion is gradually produced) 감정은 마음속에 자연스레 움직이게 되어서 감정을 표현하는 서정시가 나오게 된다.

이러한 워즈워스의 『서정담시집』을 도손은 인용하여 메이지시대의 새로운 시가(詩歌), 서구의 낭만적인 서정시의 여명을 선포했던 것이었다. 이렇게 볼 때 도손은 전적으로 서정시인으로 출발했다고 할 수 있고, 그의 대부분의 시는 서정시라해도 과언이 아니다. 키에다 마스이치(木枝增一)가 그의 도손 논집에서 「누구든지 일본의 근대 서정시의 흐름을 연구하고자 한다면 도손의 네 개의 시집에 실려 있는 시부터 연구해야 한다」[71]고 주장하는데 지극히 당연한 것이라 생각된다.

그러면 먼저 『도손시집』의 서문을 인용하여 워즈워스와의 수용관계를 분석해보고자 한다.

「서(序)」

① 시가는 조용한 곳에서 떠올리는 감동이라고 할 수 있지 않을까.

② 실로, 우리의 노래야말로 괴로운 투쟁의 고백일 것이다.

③ 비탄과, 근심은, 우리의 노래에 남는다. 생각해보면, 표현하는 것이야 말로 옳다. 주저하지 않고 표현하는 것이 옳다. 약간의 표현활동에도 격려받아 우리들의 몸과 마음은 구원받는 것이다.」[72]

---

71) 木枝增一, 『島崎藤村』 三省堂 p.177

72) 「서(序)」

드디어, 새로운 시가의 때는 왔다.

그것은 아름다운 새벽처럼 왔다. 어떤 자는 옛 예언자처럼 외치고, 어떤 자는 서양의 시인처럼 큰 소리로 주장하며, 모두 밝은 빛과 <u>새로운 시</u>와, 공상에 취한 것처럼 되었다.

젊디젊은 <u>상상</u>은 오랜 잠에서 깨어, <u>민족의 말</u>을 꾸미고 있다.

도손의 이 「서문」은 이미 연구된 선례가 많이 있으며 그 가운데 「논
란의 여지를 남기는 문맥상의 해석도 남아 있음은 도손의 연구자들에게
는 익히 잘 알려진 것」73)이라고 생각된다. 이 서문에서 도손은 무얼 말

전설은 또 다시 되살아났다. 자연은 또 다시 아름다운 색을 띠었다.
밝은 빛은 눈앞에 있는 생과 사를 비추며, 과거의 장대함과 쇠퇴를 함께
비추고 있다.
새로운 가인의 대부분은, 다만 착실한 청년이었다. 그 예술은 유치하고,
불완전하기는 하나 또한 거짓도 허식도 없었다. 청춘의 생명은 그들의 입술
에 흘러 넘쳤고, 감격의 눈물은 그들의 볼을 타고 흘렀던 것이다. 잘 생각해
보라. 신선함이 넘쳐흐르는 사조(思潮)는 많은 청년들로 하여금 거의 침식
(寢食)을 잊게 만들었다는 것을. 또 생각해 보라, 근대의 비애와 번민은 많은
청년을 미치게 만든다는 것을. 「나는 부족한 자신을 잊고, 이 새로운 가인의
소리에 한패가 되었다.
시가는 조용한 곳에서 떠올리는 감동이라고 할 수 있지 않을까. 실로, 나
의 노래야말로 괴로운 투쟁의 고백일 것이다.
비탄과, 근심은, 나의노래에 남는다. 생각해보면, 표현하는 것이야 말로
옳다. 주저하지 않고 표현하는 것이 옳다. 약간의 표현활동에도 격려 받아
우리들의 몸과 마음은 구원받는 것이다.
그 누가 구태의연한 관습에 안주하려 하겠는가. 각자 새로운 생애를 열려
고 하는 것이야말로 젊은 이들의 몫이다.
생명은 힘이다. 힘은 소리다. 소리는 언어이다. 새로운 언어는 곧 새로운
삶이다.
나도 이 새로운 삶에 들어갈 것을 원하여, 수많은 세월을 쓸쓸하고 어둡
게 보냈다.
예술은 나의 바람이다. 그렇지만 나는 예술을 가볍게 보아왔다. 오히려 나
는 예술을 제 2의 인생이라고 보아왔다. 또한 제 2의 자연이라고도 생각했다.
아아, 시가는 나에게 있어 스스로를 나무라는 채찍이었다. 나의 젊은 가슴
은 넘쳐나, 꽃도 향도 없는 부평초 같은 4개의 시집을 펴내고 있다. 나는
지금, 청춘의 기념으로서, 이러한 추억의 노랫말을 모아, 이를 벗으로 하려
는 사람들 앞에 바치고자 하는 것이다. 〔藤村〕」
『藤村詩集』日本近代文學大系15 (角川書店 1971) pp.11~12
73) 오오카 마코도(大岡信)는 워즈워스의 원문을 분석해 볼 때 〈괴로운 투쟁의
고백〉으로서 〈감동〉을 의미하는 것은 아니라고 도손의 문맥상의 연결문제
에 논란의 여지가 있다고 지적하고 있다.

하고 싶은 것인지 분명하게 드러나지 않아서 처음 한 번 읽어서는 쉽게 이해할 수 없는 애매모호한 표현이 들어 있다. 그러므로 일단 논란의 문제가 된 부분을 밝히는 것이 우선적인 일이라고 생각한다. 먼저, 세키 료이치(関良一)는 이 서문을 시대사조를 선포하는 전반부와 도손 자신과 새로운 시에 관한 내용의 후반부 둘로 나누어야 한다고 지적한 바 있으며, 전반부에 관한 분석과 조명은 야스다 야스오(安田保雄)가 문맥을 제시하여 재해석으로 규명한 바 있다. 야스다씨에 의하면 「드디어, 새로운 시가의 때는 왔다. 그것은 아름다운 새벽처럼 왔다.」의 「새로운 시가의 때(新しき詩歌の時)」란 『모습(於母影)』등의 번역시나 도코쿠의 시집 등을 포함하는 1887년대의 낭만주의 문학의 발생을 포괄적으로 지칭하는 것이 아니라 잡지 『문학계』를 중심으로 한 도손을 비롯한 문학 동지들의 일본문예부흥을 가리키는 것이라는 해석이다. 또한 전반부를 마치고 후반부를 연결하는 첫 행 「나는 부족한 자신을 잊고, 이 새로운 가인의 소리에 한패가 되었다.」의 「새로운 가인(歌人)」이란 「히라다 도쿠보쿠(平田禿木) 도카와 슈코쓰(戸川秋骨) 바바코초(馬場孤蝶) 혹은 우에다 빈(上田敏)이라고 생각해야 한다.[74] 는 해석이다.

서문의 후반부에 들어가 보자. 「① 시가는 조용한 곳에서 떠올리는 감동이라고 할 수 있지 않을까. ② 실로, 우리의 노래야말로 괴로운 투쟁(おぞき苦闘)의 고백일 것이다.…(중략)…」「시가는 조용한 곳에서 떠올리는 감동이라(詩歌は静かなるところにて想ひ起したる感動なり)」는 표현은 두 말 할 것도 없이 워즈워스의 『서정민요집』의 제 2판 「서문」에서 인용된 것이다. 하지만 완전한 문장을 인용하지 않고 원문의 앞부분만을 인용하여 그 다음에 도손의 입장을 끼워 넣었기 때문에

大岡信 「藤村詩管見」(『文芸讀本 島崎藤村』河出書房新社 1979) p.67
74) 吉田精一 『比較文學研究 島崎藤村』(朝日出版社 1978) p.79

워즈워스의 시론의 진의가 잘못 왜곡되는 위험성이 있다. 물론 도손 자신이 워즈워스의 문장을 제대로 이해했는지 여부는 알 수 없지만 인용의 방법에 있어서 부연 설명한 뒷부분을 빼버리면 오해를 불러일으키는 것은 당연한 일이다. 워즈워스는 이 부분에서 「시는 평정(平静)할 때에, (이것은 어떤 경험에 의해서 감동받고 있는 그런 순간의 때가 아니라, 일상의 평온할 때를 의미한다.) 기억해낸 과거의 감동(정서)에서 시작된다.」[75] 고 설명하고 있는 것이며, 이 말은 과거에 경험한 감동이 상기(想起)되어 마음의 평정이 깨지고 그리고는 마음이 시적으로 감동됨으로써 시작(詩作)이 이루어질 수 있다는 뜻이다. 오가와(小川和夫)의 말대로 「조용한 곳에서(詩歌は静かなるところにて」라고 도손이 해석한 워즈워스 표현〈in tranquility〉란 「조용한 땅, 토지에서」라는 의미도 아니고, 「조용한 경지에서」라는 의미도 아니다. 물론 영어문장 하나만을 직역한다면 넓게 해석할 수 있어서 별 문제가 없지만 더욱 중요한 것은 그 다음에 연결되는 표현문구가 문제인 것이다. 이 두 문장이 연결되는 경우에는 「실로, 우리의 노래야말로 괴로운 투쟁의 고백일 것이다.」라는 표현에서의 〈괴로운 투쟁의 고백〉이 〈조용한 곳에서 떠올리는 감동〉이라는 의미가 되고 만다. 따라서 도손은 과거에 감동받은 경험을 회상함으로써 시작(詩作)이 이루어진다는 워즈워스의 시론과는 다른 입장을 취하고 있다는 결론이 된다. 더욱이 그 뒤에 나오는 표현 「③비탄과, 근심은, <u>내 노래</u>에 남는다.」를 이어 보면 이 문맥대로라면 「조용한 곳에서 떠올리는 감동이 괴로운 투쟁의 노래가 되므로 <u>내 노래</u> 속에

---

75) 「詩歌は平静なときに、(これはある経験によって感動を起こしているようなときではなく、常の平静なときに、の意である) 思い起こした過去の感動(情緒)に端を発する」
　　小川和夫 「平田禿木と『藤村詩集』」 上掲書 p.80

는 비탄(なげき)과 근심(わづらい)이 남는」게 당연하다고 할 수 있는 것이다.

하지만 도손이 워즈워스의 시론을 인용할 때는 이런 취지로 인용한 것 같지는 않다. 왜냐하면 「시가는 조용한 곳…(중략)…」에서의 「시가(詩歌)」는 워즈워스의 시론에 입각한 시가의 이상적인 모습을 의미하며 그 다음 문장에 나오는 「내 노래(わが歌)」는 도손 자신의 노래이므로 동일한 것이 아니라 할 수 있다. 「실로(げに)」라는 접속사의 해석이 문제가 되기 때문이다. 이 접속사는 바로 앞 문장을 이어주고 앞 문장을 강하게 긍정하는 뜻을 더해주는 역할을 하므로 이어지는 만일 동일한 것으로 해석한다면 「시가는 조용한 곳에서 떠올리는 감동이라고 하는데, 정말로 그렇다. 내 노래도 그렇다」라는 문맥이 연결되어야 한다. 즉 내 노래도 「조용한 곳에서 떠올리는 감동」으로 지어진 시인데 그 시는 비탄과 근심이 들어 있는 시라는 해석이 되고 만다. 그러면 결국 서문 전체의 취지가 손상되고 만다. 「내 노래야말로 괴로운 투쟁의 고백일 것이다.…(중략)…」 그래서 「내 노래에는 비탄과 근심이 남는」다고 한다면 「시가는 조용한 곳에서 떠올리는 감동」이라는 시론을 펼치면서 그 시가 「투쟁의 고백」이고 「비탄과 근심이 남는」시라는 정의로는 앞뒤가 맞지 않기 때문이다.

따라서 이 서문은 다음과 같이 해석되어야 한다고 생각한다.

「〈시가〉는 조용한 곳에서 떠올리는 감동이라고 한다. 나도 그렇게(げに) 생각하고 예술이란 그런 것이라고 하지만, 이러한 견지에서 볼 때 〈내 노래〉는 그렇지 못하고 〈괴로운 투쟁의 고백〉에 지나지 않는다. 나로서는 과거의 〈감동을 떠올리는〉 그러한 여유는 없었다. 그러한 〈조용한 경지(in tranquility)〉에 잠겨 있을 여유는 없었다. 그 결과 내 노래에는 「비탄(なげき)」과 「근심(わづらい)」이 그대로 토로되어 있

었다. 그 당시 나는 여유 없이 뭔가에 쫓기던 나날이었다. 때문에 생각한 것을 그 자리에서 주저하지 않고 토해낼 수밖에 없었고 지금 생각해 보면 오히려 잘 한 것이라 생각된다. 왜냐하면 감정을 토로해냄으로 해서 나 자신은 심신(心身)이 구원받았기 때문이다.」

이「서문」이 발표된 것은 1904년이고 도손이 집중적으로 시를 써서 『새싹집』76)을 발표한 기간은 1896년 9월 센다이에 부임한 때부터 1897년 8월까지 1년간이므로 7년 후의 일이다. 그 당시『새싹집』을 집대성하여 발표하기까지는 심적으로 여유로운 생활이 아니었다. 문학가로서의 성공할 수 있을지 초조하기도 하고 모친의 사망과 경제적으로는 장남 역할을 해야 하는 어려운 생활과 고달픈 생활이었다. 따라서 과거의 감동을 회상하고 그것을 승화시켜서 시적 세계를 펼쳐나가는 것은 엄두도 내지 못하는 실정이었다.

더욱이 도손이 워즈워스의 인용구를 처음으로 사용한 것으로 알려진 것은 주지하는 바와 같이 이미 시작업이 다 끝난 1902년에 감바라 아리아키에게 쓴 편지77)(1902년 1월 8일자)인데, 그 편지에서는 원문과는 달리 〈in tranquility〉를 〈at tranquility〉로 잘못 쓰고 있다. 전치사를 혼돈 한 듯싶다. 아니면 도손의 뇌리에는 워즈워스가 사용한 〈조용함(tranquility)〉이라는 단어가 〈상태〉가 〈장소〉로만 인식된 것이 아닌가 생각한다. 이처럼 워즈워스에게서 시론을 수용하기 이전에 도손은 이미

---

76) 도손의 시집 중, 『새싹집』(51편)에 가장 많이 시가 실려 있으며 당시 서정시로서의 높은 평가를 받았기 때문에 도손이 가장 자부심을 갖는 시집은 『새싹집』이다. 각 시집에는 다음과 같이 실려 있다.
  『쪽배』(5편)/『여름풀』(14편) /『낙매집』(24편)

77) 신슈 코모로에서 감바라 아리아키의 처녀시집『草わかば』발간의 축하인사 말이었다.
  「Poetry is an emotion remembered at tranquility」
  伊東一夫　前揭書　p.568

94편이나 되는 시를 다 완성한 것이다. 따라서 이 서문은 워즈워스의 시론을 나중에 읽고서 자신의 시가 얼마나 감정토로에 치우쳤는지 예술성이 결여되었는지를 나름대로 고백하는 내용으로 보아야 한다고 생각된다. 또한 도손이 워즈워스의 「시론」에서 시에 대한 정의를 나타내는 표현을 인용하면서 범한 결정적인 오류는 같은 문장이 두 군데[78]에 있으나 하나(p.797)는 먼저 말한 것에 대한 독자들의 오해를 막기 위해서 보완하려고 한 단서조항이 들어 있는 문장이고 먼저 말한 것은 원론적인 것을 말하면서 언급한 표현(p.791)인데 도손은 단서를 붙인 문장을 단서를 무시하고 두 문장을 섞어서 한 문장으로 만들어 버린 것으로 생각된다. 다음의 문장을 다시 보자.

> (I have said that) poetry is the spontaneous overflow of powerful feelings : it's origin from emotion recollected in tranquillity.

두 문장 사이에는 콜론(:)이 들어 있으므로 뒷 문장은 보완 설명이나 단서를 나타내도록 되어 있는데, 도손은 두 문장을 하나로 묶어 버린 데에 문제가 있으며, 더욱이 표현을 시작하기 전에 현재완료시제로 이

---

78) ① For all good poetry is the spontaneous overflow of powerful feelings, …(중략)…by a man who had also thought long and deeply. p.791

② I have said that poetry is the spontaneous overflow of powerful feelings : it's origin from emotion recollected in tranquillity : the emotion is contemplated till, by a species of reaction, the tranquility gradually disappears, …(중략)…the subject of contemplation…p.797 Wordsworth, W. 『Wordsworth's Complete Poems』(Cambridge Edition, 1904)

미 앞에서 내가 다음과 같이 말한 바 있으나(I have said that), 그 말은 오해가 없기를 바라는 취지에서 콜론(:)을 찍고 〈조용한 상태에서 떠올리는 감정〉을 조건으로 하고 있는 것이다. 다시 말해서 벅찬 감정을 그대로 토해내는 것이 아니라 오랜 생각과 묵상을 거쳐서 정화된 사고(thought)에서 시는 시작되어야 한다는 논지 인 것이다. 이렇게 볼 때 도손은 워즈워스의 시론을 제대로 수용하지 못하고 오류를 가져왔으므로 결국 도손의 「서문」은 명쾌한 문장이 되지 못하고 독자로 하여금 주장하는 바가 무엇인지 알 수 없는 모호한 문장이 되어버렸다. 도손은 그 후 소설 창작에도 「조용한 곳에서」[79]라는 표현을 자주 사용하고 있는데 공통된 점은 모두 장소에 사용하고 있음을 알 수 있다.

비록 도손의 서문이 워즈워스의 시론의 영문표현을 인용하는 과정에서 워즈워스의 의도와 해석상의 차이가 발생하였을지는 모르지만 도손 시를 이해하는 데에 지나치게 서문에 의존해서는 안 된다고 생각한다. 도손에게 있어서 관서표박 이후부터 센다이 교편생활까지는 실제로 〈괴로운 투쟁〉이었다. 그 투쟁은 도손 성격상 침묵으로 일관하고 끈기 있게 참고 견딘 침묵의 시간을 의미한다. 센다이에서 그는 산골남자답게 말없이 등에 나무를 지고 언덕길을 가는 것처럼 무서울 정도로 끈기 있게 매일의 생활을 단련했다. 지적논증보다도 몸으로 체득하고, 사상보다는 행동으로 자신이 표현하고자 하는 언어가 완전히 자신의 생활의 일부가 되어 저절로 흘러나오게 될 때까지 침묵으로 일관했다. 침묵의 시간이 길면 길수록 시간에 비례하여 도손의 입에서는 주저함이 없이 그야말로 방죽이 터지듯이 시가 흘러나오게 되는 것이었다. 26세의 청년 도손은 가메이 가쓰이치로의 말대로 「진중한 면을 보이면서도 자신

---

79) 각주 249참조

의 시의 완성을 위해서 도움이 되는 것은 무엇 하나 놓치는 일 없이 기억이 사라지기 전에 재빨리 자기 것으로 만들어버리는 치밀한 성격의 소유자」[80]여서 가능한 한 자기 체험을 통해서 체득(体得)한 후에 도손의 문체와 도손의 사상으로 표현했다.

도손에게 〈괴로운 투쟁〉은 워즈워스의 시론을 비롯하여 서구문학의 여러 사상과 문화와 언어를 받아들이는 데에 있어서 〈소화액〉과 같은 작용을 하는 것이었고 이러한 과정을 거쳐서 최초의 시집인 『새싹집』이 나오게 된 것이다.

도손은 나름대로의 시론을 뒷받침이나 하듯이 그의 시들은 서정성 넘치고 감수성 예리한 시들을 지어냈고 그의 시들은 도손의 내면에서 용솟아 오르는 젊고 신선하고 새로운 것들의 표현이다. 도손이 사명감을 느낀 것은 미개척된 황량한 벌판에 새로운 서정시의 불을 지필 화로를 만드는 일이었다. 시인 도손은 시의 개척자에 불과한 것은 아니었다. 그는 서정시를 완성한 완성자로 기억되어야 할 것이다. 콜리지와 워즈워스처럼 도손은 서정이라는 마차에 낭만주의의 바퀴를 달아준 것이다.

최초의 시집인 『새싹집』은 다음과 같은 서시로 시작된다.

<table>
<tr><td>매우 서투른 내 노래가락은</td><td>こころなき　うたのしらべは</td></tr>
<tr><td>한 송이 달린 포도나무 같아라</td><td>ひとふさの　ぶだうのごとし</td></tr>
<tr><td>인정 있는 손으로 따 주게 되면</td><td>なさけあるてに　もつまれて</td></tr>
<tr><td>따끈따끈한 포도주가 되리라</td><td>あたたかき　さけとなるらむ</td></tr>
</table>

이 짧고 단정한 서시는 『새싹집』에 실려 있는 51수의 분위기를 말해 주는데, 도손의 시론을 시로 읊었다고 할 수 있겠다. 새로운 시가(詩歌)

---

80) 亀井勝一郎 『島崎藤村』(河出書房新社 1979) p.26 참조

가 어떻게 받아들여질지 모르는 두려움으로 전반 2행은 겸손으로 가득
차 있다. 그러나「인정 있는 손」이라는 시어를 통해서 감수성 많은 독자
를 기대하는 마음이 엿보인다. 그와 동시에「따끈따끈한 포도주」라는
표현은 시 전체가 〈서정(抒情)〉으로 채워져 있다는 것을 암시하는 것이
라고 하겠다. 시와 포도의 은유법은 참신하고 게다가 5.7조의 전통 운율
의 서정시가 독자들에게 사랑받고 기억되기를 바라는 자신의 감정을 호
소하고 있다. 한 마디로 말해서 도손의 이러한 서시는 그의 서정성
(lyricism)을 여실히 드러내는데 이러한 서정성은 워즈워스로부터 수용
한 것이라 할 수 있다.

그렇다면 도손의 서정시는 어떠한 주제에서 워즈워스의 서정시와 공
통점을 가지고 있는지를 밝혀보자. 본 장에서의 주요 목적은 낭만 시인
으로서의 도손이 워즈워스에게 받은 서정성의 영향과 그 흔적을 공통된
시어를 찾아서 비교분석하는 것이다. 일본의 낭만주의 사조 가운데서
활동한 도손인 만큼 이 부분을 비교분석하는 것은 분명히 충분한 가치
가 있다고 생각된다.81)

도손의 서정시는 대부분 〈사랑(love)〉과 〈봄(spring)〉과 〈여행
(traveling)〉이라는 주제이다. 도손에게 있어서 청춘의 여명은 기독교의
영향을 받아서 중후하고 내성적인 고통과 함께 시작되었다. 도손의 마
음속에는 자상한 선생님과 같으면서도 무서운 아버지와 같은 여호와 하
나님이 존재하고 있다는 상상을 하면서, 도손 자신은 구약의 아브라함
의 소박함과 모세의 엄숙함을 지닌 인격체로 고정시키고 있었다.

---

81) 도손은 메이지시대의 일본이 정신없이 서구를 받아들이고 있었을 때에 한꺼
번에 서구의 시인과 소설가들을 주로 읽고 연구함으로써 받아들인 서구 사
상과 원래부터 배워서 몸에 배어 있었던 일본 전통 정신사상이 서로 섞여
혼합되어 있었다. 도손의 워즈워스의 만남에서 중요한 것은 워즈워스는 도
손이 만난 서구 시인 중 최초의 시인이라는 사실이다.

기도하려 해도 이상하게 기도가 나오지 않았다. 눈물이 쏟아질 듯한 저녁이 왔다. 스테키치(捨吉)는 혼자서 자기 방안을 서성이면서 가츠코(勝子)의 이름을 불러 보았다. 그는 자신의 내부에 일어난 이상한 열정이 어디로 자기 자신을 끌고 가는 걸까 하고 생각했다. 말로 표현하기는 어렵지만 두려움마저 느끼게 되었다.[82) (『버찌』에서)

청년이 처음으로 자기 자신을 인식하고 자각하며 새로운 생이 시작됨을 깨닫는 것이 연애일 것이다. 이러한 청년기 연애 감정이 도손의 경우는 조용하고도 답답한 모양으로 전개되었다. 「버찌」를 보아도 『봄(春)』을 보아도 주인공 기시모토 스테키치의 사랑은 결코 화려하지 않다. 사랑을 하는 사람의 기쁨의 목소리, 숲 속에 울려 퍼지는 명랑한 담소나 물가에서 물장구라든지 뜨거운 입맞춤이나 포옹 등등, 그러한 생명감 넘쳐 높이 울리는 메아리는 들을 수가 없다. 도손이 그린 연인들은 결코 천재적이지 못하다. 오히려 둔재로 보일 만큼 답답하고 미련하게 보일 정도로 침울하다. 연인으로서 경쾌하고 즐겁게 행동하는 모든 행위를 스테키치는 내적인 자기 가책으로 바꾸어 버리는 것이다. 혼자서 끙끙 앓고 있을 뿐 아무런 진전도 보이지 못하고 둔감한 연애의 주인공으로 그쳐버린다. 연애를 계기로 자신의 현재의 삶을 안 속 깊숙이 파고 들어가는 집요한 힘은 연애하는 연인으로서의 외적인 화려함을 잃어버림에 따라서 내적으로 점점 강하게 된다. 젊은 시절의 도손은 분위기가 고조되어 있던 기타무라 도코쿠의 연애관[83)을 침울한 곡조의 연

---

82) 祈ろうとしても、妙に祈れなかった。
　　涙くましい夕方が来た。捨吉は独りで自分の部屋を歩いて、勝子の名を呼んで見た。彼は自分の内部に眼をさましたような怪しい情熱が何処へ自分を連れていくのかと思った。言いあらはし難い恐怖さをさへ感じてきた。(「桜の実の熟する時」)

애관으로 바꾸어 버렸다. 도손이 텍스트 『버찌』나 『봄』에 세워 놓은 주인공 스테키치는 연인 가츠코를 멀리서만 바라보고 혼자서 끙끙대고 있다. 선생과 제자라는 특이한 관계도 이기도 하지만 가츠코에게는 이미 약혼자가 있었다. 외적인 모든 조건과 상황을 자기 혼자만의 무거운 짐으로 여기고 사랑하는 사람에 대한 순수한 사랑을 잃어버리지 않고서 점점더 고독 속으로 침잠하면서 방황한다. 감정의 노골적인 표현은 없지만 아주 가슴 속 깊은 곳에서 끓어오르는 성욕이 문장의 배후에서 느껴진다.[84] 여운을 남기면서 자신의 사랑을 조잡하고 경박한 것으로 만들고 싶지 않다는 술회도 있지만 자신의 20대를 돌아보면서 얼마나 애착을 갖고 세심한 마음을 기울여서 연애의 추억을 엮었는지 알 수 있다. 하지만 연애에는 다소 경박한 면이 있어야 할 것 같다. 빈틈없고 주도면밀한 신중한 사랑을 그리는 도손의 연애가 반드시 누구나 동감하는 것은 아니라고 생각한다.

본고에서는 사랑을 주제로 한 서정시를 감상하기로 한다. 『새싹집』 안에는 「첫사랑(初恋)」과 같은 〈사랑〉의 본질을 나타내는 시가 들어있는가 하면, 「여섯 처녀(六人の処女)」[85]와 같이 〈사랑에 빠진 여자들〉을 노래한 것들도 있다. 또한 후반기 결혼 후에 지은 시집인 『落梅集』

---

83) 도코쿠의 자유연애사상은 당시의 젊은이들 가슴에 불을 붙였고 도손 역시 마음을 빼앗긴 사람 중 하나이다. 도코쿠는 자신의 연인을 빼앗듯이 하여 손에 넣었으며 부모와 주위의 반대를 뿌리치고 생활의 고통을 돌이켜 생각지 않고 오로지 사랑하는 사람과 고난의 길을 갔다.

84) 「恋すてふわが名はまだき立ちにけり人知れずこそ思ひ初めしか」拾遺和歌集(恋)
   사랑 버리고 나의 이름은 벌써 사라졌겠지 아무도 모르는 거 첫사랑인가

85) 処女ぞ経ぬるでょかたの 이세상 모든 처녀 지나는 길을
   われは夢路を超えてけり 나는야 꿈길 따라 넘어서 왔다
   「おえふ」

에는 「가슴에서 가슴으로(胸より胸に)」와 같이 남녀의 사랑의 절정을 다룬 시들이 있는데, 그 안에서 자유분방한 표현을 서슴지 않고 있다. 당시는 남녀 사랑에 관한 자유로운 표현은 도덕적으로 금지되어 있었으나 도손은 그러한 전통적 인습에 대해 대담한 표현으로 반역의 기치를 드러내 보인 것이다. 남녀사랑에 대한 봉건적인 태도를 타파하려는 수레의 역할을 했던 낭만주의『문학계』동지들의 지향이기도 했다. 구습 타파에 대한 강한 의지의 문학가들 중심에 도코쿠가 있었고, 도코쿠를 숭상하고 그의 문학적 영향을 강하게 받은 도손은 낡은 구습의 굴레로부터 사랑의 해방을 위해서 투쟁하게 되었던 것이다. 그러나 언제나 개척자나 선구자들에게 세상은 그렇듯이 도코쿠와 도손은 보수주의자들에게 조롱당하고 비난받았다고 한다.86)

도손의 시 중에서 가장 유명한 시 중의 하나인 「첫사랑」은 어린 소년과 소녀의 사랑을 노래한 것으로 도손 자신의 개인적 체험을 회상하여 지은 시이다. 도손은 자신의 「어린 시절 이야기」에서 밝히고 있는데, 옆집에 사는 여덟 살 정도의 여자 아이하고 친하게 된다. 어느 날 그 둘은 다른 사람들 눈에 띄지 않게 숨을 곳마저 찾고 있었다고 한다. 그들은 「함께 사과나무 아래를 걷곤 했다」고 쓰고 있다. 그의 어린 시절의 추억은 이 「첫사랑」이라는 시의 1연을 장식하는 테마가 되었다고 볼 수 있다.

도손에게 남녀 사랑이란 청년 시절의 기독교 정신의 영향으로 인해

---

86) 요시다 세이치씨는 당시의 근대 초기 낭만주의를 다음과 같이 말한다. 「명치 유신 직후 그토록 성행하던 정치적 해방의 사상과 개인의 자유 독립의 욕구가 20년이 지난 지금에도 시민으로서가 아닌 한 개인으로서만의 감정과 감각의 해방에 제한된 것은 국민 내부에 남아 있는 봉건성의 잔존에 의한 것이었다」

吉田精一『浪漫主義の研究』(東京堂 1970) p.31

서 이원론 적으로 나뉘어져 있었다. 육체적인 사랑과 정신적인 사랑으로 육체적인 사랑은 언제나 죄의식을 동반하며 죄의식을 갖지 않는 영원한 사랑은 정신적인 사랑 즉, 플라토닉 사랑[87]인 것이다. 그렇기 때문에 첫사랑은 상상에서 그친 자유로운 정신적인 사랑으로 영원히 노래하는 사랑으로 찬미한다.

도손에게 어린 시절의 첫 사랑과 청년시절의 제자 사토 스케코와의 플라토닉사랑은 평생을 따라다니는 처녀 숭배 사랑이다. 그에게 사랑은 언제나 회상에 불과하다. 지금까지의 일본인의 사고에 존재해 있던 「성」의 의식과는 달리 기독교적으로 받아들인 「육욕」은 바로 죄와 연결되는 것으로 도손은 받아들였던 것으로 생각된다. 그러므로 그는 늘 「영」과 「육」의 갈등이 주제가 되는 사랑을 그릴 수밖에 없었던 것이다. 그 사랑이 육체적 사랑일 경우는 죄의식에서 괴로워하면서 더욱 육체의 정욕을 억누르다가 용수철처럼 튀어나가서 충동적 육체적인 사랑을 하고 만다.

여기서 도손의 사랑을 노래한 서정시 「가슴에서 가슴으로(胸より胸に)」와 워즈워스의 소네트 「그대는 왜 침묵하는가!(Why art thou silent!)」를 비교하여 보자.

---

87) 도코쿠의 연애론은 플라톤적 이원론 철학을 기초로 하는 이상주의적 경향을 띠고 있으며 이는 정신적 사랑을 의미하는 〈연애〉로 상징되었다. 도코쿠에 있어서 연애는 육욕과 대립하여 신(God)과 통할 수 있는 신성한 이상(理想)이었다. 도코쿠는 〈연애〉라는 새로운 용어를 사용함으로써 일본의 기존의 남녀사랑의 개념을 비판했다. 도코쿠가 중요시 한 것은 순결, 그 중에서도 처녀의 순결이다. 도코쿠의 처녀 순결 찬양 자체가 당시의 일본 문화와 일본 문학을 비판하는 것이 되었다.
笹淵友一『「文學界」とその時代』(明治書院 1990) pp.237~238

「가슴에서 가슴으로(胸より胸に)」

나의 가슴 속 이 깊은 심연에는 吾胸の 底のここには

말로 못 다할 비밀의 사랑 있네 言いがたき 秘密住めり

이몸 바쳐서 산 제물 바치려니 身をあげて 活ける牲とは

그대 아니면 그 누가 알겠는가 君ならで 誰かしらまし

(제5장 1연)

나의 입술에 비록 할말 있으나 口唇に言葉ありとも

이내마음은 무엇을 비춰줄까 このこころ何か写さん

오직 뜨거운 가슴에서 가슴이 ただ熱き胸より胸の

고토에게나 전할 수밖에 없네 琴にこそ伝ふべきなれ

(제 5장 6연)
『낙매집』

도손은 많은 시들 가운데 여자들이 스스로 사랑에 뛰어들거나 여자들이 적극적으로 자신의 사랑의 깊은 감정과 사랑의 열정을 당차게 고백하는 여성의 모습을 드라마틱하게 그리고 있다. 「가슴에서 가슴으로」라는 시를 보아도 그렇다. 마음 속 깊은 곳(吾胸の 底のここには)에서 솟아오르는 사랑의 열정, 말로 형용할 수 없는 비밀스런 사랑의 언어(言いがたき 秘密住めり)를 몸 바쳐서 사랑의 희생물(身をあげて 活ける牲とは)이 되어주나 사랑의 대상인 〈그대〉 외에 그 누가 알겠는가(君ならで 誰かしらまし) 하는 절절히 감정을 호소하는 구체적인 사랑의 시들이 도손의 사랑의 시의 특징이라 할 수 있다.

반면 워즈워스의 사랑의 시는 도손과 마찬가지로 여성과 처녀를 노래하지만 언제나 열정적인 사랑을 말로 고백하지 않는다. 언제나 조용히 관조하고(contemplate) 사랑하는 대상의 아름다움과 슬픔과 행복을 그려낼 뿐이다.[88]

그러나 「Why art thou silent!(그대는 왜 침묵하는가!)」라는 소네트(sonnet)에서는 도손과 같은 표현 방식으로 여인의 사랑을 묘사한다. 물론 이 시는 워즈워스의 말에 의하면 "구체적인 대상을 고려하지 않고 단지 내가 격렬한 감정이 울컥 솟아올랐을 때 많은 시인들이 좋아했던 긴장 속에서 자신을 그려낼 수 있었던 시가 된 것일 뿐이다"[89]

워즈워스의 소네트를 분석해보고 도손의 사랑의 시와 비교해보기로 한다.

「그대는 왜 침묵하는가!」

그대는 왜 침묵하는가! 그대의 사랑은

그토록 연약한 잔뿌리와 같은 것이어서,

한때는 그렇게 아름다웠던 감정도 사그라져서

날 버리는 태도가 된 것이오?

내게 빚진 것도, 내게 갚을 은혜도 없단 말이오?

허나 그대에 대한 나의 생각은 아직까지도 사라지지 않으며 ―

나는 끊임없이 마음 다해 그대를 위해 봉사하지 않을 수 없으니

이 작은 소원 하나만은 너그러이 들어주오.

---

88) 「Rucy Poems」「To My Sister」「She Dwelt among Untrodden Ways」「To a Highland Girl」등은 사랑을 고백하지 않는다. 회상하고 추억하며 관조할 뿐이다.
　　허천택『언덕의 환영, 고적한 영혼들』한국문화사 pp.194~200
89) Wordsworth, W. 『Wordsworth〈s Complete Poems,』(Cambridge Edition, 1904) p.112

오로지 그대 행복이 허락되기 위해 거지라도 되는 것만은.

말해주시오 —— 비록 지금 그대와 나의 이 부드럽고 뜨거운 가슴이

버려져 눈에 덮인 새둥지보다,

앙상한 가지하나 없는 나무에 피어 있는 들장미보다

더욱 쓸쓸하고 싸늘하게 식는다고 하더라도

한때는 맘껏 서로 끌어안고 수천 번이나 달콤한 열락(悦樂)을 가졌었노

라고.   (최순욱 번역)

「Why art thou silent!」

Why art thou silent! Is thy love a plant

Of such weak fibre that the treacherous air

Of absence withers what was once so fair?

Is there no debt to pay, no boon to grant?

Yet have my thoughts for thee been vigilant ——

Bound to thy service with unceasing care,

For nought but what thy happiness could spare.

Speak — though this soft warm heart, once free to hold

A thousand tender pleasures, thine and mine,

Be left more desolate, more dreary cold

Than a forsaken bird's—nest filled with snow

〈Miid its own bush of leafless eglantine ——

Spark, that my torturing doubts their end may know!

워즈워스의 솔직한 사랑의 소네트는 이미 서구낭만주의의 다른 시인

들에게는 지극히 자연스런 시이며 대부분이 그렇다고 해도 과언이 아니

다. 이러한 서구의 사랑 시와 도손의 사랑의 시를 비교하여 볼 때 도손이 당시의 메이지 초기 낭만주의의 선구자 역할을 하고 있었음을 알 수 있다.

도손은 열정적이고 구습타파적인 사랑의 노래를 대담하게 표현함으로써 전통적이고 봉건적인 남녀 사랑의 인식에 일격을 가했고 이로써 메이지시대의 낭만주의의 한 획을 명확하게 그어주었다 할 수 있다. 서구 낭만주의의 선구자적인 시인 워즈워스와 도손을 비교해 볼 때 메이지초기의 일본의 낭만주의의 일면을 알 수 있는 것이다. 이제 두 시의 공통된 시어를 찾아보면 도손의 시어 〈산제물(活け牲)〉과 워즈워스의 시어 〈거지(vigilant)〉는 귀한 것을 얻기 위해서 몸을 바치는 행위를 수반한다. 거기에는 인간의 감정이 수반되며 감정에 호소하게 된다. 감정에 호소하는 것을 서정성이라고 할 때 두 시의 서정성은 공통된 면을 가지고 있다고 할 수 있다.

① 身をあげて <u>活ける牲</u>とは
　이몸 바쳐서 <u>산 제물</u> 바치려니
② Yet have my thoughts for thee been <u>vigilant</u> ——
　Bound to thy service with unceasing care,
　For nought but what thy happiness could spare.
　나는 끊임없이 마음 다해 그대를 위해 봉사하지 않을 수 없으니
　이 작은 소원 하나만은 너그러이 들어주오.
　오로지 그대 행복하다면 <u>거지라도 되겠다는</u> 것만은.

①과 ②의 표현을 정리해보면 身をあげて(이몸 바쳐서)에 병행되는 표현은 for thee… thy service with unceasing care(끊임없이 마음 다

해 그대를 위해 봉사)로서, 특히 ②의 vigilant는 '끊임없이 지키다'의 뜻으로 방심하지 않고 상대방에 대한 생각과 행동을 할 각오를 가지고 있다는 문맥으로 이어지므로 두 시는 헌신적인 사랑을 호소하고 있는 공통점이 있다. 도손이 워즈워스의 소네트까지 모두 읽었다는 단서는 없지만 도손의 서정성은 워즈워스의 서정성을 수용하고 있음을 알 수 있는 부분이다.

③ 口唇に言葉ありとも

　나의 입술에 비록 할말 있으나
④ Why art thou silent!

　그대는 왜 침묵하는가!
⑤ Speak － 말해주시오

③과 ④와 ⑤를 비교해 볼 때 공통된 시어가 발견된다. 도손의 시에서는 ③의 '비록 할말 있으나' 말을 못하고 가슴으로 전하며 못 다한 말을 가야금으로 연주하여 전한다고 표현한다. 워즈워스는 할 말은 있지만 벅차서 못 하는 감정을 표현하여 수사법으로 ④의 '침묵하지 말고' ⑤의 '말해 달라'는 표현을 통해서 사랑하는 사이는 말이 서툴러지고 한숨만 쉬거나 말이 전혀 필요 없는 현상을 공통적으로 그리고 있다.

⑥ 熱き胸 (뜨거운 가슴)
⑦ soft warm heart (부드럽고 뜨거운 가슴)

⑥과 ⑦을 보면 공통적으로 사랑을 가슴으로 한다는 것을 알 수 있다. 도손은 열렬한 사랑을 하는 자의 가슴을 〈뜨거운 가슴〉으로 표현하고

있으나 워즈워스의 뜨거운 가슴은 영어식으로 〈warm heart〉에 해당한다. 〈hot heart〉는 사용하지 않기 때문이다. 이렇게 볼 때 사랑을 호소하는 표현이 지닌 서정성에 비슷한 공통된 시어가 들어 있음을 알 수 있다.

지금까지 살펴본 바와 같이 워즈워스의 『서정담시집』에서 시작된 낭만주의 서정시의 두 시인의 낭만적 서정을 비교하여 공통점을 발견하였다. 이 두 시인의 시는 한 마디로 자연과 인간의 관계, 인간과 인간의 관계가 빚어내는 순수한 인간 생활을 노래하고 있으며, 인간의 내면세계를 탐색하고 기록하고 있다는 점에서 그 맥을 같이 한다고 할 수 있다. 인간의 생활의 모습과 현장이 세밀하게 부각되고 있는 워즈워스의 시는 종래의 인위 적인 시와는 달리 독자들로 하여금 눈물과 한숨, 애환의 감정을 자아내는 그러한 감성의 시이다. 생활현장에서 체험하는 인간의 고통이나 자신의 내면의 갈등과 고뇌를 끝없이 채굴해내게 하는 시정신이라 할 수 있겠다. 이러한 워즈워스의 시 정신을 이어받고 수용한 도손은 그야말로 생활의 시인, 자연을 떠나지 않는 시인의 길로 들어서서 인생과 자연과 예술을 하나로 보는 삶의 현실적인 시인의 길을 모색하게 된 것이라 할 수 있다.

워즈워스의 시가 따뜻한 이유는 뜨거운 피가 끓고 있는 인간의 감정을 중요시 하고 삶의 실상을 떠나지 않는 시재(詩材)를 사용하고 있으며 본질적으로 기술이나 기교보다는 쉬운 언어와 일상적인 삶의 테두리에서의 열정과 운율을 가지고 있기 때문이다. 이러한 점은 그야말로 도손과 일치하는 점이 아닐 수 없다. 도손은 그 당시로서는 낯선 서구문학 언어와 문화를 일본이라는 문화의 틀 속에 알맞게 변용하면서 본질을 잃지 않는 서구문학 수용을 해왔다고 평가할 수 있다. 워즈워스의 어려운 철학적 시를 쉽게 토착화시키는 등의 작업을 통하여 일본어 표현의 다양성의 길을 열었다고 하겠다.

또한 워즈워스의 「시론」의 특징 중 하나는 시의 소재를 소박한 시골 생활의 일상에서 시작하는 것인데 도손 역시 센다이라는 시골에서 매일 일어나는 일상을 시적 소재로 삼고 자연과의 교감과 더불어 그 속에서의 인간존재의 근원을 탐색하는 시를 지었다.

고전주의 시인들의 시가 「고도로 질서 정연하고 형식적이고 지적인 언어표현」[90]이었다면 낭만주의 시인들의 시는 보다 「감격적이고 보다 직접적인 감각적 표현 방식」[91]에 의한 것이라 할 수 있다.

워즈워스의 『서정담시집』의 「서문」에서 잘 나와 있듯이 「이들 시에서 시도된 주요 목적은 일상생활에서 나온 사건들과 상황들을 선택하여 가능한 한 사람들이 실제로 사용하는 언어를 통해서 그것들을 진술하고 기술하는 데에 있다」[92]는 시론이다. 도손 역시 이러한 시론을 그의 시집 서문에서 밝힌 바 있어 서구의 낭만주의 시정(詩情)을 전수한 것이라 할 수 있는 것이다.

도손은 이와 같은 워즈워스의 자연관과 시론의 입장을 수용하여 가능한 한 자연을 떠나지 않고 인간과 더불어 인간의 모습을 그리는 예술과 인생과 자연을 혼연일체 시키는 시정(詩情)을 펴나갔다고 할 수 있다. 남녀 사랑을 그리는 시정에 있어서도 인간의 감정을 그대로 호소하는 낭만적 사랑의 표현을 서슴지 않는 낭만시인으로서의 발로를 드러내

---

90) 「a highly ordered, formal, or intellectual sort」 David Perkins, ed.「English Romantic Writers」(New York : Harcourt, Brace & World, Inc. 1967), p.320
91) 「impassioned, more direct sensory imitation」 Ibid. p.337
92) 「The principal object, then, proposed in these poems was to choose incidents and situations from common life, and to relate or describe them, throughout, as far as was possible in a selection of language really used by man.」 Ibid. p.336

어 당시의 후배 낭만시인들에게 용기와 힘을 실어주는 역할을 하게 되었다고 할 수 있다. 이러한 감정의 표출 역시 워즈워스의 시론에서 나온 것으로 감동 받은 것에 대한 자연스런 표현인 것으로 해석되어 일본 낭만시의 새로운 패러다임을 형성하는 데 한 획을 긋는 데 일조했다 하겠다.

2. 워즈워스의 장시 「영생불멸의 암시」에 대한 이해

워즈워스의 문학세계에 있어서 자연과의 교감과 관계되는 정신적 경험들은 시인의 주요한 시적 모티브가 되고 있다. 그는 「영생불멸의 암시(Ode: Intimation of Immortality)」에서는 시적 영감이란 자연과 인간과의 교감 속에서만 계속해서 일어나는 것임을 구체적으로 보여주고 있다. 워즈워스가 이 시를 쓸 때가 32세였으므로 시적 상상력이 쇠잔했을 때는 아니므로 시적 상상력이나 시적 영감의 감퇴를 두려워해서 쓴 것은 아님이 분명하다. 그러면 워즈워스는 무엇을 그토록 탄식하며 영광(glory)이 사라짐을 인식하고 있는 것일까.

워즈워스는 우주에 내재하는 〈지혜 Wisdom〉나 〈정신 Spirit〉은 사고의 불멸을 잉태시켜 주는 〈영혼 Soul〉으로 만든 형상이나 심상에 영원한 활력을 불어 넣어주는 존재라고 생각했다. 자연에 내재하는 것으로 믿고 있는 정신이나 영혼은 소년 시절에 이미 시인의 감정과 제휴가 이루어졌던 것이다. 시인이 산이나 호수, 모든 삼라만상으로부터 영혼이나 영원의 세계를 감지하게 되었다는 것은 워즈워스 자연관의 내면적 특징이라 할 수 있다. 우주나 자연에 대한 소년시절의 심리적 교호(交互)작용은 자연의 숭고함에 대한 심오한 확신을 심어주었다. 이에 워즈워스는 산과 호수, 시내와 별 그리고 미풍에 의해 자신의 인생을 측정하려 했던 것이다. 자연에 깃들어 있는 영혼과 불멸의 지혜는 어린 시절 새벽녘 별빛으로 물든 당시의 감정을 〈뒤얽히게 intertwine〉해 주었다고 술회하면서 다음과 같이 말한다.

인간의 저속하고 보잘것없는 솜씨로서가 아니라 불후의 대상으로 인간의 사고와 감정은 정제되고 인간의 고뇌와 공포도 신성하게 됨으로써 어떤 숭고함을 인식하게 된다는 시인의 술회는 소년 시절의 체험세계를 일깨워준다. 어린 시절 학우들과 빙판 위에서의 놀이는 육체적 희열은 물론 인간의 존재에 대한 확인이기도 했다.93)

원래 이 시는 어린 시절을 회고함으로서 영생불멸을 깨닫는 노래를 의미한다. 이 시는 첫 구절부터 「무지개는 떴다가 사라지고(The Rainbow comes and goes,)」로 시작하므로 시인의 간절한 소망을 보여주고 있음을 알 수 있다. 인간이 가진 시적 상상력이란 영원할 수 없지만 무지개와 같이 다시 순환적으로 떠오르는 불멸의 자연에 비전을 두고 있는 자신의 인식이라 생각된다. 나이가 들어감에 따라서 인위적인 감각세계에 의해 구속당하게 되기 마련이(And custom lie upon thee with a weight.:stanza,8.)기 때문에 어린 시절의 신비스러운 경험 세계는 시인에게는 영원한 변함없는 희구 대상임이 틀림없는 것이다. 노년이 될수록 어린 시절의 찬란한 경험은 할 수 없고 다시는 그 영광을 볼 수 없으므로 더욱 어린 시절로 돌아가서 체험하고 싶은 열망이 강렬해지고 시적 상상력에 대한 명료한 자각으로 안타까워하는 것이라 하겠다.

---

93) Ibid. pp.461~464

1) 「영생불멸의 암시」와 『여름풀』의 「농부」

「농부」

매일저녁 생기는 <u>그림자들은</u>	あしたゆふべの影々は
무대 위를 쉼 없이 뛰어다니듯	舞台を馳せてとどまらず
<u>오는 건 떠오르는 무지개 같고</u>	来るは虹のごとくにて
가는 건 떨어지는 꽃과 같아라.	帰るは花の散るごとし
지나버린 다음을 후회해본들	過ぎにあとを窮むれば

『여름풀』

이 시는 「농부」의 서시로서 도손이 도네강가에서 지은 것이다. 원래 괴테의 극시 형식을 수용하여 『파우스트』의 첫 장면에서 세 천사들의 음성을 구성한 것이므로 일종의 시인의 낭독이라 할 수 있는 부분이다. 이러한 구성 속에서 도손은 워즈워스의 심오한 「영생불멸의 암시」를 넌지시 암시하고 있다 하겠다. 「인간이 태어남은 하나의 수면(睡眠)과 망각에 불과할 뿐이라」94)는 암시와 함께 인생에 대한 초연한 자세를 선포하고 있는 듯한 분위기를 설정하고 있는 것을 감안한다면 도손은 적어도 워즈워스의 이 장시를 거의 꿰뚫고 이 부분을 인용한 것일지도 모른다는 추측도 가능한 것이다. 다음은 워즈워스의 「영생불멸의 암시」의 일부분이다. 도손의 표현과 공통된 시어로 비교될 수 있어서 감상해보도록 한다.

---

94) 「The Immortality Ode」 stanza, 5

「영생불멸의 암시」

무지개는 떴다가 사라지고,
장미는 사랑스럽고, 달은 하늘에
구름 한 점 없을 때 즐거운
마음으로 주위를 둘러본다.
별 총총한 밤, 강물은 아름답고
고요하다. 햇볕은 찬란한 탄생,
그러나 나는 알고 있다.
어디를 가나 영광이 이 지상으로부터
사라져 버렸음을.

The Rainbow comes and goes,
And lovely is the rose,
The Moon doth with delight
Look round her when the heavens are bare,
Waters on a starry night
Are beautiful and fair ;
The sunshine is a glorious birth ;
But yet I know, where'er I go.
That there hath passed away a glory from the earth.[95]

「무지개는 떴다가 사라진다」는 이 표현을 도손이 수용하고 있는 것
은 워즈워스의 시적 비전과 상상력을 쇠퇴와 왕성이라는 시정(詩情)의
관점에서 이해하고 수용한 것일까 하는 의문이 생기지만, 도손은 워즈

---

95) 「The Immortality Ode」, stanza, 2

워스의 시에 자주 등장하는 무지개와 그와 함께 어린 시절 체험했을 무지개에 대한 향수를 느끼고 수용했을 가능성도 배제할 수는 없다고 생각한다. 워즈워스가 유년시절에 경험한 신비스런 체험의 세계는 언제나 변함없는 희구의 대상으로 남아 있었으리라는 것이고, 이러한 시인의 희구는 세월이 흐를수록 더욱 그리워하는 대상이 된다는 것이다. 이러한 관점에서 도손 역시 어린 시절의 추억을 희구하면서 공감을 했을 가능성이 있다고 하겠다. 도손은 그의 시 전체에서 세 작품에만 워즈워스의 「영생불멸의 암시」를 수용하여 한 두 줄 정도 가미하는 정도에 그치지만 그의 색채는 아주 강렬하다고 하겠다. 왜냐하면 자연을 느끼고 자연과 더불어 인생을 생각하는 시인의 개성이 확실히 증명되기 때문이다. 인간이란 나이를 먹을수록 인위적인 감각세계에 의해 체험의 밀도나 감수성의 예민함은 세속의 무거운 짐에 의해서 시달리고 구속을 받게 마련인 것이다. 이 시를 지을 때의 도손은 그의 나이 겨우 스물일곱이었으므로 어린 추억의 「무지개」라는 시어만을 떠올려서 썼을 것으로 생각되지만 놀라운 것은 인생을 「무지개가 떠오르고 사라지듯이 꽃이 피고 지듯이」 인생의 황금기가 있으면 황혼기 쇠퇴기가 오리라는 인생에 대한 통찰력을 가지고 인생을 현실적으로 담담하게 받아들이고 있다는 점이다.

워즈워스는 이 「영생불멸의 암시」에서 시적 상상력, 기억력은 유년시절에 체험한 일종의 신비적 감정에 바탕을 두고 이는 곧 자연 현상을 체감할 수 있게 하는 〈시정(詩情)〉, 즉 〈poetic mind〉의 상징이라는 시론을 펼치고 있다. 그래서 「어린이는 어른의 아버지」[96]라는 선포에서 이 시를 시작하고 있는 것이다. 이러한 시정을 도손 역시 이해하고

---

96) 「The child is father of Man」 「The Immortality Ode」 stanza,1

있었을까. 이해하고 있었다고 생각한다. 왜냐하면 그의 마지막 시집 『낙매집』의 「노동잡영」에서 「어린이는 어른의 아버지」와 비슷한 표현, 즉 「천한 자, 귀한 자나 대장부라도/어린아이 되어야 되는 것이지」[97]을 쓰고 있기 때문이다. 그러므로 도손의 두 시에서 쓰고 있는 시어 「어린이, 무지개」는 워즈워스에게서 가져온 것[98]이라 해도 과언은 아닐 것이라 생각한다. 그러면 하필이면 이 시에서 도손은 「무지개」를 시어로 사용한 것일까?

무지개는 그 자체가 간헐적이고 거의 불가사의한 빛의 변형의 가장 두드러진 하나의 예다. 무지개는 원호(圓弧)이다. 그 색깔은 광학법칙

---

97) 천한 자, 귀한 자나 대장부라도　　賎も聖も丈夫も
　　어린아이 되어야 되는 것이지　　兒童ならぬものやある

98) 이 두 가지 시어를 동시에 사용하고 있는 워즈워스의 시를 보자. 도손은 이 시를 암송하고 있었을 것이다.

　도손의『여름풀』의「농부」와『낙매집』의「노동잡영」은 어떻게 보면 워즈워스 의 시 한 수를 가지고 두 작품에 인용하고 있는 것이라는 생각이 든다.

「무지개를 바라보면 가슴이 뛴다」	「My Heart Leaps up when I Behold」
하늘의 무지개를 바라보면	My Heart leaps up when I behold.
내 가슴이 뛴다.	A rainbow in the sky ;
내 인생이 시작되었을 때도 그랬고	So was it when my life began ;
어른이 된 지금도 그러하니,	So it now I am a man ;
이 몸이 늙어가도 그러하리라.	So be it when I shall grow old,
그렇지 않음 나 삶을 포기하리라.	Or let me die!
어린이는 어른의 아버지 ;	The child is father of Man ;
내 인생이 자연의 경외감으로 하루하루	And I could wish my days to be
역어지기를 소망하노라	Bound each to each by natural piety.

　　　　　　　　　　　　　　　　　(1802〜1807년作)

Wordsworth, W.『Wordsworth's Complete Poems,』(Cambridge Edition, 1904) p.277

에 의해서 엄격하게 통제된다. 여기에 무지개가 떴다가 사라지는 것이다. 즉 불가사의하게 조정되는 그 순간적인 아름다움은 포착하기 어렵다.99)

〈무지개〉의 본질적 심상의 다양성은 항시 변화하는 자연의 이미지와 상응하며 시의 아름다움은 다양성에 대한 시인의 심리적 균형에 달려 있다고 볼 때 무지개의 이미지는 변화하는 자연의 현상으로 보아야한다. 무지개가 「완전한 원호(a perfect arc of circle)」이며 시각의 각도에 따라서 변하는 것이다. 이것은 곧 무지개가 상징하는 시적 표상의 다양함과 「떴다가 사라진다(The Rainbow comes and goes)」는 표현에 의해서 시의 찬란함과 아름다움을 상기시키는 말로 이해된다. 무지개의 「완전한 원호」는 순환하는 자연 질서의 상징이다. 〈원(circle)〉이 가지고 있는 영원한 질서개념은 항상 변천하면서도 상실이나 소멸이 존재하지 않는 지속의 의미를 갖는다. 봄이 가면 여름이 오고 여름이 가면 가을이 오듯이, 「순환(cycle)」하는 자연은 곧 불변과 영원의 표상인 것이다. 그러므로 무지개의 시적 이미지는 영원한 상실이나 절망의 표상이라기보다는 차디찬 고뇌로부터 따사로운 봄을 그리워하는 시인의 더없는 소망의 이미지로 이해되어야 한다. 또한 무지개를 선택한 것은 자연 질서에 대한 긍정적인 태도에서 비롯된 것으로 이해해야 한다고 생각한다. 비록 못 볼 수도 있지만 찰나적으로 지나칠 수도 있지만 자연 현상의 순리적 변화에 긍정적인 자세를 보여주고 있다고 하겠다.

---

99) 「The rainbow itself is a striking example of the light of day : it is a perfect arc of circle, and its colours are rigorously controlled by optical laws. Here the rainbow comes and goes, ― the moment of magically ordered beauty is elusive.」
Geoffery Durrant,『Wordsworth the Great System』(London : Cambridge University Press, 1970) p.110

　도손은 또한 매일 저녁에 찾아드는 「그림자(影)」라는 표현을 쓰고 있는데, 그림자 또한 달빛이 없으면 생기지 않는 것으로 달 역시 원(圓)을 상징하며 무지개의 원주 개념과 일치하는 것으로 자연의 순리를 용납하는 시인의 자세를 보여주는 시어라고 하겠다. 또한 〈그림자(shade)〉는 워즈워스의 「영생불멸의 암시」 5연[100]에서 표현되고 있는 시어이기도 하다. 그림자가 찾아드는 것은 지극히 자연스러운 것으로 그림자가 덮일 때는 그 모습이 무지개처럼 순간포착이 어렵지만 존재의 의미와 가치를 느끼게 하는 불가사의한 것으로 느껴진다. 그림자 역시 어린 시절에 체험한 신비로운 환상의 세계였을 것이다. 그림자가 밤마다 왜 찾아오는지 영문도 모르고 그림자를 밟으려고 뛰다보면 그림자가 덩달아서 뛰는 것이 마치 「무대 위를 쉼 없이 뛰어다니듯(舞台を馳せてとどまらず)」 느끼고 시인은 그러한 환상의 세계를 보는 것이다. 이것이야말로 도손의 낭만시인으로서의 상상력인 것이다. 도손은 예술을 인생으로, 인생을 자연으로 보고 「자연과 인생의 영원한 합일」[101]을 꿈꾸고 있는 것이다.

---

100) Our birth is but a sleep and a forgetting:
　　　　　　　　　우리들의 탄생은 수면과 망각에 불과할 뿐이다.
　The Soul that rises with us…(중략)… 우리와 함께 떠오르는 영혼,
　Shades of the prison－house begin to close
　　　　　　　　　감옥의 그늘이 자라나는 소년에게
　Upon the growing Boy 덮이기 시작한다.(5연)
101) 「오히려 나는 예술을 제 2의 인생이라고 보아왔다. 또한 제 2의 자연이라고
　　도 생각했다.」
　　『藤村詩集』 前揭書 pp.11～12

2) 「영생불멸의 암시」와 『낙매집』의 「노동잡영/치쿠마강의 여정」

도손은 「노동잡영」에서 멸하지 않는 것은 어린 시절의 기억과 어린이의 순수한 존재가 인생에 있어서 영원한 가치의 근원이 된다는 표현을 쓰고 있다.

「노동잡영」

인간의 생명이란 어린아이의	人の命を兒童の
천진한 장난이라 누가 말했지	嘻劇と言ふは誰が言葉
천한 자, 귀한 자나 대장부라도	賎も聖も丈夫も
어린아이 되어야 되는 것이지	兒童ならぬものやある

(其三 10연)

이 시를 보면 농부도 중도 대장부라도 원래는 모두가 어린이에서 출발한 것이라는 단정적인 표현이 들어 있음을 알 수 있다. 도손이 바로 이러한 시상을 떠올려서 인생을 달관하는 태도로 삶에 임한다는 것은 당시의 독자들에게 놀라움을 주는 표현이라 하겠다. 그렇다면 도손은 어떻게 이러한 착상을 했는지. 그 시대에 과연 일본이라는 사회 속에서 어린아이의 존재가 이렇게 인식이 되었던 시대인지 조명해 볼 필요가 있다고 생각한다. 일본의 학제가 생긴 것은 1872년부터이고 이때가 일본 최초로 의무교육이 생긴 때이므로 도손의 어린 시절은 거의 의무교육을 받고 일관된 교육제도 속에서 보낸 시절임은 분명하다. 이렇게 볼 때 도손의 어린 시절을 회상하는 것은 보통 워즈워스가 자신의 어린 시절을 회상하는 것과 별반 다른 점은 없다고 본다. 도손은 19살 때 이미 워즈워스의 전집을 다 독파한 상태라 인간에게 있어서 영원히 소멸하지 않는 것은 어린 시절의 자연에 대한 기억이라는 워즈워스의 「영생불멸의 암시」를 떠올렸을 거라고 추정할 수 있다. 설령 떠올리지 않았다고 하더라도 그의 시를 이해하고 이미 터득한 상태라면 저절로 녹아진 진리로 떠올랐을 것이다. 인생을 돌아보면서 어린 시절이 없이 어른의 시절을 맞이할 수 없다는 아주 단순한 진리를 노래하고 있다 하겠다. 인생을 헤매거나 실패하더라도 좌절하지 않고 하나의 어른이 되는 성장과정으로 여기는 긍정적인 자세를 노래한 것으로 해석할 수 있는데, 그 이유는 이 시의 앞부분과 뒤는 세상에서 상처받고 방황하는 시절과 어린이처럼 밤낮으로 뛰어노는 시절을 시사하고 있기 때문이다.

그러한 상상력은 어디서 오는 것일까. 그것은 어린 시절의 체험에서 기인한다는 것을 암시하기 위해서 도손은 의도적으로 어린아이(児童)라는 시어를 쓰고 있는 것이다. 워즈워스의 「어린이는 최고의 철학자」라는 시론과 일치한다고 볼 수 있다. 어린 시절, 어린이만이 누릴 수 있는 순수의 세계야말로 잃어서는 안 되는 소중한 것으로 인생 체험 중에서 어린 시절의 체험이 가장 진실하다고 믿고 있기 때문에 어린이는 어른의 아버지인 것이다. 도손 역시 워즈워스의 이러한 시정을 수용하고 있기에 동일한 시어와 시상을 전개하고 있다고 하겠다.

도손의 표현을 빌리면 「인간의 생명이란 어린아이의 천진한 장난이라」고 까지 확장하고 있음을 알 수 있다. 어린아이의 천진함, 순수함이 없이는 인간의 생명이 유지되지 않으며 어른이 될 수 없다는 것이다. 오늘의 어른은 어린이에서 출발한 것이므로 「어린이는 어른의 아버지」라는 워즈워스 선언과 일치한다고 하겠다.

「천한 자, 귀한 자나 대장부라도(賤も聖も丈夫も)」라는 표현은 어른을 나타내며 어린이의 상대어로 쓰이고 있다. 이 어른은 먼저 어린이가 전제 조건, 「어린아이 되어야 되는 것이지(兒童ならぬものやある)」라는 시상을 보아도 워즈워스의 시와 동일한 시상의 전개와 시어의 선택이라 하겠다. 이런 점에서 도손의 「노동잡영」의 이 부분은 워즈워스의 「영생불멸의 암시」에서 영향을 받은 작품이라 하겠다.

왜냐하면 시상과 시어의 공통점을 보아도 알 수 있지만 도손의 시는 워즈워스의 시상 전개와 일치한다고 볼 수 있다. 시상의 전개를 보면 분명히 워즈워스의 이 시를 의식하고 쓴 것과 같다는 느낌을 주고 있다.

또한 「천진한 장난이라 누가 말했지(嬉劇と言ふは誰が言葉)」에서 누군가의 말을 인용하는 뉘앙스의 표현을 쓰고 있음을 알 수 있다. 도손에게 인생을 보는 눈과 자연을 배우는 시정(詩情)을 열어준 시인은 분명히 워즈워스였다. 그의 시집을 항상 휴대하고 다닌 도손으로서는 인생의 근원이 어린이의 천진한 체험에서 시작된다는 철학적 시정을 수용하여 워즈워스와 같은 철학적 시를 지음으로 해서 자기 확신을 더해주는 것이라 하겠다.

그러면 워즈워스의 시와는 어떠한 연관이 있다고 해석할 수 있는지 워즈워스의 시를 감상해보도록하자. 원래 이 시는 「어린 시절 회상하고 영생불멸을 깨닫는 노래」라는 뜻으로 제목이 상당히 긴 시이다.

「영생불멸의 암시」 1연

어린애는 인간의 아버지 ;
나는 바라노니 나의 날들이 하루하루
자연에 대한 경애(敬愛)로 이어지기를.

1

일찍이 목장과 숲과 시냇물,

대지(大地), 그리고 모든 흔한 광경들이

　　　　나에게

　　　천국의 빛, 꿈의 영광과

신선함의 옷을 성장(盛装)한 듯 여겼던 시절이 있었다.

지금은 옛날과 같지 않아 −

　　　　밤이나 낮이나,

　　　내가 어디를 둘러보나,

내가 보았던 것들은 이제 다시는 볼 길 없노라.102)

워즈워스는 이 시에서 끝없는 자연에 대한 애착을 희구하고 있음을
알 수 있다. 어린 시절의 체험은 그에게 감수성의 원천이 되어주며 감수
성은 삶의 원천이 되어 준다. 어린 시절의 그 희미한 회상들은 인생의
빛의 원천으로서 지금 보고 있는 것들, 즉 모든 시각의 주된 빛인 것이
다. 워즈워스에게 있어서 과거의 어린 시절의 회상 능력은 인생에 있어

---

102) ODE: Intimation of Immortality
　　　From recollections of early childhood
　　　The Child is father of the Man;
　　　And I could wish my days to be
　　　Bound each to each by natural piety.
　　　　　　　1
　　　There was a time when meadow, grove, and stream,
　　　The earth, and every common sight,
　　　　　　To me did seem
　　　　　Appareled in celestial light,
　　　The glory and the freshness of a dream.
　　　It is not now as it hath been of yore—
　　　　　Turn whereso'er I may,
　　　　　　By night or day,
　　　The things which I have seen I now can see no more.
　　　「The Immortality Ode」, stanza,1

서 빛의 원천이며 그것을 통해서 한 번 깨달은 진리는 결코 멸하지 않는 다는 의미이다. 이러한 낭만적 환상이 유년시절의 체험에 근거하는 것은 물론이다. 이런 의미에서 「영생불멸의 암시」는 정신적 원형(prototype) 으로서의 영원한 마음의 대상인 어린 시정 회고의 노래이며 이를 바탕으로 자연 질서에 대한 희구와 소망과 체험을 읊은 시라 할 수 있다. 따라서 유년 시절의 정신적 체험이 재현될 수 있는 인생에 있어서 불멸의 원천인 「본래의 기쁨(original brightness)」은 결코 상실될 수 없는 것이다. 더욱이 인간의 마음은 시간과 공간을 초월하는 자유의 존재이므로 어린 시절의 체험을 영원히 되살릴 수 있다고 하는 의미이다. 따라서 슬픈 생각의 원천이 되기도 한다. 인간은 슬픔을 쾌락으로 지워버리고 말지만 인간의 마음속에 무의식적으로 인화된 추억은 결코 사라지지 않는다. 그렇기에 인간은 자신도 모르게 영원한 슬픔과 한숨을 체험하게 되는 것이다. 그러나 중요한 것은 이러한 슬픔과 고통의 체험들이 인간의 내면적 진실을 일깨워주는 역할을 한다는 것이다. 오염된 자연을 보면서 오염된 자아에 대한 탄식과 함께 빛의 세계인 유년시절의 순수함에 대한 희구의 감정을 시인은 체험하고 있는 것이다. 눈물이 인간의 참된 내면을 일깨워 주듯이 슬픔의 세계는 자연세계로 가는 필연적인 고통의 도정(道程)인 것이다. 끝내 현실을 포기하지 않고 긍정의 세계로 나갈 수 있기 위해서 인간은 반드시 이러한 슬픔과 고통을 겪어야만 한다. 이런 의미에서 워즈워스의 이 시는 시적 정서에만 머무는 것이 아니라 그의 철학적 사고까지 미치는 시라 할 수 있다. 하지만 이러한 철학적 사고는 「머리로 하는 것이 아니라 가슴으로 하며」[103] 마음의

---

103) We <u>in thought</u> will join your throng 우리는 생각에 잠겨 그대들의 무리
에 합세하노라
Ye that <u>through your hearts</u> today 오늘, 가슴으로

눈, 즉 불멸의 마음에 의해서 영원한 기쁨을 누릴 수 있으며 차분한 마음으로 생을 음미하고 관조할 수 있게 되는 것이다. 워즈워스는 이 시의 11연에서 「저무는 태양 주위에 모여드는 구름은 인생의 무상함을 지켜본 눈에는 차분한 색채로 보이는 것이」104)라고 노래하면서 인생 달관의 자세를 갖기를 촉구한다. 이러한 마음가짐은 「가장 보잘것없는 꽃들」105)에서도 더없는 사랑과 심오한 애정을 느낄 수 있게 해주고 고통도 극복할 수 있는 힘을 주는데, 이 모든 것은 역시 시인의 「상상적 사색(imaginative thought)」에서 오는 것이라고 이 시의 마지막에서 정의를 내리고 있다.

도손의 네 번째 시집 『낙매집』에 「치쿠마강의 여정」106)이 실려 있는

Feel the gladness of the May!　　　　5월의 기쁨을 만끽하는 그대들이여!
「The Immortality Ode」 stanza, 10

104) 「The clouds that gather round the setting sun
Do take a <u>sober coloring</u> from an eye
That hath kept watch o'er <u>man's mortality</u>;」 「The Immortality Ode」 stanza, 11

105) 「To me the meanest flower that blows can give Thought that do often lie too deep for tears」 「The Immortality Ode」 stanza, 11

106) 「치쿠마강의 여정」

몇 번씩인가 <u>옛 영광의 꿈마저</u>	いくたびか栄枯の夢の
<u>사라진 흔적 남은 계곡</u> 내려와	消え残る谷に下りて
바다의 파도 일렁이는 걸보니	河波のいざよふ見れば
모래가 섞인　파도 되돌아가네.	砂まじり水巻き帰る　　(2연)

　　　　　　　　　　　　　　　　　　　　　　　　　　『낙매집』

아아, <u>옛 성아, 무얼 말하고 싶니</u>	嗚呼古城なにをか語り
강가 파도여, <u>뭐라 답하고 있니</u>	岸の波なにをか答ふ
지나간 세월 <u>조용히 묵상하라</u>	過し世を静かに思へ
수많은 세월 바로 어제 같구나	百年もきのふのごとし　　(3연)

　　　　　　　　　　　　　　　　　　　　　　　　　　『낙매집』

데 이 시는 자연은 영원하고 인간의 흥망성쇠는 부질없는 한 순간이라는 것을 다시 한 번 되새기는 시가 있으므로 감상하고자 한다. 이 시는 자연을 경외하고 자연을 바라봄으로써 인생의 길을 배울 수 있다는 워즈워스의 자연관을 보여주는 시라 할 수 있다. 코모로에 교사로 부임하여 옛날의 무사들의 영광을 기리던 곳도 이제 흔적만 남아 있을 뿐이니 인간사의 영고(栄枯)는 부질없는 일임을 자연에게 질문하는 시이다. 이 시는 영원한 것은 자연이고 유한한 것은 인간사임을 분명히 하고 있다.

2연의 「옛 영광의 꿈마저(栄枯の夢)」사라지고 그 흔적만 남은 계곡에서 바다를 보니 바다는 변함없이 밀려오다 떠나가며 파도를 치고 있음을 대조적으로 느끼고 있다. 그러므로 현실에 너무 집착하지 말고 자연을 관조하면서 달관한 자세로 인생에 임하자는 시상(詩想)이 엿보인다. 그렇다면 워즈워스는 허무주의에 속하는 것은 아닌지 의아해 할 수밖에 없다. 물론 그의 자연관 속에는 급변하는 인간과 불변하는 자연의 대조는 있지만 허무주의에 빠진 사상은 아니다. 「워즈워스는 변한 것에 대한 인식의 근거는 「회상(recollection)」이라는 기억 활동에 있다고 생각한다.」[107] 이러한 인간의 기억 활동은 새로운 창조적 상상력을 가져다주며 그 상상력으로 인해서 자연의 치유를 받을 수 있다는 사상이다. 3연에서 「조용히 묵상하라(静かに思へ)」는 도손의 명령은 워즈워스의 관조(contemplation)를 의미하며 이 관조는 회상의 과정을 체험하라는 의미라고 하겠다. 과거를 돌이킬 수 있음으로써 현재를 느끼는 행위가 회상의 활동이며 이 기억으로 인하여 슬픈 일이건 기쁜 일이건 회상의 과정에서 재현된 체험은 다양한 미적 체험의 형태로 나타난다는 의미

---

107) 허천택 『영국낭만주의 문학연구』(동국대학교출판부 2003) p.52

이다.

옛날과 다른 현재의 상황은 단순히 시각적으로 보여진 자연이 아니라 회상의 과정에서 상상력에 의해 재현된 사고의 자연인 것이다. 그렇기 때문에 도손은 3연에서 자연에게 질문하고 자연의 답을 자신의 기억이라는 회로를 통해서 재현시키려고 「조용히 묵상하라(静かに思へ)」고 하면서 독자에게 회상(recollection)을 촉구하는 것이다. 이러한 표현이야말로 워즈워스의 시론에 근거한 시작(詩作)이라 아니할 수 없는 것이다.

도손의 「치쿠마강의 여정」을 감상하면서 워즈워스의 「영생불멸의 암시」를 떠올리지 않을 수 없는 표현이 있어서 비교분석하고자 한다.

「치쿠마강의 여정」

몇 번씩인가 옛 영광의 꿈마저 　　　　いくたびか栄枯の夢の

사라진 흔적 남은 계곡 내려와 　　　　消え残る谷に下りて　　　(2연)

아아, 옛 성아, 무얼 말하고 싶니 　　　嗚呼古城なにをか語り

강가 파도여, 뭐라 답하고 있니 　　　　岸の波なにをか答ふ

지나간 세월 조용히 묵상하라 　　　　　過し世を静かに思へ

수많은 세월 바로 어제 같구나 　　　　　百年もきのふのごとし　　(3연)

『낙매집』

「영생불멸의 암시」

그 환상의 미광(微光)은 어디로 갔는가?

그 빛과 꿈은 지금 어디에 있는가?」[108]　　　　　　　　　(4연)

「지금은 옛날과 같지 않구나

밤이나 낮이나 내 어디를 둘러보나,

내가 보았던 것을 이제는 더 이상

볼 수가 없구나.109)(1연)

이 두 시는 모두가 옛날과 지금이라는 두 시제를 사용하고 있다. 옛날의 아름다움에 대한 기억은 지금 생생하여 그 찰나적인 허망함을 노래할 수 있는 것으로 이 모두가 놀라운 회상의 작용에 의한 재창조된 자연을 노래하고 있다는 점에서 공통된 시상과 시어를 사용하고 있다고 할 수 있다. 이전에 보았던 것이 지금 없다는 것을 기억해냄으로써 비로서 시적 정신능력(poetic faculty)이 생기고 시적 상상력이 생기며, 그럼으로써 인간 내면의 희구하는 소망과 자연과의 교감을 이루어낼 수 있는 것이다. 도손이 새로운 관심으로 옛날의 「계곡」을 음미하려 해도 공허감이나 울적한 마음에만 머물게 되었을 것이다. 하지만 마음의 눈이나 과거 회상의 작용으로 말미암아 지나간 과거나 사라져버린 옛 자연을 제 2의 자연으로 재생시킬 수 있었다는 것이다. 그 증거는 바로 다음 행에서 이어지는 「일렁이는 파도」를 보면서 다시 자연의 유구함을 노래하고 있다는 점이다.

워즈워스가 이 「영생불멸의 암시」에서 노래하고 있는 것 중 일부분을 다시 한 번 감상하고 도손와의 비교 분석 감상을 마치고자 한다. 워

---

108) Whither is fled the visionary gleam?

　　 Where is it now, the glory and dream? 「The Immortality Ode」 stanza 4

109) It is not now as it hath been of yore —

　　 Turn wheresoe'er I may,

　　 By night or day,

　　 The things which I have seen I now can see no more.

　　「The Immortality Ode」 stanza 1

즈워스는 말하기를 「내 안에 존재하는 우리의 지난날들에 대한 생각은 영원한 축복을 낳는다.…(중략)…」110)고 한다. 이와 같이 워즈워스가 「영생불멸의 암시」에서 주장하고 있듯이 지난 시절에 대한 회고는 영구적인 축복을 마음에 잉태시켜주는 정신적인 요람이기 때문에 과거에 대한 회상은 시적 창조 능력을 환기시켜준다는 것이다. 이것은 물론 소년적인 상상력(boyish imagination)을 자극하는 「어린 시절의 체험(early experience)」을 그 모태로 한다. 이러한 체험을 회상할 때 제 2의 자연이 재생되어 인간은 치유 받게 되는 것이다. 워즈워스의 자연은 상상에 의해서 상기 가능한 자연이다. 환상이나 상상으로 새롭게 된 자연은 환상의 세계를 성취시켜주는 한결같은 형태로서의 불변의 자연이다.

　워즈워스의 「영생불멸의 암시」에서 도손은 〈무지개〉와 〈어린이〉이라는 두 시어를 공통적으로 사용하고 있다는 점에서 다음과 같은 결론을 얻을 수 있다고 생각한다. 〈무지개〉는 자연현상의 한 모습에 불과하지만 자연이 보여줄 수 있는 미적극치이기도 하고 도손으로 하여금 순수한 어린 시절을 떠올리게 해주는 역할도 한다. 하지만 이러한 자연현상을 일본시의 소재로 쓰였던 일은 드물었던 것으로 워즈워스의 「영생불멸의 암시」에서의 수용이라 볼 수 있다.

　「어린이는 어른의 아버지」라는 워즈워스의 시를 수용하여 메이지 시대와 같은 가부장적 시대에 어린이의 존재를 어른과 대등하거나 계급을 초월한 존재로서의 시재(詩材)로 부각시키는 것은 시대를 앞서는 것으로 문학으로서도 거의 드문 일이었다고 생각된다. 당시의 상황을 『100년 전의 일본생활』에서 다음과 같이 기술하고 있다.

---

110) 「The thought of our past years in me doth breed Perpetual benediction.…」 「The Immortality Ode」 stanza 9

메이지 정부의 교육 추진에 의해서 어린이의 취학률은 물론 올라갔
지만 어린이들은 여유가 없었다. 애기 돌보기, 가사 돕기, 농작일 돕기,
공장 일까지 어린이들은 거의 다 일하고 있었다. 어린이들이야말로 귀
중한 노동력이었다.[111]

이처럼 여유도 없고 지위도 없던 어린이들이 지위고하를 막론하고
가장 근본이 되는 존재가치로 인정을 받는 일종의 선포에 가까운 도손
의 근대시가 나옴으로서 일본사회에도 역동성을 발휘하게 되어 문학의
언어에 대한 새로운 패러다임을 여는 계기를 만들었다고 생각된다. 도
손이 무지개라는 시어를 수용하게 된 것은 시인으로서 그리고 자연의
일부분으로서 인간의 공통된 정서나 인식을 소중히 여기기 때문이라고
생각된다. 또한 낭만주의 시인으로서 워즈워스의 시론을 자신의 시론에
차용한 시인으로서의 자연스런 시정(詩情)의 발로라 하겠다. 이와 같이
도손은 서구문학에서 시상을, 때로는 시어를, 혹은 시재(詩材)를 수용
하여 일본어의 언어와 문화의 영역을 넓혀갔다.

---

111) 渡辺真理子 編著 『100年前の日本(1)暮らし』(マール社 1996) pp.15∼17
　　참조

제6장

영국 낭만주의 시인을 통한 서구문학의 수용

1. 셸리의 「서풍부」와 『새싹집』의 「가을바람의 노래」
2. 바이런의 절망적 허무주의의 수용
3. 번스의 「보리밭 지나며」에서의 형식과 『여름풀』의 장시 「농부」
4. 키츠의 「희랍항아리부」와 『쪽배』의 「백자화병부」

제6장
영국 낭만주의 시인을 통한 서구문학의 수용

1. 셸리1)의 「서풍부」와 『새싹집』의 「가을바람의 노래」

도손은 일찍이 서구문학을 수용하여 일본 근대시의 새로운 틀과 시상을 구축하는 데 많은 영향을 받았다. 그의 시에는 워즈워스를 비롯하여 단테, 괴테, 셰익스피어, 셸리와 바이런 그리고 그 밖에도 번스, 키츠 등 영국 낭만주의 시인들의 영향을 받았다. 그는 낭만주의 작가들의 비평서와 작품을 영어원서로 읽었고 그에 대한 회상과 감회를 그의 청춘

---

1) Percy Bysshe Shelley(1792－1822):셸리는 비전을 추구한 시인이었기 때문에 혁명적 시인이었다. 의회 의원의 자제로 태어나 이튼에서 수학하였고 옥스퍼드대학에 들어갔다. 낭만시인들 가운데서 누구보다도 급진적 개혁주의자였으며 이상주의자였고 인간 이성의 신봉자였다. 이상주의적이면서도 한편으로는 회의적인데, 인간의 감각작용의 원인은 알 수 없는 그 어떤 것이며 그것은 우주를 주재하는 신비한 법칙이라는 것이 그의 회의주의적 입장이다. 이경옥 『영국의 낭만주의』(연세대학교출판부 2004) pp.101～102 참조

소설『봄』과『버찌』에 잘 그리고 있다. 도손은 셸리의 시를 접한 것은
두 말할 것 없이 번역시집『모습(於母影)』을 통해서이다. 그 시집에는
셸리의 시 뿐만이 아니라 바이런, 괴테 등의 번역시가 실려 있었다. 이
러한 서구문학의 경험을 가진 도손의 뇌리에는 다양한 서구적 시상이
떠나지 않았기에 그의 시 여러 곳에 서구문학 속에서 연상되는 시상을
삽입시키는 시작(詩作)의 묘미를 발휘했다.

영국의 프라이 교수는「시인의 성격과 지적 배경을 검토해보는 것은
확실히 바람직한 일이다. 결국 시는 시인의 마음과 감수성의 발로이기
때문에 그 시대의 문화적 배경과 시대정신을 잘 반영하고 있다. 특히
워즈워스나 셸리의 경우, 시인의 생활배경은 중요한 의미를 갖는다.」[2]
고 했다. 이런 의미에서 셸리의 평전[3]에 나타나 있는 셸리의 생활배경
을 알아보고 그의 사상적 배경을 이해하는 것은 그의 시를 이해하는 데
도움이 된다고 생각한다.

셸리는 이 세상에서 불의와 부정, 그리고 압제를 제거하여 이 세상을
지상낙원으로 만들려고 노력한 시인이자 이상주의자였다. 그의 행동과
사상에는 엉뚱한 데가 있어서 옥스포드대학에 입학했을 때『무신론의
필요성』[4]이라는 책자를 발간하여 입학 후 6개월 만에 퇴학당한 일이

---

2) Sheldon Norman Grebstein (ed.) (1968), Perspectives in Contemporary
   Criticism (New York : Harper & Row), p.107
3) Desmond King−Hele (1964), Shelley(his thought and work)
   (London : Macmillan & Co. Ltd) pp.225~226
4) 셸리와 그의 친구 호그가 쓴 이 책은 무신론을 주장하는 것이 아니라 무신론
   에 반대 입장을 취하는 당시의 기독교(특히 성공회)의 입장을 정확히 알고자
   하는 지적호기심의 발로일 뿐이다. 이로서 입학 6개월만인 1811년에 퇴학당
   하는데, 이처럼 당시의 제도권 종교인 기독교에 반항하고 그 결과 대학으로
   부터 추방된 것은 그의 일생에 잘 나타나는 구조적인 사회악에 저항하는
   그의 기질을 잘 보여주는 한 예라하겠다.
   이정호『영국낭만기 문학 새로 읽기』(서울대학교 출판부 2000) pp.243~

있다. 제도화된 결혼도 반대하여 결혼은 인간의 소유적이고 이기적인 사랑이 아니고 크고 넓은 사랑을 해야 한다는 신념을 가지고 있었다. 그는 이러한 신념에서 무신론이라는 이념으로 동질감을 느껴서 결혼했던 해리엇에게 새로 남녀로서 사랑하게 된 메어리 고드윈과의 결혼을 인정해주길 요구하다가 거절당하니까, 해리엇은 누이동생으로서, 메어리는 부인으로서 셋이서 함께 가족으로 살자고 제의하여 첫 번째 부인을 자살의 지경까지 만들고 만다. 그러나 후에 사회의 변혁은 개개인의 마음의 변화가 선행조건임을 깨달았다. 이러한 마음의 변화를 일으킬 수 있는 사람이 바로 시인이라고 셸리는 믿었다. 시인은 자신의 공감적 상상력을 갖고 있어야 하고 그럼으로써 모든 사람이 공감적 상상력을 갖도록 이끄는 사람이다. 「공감적 상상력(Sympathetic Imagination)」5) 이란 남과 나 사이에 서로가 서로를 위하고 아끼는 마음의 발단을 의미한다. 상대방이 곧 자기 자신이 때문에 상대방을 이용하여 자신의 이익을 취하려는 마음이 없어진다. 인간의 지능을 두 가지 측면에서 보고 있는데, 하나는 분석적인 지성(reason)이고 다른 하나는 합성적인 상상력(imagination)이다. 시인은 합성하는 상상력을 가진 사람으로서 영어로 시인(poet)이란 말은 그리스어의 만든다(To poiein)는 말에 그 어원을 두고 있다. 이처럼 합성하는 능력을 가지고 있는 시인은 예언자인 것이다. 시인들은 영원한 것, 무한한 것 그리고 유일한 것 속에 참여하기 때문에 현재를 있는 그대로 꿰뚫어볼 뿐만 아니라 미래를 현재 속에서 본다. 베일에 가려져서 보이지 않는 세상의 아름다움을 베일을 벗겨서 보여주는 것 이것이 시이며, 인간적인 속성을 통해서 신의 속성과 혼합되는 것이 시의 본질인 것이다. 이 시의 본질은 어디에 기초하고

244
5) 上揭書 pp.44~45 참조

있는가. 공감적 상상력에 있는 것이다. 셸리의 시론『시의 옹호(A Defence of Poetry)』에는 시의 정의와 시인의 속성에 대해 다음과 같이 잘 나타나 있다.

도덕의 근본이 되는 중요한 근간은 사랑이다. 이는 우리 자신이 우리 자신 밖으로 나가서 우리 자신의 것이 아닌 생각, 행동, 또는 타인 속에서 발견되는 아름다움과 동질화되는 것이다. 하나의 인간이 아주 선량해지려면 강렬한 상상력을 가지고 통합적으로 볼 줄 알아야만 한다. 그는 다른 사람, 혹은 타인의 위치에 자신을 놓을 수 있어야만 한다. 그래서 온 인류가 느끼고 있는 고통과 기쁨이 온통 자신의 것이 되어야 한다.6)

셸리의 시론에 의하면「시인은 그들이 나타난 시대와 국가의 상황에 따라서 입법자 혹은 예언자로 불려왔다. 하지만 시인은 근본적으로 이 두 성격을 포함하며 융합하는 자」7)이며 가장 높은 지혜, 쾌락, 덕, 영광을 만들어주는 자이며 그 자신이 가장 행복하며 가잔 선량하고 가장 현명하며 가장 명성이 빛나는 자이어야 한다. 이처럼 보통사람들과 시인을 구분 짓고 어느 정도는 그들보다 높은 지위를 부여하며 그들을 깨우

---

6) 「The great secret of morals is love; or a going out of our own nature, and an identification of ourselves with the beautiful which exists in thought, action, or person, not our own. A man, to be greatly good, must imagine intensely and comprehensively, he must put himself in the place of another and of many others; the pains and pleasures of his species must become his own.」
Reiman, Donald H., and Sharon B. Powers, eds, 『Shelley's Poetry and Prose: Authoritative Texts, Criticism』(New York: Norton, 1977) pp.487~488

7) Ibid, p.226

치고 감화시키는 자로서의 시인의 위상을 드러내고 있다. 하지만 셸리의 낭만주의적 이상은 〈서풍〉[8]이 불어오는 것과 같아서 인간의 의지와 노력과는 상관없는 것이므로 불확실성을 내포하고 있다고 하겠다.

이제 다음의 도손의 시와 셸리의 시를 감상하면서 셸리의 어떤 부분을 수용하고 변용하여 도손의 근대시를 만들어가는 지 비교 분석해보도록 하자.

셸리의 시 영향을 받은 작품은 그의 시집 전체를 조사한 결과 「종달새에게(To the Skylark)」와 「서풍부(Ode to the West Wind)」이다. 그 가운데 「종달새에게」의 영향을 받고 시상과 시어를 선택하게 된 것은 도손의 『새싹집』에 실려 있는 첫 번째 시 「오요(おえふ)」[9]이다. 다음의 도손의 시와 셸리의 시를 비교분석하여보기로 하자. 먼저 「오요」7연[10]을 보면 「새벽별(曉星)」「하늘을 움직이듯(空に動く)」「내님의 모습비추네(人のさまも見き)」의 시어들이 「종달새에게」[11]에 표현된 시

---

8) 지중해의 바람은 서풍이 조용히 찾아와서는 대단히 강한 바람으로 바뀌는 특징의 바람이고 언제 불지 모르는 예측할 수 없는 자연현상이므로 인간의 상상력을 불러일으키는 영감과 감정을 서풍과 같다고 비유한 것이다.

9) 이 시는 1896년 12월 『문학계』48호에 처음 실렸다. 「おえふ」라는 가공의 소녀는 도손 자신의 자전적인 감정이입의 인물이다. 처녀마음의 미묘한 동요를 노래한 시이다.

10) 반짝이며 내미는 <u>새벽별</u> 하나　　　きらめき初むる<u>曉星</u>の
　　<u>새벽 아침 하늘을 움직이듯이</u>　　あしたの<u>空に動く</u>ごと
　　주위의 빛 모두가 사라지기까지　　あたりの光きゆるまで
　　아리따운 <u>내님의 모습비추네</u>　　さかえの人のさまも見き

11) 「To the Skylark」
　　희미한 자줏빛 저녁은　　　　　　The pale purple ever
　　날으는 <u>내 모습 주위에 녹고</u>　　<u>Melts around the flight:</u>
　　하늘의 별처럼　　　　　　　　　Like a star of Haven
　　<u>넓은 대낮의</u>　　　　　　　　　In the broad day light
　　너는 눈에 띄지 않지만,　　　　　Thou art unseen, but yet I hear thy
　　　　　　　　　　　　　　　　　shrill delight,

어들과 공통된 표현들이 발견된다.

도손의 「새벽별」은 셸리의 「a star」로 시어는 동일해 보이나 셸리의 별은 「새벽별」이 아닌 대낮 하늘에 감추어진 「별(star of daylight)」을 의미한다. 도손에게는 〈별〉하면 〈새벽별〉을 먼저 생각하고 〈동틀 녘에 뜨는 별〉을 시어로 삼는다. 이러한 면에서 별이란 다 같을 것으로 여길지 모르나 도손에게 있어서 특별한 의미가 있는 별은 「새벽별」이라 하겠다. 왜냐하면 〈새벽별〉은 아침을 움직이기 때문이며 〈아침〉을 움직인다는 것은 〈시작〉을 의미하기 때문이다. 도손은 언제나 〈처음〉 시작의 시간개념을 중요시 하여, 계절도 만물이 소생하는 〈봄〉을 좋아하며, 〈인생의 봄〉은 청년기라고 생각한다.

2행의 「하늘을 움직이듯이」는 종달새가 하늘을 나는 동작으로 「flight」을 사용한 셸리와는 달리 도손은 하늘에서 움직이는 존재로서 중요한 시재(詩材)로는 「새벽별」을 선택하였기 때문에 〈새벽별〉의 동작을 「하늘을 움직이는」 것으로 표현한 것이다. 4행의 동작의 주체는 〈새벽별〉로 새벽별은 아름다운 님의 얼굴을 비춰주는 역할을 한다. 셸리의 동작의 주체는 시인이므로 훨씬 더 능동적이다. 시인은 대상으로부터 받는 존재가 아니라 대상으로부터 오는 모든 동작으로부터 스스로 듣는 것이다. 눈에 보이지 않는 것은 「듣거나(I hear)」「느낀다(feel)」는 의미이다. 이것을 셸리의 공감적 상상력이라고 하는데, 시인이 노래하

여전히 나는 듣는다. 네 날카로운 환희를
화살처럼 날카로운   Keen as are the arrow
저 은빛별의   Of that silver sphere,
그 별의 강렬한 빛은   Whose intense lamp narrows
맑고 흰 새벽에 희미해져   <u>In the white dawn clear</u>
마침내 거의 볼 수 없게 되니   Until we hardly see—we feel that it is there.
우리는 느낀다 별이 거기 있음을

는 모든 대상에게 인간과 동일한 영혼을 부여하고 대상에게 자신의 감정을 이입을 하여 일체감을 갖는다. 도손에게는 셸리의 공감적 상상력의 시작(詩作)까지 수용하지는 않고 시에 나타난 일부분의 영어 표현만 빌려서 「별(star)」에만 착안한 것이라 하겠다. 도손은 이 시의 3연에서는 셰익스피어의 『햄릿』의 표현을 인용하는데, 그 안에도 「하얀 제비꽃」12)이라는 단어 하나만 수용하여 처녀의 순결성을 상징하는 시어로 셰익스피어의 처녀 순결사상을 표현한다.

「오요」의 12연 4행13)에도 셸리의 「종달새에게」를 연상하게 하는 표현이 나오는데, 기쁨과 슬픔이 교차하는 갈등을 나타내는 표현이다. 「싱긋 미소 지으며 우는 (微笑みて泣く)」이라는 표현과 셸리의 표현, 「감미로운 노래도 슬픈 생각을 말해주는 노래」을 보면 「sweet」와 「saddest」의 상반된 개념을 「微笑み」와 「泣く」의 인간 감정을 표현하는 동사로 바꾸어 놓았다. 단어만 바꾸어 놓았을 뿐 셸리의 시가 나타내고자 하는 진정한 회의주의는 드러나지 않는다. 셸리는 공감적 상상력으로 표현하여 종달새의 노래는 자신의 시를 나타내고 있는 것이다. 시인의 노래는 감미롭게 들리는 시일수록 시인의 가장 슬픈 심정을 호소한 것이라는 의미로 표현한 것이다.

셸리는 분명히 말한다. 「오 반갑다 정령이여!(Hail to thee Sprit!)14)

---

12) 하얀 제비꽃 피는 파릇한 화초　白菫さく若草に
　　꿈을 많이 품었던 나였었는데　夢多かりし吾身かな　　(3연)
「오요」

13) 「오요」(12연 4행)
　　싱긋 미소 지으며 우는 나 자신　微笑みて泣く吾身かな
　　「To the Skylark」
　　우리의 가장 감미로운 노래도 가장 슬픈 생각을 말해주는 노래
　　Our sweet songs are those that tell of saddest thought

14) 여기서 "Sprit"은 어원이 라틴어로서 '바람' '숨결' '영혼'을 의미한다.

너는 결코 새가 아니리라(Bird thou never wert)」. 도손은 셸리의 신비주의적 정령사상은 수용하지 않고 그가 좋아하는 시어, 「새벽별」「새벽」「빛」「내님」만을 수용한 것이라 하겠다.

도손은 셸리가 현실의 인위적인 제도 등에 대한 반항적인 면과 그의 인생에서의 일련의 불행과 고뇌가 도손 자신의 인생의 질곡과 비슷하다는 데에서 동병상련을 느꼈던 것으로 생각된다. 낭만주의적 상상력15)과 신비주의적 분위기가 묘하게 융합하여 시인의 심장의 고동이 시를 읽는 이에게 직접 전달되는 셸리의 시적 기교는 도손과 일맥상통하는 부분이다. 특히 시형(詩型)의 연구에 몰두하여 여러 가지 시도를 해보는 등 부단한 노력을 하는 시인16)이라는 점에서 셸리는 도손과 공통점이 있다고 할 수 있다.

다음으로 셸리의 「서풍부」의 영향을 받았다고 생각되는 도손의 근대시를 감상해보자. 사사부치 도모이치(笹淵友一)씨는 「이 부분이 셸리의 〈서풍부〉에서 그 이미지를 얻은 것이라」17)고 한다. 하지만 셸리의 이 시와 가장 영향관계가 많은 시가 도손의 「가을바람의 노래」18)라고

---

15) 낭만주의 시인들이 산, 동굴, 구름이나 바람을 마음의 상징적 표상으로 삼고 있는 경우가 많은데, 자연의 모든 사물을 개인의 정신세계에 대한 상징이나 커뮤니케이션의 수단으로 보고 있기 때문이다.
　　허천택『영국낭만주의 문학연구』(동국대학교출판부 2003) p.525
16) 셸리의 「서풍부」에서 두운(alliteration)이나 유운(assonance)은 눈에 띄지 않는데, 형식에 얽매여서는 시인의 영혼이 자유로울 수 없다는 입장의 표현으로 시의 외적 형식에 구애받지 않는 시작 태도이다. 도손 역시 일본전통의 와카에서 벗어나 자유시를 최초로 실험하고 성공한 시인이라는 점에서 공통점이 있다. 이러한 시작 태도는 다가올 시의 분위기를 예견할 수 있게 하는 선구자적 역할이라 할 수 있다.
17) 笹淵友一　前揭書　p.587
18) 「가을바람의 노래(秋風の歌)」　(1연)
　　조용하게 찾아온 가을바람이　　しづかにきたる秋風の
　　서쪽 바다로부터 불기 시작해　　西の海より吹き起り

한다면 어떠한 부분에서 시상을 얻은 것인지는 본문을 비교하여 보아야 알 수 있다고 생각한다.

『새싹집』속에서 「가을바람의 노래」의 위치는 자연미를 노래하여 성공한 시로 평가되고 있다는 점이다. 히나쓰 코노스케(日夏耿之介:1890-1971)는 이 노래를 『새싹집』안에 수록된 시 중에서 「전편의 白眉」[19]라고 칭찬하였다. 도손의 시를 대표하는 수작으로 꼽힌다고 할 수 있겠는데, 가을바람에 떠도는 낙엽에 인생의 고독과 쓸쓸함을 새기며 비상애절(悲傷哀切)한 리듬을 실은 것이 이 시의 두드러진 특징이라 할 수 있다.

위의 제 1연에서 서쪽 바다에 가을바람이 부는 것을 상상(想像)하여[20] 청명한 파란 하늘에 높이 떠다니는 흰 구름의 광경을 눈으로 바라

떠돌며 서성대는 하이얀 구름	舞ひたちさわぐ白雲の
날아가는 행방도 알 수 없구나	飛びて行くへも見ゆるかな　　(1연)
몰아치며 떠도는 가을바람에	吹き漂蕩す秋風に
뒤집히며 뒹구는 나뭇잎이어	飄り行く木の葉かな　　(6연)
이른 아침 푸드득 <u>힘찬 독수리</u>	朝羽うちふる鷲鷹の
새벽하늘 드높이 비상하듯이	明け闇天をゆくごとく
세차게 불어대는 가을바람이	いたくも吹ける秋風の
날개소리 세차고 힘이 있구나	羽に聲あり力あり　　(7연)

19) 시인이며 영문학자, 長野縣飯田市出生, 와세다대학 영문학과 졸업. 난해한 漢語에 취미를 가진 신비주의적 상징주의 시인. 시집으로는 「轉身頌」「黑衣聖母」 저서로는 「明治大正詩史」등 있다.

20) 오오카 마코토〔大岡信〕는 도손의 이 부분은 바람이 불어왔다는 의미가 아니라 가을바람이 어디선가에서 일고 있다는 관점에서 〈가을바람〉을 상상(想像) 속에서 불러오는 표현기법을 쓰고 있는데 이러한 것이 바로 일본인의 감수성이라고 말한다.
  大岡信 『계절의 노래를 말한다(《折々の歌》を語る)』(講談社 1986) p.131 참조

보고 그대로 옮긴 서경시(敍景詩)로서 전체적으로 가을바람이 찾아옴을 노래하고 있다. 「조용하게 찾아온 가을바람이」라는 도입의 온화한 분위기로 시작하여, 「서쪽 바다로부터 불기 시작해」라는 공상을 끼워 넣었으며[21] 「떠돌며 서성대는 하이얀 구름」의 이미지를 선명하게 그리고 있으므로 깊은 인상을 물씬 풍긴다. 여기서는 구름을 보고 그리고 있는 시각적인 사생(写生)의 표현이라 할 수 있으며 더욱이 풍경에 감정이입이 들어가 있지 않은 객관적인 사생으로서 노래이다.

도손은 센다이에 1896년 9월 초에 작문교사로 부임하기 위해서 도착했을 때 도호쿠지방에 가을바람이 세차게 불었던 것은 사실이다. 이러한 일본의 자연 속에서 바람에 날려 떨어지는 낙엽과 세찬 바람의 강한 힘을 느끼면서 자연에 대한 인간의 한계를 탄식하기도 하며 인간 존재의 애수와 고독을 느끼면서 지은 시라 하겠다.

하지만 셸리의 「서풍부」[22]는 바람을 의인화하여 바람을 마치 신의 힘을 지닌 존재로 영혼이 깃들어 있는 것으로 다루고 있다.

---

21) 吉田精一 外 『近代詩鑑賞辞典』(東京堂出版 1969) pp.199~200 참조
22) 「서풍부(Ode to the West Wind)」
　　　오 거센 서풍, 너 가을의 숨결이여!
　　　너의 눈에 보이잖는 존재로부터 죽은 잎사귀들은
　　　마치 마법사한테서 도망치는 유령처럼 쫓겨다니는구나,
　　　　　…(중략)…
　　　거센 정신이여, 너는 어디서나 움직이누나;
　　　파괴자인 동시에 보존자여; 들어다오, 오, 들어다오!

　　　O wild West Wind, thou breath of Autumn's being,
　　　Thou, from whose unseen presence the leaves dead
　　　Are driven, like ghost from an enchanter fleeing,
　　　　　…(중략)…
　　　Wild Spirit, which art moving everywhere;
　　　Destroyer and preserver; hear, oh, hear!

「서풍부」에서 셸리는 회의적 이상주의와 시인으로서의 자아의식이 명백히 드러난다. 이태리 플로렌스 근처의 아르노(Arno)호를 둘러싸고 있는 숲 근처에서 어느 가을 날 거센 바람이 일고 비가 내리고 구름이 움직이는 광경을 보고 쓴 시인데, 그러한 자연 광경은 시인이 꿈꾸어왔던 새로운 시대로의 변화의 조짐이 상징적 모습으로 표현된 것이다. 서풍은 지성적 아름다움의 정신처럼 눈에 보이지 않지만 땅과 하늘, 바다에 강력한 힘을 행사하는 존재이다. 그가 이 시에서 묘사하는 바람은 「파괴자인 동시에 보존자」인데, 이 말이 보여주고 있듯이 낡은 것들, 죽은 것들을 쓸어버리고 새로운 생명이 움트도록 그 씨앗을 보존하는 존재로 상징되고 있다.

우선 땅에서의 바람은 가을의 「숨결」이 나타내듯이 새로운 시대가 오게 하는 어떤 혁명적인 힘 혹은 정신 같은 것이다. 바람으로 낡은 것들, 죽은 잎사귀들은 그 나뭇가지에서 떨어져 휩쓸려가고, 씨앗들은 다른 땅 위에 떨어져 그 싹을 돋는 봄을 기약한다. 이 〈서풍〉은 하늘에서도 하늘에 걸려 있는 무거운 구름을 흔들고 헐거운 구름들을 불러 모아서 그 구름들로부터 비와 천둥을 내리게 하는 존재, 즉 하늘과 바다 사이에 걸린 것들을 쓸어내리며 죽어가는 시대를 보여주는 장송곡과 같은 역할을 한다.

바다에서의 〈서풍〉은 잔잔한 푸른 지중해를 그 잠으로부터 깨우는 역할을 한다. 여름의 달콤한 잠에 빠져 꿈을 꾸고 있는 지중해는 현실에 안주하고 있는 정신을 상징한다. 1행과 3행에서 공통으로 드러나는 것은 서풍은 낡은 것의 파괴자, 혹은 잠자는 의식을 일깨우는 자라는 것이다. 강력한 힘의 소유자인 서풍에 비해서 현재의 시인은 서풍과 같은 기상과 정신이 사라져버린 데 대한 절망과 삶이 주는 하중(荷重)에 고통을 당하고 있다.

절망 가운데서 시인은 기도 속에서 서풍과 씨름한다. 시인이 절망 가운데서 서풍을 붙잡고 그를 갱생시켜줄 것은 희구하는 것으로 볼 수 있다. 무력한 죽은 정신은 서풍의 도움으로 인해서 자신에게서 마치 낙엽처럼 떨어져 나가고 새로운 생각으로 탄생할 것이며 그 새로운 생각은 시가 되어 인간들 사이에 퍼지기를 희구한다. 또한 서풍은 시인 자신의 입을 통해서 불어지는 예언의 나팔이 될 것을 희구한다. 「예언의 나팔이 되어라! 오 바람이여. 겨울이 오면 봄이 멀겠는가?(66－70)」

서풍의 힘과 정신은 예언자로서의 자신의 입을 통해서 퍼져나가 잠에서 이 세상을 깨울 것을 기원한다. 「겨울이 오면 봄이 멀겠는가?」는 봄이 멀지 않았으리라는 확신에 대한 수사의문문일 것이다.

〈서풍〉과 같이 보이지 않는 존재, 즉 정신의 힘은 바람이 일듯이 인간에게 불어오도록 되어 있다. 다만 그 힘은 그 힘이 올 때 느낄 수 있는 예리한 감수성과 상상력을 가진 자에게 파악될 수 있는데, 그 미세한 감수성과 상상력을 가진 존재가 시인인 것이다.

셸리의 시를 보면 바람은 우주의 창조자로서 권능을 지닌 존재이다. 즉 바람에게 신의 권능을 이입시켜서 자연에 존재하는 것에 영혼이 깃든 것으로 생각하는 범신론적 사고가 들어 있음을 알 수 있다. 바람을 일컬어 「파괴자인 동시에 보존자」라 하면서 신의 권능을 부여하여 자연에 존재하는 질서 속에서 신의 능력을 감지하고 있는 것이다. 원문의 「Spirit」은 어원이 라틴어로서 「바람」「숨결」「영혼」을 의미하므로 「breath」와 동일하게 쓰이고 있는데다가, 대문자로 쓴 점으로 미루어 보아서 신의 의미를 부여한 범신론적 사상이 배태되어 있는 시라 할 수 있다. 원래부터 셸리는 범신론자, 신비주의자이기도 하다.

6연의 「몰아치며 떠도는 가을바람에 뒤집히며 뒹구는 나뭇잎이어」[23] 라는 이 부분을 분석해 볼 때 가을바람의 거센 파괴력을 감지할 수 있다. 나뭇잎은 바람에 어쩔 수 없는 약한 존재로 신 앞에 무력한 인간의 존재로 보고 있다고 생각한다. 도손의 「뒤집히며 뒹구는 나뭇잎」은 셸리에서는 「죽은 잎사귀들은 쫓겨 다니는구나(the leaves dead. Are driven)」로 표현되어 이 부분에서 두 작품의 이미지가 같다고 볼 수 있다. 하지만 셸리는 마른 잎들은 망령에 비유함으로써 생명감을 불어넣고 아무짝에도 못쓸 죽은 잎들이라 할지라도 생명을 가진 유기체와의 상관관계를 갖도록 나타내고 있다. 누렇고 검고 창백한 무수한 색깔 없는 잎들을 유령에 비유함으로써 봄이 되면 움틀 새싹들의 표본을 독자들은 상상해 볼 수 있다.

도손은 그의 세 번째 시집 『여름풀』에 실려 있는 「새 파도(新潮)」[24]라는 시에서도 셸리의 「서풍부」2연[25]과 비슷한 시상(詩想)을 전개하고 있다. 바람에 의해서 전개되던 육지의 상황에서 하늘의 상황을 구체적으로 보여주고 있다. 뭉게구름이 바람에 흩날려 여러 형상으로 헝클어지고 없어진다. 하늘 나직이 이는 회색 물빛의 비구름과 조각구름이 톱

---

23) 몰아치며 떠도는 가을바람에 　　吹き漂蕩す秋風に
　　 뒤집히며 뒹구는 나뭇잎이어 　　飄り行く木の葉かな 　　　　　　　　(6연)
24) 「새 파도(新潮)」
　　 계속해서 거세게 바람 불어서 　　またたくひまに風吹きて
　　 뭉게뭉게 밀리는 구름을 보니 　　舞ひ起つ雲をたとふれば 　　　　　(11연)
　　 말하자면 파도는 서쪽바람 　　　たとへば波は西風の
　　 나무 끝을 세차게 흔드는 듯이 　梢をふるひふるごとく
　　 쪽배는 시들어간 가을낙엽이 　　舟は枯れゆく秋の葉の
　　 가지에서 떨어져 나가는 듯이 　枝に離れて散るごとし 　　　　　　(17연)
25) 요동치는 가파른 한 가운데 흐르는 그대 물결 위로
　　 대지의 썩어가는 낙엽처럼 산만한 구름들이 흩어진다.
　　 하늘과 바다가 만들어낸 엉킨 나뭇가지로부터 떨어진 낙엽처럼.
　　 Thou on whose stream, mid the steep sky's commotion,
　　 Loose clouds like earth's decaying leaves are shed,
　　 Shook from the tangled boughs of Heaven and Ocean,

니처럼 수놓아져 솟구치는 바람결에 대지위의 낙엽처럼 산만한 구름들이 이리저리 흩어진다. 이는 바람의 위력에 눌린 것은 나뭇잎만이 아니라 구름도 밀려다니고 있음을 보여주고 있다.

마찬가지로 『여름풀』에 실려 있는 「농부」(下권-1)²⁶⁾에서는 더욱 구체적인 바람의 실체를 도손은 구사하고 있는데, 이 시상 또한 셸리의 「서풍부」와 동일한 것이라 하겠다. 도손은 이처럼 자신의 여러 제목의 시에 서구문학의 시상과 시어를 삽입시켜서 시상 전개에 새로운 리듬과 활력을 주는 효과를 내고 있다.

우선 이시의 특징을 보면 「가을바람의 노래」 6연과 흡사한데, 서쪽에서 불어오는 바람은 겨울을 알리는 바람으로 구사하고 있다고 하겠다. 더 나아가서 이 「농부」에서는 겨울을 인간적 은유법을 사용하여 시상을 전개하고 있음을 알 수 있다. 도손은 바람을 죽은 자의 얼굴, 「그 얼굴색은 죽은 사람 안색」으로 비유하고 있는데, 그야말로 바람의 실체를 색깔로 표현하고 있다는 점에 주목해볼 필요가 있다. 육지와 하늘과 바다에서 일어나는 계절의 변화를 암시하는 빨강 노랑 파랑 회색 등의 색채가 가져다주는 의미를 〈바람〉이라는 시어에 부여하고 있다는 점이다. 이처럼 색깔로 그 의미를 표출시키고 있는 시상은 셸리의 「서풍부」 1연²⁷⁾에서 구체적으로 전개되고 있다. 누렇고 검고 창백한 색깔은 서풍이 몰고 오는 겨울의 색으로 셸리는 「검은 겨울(dark wintry)」로 표현

---

26) 실로 서쪽 바람이 불어올 때에　　げに西風の吹けるとき
　　흩날려 떨어지는 잎사귀처럼　　飛び散る秋の葉のごとく
　　생각하여 보니까 그 얼굴색은　　思へばかれのかほばせば
　　죽은 사람 안색이 되가고 있네　　死灰の色にかはりつつ

27) <u>Yellow</u>, and <u>black</u>, and, <u>pale</u>, and hectic <u>red</u>,　누런, 검은, 파리한, 열병에
　　　　　　　　　　　　　　　　　　　　　　　걸린 듯한 빨간
　　Pestilence-stricken multitudes:　　열병에 걸린 무리들
　　Who chariotest to their <u>dark wintry</u> bed　<u>검은 겨울</u>의 잠자리로 돌아가서

하고 있다. 이러한 색채로 의미표상의 수단으로 쓰고 있는 시상의 전개는 두 시인이 같다고 할 수 있으며 도손은 가을바람에 대한 시를 구상함에 있어서 셸리의 「서풍부」를 적극적으로 수용하고 있음을 알 수 있다 하겠다.

그러면 도손과 셸리가 시어로 사용하고 있는 바람의 실체를 알아보자. 바람은 창공을 지배하는 「창조자인 동시에 파괴자」 존재로서, 죽음과 재생의 두 가지 면에서 논의될 수 있으며 기성조직(낙엽)의 파괴는 오직 새로운 탄생을 재촉하기 위한 것이며 단순히 파괴를 위한 파괴가 아닌 새로운 창조와 건설을 위한 파괴이다. 이러한 의미의 파괴와 건설은 결코 유리될 수 없는 통일성을 갖고 있는데, 바로 이런 양면성 위에서 그 통일적 의미를 상징적으로 나타내고 있는 것이 「서풍」의 내면적 표상이다.

도손의 시집에는 이외에도 셸리의 「서풍부」이 연상되는 시가 여러 군데 있는데, 그 중 하나가 『여름풀』에 실려 있는 「휘파람새(うぐいす)」[28] 이다. 도손의 이 시는 겨울에 휘파람새의 가련한 모습을 그린 시인데 봄을 기다리는 시인 도손의 심정이 휘파람새에게 자신을 이입시킨 인간적인 은유법이다. 이 시에서 시인의 외침은 상당히 긍정적이다. 겨울은 만물이 잠들고 정지된 듯한 이미지의 표상으로 보이지만 겨울 속에 내포된 생명의 보존의 힘으로 인해서 자연이라는 계절의 시간이 도래하면 반드시 소생하게 된다는 삶의 긍정적 자세를 보여준다. 겨울이 힘들지만 희망이 있기에 즐겁게 보낼 수 있고 때가 이르게 되어 봄이

---

28) 「휘파람새(うぐいす)」

    진실로 봄이 오면 따뜻한 것은　　げに春の日ののどけさは
    어둑어둑 지나는 겨울동안을　　暗くて過ぎし冬の日を
    참고 지내는 그때 바로 그때가　　思ひ忍べる時にこそ
    오히려 즐겁기도 하였던 거지　　いや樂しくもあるべけれ　　(7연)

오면 봄의 따사로움을 더욱 느낄 수 있게 되는데 이는 겨울이 있기에 봄이 오고, 겨울의 추위가 있었기에 봄의 따스한 기운을 만끽할 수 있다는 긍정적인 삶의 태도를 보여준다. 도손은 셸리의 「서풍부」 중에서 「오 바람이여. 겨울이 오면 봄이 멀겠는가?(66-70)」[29]를 떠올려서 삽입한 것이라 할 수 있다. 셸리의 이 시에서는 예언자로서의 시인의 입을 통해서 서풍의 힘과 정신이 퍼져나가 이 세상을 잠에서 깨울 것을 기원한다. 여기서 「겨울이 오면 봄이 멀겠는가?」는 봄이 멀지 않았으리라는 확신에 대한 강한 긍정의 수사의문문이며, 서풍의 내면적 표상으로 자연의 조직을 소산시키면서도 때가 오면 되살아날 「나래달린 씨앗들」을 보존함으로써 자연의 질서와 그 영원성을 유지하고 있는 것이다. 차디찬 무덤 속에 씨앗들을 사체(死体)처럼 잠재우면서도 다시 태어날 시간적 한계를 명시하고 있음은 서풍이 생명의 파괴자인 동시에 보호자인 양면적 기능을 보여준다.

도손의 「휘파람새」는 에서 「봄이 오면 따뜻한 것은/겨울동안을/참고 지내었기」때문이라는 뜻으로 겨울에 대해서도 긍정적인 자세를 가지고 있음을 보여주고 있다. 겨울과 봄의 상관관계를 나타내고 있다. 바람의 힘으로 땅에 떨어져 죽어가는 나뭇잎은 그대로 그 생명이 다하지만, 바람에 잘 견뎌서 가지에 매달려 있는 나뭇잎은 겨울을 잘 보내어 봄을 맞이하면 새순이 돋는다는 희망의 메시지이다.

「겨울이 왔으니 봄은 멀지 않아 온다」에서 셸리는 거센 바람이 온다고 해서 봄이 오는 것을 막을 수는 없을 것이라는 자연의 순리를 인정하며 혹독한 바람을 참고 견디겠다는 의지를 보이고 있다. 이러한 셸리의

---

29) 「서풍부(Ode to the West Wind)
　　 "겨울이 오면, 봄인들 멀 수 있으랴?
　　　If Winter comes, can Spring be far behind?" (66~70)」

희망에 찬 절규는 겨울과 봄 사이에서 희망을 잃지 않고 긍정적으로 받아들이고 있다. 겨울이 오면 봄이 멀지 않다는 사실에 대한 시인의 참된 믿음이며 이는 두 시인이 희망을 잃지 않는 불굴의 시혼과 그의 이상을 의미한다. 그러므로 여기서 두 시가 긍정적인 시상의 전개와「겨울」「봄」이라는 두 시어도 동일한 이미저리로 쓰였다고 하겠다.

이상에서 셸리의「서풍부」와 도손의「가을바람의 노래」및「바람」과 연관된 시들을 조명해 보았다. 셸리의 공감적 상상력에 바탕을 둔 낭만시「서풍부」에서 서풍(西風)의 의미는 파괴와 창조의 이미지와 미래에 대한 약속의 예시가 포함되어 있다는 것을 알게 되었다. 또한 바람이라는 상징에 의해서 시인의 저항 정신이 대변되고 있으며 바람의 실체는 삶과 죽음, 파괴와 창조의 양면성을 지니며 죽음의 무덤을 생명의 보금자리로 직결시켜주는 작용을 하는 바람의 양면성을 분석해 보았다. 도손의 시에서도 바람을 상징어로 사용하면서 바람에게 도손 자신의 공감적 상상력을 불어 넣어 인간적인 은유법으로 시인의 감정을 이입하고 있음을 알 수 있었다. 바람은 두 시인에게 시인 자신의 소망을 대변해주며 도손과 셸리는 바람의 실체를 밝히면서 인간의 한계와 자연의 무한한 능력을 깨닫고 있음을 알 수 있었다. 도손은 영국 낭만주의의 특질 중 가장 중요한 상상력(Imagination)을 회복하여「바람」이라는 상징어를 통해서 자연과 인간이 유기적으로 통합하여 하나가 되어 생명력을 회복하고 미래에 대한 희망을 갖는 인간의 모습을 표출하였다.

시인 도손은 셸리와 마찬가지로 강한「바람」[30]을 만나서 쓰러져 죽어 없어지는 낙엽이 아니라 봄이 되면 새로이 태어나는 생명의 시인이

---

30) 우연인지 필연인지 모르지만 도손이 임종 때 한 말 역시「시원한 바람이군(涼しい風だね。)」이었다.
　　青木正美『知らざる晩年の藤村』(図書刊行会 1998)　p.239 참조

될 희망을 버리지 않는다. 언제까지나 봄을 기다리는 종달새와 같이 혹은「나래달린 씨앗 같이」서풍부와 같은 바람을 두려워하지 않는다는 공감적 상상력을 수용하였음을 알 수 있었다. 공감적 상상력으로 인하여 인간은 절망적 현실에서 미래에 대한 희망을 가질 수 있기 때문에 허무적 낭만주의에서 조금은 희망적인 편이라 하겠다. 현실부정에서 시작되고 허무적 감정에서 시작된 불안이 자연의 무한한 파괴능력과 창조능력을 간파할 수 있게 하므로 오히려 치유될 수 있다는 낭만정신을 수립할 수 있다고 하겠다.

2. 바이런의 절망적 허무주의의 수용

텍스트『버찌』(273쪽)에 주인공 스테키치가「바이런의 평전과 그의 시를 읽고」[31] 바이런 적 삶을 안타까워하면서도 그에게 매료되어가고 있는 장면이 그려져 있다. 도손은 바이런의 극시「맨프레드」의 주인공

---

31) 메이지학원을 졸업한 도손은 고향의 은인인 요시무라 다다미치(吉村忠道)가 겨영하는 요코하마 이세사키초(橫浜伊勢佐木町)의 잡화점에서 한동안 일하는 동안 틈나는 대로 텐느의 영역본『영문학사』를 읽는 중에 〈바이런 장〉의 마지막 부분에서 〈회심의 문자〉를 대하게 된다.
　「When he forsook poetry, poetry forsook him;「彼は詩を捨てた。詩もまた彼を捨てた。
　he went to Greece in search of action, and found death,」彼は以太利の方へでかけて行った、そして死んだ。」(AはBを捨てた。BもAを捨てた。)
이 영문을 보면 다음과 같고 오역이 있는데, 이태리가 아닌 그리스인 것임을 알 수 있다.
이 영문 표현에 밑줄을 긋고 도손은 그의 문학 여러 군데에 이 표현을 수용하고 있다.
八木功　前揭書 pp.77~78 참조

맨프레드에게서 인간의 내면적 슬픔과 고독을 배우면서 인간본성의 본능적 욕구와 지성의 갈등에서 비롯된 고뇌를 자신의 투영시키게 되었다. 바이런의 허무주의적 낭만시를 접하고 난 후부터 도손은 고독의 의미를 파헤치는 시를 지었고 우울함과 허망함 등의 슬픈 감정을 나타내는 표현 과 쓸쓸하고 허망함을 표현하는 어휘를 그의 시 안에 다양하게 사용하고 있음을 알 수 있다. 본능적 욕구와 지성의 자각으로 인한 상극을 고뇌로 표현하는데, 이것은 근대적 지성의 상징이며 작가 도손의 투영이기도 하다. 도손의 「과거 회귀적 고뇌」32)는 그에게 어두운 인생관을 갖게 하였으며, 그로 인해서 자신의 시속에서 애상(哀傷), 숙명적 비애(悲哀), 비통(悲痛), 비탄(悲嘆), 적요(寂寥), 암울(暗欝), 비극적 운명, 등 인간의 슬픔을 다양한 어휘와 각도로 파헤치게 되었다고 하겠다. 도손을 비롯한 근대인에게는 영혼의 고독이라는 것이 필연적인 모습으로 존재하며, 고독한 가운데서 고뇌하는 모습야말로 진정한 근대인의 참모습이라고도 할 수 있다. 인간이 진실로 자기의 존재를 생각하면 생각할수록 고독을 느끼게 되고 이 고뇌하는 모습이 도손의 시 안에서 형상화되어 있다. 도손의 문학 속에서 이 〈고독〉은 지극히 중요한 모티브이고 문학적 소재이기도 하다. 초기의 그의 시에는 고독이라는 어휘보다는 〈슬프다〉는 형용사를 많이 썼으나, 중반기 이후부터는 이러한 감정을 〈고독〉이라는 단어로 바꾸어서 사용한다. 도손은 인간의 실존 속에서 고뇌한다. 고뇌가 깊으면 깊을수록 그의 작품의 깊이는 달라지게 마련이며, 시인은 특히 다감(多感)한 천성을 지니고 정열적이므로

---

32) 도손의 내면에는 자신의 가족사에 대한 슬픔이 잠재하고 있었다. 셋째형 도모히사(友彌)는 어머니의 혼인외자로 도손과도 사이가 좋지 않았으며 도손은 늘 셋째형에게 이지매 당하고 있었다. 도손에게 가족사는 일생동안 열등감의 원인이 되었고 도손의 어두운 그늘이 되었다.
西丸西方『島崎藤村の秘密』(有信堂 1975) p.41

그만큼 더욱 고독을 느낄 수 있으며 고뇌도 깊은 것이라고 생각한다. 도손 역시 별반 다르지 않았다. 하지만 그러한 성향에 계기를 만든 것이 도손에게는 서구문학이며 그 가운데서도 바이런의 허무적 낭만시의 해후라 하겠다. 도손의 소설『봄』을 보면 자연히 튀어나오는 말이 「고독」33)이었고, 고독한 심경 묘사가 많이 나온다. 실제로 도손은 소설 『봄』을 집필하기 전에 2년 동안 연이어서 3명의 딸을 잃는 아픔을 겪었다. 1905년 셋째 딸을 잃고 그 다음해에 다시 차녀를, 그리고 다시 장녀를 잃는 아픔을 겪었다, 도손의 슬픔이란 말로 표현 할 수 없을 정도로 비수(悲愁)와 고독이 극에 달했다.34) 이렇듯이 도손에게 있어서 고뇌와 고독은 그의 문예 전체를 깊이 있게 만들며 자신의 영혼을 순화시키는 중요한 요소이다. 도손의 〈고독〉은 젊은 시절의 〈슬픔〉에서 온 것이라 하겠다.

---

33) 「青木は今全く孤独である。」
　　「彼は孤独を感ぜずに居られなかった。」
34) 단편『고독』(「中央公論」1911년 9월 1일)발표할 정도로 평생 그를 떠나지 않는 과제였다.

1) 바이런의 극시 「맨프레드」[35)]와 『새싹집』「취가」『여름풀』「농부」

바이런의 장시의 주인공 맨프레드의 고뇌에 찬 극시의 대사를 통해서 도손은 그의 네 권의 시집에 실려 있는 여러 시 속에 시상을 수용하기도 하며 그 속에서 시어를 선택하기도 하여 근대 낭만 시인의 고뇌를 노래했다. 가장 많이 수용한 시는 『여름풀』의 장시 「농부」이지만 이 시는 바이런뿐만 아니라 곳곳에 셰익스피어의 『햄릿』과 괴테의 『파우스트』 등 서구문학의 여러 극시를 수용하여 구성된 시이다. 따라서 「농부」를 분석하기에 앞서 발간된 시집의 순서에 따라 그 시집에 실린 시를 분석하되 바이런의 극시 「맨프레드」의 어떤 부분이 어느 시집의 시에 많이 투영되고 수용되었는지를 시집에 나타난 시상을 조명해가면서 분석해 나가기로 한다. 먼저 처음에 엮은 시집 『새싹집』에 실린 시부터 그 영향 관계를 조명해 나가기로 한다. 네개의 시집을 분석해본 결과 『새싹집』에는 4작품 속에 극시 「맨프레드」가 수용되어 있음을 알 수 있었다. 그 가운데 제일 앞에 지은 시 「醉歌」를 분석해보고자 한다.

---

35) 『Manfred』

The Scene of the drama is amongst the Higher Alps — partly in the Castle of Manfred, and party in the Mountains.

[A star is seen at the darker end of the gallery: it is stationary; and a voice is heard singing.]

1817년 간행. 맨프레드 백작은 과거 근친상간과 불륜의 사랑으로 애인을 죽게 한 죄책감에 시달리다가 생에 절망하여 알프스 산중으로 들어간다. 그곳에서 그는 마술의 힘을 빌려서 천지의 칠정령(七精靈)을 불러 자기의 망각의 길을 물어 보지만 뜻을 이루지 못 한다. 그래서 깊은 계곡에 몸을 던지려고 하였으나 사냥꾼이 이를 막아 자도 하지 못 한다. 드디어 예언의 시간이 되자 덤벼드는 악마에게 "이제 더 이상 너의 희생물이 되지 않겠다. 내 자신을 파괴해온 나다. 앞으로도 그렇게 할 것이다." 하고 저주하며 죽는다. 바이런의 근대적 자아의식을 가장 강렬하게 표현한 대표작이다. 이 작품을 소재로 한 음악 작품으로는 차이코프스키의 교향시(1885)가 유명하다.

「취가(醉歌)」 (5연)

빛도 비치지 않는 봄날 어느 날   光もあらぬ春の日の

나 홀로 고독하여 미칠 것 같아   独りさみしきものぐるひ

슬픈 맛을 알게 한 세상 지혜에   悲しき味の世の知恵に

아, 이제 늙어버린 이 몸 나그네   老いにけらしな旅人よ   (5연)

『새싹집』

마음에 있는 봄의 등불을 갖고   心の春の燭火に

젊음 넘치는 생명 비추어보자   若き命を照らし見よ   (6연 1, 2행)

이 시는 『문학계』49호(1897년)에 발표된 「새싹」6편 중 제 6번째로 실린 시이다. 젊은이에게 소년에서 노인으로 늙어가는 것은 한 순간임을 알리고 그렇기 때문에 짧은 청춘은 즐길 필요가 있다고 하는 시이다.

전부 7연으로 되어 있는데, 그 중 5연은 암울한 청춘의 고독에 괴로워하며 세속적인 지혜에 눈을 뜬 젊은이의 아픔과 쓰라림을 노래하고 있다. 이러한 세상 지식에 대한 허무함과 그 지식으로 인해서 자신이 속박되는 것에 대한 고통을 노래하는 시이므로 상당히 사회의 통념과 기존질서에 반항하고 이를 무시하거나 타파하려는 시인의 마음이 엿보인다.

도손의 자전적 소설 『버찌』에서 스테키치가 바이런의 일생은 신이 기꺼이 용납할 수 있는 삶이 아닐 것이라고 생각하면서도, 오히려 만물을 비관하는 그의 시에 심취되는 자신을 발견하는 장면이 나온다.

바이런의 일생은 도저히 신이 가납(嘉納)할만 한 거라고는 생각되지 않는다. 영국의 시인이 이태리에 가서 놀 때 거리에서 장성한 딸을 가진 어머니들은 그 수려한 외모에 방종한 사람을 딸에게 보여주지 않으려고 창문을 닫았다고 하지 않는가? 그렇지만 만물을 비관하는 듯한 바이런의 시가 왜 이렇게 자신의 마음을 빼앗는 걸까? 그 매력은 무얼까?36)

『버찌』이처럼 도손은 세상의 규율과 판단을 따르기를 거부하고 자신의 죄를 인정하지 않음으로서 결국은 자신을 파멸로 이끄는 바이런적 삶에 매력을 느끼고 그의 시에 빠져 들어갔었다. 도손은 인간으로서 건강하고 올바른 삶을 추구할 때는 괴테의『빌헬름 마이스터』를, 육체적 사랑의 합리화와 죄책감을 고민할 때는 단테의『신곡』을 떠올리고, 남녀 사랑 가운데서도 순결한 처녀의 고결한 사랑과 갈등을 생각할 때는 셰익스피어의『햄릿』을 생각하며, 허무주의적 감상에 젖을 때는 바이런이나 셸리를 생각하는 다중적 취향과 감성을 지녔다고 할 수 있다. 도손은 바이런에게서 인간의 가학적인(sadistic) 본능과 피학적(masochistic) 본능의 양면성을 배웠다. 외부적인 권위나 불의에 대항하여 싸우는 본능이 가학적 본능이라면 그 결과 자신에게 엄청난 파멸을 가져오는 것은 피학적 본능이다. 바이런 시의 주인공들은 한결같이 외부적 권위나 규율에 대항하여 결국은 불가항력적인 힘과 싸워서 파멸하는 것은 자멸(self-destruction)의 의지이며 이것은 곧 허무주의(nihilism)에 바탕을

---

36) バイロンの一生はとうてい神の嘉納するものとは思われない。英吉利の
　　詩人が以前以太利へ遊んだとき、ヹニスの町で年ごろの娘をもった母親
　　はあの美貌で放縦な人を見せまいと窓を閉めたというではないか。それ
　　にしても、万物を悲観するようなバイロンの詩がどうしてこう自分の心
　　を魅するだろう。あの魅力は何だろう。
　　島崎藤村『島崎藤村二』『桜の実の熟する時』前掲書 p.273

둔 것이기 때문이다. 처음부터 파멸을 초래할 죄를 짓고 이를 핑계로 자멸을 자초하는 것 자체가 허무주의의 발로가 아니겠는가? 결국 『바이런 시의 주인공들이 보여주는 초인적인 자긍심과 강인함은 어두운 허무주의에 있는 것임을 알 수 있다. 그러므로 바이런적 주인공들은 운명론자인 것이다. 도손은 암암리에 이러한 허무주의를 표출하고 있는 시를 지었다.

인용한 이 시 5연과 6연은 바이런의 「맨프레드」1절을 염두에 두고서 시상을 전개한 것으로 생각된다. 혁명적이고 저돌적이며 사회의 규범을 따르지 않는 인물 「맨프레드」는 근친상간의 죄책감—이는 바이런 자전적인 요소의 암시이기도 한데 바이런은 그의 이복동생 오거스타 리와 근친상간관계에 있었던 것으로 알려진다.—을 가지고 알프스의 깊은 산 속에서 자살을 기도한다. 그는 땅과 하늘, 산 등의 여러 신령을 불러 자신에게 망각의 능력을 달라고 청하나 이들은 맨프레드의 청을 거절한다. 이들은 맨프레드가 자신의 말 못하는 죄를 잊기 위해서는 신에게 용서를 빌어야 한다고 얘기한다. 악마적이고 권위 타파적인 맨프레드는 이를 받아들이지 않는다. 마지막으로 수도원장도 이들과 비슷한 방법으로 맨프레드에게 참회하여 신과 화해하기를 권유하나 맨프레드는 이를 뿌리치고 결국 자살하고 만다. 이처럼 맨프레드는 괴테의 『파우스트』에 나오는 악마 메피스토페레스의 악마성과 파우스트의 반항적 기질을 합쳐서 가지고 있는 인물이다. 맨프레드는 자신의 생명까지도 자신의 결정에 의하여 자기 책임 하에 둠으로써 신의 권위에 정면으로 도전한다. 이처럼 바이런적 주인공들은 자신의 인간으로서의 한계에까지 도전한다.

「맨프레드」1막 1장을 감상하여 보고 도손의 시와 비교하여 보기로 하자.

(1막1장. 무대는 고딕양식의 회랑 시간: 한밤중 맨프레드 혼자 있음)

맨프레드: 등불에 기름을 채워야 한다. 하지만

　　　　　 기름을 채운다고 하더라도 내가 지키고 있지 않으면 타지 않

　　　　　 는다.

선잠, 잠깐 눈을 붙일 뿐. 잠이 든 건 아니다.

끊임없는 상념으로

그 때문에 나의 마음은 견딜 수가 없다.

불면증, 잠 못 이루는 나, 눈을 감고 있을 뿐

내 눈은 내 안을 들여다보고 있다. 아직 나는

숨을 쉬고 있는 형태와 모습만을 간신히 지탱하고 살아 있을 뿐이다.

하지만 이 슬픔은 당연히 지혜가 가르쳐준 것이겠지.

슬픔은 지혜이다. 깨닫는 자의 슬픔인 것이다. 치명적인 진리에

대해 깊이 탄식하는 사람들의 슬픔이다.

지혜의 나무는 생명의 나무가 아니다.

철학과 과학이 생명을 주지 않는다. 경이로운 봄도

가져다주지 않는다. 세상의 지혜는.

「Manfred」

SCENE 1. ─ Manfred alone. ─ Scene, A Gothic Gallery. ─ Time, Midnight.

Man. The lamp must be replenished, but even then

It will not burn so long as I must watch:

My slumbers ─ if I slumber ─ are not sleep,

But a continuance of enduring thought,

Which then I can resist not: in my heart

There is a vigil, and these eyes but close

To look within; and yet I live, and bear

The aspect and the form of breathing men.

But Grief should be the Instructor of the wise;

Sorrow is Knowledge: they who know the most

Must mourn the deepest o'er the fatal truth,

The Tree of Knowledge is not that of Life.

Philosophy and science, and the springs

Of Wonder, and the wisdom of the World,

맨프레드에게는 세상에서 얻은 지혜로는 해결되지 못 하는 마음의 슬픔이 있다. 그가 세상에서 철학과 과학을 아무리 깨달았다 하더라도 얻을 수 없는 것이 있었다. 한탄하고 신음하는 그의 어두운 마음에 등불을 밝혀줄 진리는 어디 있을까. 세상에서 가르치는 「지혜의 나무(The Tree of Knowledge)」는 오히려 「죽음을 초래하는 진리(the fatal truth)」를 가르쳐주니 인간을 더욱 슬픔으로 인도할 뿐이다. 「지혜의 나무」는 「생명의 나무(that of Life)」가 아니다. 「지혜의 나무」는 슬픔의 근원이다. 생명을 주지 않는 나무이므로 생명 없는 허망함을 한탄하게 만든다. 그래서 맨프레드는 다만 숨을 쉬고 있을 뿐, 숨 쉬고 있는 형태만 간신히 지탱하고 있을 뿐이다. 마음속의 생명을 밝히지 못하면 경이로운 봄을 맞이할 수 없는 것이고 이 봄은 세상의 지혜가 가져다줄 수 있는 것이 아니다. 하지만 이 시에서 바이런은 슬픔은 깨닫는 자에게만 오는 것이라는 전제를 하고 있는데 이 관점에 주목해야 한다. 자신의 내면을 성찰하고 들여다보고 세상의 지혜로 비추어 보았을 때 그것은

지혜의 나무 열매를 먹은 것이고 깨닫는 순간에 슬픔과 허망함이 온다는 뜻이다. 도손의 내면을 흐르는 고독과 슬픔은 「깨달은 자의 슬픔(目醒めたものの悲しみ)」37)라고 가와바타 도시히데(川端俊英)는 해석했고, 이토 가즈오(伊東一夫)는 「비통하고 애상적인 감정이며 도손 초기에 많이 사용한 표현이다」38)라고 설명한다. 도손은 자신의 최초의 장편소설 『破戒』에서 「지혜는 심술궂은 것(意地の悪い智慧)」39)으로 표현하고 이러한 지혜로 인해서 「깊은 우수(深い憂愁)」40)에 잠긴다고 했다. 이토 가즈오는 도손의 「우울한 정신(欝勃とした精神)」을 「근대적인 낭만주의 정신이며, 인간해방의 정신」41)이라고 해석했다.

도손의 정신세계를 지배하는 슬픔은 바로 바이런의 허무적 낭만주의 표현에서 배운 것이 아닌가 생각한다. 바이런의 슬픔은 깨달음에서 온 것(Sorrow is Knowledge)이다. 깨닫지 않았더라면 슬픔도 오지 않는다는 의미이다. 6연은 〈내부생명〉을 〈마음의 등불〉로 표현하고 있다. 「맨프레드」의 1막 1장을 다시 감상해보자.

「마음에 있는 봄의 등불을 갖고 젊음 넘치는 생명 비추어보자」여기서 말하는 「마음의 봄」은 「젊음 넘치는 생명」을 상징한다. 이 생명은 밝은 빛에 비추어야 한다. 어두운 곳을 밝히는 것이 빛이라면 마음은 감추어진 어두운 곳이므로 여기를 밝히는 데는 빛이 필요한 것이다. 그 빛이 등불이다. 인간의 마음은 비밀이 들어 있고 비밀은 빛 가운데서 드러난다. 젊음 넘치는 생명의 비밀스런 어두운 곳을 밝혀서 해방되고 싶은 자아인식을 강하게 표출하고 있다고 하겠다.

---

37) 川端俊英 『『破戒』とその周辺』(文理閣 1984) p.9
38) 伊東一夫 前揭書 p.517
39) 島崎藤村 『破戒』(岩波文庫 1957) p.80 (5장~4)
40) 上揭書 p.176 (12장~5)
41) 伊東一夫　前揭書　p.356

도손은 여기서 맨프레드의 대사를 상징어로 바꾸어서 실제 자신의 나이는 비록 젊지만 인생의 겨울을 지내고 있는 자신은 노년으로 상징하고 인생의 봄을 기다리는 마음을 표현하고 있다. 맨프레드에게는 과거의 어두운 기억에서 벗어나고 싶은 해방감을 추구하고 있는 근대 낭만 정신이라 한다면 도손은 자신의 지나간 삶을 돌이켜 볼 때 스케코와의 사랑의 실패와 그녀의 갑작스런 죽음, 도코쿠의 자살, 가정의 경제적 어려움과 형의 감옥 생활, 어머님의 병환 등은 어두운 과거로 겨울을 상징하여 봄을 기다리는 마음으로 노래한 것이다. 「마음에 있는 봄의 등불을 갖고 젊음 넘치는 생명 비추어보자」 여기서 말하는 「마음의 봄」은 「젊음 넘치는 생명」을 상징한다. 이 생명은 밝은 빛에 비추어야 한다. 어두운 곳을 밝히는 것이 빛이라면 마음은 감추어진 어두운 곳이므로 여기를 밝히는 데는 빛이 필요한 것이다. 그 빛이 등불이다. 인간의 마음은 비밀이 들어 있고 비밀은 빛 가운데서 드러난다. 젊음 넘치는 생명의 비밀스런 어두운 곳을 밝혀서 해방되고 싶은 자아인식을 강하게 표출하고 있다고 하겠다.

도손은 여기서 맨프레드의 대사를 상징어로 바꾸어서 실제 자신의 나이는 비록 젊지만 인생의 겨울을 지내고 있는 자신은 노년으로 상징하고 인생의 봄을 기다리는 마음을 표현하고 있다. 맨프레드에게는 과거의 어두운 기억에서 벗어나고 싶은 해방감을 추구하고 있는 근대 낭만 정신이라 한다면 도손은 자신의 지나간 삶을 돌이켜 볼 때 스케코와의 사랑의 실패와 그녀의 갑작스런 죽음, 도코쿠의 자살, 가정의 경제적 어려움과 형의 감옥 생활, 어머님의 병환 등은 어두운 과거로 겨울을 상징하고 봄을 기다리는 마음으로 노래한 것이다. 다음의 어휘를 정리해보고 도손의 「취가(醉歌)」(5, 6연1,2행)와 「맨프레드」의 영향관계를 알아보기로 하자. 그 영향관계를 분석하면 도손이 어떠한 어휘를 선택하여 자신의 시에 수용하고 그 해석은 어떻게 하였으며 시상의 전개는 바이런의 시와 어떻게 같은지 알 수 있다고 생각한다.

다음은 표로 만든 것은 도손과 바이런의 공통으로 사용된 어휘의 도표이다.

《도손과 바이런의 공통 어휘 표현》

도손의 「醉歌」 (5연), (6연 1, 2행)	바이런의 「맨프레드」1막1장
㉮ 빛도 비치지 않는	The lamp must be replenished
㉯ 나 홀로 고독하여 미칠 것 같아	I can resist not: in my heart
㉰ 슬픈 맛을 알게 한 세상 지혜에	Sorrow is Knowledge
㉱ 세상 지혜	the wisdom of the World,
㉲ 등불을 갖고	The lamp
㉳ 생명 비추어보자	To look within Life.
㉴ 마음의 봄	spring
㉵ 나 홀로	Manfred alone

도손의 시 「취가」 중 6행을 분석한 어휘 가운데 무려 8개의 표현 및 어휘가 「맨프레드」와 같은 어휘라는 것을 알게 되었다. 도손은 바이런의 표현 가운데 형용사로는 괴로움, 쓸쓸함, 어두움, 슬픔 등 대부분 암울하고 적막한 인간의 내면적인 것을 표현하는 어휘를 자신의 내면의 어두운 슬픔의 그늘을 표현하는 어휘로 수용하고 있음을 알 수 있다. ㉮의 표현을 보면 암울한 현재의 자신을 맨프레드의 어두운 방과 동일하게 보고 있음을 알 수 있다. 자신의 마음을 하나의 방으로 보고 그 어두움을 밝히는 것은 빛인데, 그 빛은 저절로 비쳐지는 것이 아니라 자신이 마음의 등불을 가지고 비추는 노력을 해야 비쳐지는 것으로 인식하고 있음을 알 수 있다. ㉮의 바이런의 표현 「The lamp must be replenished」은 빛이 없어 방이 어두운 것으로 표현하고 있는데, 이 표

현은 도손이 「replenish(채우다)」의 뜻 하나만으로 이미 어두운 상태를 간파하고 빛이 없는 상태라는 표현을 사용하여 어휘에서 얻어지는 느낌으로 감추어진 표현을 달리하고 있는 센스를 보였다. 바이런의 「The lamp must」라는 표현은 등잔의 기름이 떨어져서 이며 등불에 기름을 채워야 한다는 강박관념을 상징한다. 마음의 기름, 어두운 마음을 비추는 빛을 계속해서 비추기 위한 기름을 채우는 일은 자신의 할 일이라고 생각하고 있는 것이다. 하지만 기름을 채워서 등불이 타고 있는들 무슨 소용이 있을까. 자신이 깨어 있지 않으면 아무런 의미가 없다. 잠이 들면 등불이 타고 있는 것도 인식하지 못 할 뿐 아니라 잠잘 때는 꺼야 하므로 등불을 켜는 의미가 없다는 뜻이다. 그래서 맨프레드는 자신은 잠을 자지 않고 있음을 스스로에게 인식시키고 있다.「선잠(slumber)[42], 잠깐 눈을 붙일 뿐. 잠이 든 건 아니다. 끊임없는 상념으로. 그 때문에 나의 마음은 견딜 수가 없다. 불면증, 잠 못 이루는 나, 눈을 감고 있을 뿐」이라고 자신이 깨어 있음으로써 자신의 어두운 내면을 비추고 싶은 강박관념을 상징하고 있다.

㉯의 「나 홀로 고독하여 미칠 것 같아」는 도손이 센다이에 홀로 부임하여 하숙생활을 하면서 여러 가지 상념에 사로잡혀서 견딜 수 없는 고독감을 느꼈던 거라고 생각한다. 돌이켜볼 때 스케코와의 사랑의 실패와 관서표박 중 자신의 억누를 수 없는 정념(情念)으로 인해 일어난 친구 호시노 텐지(星野天知)와의 불화 등 자신의 처지와 바이런의 처지가 오버랩 되어 이 시를 떠올린 것이라 하겠다. 바이런의 「I can resist not:

---

42) 도손은 바이런의 이 표현에서 영감을 얻었는지는 모르지만 도손의 소설 『うたたね』는 「선잠(slumber)」이라는 의미로 도손은 이 표현을 그의 소설 『봄』에서도 사용하고 있는데(島崎藤村 『島崎藤村二』前揭書 pp.46~47), 아오키가 잠 못이루는 장면에서 동일한 표현을 사용하고 있다.

in my heart」라는 표현 역시 견딜 수 없는 고독에서 외치는 처절한 표현이라 할 수 있다. 도손은 영어의 표현을 일본어의 짧은 7·5조의 7음수율을 맞추어 표현하여도 충분히 전해질 수 있을 정도로 함축적인 시어를 탄생시켰다. 특히 ㉯의 「ものぐるひ」는 그야말로 마음을 다스릴 수 없는 상태이므로 「I can resist not in my heart」를 적절히 표현한 것이라 하겠다.

㉱의 「슬픈 맛을 알게 한 세상 지혜(悲しき味の世の知恵に)」는 바이런의 「Sorrow is Knowledge」와 「the wisdom of the World,」를 함께 해석한 것이라 할 수 있다. ㉲의 「생명 비추어보자(命を照らし見よ)」는 바이런의 「To look within Life」를 번역하면서 「within Life」를 「若き命」로 해석하여 젊은 시인 도손을 상징하는 것으로 보다 구체적인 표현으로 바꾼 것이라 하겠다. ㉳의 「봄」은 바이런의 시에도 나오지만 시의 문맥에서는 「세상의 지혜는 봄조차 가져오지 않는다.」의 표현 속에 들어 있는데, 그 봄에는 만물이 소생하는 힘을 가진 경이로운 봄인데, 그조차 거부당하는 것은 세상의 지혜로 말미암은 것이라는 해석이 가능하다고 생각한다. 하지만 도손은 전체적인 맥락을 이미 간파하여 계절의 설정을 봄으로 잡아 놓았으나, 봄은 봄이지만 그토록 생명을 살리고 자신을 소생시키는 봄을 체험하지 못 하는 현실로 만들어 놓고 있으므로 도손의 바이런의 수용은 단어에 국한 된 것이 아니라 바이런의 시상 전개까지 그리고 그의 허무적 낭만주의 사상까지 수용하고 있다고 하겠다. ㉴의 「나 홀로」는 극시의 지문에 설명되어 있는 상황 즉, 「Manfred alone」을 면밀하게 읽은 도손은 놓치지 않고 시인이 홀로 고독하게 존재하고 있는 시적 풍정(風情)을 설정한 것이다.

이처럼 어휘를 정리해 볼 때 도손의 시상 전개는 맨프레드의 전개와 거의 같고 기조(基調) 도한 우울한 기조로 거의 비슷하다고 할 수 있다.

시어 역시 알게 된다는 것에 대해서 일본어로는 전체를 명사체로 사용하여 영어의 함축미보다 더욱 함축성 있게 표현을 하여 시어로서의 상징적 효과를 그대로 살렸다. 대표적인 예로서, 「Sorrow is Knowledgethe wisdom of the World(슬픔은 깨닫는 것이다 깨달음이란 세상의 지혜를 말한다)」를 「悲しき味の世の知恵に(슬픈 맛을 알게 한 세상 지혜에)」라는 간단명료한 7·5조의 12자의 정형시로 만들었다는 점을 높이 평가할 만하다.

　다음은 같은 『새싹집』에 실려 있는 「아는가, 그대(知るや君)」(3연)을 바이런의 「맨프레드」 1막 1장의 한 장면과 비교하여 분석하고자 한다.

「아는가, 그대(知るや君)」(3연)

붓꽃도 몰라보는 칠흑 같은 밤	あやめもしらぬやみの夜に
조용히 움직이는 <u>조각별 조각</u>	静かにうごく<u>星ぐつ</u>を
아는가, 그대!	知るや君

　이 시는 전체가 4연으로 되어 있으며, 『문학계』47호(1896년)에 발표된 「가을의 꿈(秋の夢)」9편중에서 4번째 시이다. 자신도 잘 느끼지 못하는 인간의 내면에 배태되어 있어서 곧 싹을 돋게 될 아름다움과 매력, 특히 「처녀의 가슴에 감추어진」 사랑의 감정을 노래한 것이고 「그대」라고 부른 것은 시인이 부르고 있는 상대를 가리킨다. 독자를 의미한다고 보면 무방하다.

　이 시의 흐름을 볼 때, 장면 설정은 먼저 「칠흑 같은 밤」이고 그 밤하늘에 빛나는 조그만 별들이 잇다 이 밤에 별을 보고 있다는 것은 잠이 오지 않는 다는 것을 암시한다. 여기서 「星ぐつ」[43]는 「별조각」이라는

의미로 아주 미세한 작은 별을 떠올리는 시어이다. 이 미세한 작은 별은 희미하게 빛나지만 존재감은 어두운 곳을 비추는 역할을 한다. 더욱이 「칠흑같이 어두운 밤」에 조용히 움직이는 「별조각」은 그 의미가 크다. 어떤 면에서는 도손은 자신의 새로운 근대시가(詩歌)가 작고 미세한 조각별에 불과하지만 감수성이 예민한 자에게는 그 빛이 밝게 느껴지는 별의 존재를 기대하고 노래하고 있다고도 할 수 있다.

한편으로는 도손이 번역시집『모습(於母影)』에 실려 있는 바이런의 「맨프레드」를 읽었고 당시『문학계』의 많은 청년들은 서구 낭만주의 문학에 심취해 있었던 점을 감안해보자. 그리고 기타무라 도코쿠와 함께 바이런의 시에 빠져 있던 면이 그의 소설『봄』44)에도,『버찌』45)에도 잘 그려져 있는 점을 생각할 때 이 시의 착상은 「맨프레드」와 연관 지을 수도 있지 않을까 생각한다.

그 1막 1장의 내용은 다음과 같은데, 아마도 여기서 시어를 가져오지 않았나 추측하면서 다음과 같은 문장을 발견했다. 우선 「맨프레드」의 본문을 감상해보자. 이 장면은 맨프레드가 자신의 과거의 어두운 기억을 망각하기 위해서 마술의 힘을 빌어서 일곱 정령을 불러 모으는데 첫 번째 정령이 등장하는 장면이다.

한별이 회랑의 아주 어두운 구석에서 보인다. 그 별은 움직이지 않고 있다.
그리고 노래하는 음성이 들린다.
－첫번째 정령－조각별 인도를 따라서 나왔다)「맨프레드」1막 1장

---

43) 「星ぐつ」를 「별조각」이라는 의미로 볼 때 「星ぐつ」는 「星くづ」로 표기되어야 한다고 생각한다.
44) 島崎藤村『島崎藤村二』前揭書 p.46, 52
45) 上揭書 p.273

A star is seen a the darker end of gallery: it is stationary;

and a voice is heard singing.

First Sprit

On a star-beam I have ridden[46] 『Manfred』(Act Ⅰ,Scene Ⅰ)

　이 시 전체를 흐르는 자연의 요소는 그야말로 신비함을 주는 미묘한 존재들이다. 먼저 1연[47]의 「가을새」소리 2연[48]의 동트는 새벽에 들리는 「새벽파도」소리 그 밑에 숨어 있는 「진주」 3연의 밤하늘에 빛나는 잔잔한 미세한 「별조각」 4연[49]의 처녀의 가슴속에 숨겨진 「고토소리」 등은 그야말로 상상력을 갖지 않으면 보이지도 들리지도 않는 시어들이다. 도손은 침잠하여 귀를 기울이지 않으면 인간에게 찾아오는 감수성과 상상력을 미처 깨닫지 못하게 된다고 생각한다. 그래서 그는 인간의 오관을 두드리면서 잠들어 있는 독자들의 감수성을 깨우고 있는 것이다. 이러한 시작(詩作)은 영국의 낭만주의 특징인 조화와 통합, 즉 자연과 인간의 혼연일체를 나타내 보이며, 하늘과 바다와 인간의 공감을 보여주는 것이며, 자연에 대해서 시인이 지닌 상상력이 자유자재로 펼쳐지는 시작법인 것이다. 특히 바이런은 자신 누이와의 근친상간과 방탕한 생활이 소문에 나자 그의 높은 인기는 무너졌고 결혼도 파탄이 나자 영국을 떠나서 워터루 전쟁터와 라인강 폐허 등을 여행하였다. 그는 대부분이 항해를 하면서 시를 썼기 때문에 시어도 바다, 하늘, 바다 속의 해초나 조개들이 많다.

---

46) FRANK D McCONNEL 『Byron's Poetry』(Norton Critical Editions 1978) p.126

47) こころのあらぬ<u>秋鳥の</u> / 声にもれくる一ふしを / 知るや君　　(1연)

48) 深くも澄める<u>朝潮</u>の / 底にかくるる<ruby>眞珠<rt>しらたま</rt></ruby>を / 知るや君　　(2연)

49) まだ引きも見ぬ/おとめごの/胸にひそめる<u>琴の音</u>を/知るや君　　(4연)

특히 「맨프레드」의 배경 설정은 일단, 밤이다 그리고 주인공 홀로 등장한다. 자연 설정은 기암절벽과 만년설(万年雪)이 덮인 알프스이며, 또한 끝없이 넓은 바다, 등 자연의 야성적인 면이 드러나 바이런 적 인물의 심리를 표출해 준다.

㉮ the darker end : 더욱 어둡다는 의미로 「칠흑같은 밤→やみの夜 」

㉯ star-beam : 아주 미세한 빛 「빛을 발하는 별 → 星ぐつ 」

㉰ it is stationary : 정지되어 있다는 뜻을
　　　　　　　　　「조용히 움직이다 → 静かにうごく」로 변용

㉱ a voice is heard singing : 노래하는 목소리가 들린다
　「대화 → 知るや君(그대여! 불러보는)」의 구성으로 변형

이처럼 도손의 시 「아는가, 그대」에서 바이런의 「맨프레드」에 나오는 시어를 그대로 수용하거나 변용 및 변형으로 사용하는 점으로 보아서 도손은 거기에서 시상(詩想)을 얻고 시어를 구사한 것이라 하겠다.

「망향(望郷)」

마음 속 기름 탁해있지만	心の油濁るとも
불전 앞 등불 높게 달고서	ともしびたかくかきおこし
이내마음 뜨겁게 타오르는 불	なさけはあつくもゆる火の
그리움의 먼지로 나는 타리라	こひしき塵にわれは焼けなむ

(3연)『새싹집』

이 시는 3연으로 되어 있으며, 『문학계』46호(1896년)에 발표된 「쪽

배」에 처음 실렸다. 부제에도 나타나 있듯이 파계승의 심경을 표현한 시이다. 불교의 사원에서 탈출하여 사랑의 정염(情炎)에 몸을 맡기려는 「중」의 이율배반적인 생각을 그리고 있으나 「절」의 이미지는 기독교 교회를 일본적으로 변형한 것이라고 생각된다.

3연의 「마음의 등불기름」의 「마음」은 불도의 길을 가는 승려답지 않게 부처의 가르침에서 벗어난 잘못된 것일지라도 사랑의 길이라면 포기하지 않겠다는 의지를 나타내는 시정(詩情)이다. 기름이 탁하면 불도 탁해지는 법, 「염불에는 정신이 없고 젯밥에만 정신을 둔다」는 속담을 연상하게 한다. 중이 염불보다는 사랑에 마음을 빼앗겨 버린 풍정을 그리고 있다. 불도를 깨달아 마음을 가다듬어야 하겠지만 굳이 마음을 가다듬어서까지 불도를 깨달아야 하는지 갈등하다가, 결국은 불도에서 벗어나는 죄의 세계로 빠져버리고 마는 시정을 나타낸다. 이러한 정서는 바이런적 주인공(Byronic Hero)들에게 나타나는 정서로서 강한 고집과 아집으로 자신의 죄를 인정하지 않고 오직 망각하려고만 하는 시정을 표출하고 있다.

다음은 바이런의 「맨프레드」 1막 1장의 맨프레드의 독백이다. 감상하면서 도손의 시와 비교하여 보자. 어느 부분에서 어떻게 다르게 시상을 전개하고 있는지 알아보기로 한다.

맨프레드 : 등불에 기름을 채워야 한다.

　　　…(중략)…

선잠, 잠깐 눈을 붙일 뿐. 잠이 든 건 아니다.

끊임없는 상념으로

그 때문에 나의 마음은 견딜 수가 없다.

Man. The lamp must be replenished,

…(중략)…

My slumbers—if I slumber—are not sleep,

But a continuance of enduring thought,

Which then I can resist not: in my heart

이 시에서 맨프레드는 자신의 해야 할 일을 알고 있다 하지만 마음이 불안하고 잡념이 많아서 안절부절 하고 있다. 도손의 시에서 표현하는 중은 불도를 닦아야 하는 처지에 있음을 인식하면서도 마음에는 연인에 대한 연정의 상념으로 도를 닦을 수가 없는 풍정(風情)이다. 이러한 풍정에서 두 시인 모두가 자신과의 싸움을 하지만 결국 자신의 감정이 움직이는 대로 행동해버리는 바이런적 주인공을 설정하고 있다. 등불은 도손에게는 내면의 세계 밝혀주는 상징어로도 사용되고 있지만 이 시에서는 이미 자신의 내면의 욕구를 잘 알고 있는지라 잘못된 길인 줄 알면서도 사랑에 빠져버리는 강한 자아를 보여준다. 이러한 자아의 표출이 근대 낭만주의적 인간 해방의 요소이기는 하지만 이러한 표출로 인해서 카타르시스가 되기보다는 내면의 비밀, 어두운 그늘, 고독과 슬픔, 우울과 상실감 더 나아가서는 허무주의로 빠지게 되는 낭만주의의 영향을 받고 있음을 알 수 있다.

어휘를 정리해 보면 더욱 분명하게 비교가 될 것이다.

㉮ The lamp // ともしび

㉯ a continuance of enduring thought,(상념이 많다)

　　　　　　　　　// 心の油濁るとも(탁하다)

㉰ be replenished,(기름을 다시 채워두다)

　　　　　　　　　// たかくかきおこし(마음을 가다듬다)

㉒ I can resist not: in my heart:(견딜 수 없는 마음)

// なさけはあつくもゆる火

이와 같이 영어 원서를 읽은 도손으로서는 서구적인 문화 용어를 일본 풍토에 맞게 변신시켜서 새로운 시어로 만들어야 하는 사명감을 느끼고 있었다. 램프라면 침대 머리맡에다 두 면 되지만 등불로 바꾸어, 절에서 사용하는 용도로 높이 매어 다는 표현으로 바꾸었다. 기름을 채워 넣어야 하는 것은 마음을 갈고 닦는 동양적 수양(修養)의 상징으로 바꾸었다. 서구 낭만 시인 바이런은 자신의 과거의 죄 때문에 갈등을 느끼지만 일본인의 종교의식으로는 근친상간이나 불륜의 죄의식이 팽배하지 않은 사회이므로 연인에 대한 정염으로 바꾸어 놓을 수 있다 하겠다. 이처럼 신과 인간의 갈등을 도손은 단순히 남녀의 갈등관계로 바꾸어서 찬송가도 성서도 남녀 사랑의 관계로 변용시키는 예가 그의 시에서는 많이 나타난다.

「늦은 봄의 이별(晩春の別離)」

꼭대기에 올라가 천지를 보니	高きに登り天地(あまつち)の
한가운데 노니는 커다란 강이	もなかに遊び大川の
그 흐름을 다하여 이산 저산의	流れを窮(きはめ)め山々の
신들도 불러 모아 골짜기마다	神をも呼ばひ谷々
귀신도 불러 모아 시인을 위해	鬼をも起こし歌人(うたびと)の
영혼도 멀리멀리 메아리치네	魂をも遠く返へしつつ
해맑은 목소리를 드높이어서	清(すず)しき声をうちあげて
불후명곡 고토를 튕겨보아라	朽(く)ちせぬ琴をかき鳴らせ　(9연)

『여름풀』

이 시는 높은 산에 올라가서 천지를 지배하는 신들과 귀신까지도 불러 모아서 시인의 시적 영감을 불러일으키고 그 영감으로 얻은 노래가 불후의 시가(詩歌)가 되기를 소원하는 노래이다. 이 시에는 계속해서 「노래의 신」「예술의 신」이 등장한다. 시상(詩想)의 배경은 분명히 바다와 산이며 숲속이다. 사용하고 있는 시어(詩語)는 대부분이 자연 만물의 존재들, 「강」「천지」「신(神)」「귀신(鬼神)」「영혼(靈魂)」「목소리(声)」「골짜기」 등이다. 이러한 시어들을 보면 도손이 즐겨 읽던 바이런의 「맨프레드」를 연상하지 않을 수 없다. 물론 이 시는 도손이 1898년 여름 7월 중순에 기소후쿠시마(木曾福島)에 있는 누님 시댁에 9월까지 두 달간 머물면서 집대성 한 시집『여름풀』에 실려 있는 작품이기는 하지만 실제로 이 시를 구상한 것은 5월[50]로 시를 쓴 장소도 깊은 산골 마을인 기소후쿠시마도 아니다. 자연 경관을 구사할 때는 그 자연 속에서 신과 바다를 보며 구름의 이동을 보면서 묘사할 것이만 이 시를 쓴 장소는 이 시에 표현된 높고 깊은 계곡과 골짜기가 있는 곳이 아님이 분명하다. 따라서 이 시는 도손이 애송하던 바이런의 「맨프레드」에서 그 시상(詩想)은 얻었을 가능성이 많다고 생각한다. 왜냐하면 시용하고 있는 시어와 시상의 전개는 바이런의 극시의 주인공 맨프레드가 천지자연에 있는 일곱 정령을 불러 모아 자신의 과거의 죄를 망각하게 해달라고 간구하는 장면과 아주 흡사하기 때문이다. 바이런은 맨프레드가 세상의 저주를 피할 길을 구하는 시상을 전개하는 가운데, 도손은 그러한 시상을 변용하여 시인의 노래가 천지간의 모든 신들을 깨울 만큼 놀라운 불후의 명시가 되게 해달라고 소원하는 시상으로 바꾸었다고 하겠다.

---

50) 1898년 5월 30일 「讀賣新聞」에 실린 도손의 문장 「土曜日의 送別」의 끝부분에 이 시가 들어가 있다. 『藤村詩集』前揭書 p.604

장소: 알프스산 꼭대기에서 일곱 정령을 불러 모으다

천지자연의 신들, 대지. 바다, 공기, 밤, 산, 바람, 별의 7정령이 흙의
피조물에게.

손짓하며 말하고 있다.

정령: 잠깐만. 우리는 당신을 섬기겠습니다. 생각해건데, 우리가 당
신 앞에서 가치 있는 것을 무얼 만들 수 있겠습니까? 우리는
만들 수 있는 다른 재능은 없습니다.

맨프레드: 아무것도 필요없다. 잠깐 있으라. 나는 네 얼굴을 보고 싶
다. 그리고 네 목소리가 듣고 싶다. 달콤하고 슬픔에 찬 목소
리 마치 물 위에서 나오는 음악과 같은 네 목소리가. 그리고
보고싶다. 언제나 변함없는 투명하고 커다란 별아.

아무것도 필요치 않다. 내 가까이 와다오.

하나라도 아니면 너희 모두가. 언제나처럼 너희 모습을 하
고서.

정령: 우리는 형체가 없습니다. 다만 원소일 뿐,

우리는 누구나 정신과 본질은 가지고 있습니다.

The Scene of the drama is <u>amongst the Higher Alps</u> −
partly in the Castle of Manfred, and party<u> in the Mountains.</u>

<u>The Seven Spirits</u>

<u>Earth ocean air night mountains winds thy Star,</u>
Are at thy beck and bidding, Child of Clay!

···(중략)···

Spirits. Yet pause: being here, our will would do thee

> service;
>
> Bethink thee, is there then no other gift
>
> Which we can make not worthless in thine eyes?
>
> **Man**. No, none: yet stay—one moment, ere we part
>
> I would behold ye face to face. I hear
>
> Your voices, sweet and melancholy sounds,
>
> As Music on the waters; and I see
>
> The steady aspect of a clear large Star;
>
> But nothing more. Approach me as ye are,
>
> Or one—or all—in your accustomed forms.
>
> *Spirits*. We have no forms, beyond the elements
>
> Of which we are the mind and principle:[51]

이 원문을 통해서 도손의 시의 발상의 근원을 밝혀보자. 도손이 바로 앞 행에서는 셰익스피어의 『한여름 밤의 꿈』을 연상시키는 풍정을 그려 놓고 요정들의 즐거운 세계가 펼쳐진다고 생각하는데, 별안간 무서운 천지자연을 뒤흔드는 듯한 주술로 신들을 불러 모으는 풍정을 설정한다. 도손의 뇌리에는 서구문학의 시재(詩才)와 시상들이 파노라마처럼 펼쳐지고 있고 그 시상을 놓치기 전에 삽입하는 시작(詩作)의 특성을 가지고 있으므로 장면이 바뀔 때마다 독자는 당황하게 된다. 연결성이 없는 듯하기도 하고 너무 비약적이어서 독자는 상상의 날개를 펼칠 수 있는 감수성을 가져야 제대로 감상할 수 있다고 하겠다.

다행히도 우울한 맨프레드를 열정적인 시인으로 재배치시키고 다른 설정은 그대로 놓아두었다. 시상의 전개는 거의 같다고 하겠다. 다음의

---

51) FRANK D McCONNEL Ibid. pp.129~130

어휘를 비교해 보면 분명하게 알 수 있다고 생각한다.

㉮ the Higher 높고 높은 // 高きに登り

㉯ amongst 한 가운데 // もなかに

㉰ Earthoceanairnightmountainswindsthy Star // 天地(あまつち)

(대지. 바다, 공기, 밤, 산, 바람, 별)

㉱ The Seven Spirits (일곱 정령)신들 귀신 // 鬼神

㉲ voices, sweet and melancholy sounds, 해맑은 목소리 // 淸(すず)しき声

㉳ Music 일본의 고토가 대표적인 음악이므로 // 琴

㉴ The steady aspect (변함없는 모양모습: 불후의) // 朽(く)ちせぬ

㉵ in the Mountains 이산 저산 // 山々

분석해 본 바와 같이 시어를 일본적 언어로 바꾸고 시상(詩想)은 정령들에게 맨프레드가 처절히 간청하는 전개와는 달리 오히려 예술가의 영혼은 신들을 마음대로 부릴 수 있는 예술가의 위대성으로 시인의 위상을 높이고 있다.

「농부」 서시 - 도네의 강 언덕에서 -

〈一의声〉

보아라 찬연하게 비치는 달이　見ようるはしく照る月の

풀잎에 피어나는 밤의 광채를　緑にけぶる夜のひかり

보아라 잔잔하게 흐르는 물의　見よゆるやかに行く水の

그 흐름은 깊도다 도네의 강물　流れは深き利根の河　(1연)『여름풀』

주술의 목소리가 다음과 같이 들린다

달빛 물결 비칠 때

또한 달빛의 빛줄기가 풀잎에

별똥별은 무덤에

조각별은 늪지로

별똥별이 그 빛을 쏘아 내릴 때

그에 답해 올빼미 부엉부엉 해

말없는 나뭇잎들 조용조용히

언덕 위 그늘 속에 잠자코 있네

내 영혼 그대 몸에 들어가고파

능력을 일으키고 기적 보일 터

A voice is heard in the Incantation which follows.

When the Moon is on the wave,

   And the glow-worm in the grass,

And the meteor on the grave,

   And the wisp on the morass;

When the falling stars are shooting,

And the answered owls are hooting,

And the silent leaves are still

In the shadow of the hill,

Shall my soul be upon thine,

With a power and with a sign.[52]

이 시는 도손이 1898년 「제국문학」6월호에 「도네의 강 언덕에서」라

---

52) FRANK D McCONNEL Ibid. p.130

는 제목으로 발표한 시이다. 그해 4월 초에 치바현의 한 여인숙에 유숙하면서 도네강 기슭을 따라서 걷던 때, 그때의 정경이 전원적이고 평화로운 풍경이어서 「농부」의 서시에 어울린다고 생각하여 삽입한 것이다. 도손에게 〈강〉은 아주 친숙한 시재(詩才)로 항상 동경해 오던 〈바다〉를 지향하는 시어로 쓰인다. 어린 시절 보냈던 산골 기소 마고메(馬籠)에서 기소 후쿠시마(福島)에 들어가면 기소(木曾)강이 흐르고 있었다. 도쿄에서 보낸 학창시절에는 스미다(隅田)강이 흐르고 있었고 그 강에 친근감을 느끼고 있었다.

물결 위에 달빛이 비치는 도네강을 보면서 바이런의 「맨프레드」를 떠올려 이 부분을 삽입했다고 하겠다. 실제의 영시는 길지만 그 부분에서 같은 이미지의 부분만 도려내듯이 그려낸 느낌이다.

분명히 풍경은 비슷하지만 시상의 전개는 전혀 다르다. 맨프레드는 자연의 더욱 강한 힘을 얻어서 신과 대적하고 싶어서 정령에게 영혼을 맡기고 싶다는 호소를 하고 있는 풍정을 도손은 아름다운 자연만을 풍경화처럼 그린 서정시이다.

「농부」서시-도네의 강 언덕에서-

〈二의声〉

달빛도 찬란하게 빛나는 밤에	かくうるはしき月の夜に
자연의 아름다움 바라보면서	自然の業をながめつつ
달빛 비추는 강가 헤매다보면	岸のほとりにさまよへば
언제나 변함없이 좋은 오늘밤	飽くとしもなき今宵かな (1연)

『여름풀』

(맨프레드는 탑 꼭대기에 홀로 있다)

별들은 반짝이고, 밝은 달빛은

흰 눈에 눈부시게 덮인 산 위에

찬란하게 비추네.―아름다워라!

발길 떨어지잖네. 이 밤 때문에

지금까지 보아온 인간얼굴보다도

달빛 그대 얼굴이 더욱 친근하구나.

별이 총총히 박힌 그늘 밑에서

희미하게 외로운 사랑스러움

나는 또 배웠노라, 딴 세상 언어.

나는 기억하노라, 나의 젊은 날.

그때 난 방황하고 있었던 것을.　　　　　(제1장 장면 4)

SCENE Ⅳ.―Interior of the Tower.

MANFRED alone.

The stars are forth, the moon above the tops

Of the snow―shining mountains.―Beautiful!

I linger yet with Nature, for the Night

Hath been to me a more familiar face

Than that of man; and in her starry shade

Of dim and solitary loveliness.

I learned the language of another world.

I do remember me, that in my youth,

When I was wandering,[53]

---

53) FRANK D McCONNEL Ibid. p.155

이 시는 비교해볼 때 도네강을 걸으면서 맨프레드가 발길이 떨어지지 않던 장면을 연상하여 이 연에 넣은 것이다. 맨프레드는 울적한 마음에서 정령을 불렀지만 달빛 찬란한 자연에 매료되어 잠시 우울함을 잊고 있는 심경이다.

도손은 고향의 강을 산책하면서 언제 돌아보아도 변함없이 아름다운 도네강에 마음을 빼앗겨 몇 번이나 강변을 헤매면서 맨프레드가 자연에 한 순간 매료되어 홀로 읊었던 독백을 떠올린 것이라 하겠다.

「농부」서시 – 도네의 강 언덕에서 –

〈三의声〉

때론 <u>처녀 몸으로 둔갑</u>하여서	時に<ruby>處女<rt>をとめ</rt></ruby>と身を<ruby>化<rt>な</rt></ruby>して
<u>달그림자 비치는</u> 강의 언덕에	この月影の川岸に
기묘한 빛의 광채 쏘아 내리듯	<ruby>奇<rt>く</rt></ruby>しき光を<ruby>投<rt>な</rt></ruby>ぐるごと
기이한 그림자를 그에게 던져	あやしき影を彼に投げ 『여름풀』

정령: 우리는 형체가 없습니다. 다만 원소일 뿐,

　　　우리는 누구나 정신과 본질은 가지고 있습니다.

　　　하지만 형체를 선택하세요. 그 형체로 우리가 나타나겠습니다.

맨프레드: 나는 아무것도 필요없다.

　　　이 세상에는 어떠한 것도 취하고 싶은 것은 없다. 내게 아름다운 것도 추악한 것도 없다, 이 세상에는.

　　　다만 너희들 중에서 가장 강한 자, 내게 가장 잘 어울리는 자의 모습, 그런 모습을 내게 보이게 해다오. ㅡ오라!

제 7정령: (제7정령은 <u>아름다운 여자 모습으로</u> 그 형체를 드러내며 나타난다.)

보라!

맨프레드: 오, 이 놀라운 일이! 이게 진실이라면, 그리고 그대가 미친 것도 아니고 가짜가 아니라면, 이보다 더 행복한 일이 있겠는가!

나는 그대를 껴안고 싶다.

그리고 우리는 다시 한 번— 〔여자의 모습이 사라진다〕

아, <u>가슴이 찢어지는 것 같구나</u> !! 〔맨프레드는 기절해버린다〕

Spirits. We have no forms, beyond the elements

Of which we are the mind and principle:

But choose a form—in that we will appear.

Man. I have no choice; there is no form on earth

Hideous or beautiful to me. Let him,

Who is most powerful of ye, take such aspect

As unto him may seem most fitting—Come!

Seventh Spirit. 〔appearing in the shape of beautiful female figure.〕

Behold!

Man. Oh, God! if it be thus, and thou

Art not a madness and a mockery,

I yet might be most happy. I will clasp thee,

And we again will be— 〔The figure vanishes.〕

<u>My heart is crushed!</u>

〔Manfred falls senseless〕

도손은 「여섯 처녀」와 같이 여성이 여러 종류의 새로 변신시켜 자신을 감정 이입시키는 시상 전개의 시를 자주 쓰는데, 그러한 발상은 그리스 로마 신화에서 받은 영향이라 하겠다. 하지만 이 부분에서는 정령이 여자로 둔갑하는 「맨프레드」의 장면을 놓칠 수가 없었을 것이라 생각된다.

「농부」

〈산골처녀〉

버드나무 그늘 밑 아침저녁에	柳のかげのあさゆうべ
<u>가슴의 고동소리</u> 그칠 새 없어	胸小休なき吾身なり
눈물은 그대어깨 흘러내리네.	涙は汝がかたに流れん　『여름풀』

농부와 산골처녀의 이별 장면을 그리고 있는 〈숲 속〉이라는 소제목 아래에 들어 있는 산골처녀의 화답노래이다. 이 시는 극시의 형식을 취하고 있으며 괴테의『파우스트』와 셰익스피어의『햄릿』그리고 바이런의 시「맨프레드」등을 참고로 하여 지은 시로서 서구문학의 냄새기 물씬 풍기는 발상과 구성이 돋보이는 장시(長詩)이다.

가슴의 고동치는 소리가 쉴 새 없이 들리고 있는 산골처녀의 심경과 출정(出征)하기 위해서 헤어지는 농부에게 기대어 울고 싶은 심경, 농부의 무사함을 비는 마음을 그리고 있다. 이 시의 구성은 괴테의 극시에서 얻어왔으나, 표현은 역시 바이런의 시「맨프레드」1막 1장에서 그 시상(詩想)을 얻은 것이라 하겠다.

「적요(寂寥)」

가지도 휘일만큼 <u>지혜열매를</u>	枝もたわわの<u>智慧の実を</u>

<u>처음 맛을 보았던</u> 어제와 오늘　　　味ひそめしききのふけふ

　　　…(중략)…

그런 쓸쓸함이랑 내 가슴 속의　　　あな寂寥や吾が胸の

<u>쉼 없이 두근거림</u> 생각해보니　　　<u>小休もなき</u>を思ひみば

덧없는 것 외에도 허망함마저　　　あはれの外のあはれさも

이것 또한 지혜의 꼬임일테지　　　智慧のささやぐわざぞ是

　　　　　　　　　　　　　　　　　　　　　　『낙매집』

이 시는 「가라문고(伽羅文庫)」 제 2권(1899년 12월)에 처음 선보였다. 『낙매집』출판 당시 「상반수(常磐樹)」와 함께 주목을 끌었던 작품이다. 이 시의 특징은 풍경을 그리고 있는 서경시에서 점점 서정적 관념적으로 이동하고 있는 점인데, 풍경은 도손의 고향인 시나노(信濃)의 아사마산(浅間山)을 그리고 있는 표현, 「시나노의 하늘 높이(信濃の空高く)」가 보이지만 독자가 읽기에는 왠지 기암절벽의 산이 나오고 아름다운 자연이 아닌 황량하고 쓸쓸한 자연경관을 그리고 있는 것으로 보아 바이런의 시 「맨프레드」의 배경을 연상하게 한다. 1절을 연상하게 한다. 「지혜열매」를 맛보고 나니 자아에 눈이 뜨고 자아를 알게 된 후에 오는 「적요」를 맛보지 않을 수 없는 슬픈 운명을 노래한 것이다. 세상을 알기 전에는 천진난만한 자신어서 순진무구한 행복을 느꼈으나, 세상의 지혜를 알고 난 다음에는 여러 가지 갈등으로 더욱 가슴 태우는 일이 많아져서 고독해진다는 시상이라 하겠다. 근친상간으로 인한 죄의식, 까닭을 알 수 없는 고뇌와 우울 등이 표출되는 바이런의 시에서 시어를 가져오기는 했으나 〈지혜〉 〈지혜의 열매〉라는 시어들은 이미 도손이 『새싹집』의 「옷타(おった)」에서도 〈지혜의 돌〉이라는 변형된 시어로 사용했던 표현들이다. 도손이 사용하는 〈지혜〉는 인간에게 기쁨과 행

복을 가져다주는 것이 아니라 오히려 죄의식과 불안을 가져다주는 상징어로 그의 뇌리에서 바이런을 비롯한 서구문학의 키워드로 자리 잡고 있었다고 하겠다. 지혜의 나무에 달려 있는 열매를 먹고 나서 자아를 알게 된 후에는 〈지혜의 슬픔〉을 견뎌내야만 하는 고독한 존재가 되어 버린다. 맨프레드는 모든 지혜는 슬픔의 씨앗으로 생각했다.

하지만 마지막에 도손은 〈적요〉야말로 시인이나 사상가에게 성실한 마음의 동반자, 친구로 보고 있다. 쓸쓸한 것은 고통스럽지만 그 고독이야말로 시인의 마음을 위로하고 안내하는 유일한 반려자인 것이다.

바이런은 「맨프레드」를 통해서 인간의 삶의 찰나성과 무의미한 욕망 그리고 그 욕망이 남긴 폐허와 시간의 파괴성을 보여준다. 이러한 허무주의적 낭만정신을 배운 도손은 자신의 내면의 집요한 탐색을 해보지만 인간의 삶에서 얻은 지혜가 남겨주는 것은 오히려 고독과 허망함일 뿐이라는 철저한 고독을 노래하고 있다고 하겠다. 도손은 인간이 오히려 십계명을 알지 못했다면 죄의식을 몰랐을 것이라고 생각하고 바이런의 고독과 슬픔 역시 세상의 지혜를 얻은 자로서 갖게 되는 고독으로 근대인의 이라 해석한다.

2) 바이런의 「차일드 해롤드 순례자」[54]와 『낙매집』의 「장년의 노래」

바이런의 「차일드 해롤드 순례자」는 도손의 네 개의 시집 속의 8작품 속에 투영되어 있다. 대부분의 시가 강과 바다와 관련된 시로서 도네강

---

54) 바이런은 1812년 칸토 I .II를 발표하자 그의 명성은 유럽을 뒤흔들었다. "나는 깨어나 보니 하룻밤 사이에 유명해졌다(I woke one morning and found myself famous.)"라고 바이런 자신은 말하고 있다. 그에 대한 이 일화는 오히려 그의 시보다도 더 유명하다.
이정호, 『영국낭만기 문학 새로 읽기 1』(서울대학교 출판부 2000) p.51

을 비롯하여 센다이의 마츠시마강 신슈의 기소강 등을 방문했을 때마다 바이런의 이 시를 연상하여 지은 시들이다. 도손은 산골지방 출신이라 강이나 바다에 대한 동경을 그의 시에 알알이 그리고 있으며 강은 언젠가는 바다로 이어진다는 생각에 강을 보면서도 바다를 상상하며 시를 짓기도 했다. 바이런의 「차일드 해롤드 순례자」 역시 바다를 여행하면서 자연의 원대함과 강인함을 느끼지만 그 자연을 파괴하는 인간의 전쟁과 시기 등을 슬퍼하는 장대한 시이다. 바이런은 자연 속에 존재하는 인간의 나약함과 황폐한 마음들을 통찰하여, 인간 존재에 대해서 기쁨보다는 처절하리만치 절망적인 비탄에 잠긴다. 과거를 회상하면서 자신의 현재를 비통해 하는 주인공의 모습을 도손은 그의 시 여러 곳에 투영시키고 시재(詩材)로 썼다. 바이런의 생애는 두말할 필요도 없이 방황 그 자체의 삶이었으므로 인간에 대해서는 그의 내면에 감추어진 슬픔과 인간사의 허망함에 대한 총체적인 절망감을, 그와는 반대로 자연에 대해서는 자연의 영원무구 등을 허무주의사상의 기조로 지은 시들이다.

도손은 바이런의 「차일드 해롤드 순례자」의 4곡 중 제 1곡과 제 2곡과 제 4곡만을 자신의 시에 투영시키고 수용한다. 게다가 작품의 순서대로 수용하지 않고 먼저 제 4곡을 먼저 『새싹집』에 실리는 시에 수용하는데, 그 이유는 먼저 바다를 배경으로 하는 전주곡 식으로 설정하기 위해서라 하겠다. 그리고 바이런의 항해를 통한 인간사에 에 대한 허무주의적 사상을 먼저 도입하고 유구한 자연에 대한 찬미는 변함없이 몰아치고 다시 사라지는 파도의 힘으로 노래한다. 그리고 제 1곡인 「이별의 노래」를 도입하고 있는 특징을 갖는다.

다음은 『새싹집』에 실려 있는 「풀베개(草枕)」[55]를 바이런의 시와 비

---

55) 「풀베개(草枕)」(20연) - 겨울
　　들판의 <u>쓸쓸함</u>에 참을 수 없어　　の<u>さみしさ</u>に堪えかねて

교하여 감상하고 그 수용관계를 알아보고자 한다.

이 시의 20연은 「와보니 춥디추운 겨울바다여(きたれば寒し冬の海)」의 표현을 보면 알 수 있듯이 〈겨울바다〉가 주제어로서 바다건너서 멀리 와 있다 보니 고향이 그리워지는 고독한 심경을 그리고 있다. 한마디로 〈망향〉이라는 낭만적 시정이 강하게 느껴진다. 특히 이 20연은 1896년에 도손이 센다이의 아라하마(荒浜)라는 어촌에 갔을 때 받은 인상을 회상하여 지은 시이다. 도손의 동료 후세(布施)와 함께 센다이에서 아라하마까지 걸어서 갔는데, 이때 백사장의 아름다움에 감동을 받았고 대양(大洋)을 바라보며 바이런의 「차일드 해롤드의 순례」를 떠올린 것으로 추측된다. 바이런은 고향 영국을 버리고 이태리, 스페인 등 바다 항해를 하면서 시를 지은 방랑시인의 말년을 보낸다. 도손 역시 센다이로 혼자 부임하여 쓸쓸한 생활을 하던 중에 지은 시이므로 시상이 거의 비슷함을 느낄 수 있다. 도손은 형의 투옥생활 모친의 투병 생활 등 가정의 가장 노릇을 해야 하는 어려운 고달픈 심경이었다.

이와 비슷한 시정을 나타내는 「相思」[56]를 감상해 보면 바이런의 시가 연상되지 않을 수가 없을 정도로 유사한 표현이 두드러짐을 알 수 있다.

이 시는 『문학계』47호(1896.11)에 실린 시인데 원래의 주제는 남녀 사랑을 표현하는 연애시지만 도손은 구름이 움직이는 것을 보고 바다의

<table>
<tr><td>서릿발 굵게 내린 메마른 잡초</td><td>霜と霜との枯草の</td><td></td></tr>
<tr><td>길도 없는 그 길을 발 들여놓고</td><td>道なき道をふみわけて</td><td></td></tr>
<tr><td>와보니 춥디추운 겨울바다여</td><td>きたれば寒し冬の海</td><td>『새싹집』</td></tr>
</table>

56) 「相思」

<table>
<tr><td>눈을 들어서 보니 무늬구름이</td><td>目にながむれば彩雲の</td><td></td></tr>
<tr><td>감기고는 풀어진 에마키모노</td><td>まきてはひらく繪卷物</td><td>(2연 1, 2행)</td></tr>
<tr><td></td><td></td><td>『새싹집』</td></tr>
</table>

파도의 움직임을 상상하여 바이런의 「차일드 해롤드의 순례」의 표현을 시 속에 집어넣은 기막힌 환골탈태의 표현이라 할 수 있다 하겠다.

「무늬구름이 감기고는 풀어진 에마키모노(彩雲のまきてはひらく絵巻物)」라는 표현을 볼 때 낭만시인답게 상상력 풍부하다고 생각한다. 파도가 밀려오는 표현은 바이런의 표현을 그대로 「감기고(Roll)」 수용하면서 일본 전통의 두루마리 그림으로 그 모양을 직유법으로 비유하여 마치 구름의 움직임이 둘둘 말리는 파도와 같고 그 파도의 움직임은 일본의 에마키모노(絵巻物)라는 단어로 음수율까지 맞춘 것을 볼 때 도손은 서구문학적 시어를 일본 전통적 시어로 토착화시키면서 융합시키는 놀라운 언어의 연금술사 역할을 하려고 새로운 시어를 수용한 것이라 하겠다.

이처럼 파도가 밀려오는 표현을 파도가 휘감기는 영어식 표현의 「Roll on(감아라, 휘감아라!)」식의 표현은 도손의 시 여러 군데에 나온다. 다음의 시에도 같은 표현이 나오므로 빼놓을 수가 없기에 감상하고 가도록 하자.

도손의 세 번째 시집인 『여름풀』에 실린 「새파도(新潮)」[57]에도 파도의 움직임을 바이런의 시 「차일드 해롤드의 순례」에서 묘사하고 있는 표현을 그대로 수용하고 있음을 알 수 있다.

「출렁이다 잠잠한 파도 그 위에(巻きては開く波の上の)」를 보면 알

---

57) 「새파도(新潮)」

저녁 파도가 이는 푸른 <u>해원</u>에	夕潮青き海原に
고기잡으려하여 노를 저으니	すなどりすべく漕ぎくれば
<u>출렁이다 잠잠한 파도 그 위에</u>	巻きては開く波の上の
갈매기의 꿈마저 싸늘하게도	鴎の夢も冷ややかに
둥둥 떠 흘러가는 <u>바다해초</u>는	浮かび流るる海草の
눈에도 희미하게 보이는구나	目にも幽かにみゆるかな (3연) 『여름풀』

수 있듯이 파도가 출렁이는 모습을 「감겼다가 다시 펼쳐지는(巻きては 開く)」 표현으로만 일색하고 있다. 「파도」에 관한 일본어 국어사전 표현58)을 보면 파도가 출렁이는 표현은 일반적으로 「波が立つ」「波が打つ」「波が砕ける」라는 표현으로 되어 있다. 이러한 분석을 감안해 볼 때 파도의 움직임을 바이런의 시어에서 수용하여 거친 파도의 움직임을 나타내고 있음을 알 수 있다. 또한 바다에서 지은 바이런의 시상에 부합하는 듯 바다에서 볼 수 있는 시어가 풍부하게 등장하고 있음을 알 수 있다. 다음의 시어를 정리해보면 더욱 명확하게 느낄 수 있다. 「해원(海原)」이나 「바다해초(海草)」「희미하게 보이는구나(幽かにみゆるかな)」 등은 망망대해에서나 연상되는 시어들이다. 기껏해야 강가에서 노래하는 도손의 눈에 이와 같은 시상이 자연스러운 것은 아니라고 생각한다. 바다를 동경하는 도손은 바다 위에서 노래하는 바이런의 시상을 도입하여 간접적이나마 바다를 음미하고 바다에 대한 동경을 현실화하려는 갈망으로 바다의 시재(詩材)를 수용한 점이 엿보인다고 하겠다.

따라서 이 시의 3연의 이미지는 바이런의 「차일드 해롤드의 순례」의 칸토Ⅵ에 표현된 이미지와 거의 같다고 하지 않을 수 없다.

더욱이 「출렁이다 잠잠한(巻きては開く) 파도」라는 표현의 영어 원문은 도손이 『문학계』시절 같은 문학 동지들과 함께 애창했던 부분이다. 그 시절에 원문으로 암송하면서 인생의 허무를 논하던 암울한 아오키의 모습이 도손의 소설 『봄』에 아주 잘 나타나 있다.

---

58) 例) ① 「波が立つ」「波の立ち」「波が高い」:『広辞苑』
　　　② 「波が立つ」「波が打つ」「波打ち際」:『岩波国語辞典』(岩波書店 1963) p.824
　　　③ 「波が砕ける」:『新明解国語辞典』(三省堂)

아오키 혼자만 잠을 이루지 못한다. 이런 식으로 가다가는 마지막에는 어떻게 될까? 그는 이렇게 생각했다. 그리고는 상당한 두려움이 그를 엄습했다.

…(중략)…

바다소리가 들린다.

"성난 파도가 몰아치고 일렁이니, 인간인들 조용히 홀로 남을 수밖에 없지."

그는 계속해서 이러한 상념을 반복했다. 그에게는 자신의 생명의 불이 무서운 힘으로 타오르는 것처럼 느껴졌다.

〈28장〉

"곤두서라 파도여! 깊고 푸른 바다여, 몰아치라 파도여!

천만대의 함대가 네 위를 휩쓸고 지나가지만, 헛되도다.

인간은 대지를 파괴하고, 인간의 무절제는 물의 초원 해변을 파괴시킨다.

이 파괴는 세상 인간 그대들이 한 짓이라.

인간의 포악은 그림자도 남기지 않고,

잠시 한 순간 마치 빗물 한 방울처럼, 인간은

바다 너의 깊은 곳으로 거품을 품어대는 신음소리와 함께 가라앉을 것이다.

무덤도 없이, 죽음의 종소리도 없이, 관도 없이, 아무도 모르게.[59]

---

59) 青木独りは眠れなかった。こんな調子で押して行ったら、しまいにはどうなる。こう彼は考えた。そうして非常な恐怖の念を抱いた。「中略」 海の音が聞こえる「大涛怒り、激浪踊るにあらずや。人間なぞ独り静かなるを得む。」こう繰り返した。彼には自分の生命の火が 恐ろしい勢いで燃尽ぎるように感ぜられた。
「二八」
「捲き返れ、深海の青海よ—いざや捲け、
千万の軍艦きほふともあだなりや、

Roll on, thou deep and dark blue ocean—roll!

Ten thousand fleets sweep over thee in vain;

Man marks the earth with ruin—his control

Stops with the shore; upon the watery plain

The wreaks are all thy deed, nor doth remain

A shadow of man's ravage, save his own,

When, for a moment, like a drop of rain,

He sinks into thy depths with bubbling groan,

Without a grave, unknell'd, uncoffined, and unknown.

『Childe Harold's Pilgrimage』「Canto the Fourth 179연」[60]

먼저 바이런의 「차일드 해롤드의 순례」의 「칸토VI」는 괴로움이 가득한 세상에서 삶의 깊이를 투시한 그에게는 삶에 대한 어떤 경이로움도 기대도 남아 있지 않다. 자연에 대한 묘사와 자연에의 몰입, 그리고 자연과 하나 되고자 하는 열망이다.

이미 인생의 허무를 느끼면서 고독의 침잠 속으로 들어가는 청년 시절의 도손을 이 소설 『봄』에서 발견할 수 있다. 불면의 침묵 속에서 비

陸をしも人の手は覆へせ―その力
この岸に画られぬ、大和田の原の上を
破れの屑漂ふぞ汝が功、ここにして
人間の暴虐は影もなく、そが躯さへ、
束の間に滅えてゆく雨の痕の一滴、
空像の命こそ汝が底にしづみゆけ、
鐘の音も棺も将や墓もなぎ秘密の淵に。『春』
(蒲原有明氏訳)―『チャイルド・ハロルドの遍歴』4曲179章
島崎藤村『島崎藤村二』前掲書 pp.46―47

60) FRANK D McCONNEL 『Byron's Poetry』(Norton Critical Editions 1978)
p.82

관론적인 인생관을 갖게 되어 기타무라 도코쿠는 자살에 이르게 되었고 도손은 우울하고 암울한 시를 노래하면서 자신의 고독을 견뎌내는 인생을 보내고 있던 것이라 하겠다. 도손의 시에는 이처럼 허무에 싸인 인간의 고독이 배태되어 있는데 그 영향은 바이런의 영향[61]이라고 생각한다. 왜냐하면 한 시대의 풍운아인 바이런은 철저한 고독 속의 비관론적 인생관의 소유자였기 때문이다.

다음은 「칸토Ⅱ」의 부분 중에서 인간사와 예술의 유한성과 자연의 유구함을 대조시키면서 인간사의 흥망성쇠의 허망함을 노래한 부분을 수용한 시들만 모아보았다. 어느 부분에서 어떠한 시상과 시어가 수용되었는지 감상하면서 분석해보기로 하자. 먼저 「마쓰시마 서엄사에서 놀며, 포도나무다람쥐 목각을 보고(松島瑞巖寺に遊び 葡萄栗鼠の木彫を観て)」(1,2행)[62]를 감상하면서 분석해보면, 인간 세상의 되어가는 일들이 허망함을 노래하고 있음을 알 수 있다. 물론 일본의 전통 고전 가인(歌人)[63]들도 「인생무상(人生無常)과 같은 주제로 노래」[64]하고 있지

---

61) 메이지 학원 졸업 직후 도손은 텐느의 영역문 『영문학사』의 바이런 문학에 매력을 느끼는데, 마침 문학에 뜻을 두던 도손에게는 바이런은 문학가의 지표(指標)였다. 학창 시절에 종교와 예술은 모순과 상극의 세계라는 인식에서 고민하고 있던 그에게 종교에 반역하는 바이런의 문학적 입장을 이해하고 그의 슬픔과 울분과 고독에 공감하는 도손의 일면이 그의 『버찌』에도 잘 나타나 있다. 伊東一夫 前揭書 p.354 참조

62) 「松島瑞巖寺에서 놀며, 葡萄栗鼠의 木彫를 보고」(1, 2행)

　　뱃길마저 멀었던 서엄사 절을　　　舟路も遠し瑞巖寺

　　겨울 날 돌아보니 허망하구나　　　冬逍遥のこころなく　　『새싹집』

63) 염세주의 은둔시인 가모노 초메(鴨長明) 인생의 무상감을 노래한 방랑시인 마츠오바쇼(松尾芭蕉)가 있다.

64) 일본인은 예부터 태풍과 지진으로 늘 불안하였다. 섬나라이기 때문에 외침은 거의 없었으나 무사들의 권력 다툼으로 인간에 대한 신뢰가 적어 일본인은 자연에 더욱 마음을 붙이며 그 무상(無常)함에 자신과 자연을 일체시켰는지 모른다.

만 도손은 같은 제목 아래 일본 고전시인과 서구 시인들의 시상을 고루 고루 삽입시킴으로써 서구문학적 분위기의 일변도로 이질감을 주지 않는다.

이 시는 『문학계』50호(1897년 2월)에 발표된 시로 『고사리순(さわらび)』이라는 제목 아래 실린 고미술을 찬미한 시이다. 이 시는 기소 후쿠시마에 사는 누나의 아들, 다카세 가네요시(高瀬兼喜)가 놀러왔을 때 함께 마쓰시마(松島)의 서엄사(瑞巌寺)라는 절에 놀러갔을 때 지은 시이다. 도손은 센다이에 살고 있으므로 서엄사는 그렇게 멀다고는 할 수 없으나 긴긴 뱃길을 달려서온 영행이라는 기분을 상상하여 읊은 것이라 할 수 있고 이러한 시작(詩作)이야말로 「낭만시의 특질」[65]이라 할 수 있는 것이다. 이른바 바이런의 「차일드 해롤드의 순례」와 같은 낭만적 분위기를 자아내려고 길고 먼 여행으로 상상하여 표현한 것이다.

그리고 허망하다는 표현 「겨울 날 돌아보니 허망하구나(冬逍遥のこころなく)」라는 표현은 바이런이 뱃길을 따라 항해하면서 문명국가들의 고대 유적을 살핀 결과 전쟁으로 인해서 폐허가 된 곳 등, 찬란하던 고대의 예술이 거의 퇴색되거나 스러져가는 것을 보고서 인간사의 허망함과 유한함을 느낀 점에 도손은 공감을 가지고 서엄사 절 안에 보존되어 있는 조각품에 대한 허망함을 바이런의 시와 연관 지어서 상상하면서 노래한 것이라 하겠다.

손순옥 「일본인의 자연관과 하이쿠」
(한일비교문학연구회편 『일본、 일본인。』현대문학 2005) p.42
65) 낭만시의 특질 중 가장 중요한 것은 무엇보다도 상상력이 차지하는 중요성에 있다. 신고전주의 문학에서 상상력은 아무런 가치가 없었으며 오히려 문학에서 기피할 것으로 여겨졌다. 그러나 개인의 독자성과 창조성을 무엇보다 더욱 중요시 여기는 낭만주의 문학에서는 상상력은 바로 문학의 생명력이며 생성원리이다.
이정호 『영국 낭만기 문학 새로 읽기1』 前揭書 p.22

도손이 이처럼 같은 맥락 속에서 비슷한 이미지를 구현한 시는 그의 세 번째 시집 『여름풀』에 또 있다. 「늦은 봄의 이별(晩春의 別離)」66)을 감상해 보면 도손이 얼마나 서구문학을 수용하여 다양한 이미지를 구사하고 있는지 극명하게 드러남을 알 수 있다.

이 시는 여러 군데에 서로 다른 작품들을 떠올리면서 시상을 전개해 나간 흔적이 많이 엿보인다. 바로 앞부분 9연에서는 깊고 험한 산 속에서 천지자연의 정령들을 불러 모으는 장면 설정으로 바이런의 「맨프레드」를 연상하게 하는가 하면, 9연의 바로 앞 8연에서는 깊은 숲 속으로 들어가는 요정들의 비밀스런 이미지는 셰익스피어의 『한 여름 밤의 꿈』을 연상하게 한다. 이처럼 한 제목 아래에 다양한 시상(詩想)과 시어를 사용하여 독자로 하여금 상상력을 불러일으키는 낭만 서정시라 아니할 수 없다. 어떤 연은 희망적이었다가도(9연) 이 11연은 「고색창연 하였던 그 옛날이여」(11연)라는 표현을 함으로써 지금과는 대비되는 그 옛날을 그리워하게 한다. 「지금은 퇴색하여 변해버렸네」라는 표현은 그 다음 행에 나오는 초록의 푸른 들판의 자연은 유구하고 변함없음을 「초록의 푸른 풀들 그리스의 목장을 지금까지 덮고 있다」는 표현을 대조적으로 그리고 있음으로써, 더욱 그리스 문명의 덧없음을 강조하게 되는 상상력을 보여주었다. 그렇다면 도손이 그리스에 다녀와서 그것을 회상하면서 상상한 것일까? 그건 아니다. 도손의 상상력은 자신이 읽은 서구문학을 재창조하는 상상력으로서 이 상상력 역시 콜리지67)가 말

---

66) 「늦은 봄의 이별(晩春의 別離)」
　　지금은 퇴색하여 변해버렸네　今はうつろひかはりけり
　　초록의 푸른 풀들 그리이스의　草の緑はグリイスの
　　목장을 지금까지 덮고 있지만　牧場を今も覆ふとも
　　고색창연 하였던 그 옛날이여　みやびつくせしいにしへの (11연) 『여름풀』
67) Samuel Taylor Coleridge(1772~1834) 영국의 낭만주의 시인. 젊은 시절에

하는 「제2 상상력(The secondary imagination)」[68]에 속한다. 따로따로 떨어져 있는 서로 연관이 없는 오계의 사물을 창조적으로 재구성할 뿐만 아니라 서로 반대되는 특질까지도 포용하여 조화시키는 적극적이고 진취적인 능력이다.

이처럼 도손은 바이런이 항해를 하면서 여러 나라의 고대문명을 둘러보고 폐허가 된 곳과 없어진 것들에 대한 허무함을 자연과 대조적으로 비교하면서 부른 노래를 상상하여 재구성하는 창조적 상상력을 맘껏 발휘한 것은 평가할 만하다고 하겠다. 따라서 도손 역시 바이런의 허무주의 사상을 그대로 수용한 것이라 하겠고 특히 자연과 예술의 대비가 이 시의 특징이라 할 수 있다.

도손의 네 번째 시집에 실려 있는 「치쿠마강 여정의 노래(千曲川旅情のうた)」(3연)[69]에도 거의 비슷한 시상이 전개되는데, 이 시는 1900년

는 자유 평등과 같은 관념에 취한 몽상가였으나 워즈워스 남매를 만나고 나서 자기 정신을 심화하는 시인으로 변모했다. 이는 워즈워스가 콜리지를 만나고 나서 정신적 탈피를 하는 것과 마찬가지로 두 시인은 서로가 없어서는 안 될 절대적인 필수불가결한 존재였으나 두 신인의 성격은 정반대였다. 워즈워스는 정신력이 강인한 한편 콜리지는 지나치게 감성적이어서 매사에 상처받기 쉬운 성격이었으므로, 말년에는 아편중독환자로 고통스런 나날을 보냈다. 아편 중독의 환각 상태에서 지었다는 「쿠빌라이 한(Kubula Khan; 1816년)」은 신비적이며 아름다움의 극치를 이룬다. 워즈워스가 지상의 양지의 시인이라면 콜리지는 지하 동굴의 음지의 시인이며 신비적 시인이라 할 수 있다.
川崎壽彦 『イギリス文學史入門』(研究社出版 1986) p.104
68) 「the balance or reconciliation of opposite or discordant qualities, Abram 〔1979〕 Ⅱ402」 이정호. 前揭書. pp.24～25 참조
69) 「치쿠마강 여정의 노래」(2연)
　　몇 번씩인가 <u>옛 영광의 꿈마저</u>　　いくたびか栄枯の夢の
　　<u>사라진 흔적</u> 남은 계곡 내려와　　消え残る谷に下りて
　　<u>바다의 파도 일렁이는</u> 걸보니　　河波のいざよふ見れば
　　모래가 섞인 파도 되돌아가네.　　砂まじり水巻き帰る　　　　『낙매집』

4월에 「文学界」1호에 실린 시로서. 치쿠마강가에서 여행70)의 정취를 읊은 서정시다. 유려한 7 · 5조가 아닌 침통한 분위기의 5 · 7조로 되어 있는데, 인생은 짧고 인간의 공적과 영광은 한 바탕 꿈에 불과한 덧없고 허망한 것임을 깨닫는 심경을 그리고 있다.

유구(悠久)한 자연에 비하면 인간역사의 1세기 정도는 하루에 불과하지 않겠는가. 이러한 인간사의 흥망성쇠를 무의미한 것으로 여기며 한탄해 하는 영탄시이다. 도손은 「옛 영광의 꿈마저 사라진 흔적 남은 계곡(栄枯の夢の消え残る谷)」을 내려오면서 옛날의 무사들이 전쟁에 나갈 때마다 승리를 거둬들이고 공적을 쌓을 꿈을 꾸던 옛 성도 이제는 흔적도 없이 사라져버리고 옛 성터만 남아 있는 현실을 회한 어린 한탄의 어조(語調)로 노래하고 있는 풍정(風情)을 보여주고 있는데, 여기서도 불변하는 자연의 파도가 일렁이는 것을 「모래가 섞인 <u>파도</u> 되돌아가네(砂まじり <u>水巻き</u>帰る)」라고 표현함으로써 자연은 영겁회귀를 계속하여 변함없으나 인간의 명예나 업적은 한 순간에 불과하다는 것을 깨닫고 인생무상을 깨닫는다. 자연의 유구함과 인간사의 흥망성쇠를 대조적으로 노래하고 있는 점이 모두가 바이런의 시 「차일드 해롤드의 순례」에서 그 시상과 시어를 수용한 것이라 하겠다.

지금까지 도손의 여러 시 가운데서 자연은 영원하지만, 예술은 아무리 훌륭했다 하더라도 불멸의 예술은 없고 세월이 지나면 퇴색할 수밖에 없는 예술의 유한한 존재에 대한 허망함을 노래하는 일종의 허무주의적 한탄을 표현한 시를 감상해 보았다. 그러면 바이런의 시를 감상하여보고 얼마나 비슷한지, 그리고 도손이 어떠한 면을 구체적으로 수용

---

70) 도손은 이 시를 지을 때는 고모로에 이사하여 교사생활을 하면서 새로운 문학의 길을 모색하게 되는 데 이미 이때부터 자연을 스케치하듯이 묘사하는 사생적 시작법을 시작하였다

하고 있는지 그 수용의 정도를 분석해보자. 다음은 바이런의 시「차일
드 해롤드의 순례」를 원어 그대로 발췌한 부분이다.

그리고 얼마나 경외의 순간에 아름다운가!
멸망의 신과 신을 닮은 인간들의 나라는,
상록수 기득한 계곡, 눈 덮인 언덕,
세상에 선포하노라! 지금도 자연은 다채로운 것을,
영웅적 대지와 조용히 섞이고, 농부의 쟁기에 부서져서
그대의 사원들, 성전들은 땅에 엎드린다.
세상에 태어나 멸망할 수밖에 없는 산들이여,
참된 가치로 인정받는 것을 빼놓고는, 모든 것은 차례로 폐망하리다.

And yet how lovely in thine age of woe,
Land of lost gods and godlike men, art thou!
Thy vales of evergreen, thy hills of snow,
Proclaim thee Nature's varied favorite now:
Thy fanes, thy temples to thy surface bow:
Commingling slowly with heroic earth,
Broke by the share of every rustic plough:
So perish mountains of mortal birth,
So perish all in turn, save well-recorded Worth;[71]

(Canto the Two)

이 시는 4개로 이루어진 칸토 중 칸토Ⅱ의 일부분이다. 칸토Ⅰ,Ⅱ는

---

71) FRANK D McCONNEL 『Byron〈s Poetry』(Norton Critical Editions 1978)
　　p.50

여행과 역사를 한데 섞어 놓은 듯한 기행문의 성격을 띠며 포르투갈, 스페인, 알바니아, 그리스 여행을 토대로 하여 쓴 시이다. 방랑하면서 그가 본 세상은 전쟁과 대의명분의 헛됨, 인간의 노력과 문명의 허망함, 그리고 종교의 위선으로 가득 하다. 이러한 사회를 조롱하고 풍자한다. 찬란한 무명과 폐허, 그리고 그에 대비되는 자연의 모습 등은 많은 대조를 이루고 있지만 그 이면에 드러나는 것은 인간 존재의 찰나성이다. 바이런이 그리스를 방문했을 때 그리스 문명에서 비록 살아있는 정신을 보긴 해도 파괴된 아치와 벽은 변화를 예시하는 것이며 불멸성이 아닌 필멸성의 상징이기도 하다. 이 시를 감상해보면 알 수 있지만 인간사의 덧없음과 자신의 삶에 대한 우울한 관점을 드러낸다고 하겠다. 이러한 시상(詩想)을 전개하는 시는 도손의 시 가운데 여러 군데 나온다.

그러면 지금까지 인간사의 무상함을 노래한 도손의 시를 감상했는데 그 가운데서 바이런의 「차일드 해롤드의 순례」 칸토Ⅱ의 시상과 시어의 공통된 시어를 정리해보도록 하자. 바이런의 영어 표현과 도손이 바꾼 일본어 표현의 연관성을 찾으면 그 수용의 범위와 한계가 드러나리라 생각한다.

《바이런의 허무주의적 표현》

① Land of lost gods and godlike men,

② Thy vales (valley의 고어)

③ Thy fanes, thy temples to thy surface bow: (도치 구문) 동사는 「bow」 주어는 「Thy fanes, thy temples」

④ Thy fanes, thy temples bow to thy surface.

　(그대의 사원들, 성전들은 땅에 엎드린다.)

⑤ Broke by rustic plough 농부의 쟁기에 부서진

⑥ perish So perish all in turn mortal birth, 멸망할 죽을 수밖에 없는

《도손의 허무주의적 표현의 수용》

① Thy fanes, thy temples　　　瑞巖寺(ずいがんじ)

고색창연 (みやびつくせしいにしへの)

옛 영광의 꿈 (栄枯の夢の)

② perish So perish all in turn　사라진 흔적 (消え残る)

mortal birth 퇴색하여 변해버렸네(うつろひかはりけり)

Broke by rustic plough　　　허망하구나 (こころなく)

bow to thy surface.

《바이런의 유구한 자연에 대한 표현》

① Thy vales of evergreen,

② Nature's varied favorite now:

《도손의 유구한 자연에 대한 표현》

① 초록의 푸른 풀들 지금까지 덮고 있지만 (草の緑は 今も覆ふとも)

② <u>파도</u> 되돌아가네 (<u>水巻</u>き帰る)

이제 바이런의 「차일드 해롤드의 순례」 중에서 유명한 칸토 I 「이별 (Good Night)」의 표현과 도손의 시를 찾아서 분석하여 수용 관계를 밝혀보자. 다음은 바이런의 표현과 아주 흡사한 시상(詩想)이나 시어(詩語)가 사용된 시를 도손의 네 개의 시집에 실린 시 가운데서 선별해 본 서정시이다. 그러나 놀랍게도 도손의 마지막 시집인 『낙매집』에 실린 시만이 바이런의 칸토 I 「이별」과 연관이 있음이 밝혀졌다. 역시 도손에게 고향을 등지고 떠났다가 다시 그리워하는 노스탤지어의 땅은 신슈의

고모로였기에 고모로에 돌아가서 쓴 시에 바이런의 망향의 슬픔이 그대로 배어나온 것이라 하겠다. 그럼 「장년의 노래」를 감상해 보도록 하자.

「장년(壯年)의 노래」

〈其二 告別〉

죄인이라는 이름으로 불렸다	罪人と名にも呼ばれむ
죄인이라는 이름으로 불렸다	罪人と名にも呼ばれむ
안돌아간다 자꾸만 생각하면	帰らじとかねておもへば
아아, 눈물이, 잘있거라 내고향	嗚呼涙さらば故郷 (1연)
배에 힘주고 잘있거라 내 고향!	はらからやさらば故郷
가라, 가버려라, 나의 고향 가거라.	去ねよ去ねよ去ねよ吾駒
모든 이 함께 암울하고 쓸쓸히	諸共に暗く寂しく
옛 고향 뜰을 버리고 가버렸다	故の園を捨てて行かまし (8연)

　　　　　　　　　　　　　　　　　　　　　　　　『낙매집』

「장년의 노래」는 「신소설」5년 4권(1900년 3월)에 처음 실렸다. 이때 도손의 나이는 29세로 당시의 통념에서는 인생을 50년으로 보았기 때문에 30세를 바라본다는 것은 인생의 중반으로 왔다는 안도감에 감개가 무량할 때였다. 20대를 청년, 30대를 장년으로 생각하였기 때문에 이 시에서는 장년의 삶을 여러 모양으로 노래하고 있다. 이 시는 형식면으로 볼 때 주제별로 6장으로 나뉘어져 있는데 6패턴의 삶을 도손 내면의 분신(分身) 하나하나로 독립시켜 『새싹집』에 실려 있는 「여섯 처녀」의 노래가 도손의 청춘 체험의 회상의 분신으로 조형된 것처럼 전체로는 일련의 구성을 이루고 있다고 하겠다. 「其一 埋木」는 은둔의 생애를 보내고자 하는 의지의 노래이고, 「其二 告別」은 고향을 떠나는 장면이다. 「其三 佯狂」에서는 꿈속의 세상을 덧없이 좇아 사는 삶을 그리고, 「其四 草枕」에서는 방랑 생활에 몸을 맡기는 삶을, 「其五 幻境」에서는 사랑과 예술로 산 과거의 삶을 돌이켜보는 시이다. 「其六 邂逅」에서는 신생(新生)을 꿈꾸면서 자신을 투영시킨 분신과 같은 시인의 삶을 그려내고 있다. 하나의 인생을 여러 모습으로 끊어서 도손 내면의 여러 분신을 탄생시켜서 자신의 삶을 돌아보고 앞으로의 삶을 예고하는 시인의 상상력 넘치는 낭만적 작품이라 하겠다. 이러한 구성면에서 볼 때 시 속의 화자와 시인 도손이 분리하려고 해도 분리될 수 없는 분신의 관계가 성립된다고 한다면 이 시는 구성면, 특히 도입부분의 서시가 들어가는 점, 시상의 전개 및 시어의 사용면에서 바이런의 「차일드 해롤드의 순례」와 관련이 있다고 볼 수 있다.

이 6장의 「장년의 노래」중에서 2장인 「其二 告別」은 후에 도손이 새로이 시집을 편집해서 『도손시초(藤村詩秒)』를 발간했을 때는 「죄인이라는 이름으로 불렸다(罪人の名にも呼ばれむ)」로 제목을 바꿨다.[72] 그 만큼 1행과 2행의 도입부분이 도손에게는 중요하게 생각되었기 때문이라 하겠다. 고향과 결별한다면 왜 그래야 하는지 이유가 분명하게 나타나는 부분이 바로 이 부분이기 때문이다. 죄인이라고 고향에서 손가락질 당하고 있었기 때문에 살 수 없어 할 수없이 고향과 결별할 수밖에 없다는 심정의 설정이다. 이 시와 표현과 시상의 전개가 비슷한 바이런의 시를 감상해보자.

잘 있어, 잘 있거라, 내 고향의 해변은

---

72) 島崎藤村 自選 『藤村詩秒』(岩波文庫 1995) p.208

푸른 물결 저 편으로 사라져간다.

밤바람은 한숨짓고 새벽파도는 우짖는다.

그리고 날카로운 소리로 우는 갈매기

저 편 바다에 지는 저 <u>해를</u>

<u>좇아서</u> 우리는 간다.

잠시, 잘 있거라 지는 해여,

<u>나의 고향이여, 잘 있거라.</u>

Adieu, adieu! my native shore

Fades o'er the waters blue;

The night-winds sigh, the breakers roar,

And shrieks the wild sea-mew,

You<u> sun </u>that sets upon the sea

<u>We follow in his flight;</u>

Farewell awhile to him and thee,

<u>My native Land—Good Night!</u> 「Canto the First」73)

바이런은 귀족출신이었으며 그의 집안에는 무모한 조상이 많다. 바이런의 할아버지는 해군제독이었는데, 그가 나타나기만 하면 날씨가 사나워진다고 하여 「악천후의 잭(Foulweather Jack)」이라는 별명을 들었다. 또한 바이런의 증조부도 성질이 나빠 「심술궂은 귀족(Wicked Lord)」이라는 별명을 들었다. 또한 그의 아버지도 바람둥이에다 한량이었다. 바이런 자신은 날 때부터 다리를 약간 절었고 비만해지는 체질이어서 어떤 때는 비스킷과 물만 먹고 며칠을 단식한 적이 있었다. 여성 편력이

---

73) FRANK D McCONNEL 前揭書 pp.28-29

심했으며 이복 여동생인 오거스타 리(Augusta Leigh)와의 근친상간 소문 때문에 영국에서 살지 못 하고 이탈리아로 도망가서 살지 않으면 안 되었다. 그의 뇌리에서는 「저주스런 추억 가득 안고」「나라 나라를 헤매야 하는 나」라는 자기인식이 떠나지 않았으므로, 정열적이나 우울하고 아프게 참회하면서도 동시에 후회 없이 죄를 저지르고 마는 바이런적 인물들을 그의 시 속에서 형상화시켰다.

「울리네, 달랑달랑 소리가, 달랑달랑(響りんりん音りんりん)」

잘있거라 잘있어 나의 고향은	去ね去ねかかる古里は
두 번 다시 입밖에 내지 않으리	ふたたび言ふに足らじかし
아아 그래 잘 있어 오늘부터는	ああよしさらばけふよりは
해따라 바람따라 채색구름이	日行き風吹きあや雲の
채색옷 길게 누운 그대까지도	あやにたなびくかなたをも
하얀 파도 드높게 수많은 파도	白波高く八百潮の
깊이 끓어오르는 그대까지도	湧き立ちさはぐかなたをも

『낙매집』

두 번 다시 고향으로 돌아온다는 소리는 하지 않겠다고 자신에게 다짐을 하는 시인의 모습이 보인다. 도손뿐만 아니라 다른 시인들도 마찬가지이겠지만 같은 표현을 여러 군데에 다양하게 씀으로써 각 시마다 도손의 내면에 깔려 있는 정서가 강조되고 분명하게 드러나는 특징을 갖게 된다. 이러한 시작법은 도손의 시 전체를 흐르고 있는 깊은 고독과 우울, 허무주의가 느껴지게 하는 중요한 역할을 한다고 할 수 있다. 「가라가라(去ね去ね)」는 뜻으로 조금 변형하여 같은 뉘앙스를 풍기는 시어로 변형시켜서 영어 원문의 「Good Night」의 의미로 형상화한 이별의 표현은 『여름풀』의 「わすれ草를 읽고」라는 시의 마지막 11행 4행에는 「망초잎이 무성한 그늘에 잘자거라(草葉の影に寝よかし)」로 되어 있다. 밤에 핀 망초 잎은 모든 것을 잊게 해주고 저 세상 황천길로 인도하는 풀꽃이므로 이 꽃을 베개 삼고 잠들고 싶다는 시인의 현실도피의 깊은 허무감을 이 시어로 나타내고 있는 것이다.

이러한 우울한 기조는 바이런의 「차일드 해롤드의 순례」의 칸토 I 에서부터 시작되며 여러 군데에서 반복적으로 표현되고 있다.

㉮ 「살던 곳에서 더 살고 싶지 않았어

　Then loathed he in his native land to dwell」(Canto I)

㉯ 「다시 고향만 아니라면

　어느 나라로 날 싣고 가든 상관없다,

　고향이여 잘 있거라

　Athwart the foaming brine;

　Nor care what land thou bear'st me to

　My native Land —Good Night!」(Canto I)

㉰ 「저주스런 추억 가득 안고

　나라 나라를 헤매야 하는 나

　Though many a clime 'tis mine to go,

　With many a retrospection curst;」(Canto I)

㉱ 「내 살아온 어지러운 세계

　the wild world I dwelt in」(Canto Ⅲ)

도손은 바이런의 이러한 시를 읽고 외우고 했으니 우울과 고독과 고향이라는 시어와 시상(詩想)이 뇌리를 떠나지 않았으리라 생각된다. 지금가지 분석한 결과를 결론적으로 정리하자면 도손은 셸리와 바이런을 통해서 영국낭만주의의 허무와 우울 고독을 이해하고 받아들였다 하겠다. 셸리의 공감적 상상력과 함께 자연에 자신을 이입하여 자연과 하나가 되는 예리한 감성을 수용하여 「가을바람의 노래」를 동서양의 사상과 감성을 혼합하면서도 서구 낭만주의의 신의 〈무한〉함와 인간의 〈한계〉 자연의 〈영구불변〉의 가치와 인간사의 〈찰나적〉 가치를 대조하면서 인간의 깊은 〈허무주의〉를 받아들였다고 생각한다. 「도손이 죽는 날까지 가지고 있었던 쓸쓸함」74)과 〈고독〉〈암울〉〈암조(暗調)〉 현상은 이러한 영국의 낭만주의 중에서도 셸리와 바이런에게서 수용한 것이라 하겠다.

---

74) 재혼한 부인 시마자키 시즈코(島崎静子) 부인은 「마지막 병상에서 남편 도손은 쓸쓸한 미소를 띠우며 손을 들여다보고 있었다」고 했다. 伊東一夫『藤村をめぐる女性たち』 p.255

3. 번스의 「보리밭 지나며」에서의 형식과
『여름풀』의 장시 「농부」

　도손이 번스를 접하게 된 것은 텍스트 『버찌』에 잘 나타나 있다. 먼저 번스의 「보리밭 지나며」와 「은하수 2수」를 비교 감상하여 보도록 하자.

「은하수 2首」

〈其二 七夕〉(2연)

아직 푸르기만 한 들 보리밭의	また色青き草麦の
보리밭 한 가운데 둘이 쓰러져	はたけのうちにたふれふし
뜨겁게 타오르는 붉은 입술이	燃えては熱き紅唇の
서로 함께 만나니 꿈만 같아라.	たがひに触るる夢のごと
이제 그만 이제 그만	かしこにかしこに
소매가 떨고 있네.	ふれる袖見ゆ　　『여름풀』

　이 1절은 도손이 애독하던 영국의 시인 번스의 시 「보리밭을 지나며」에서 그 시상을 얻었다고 생각한다. 왜냐 하면 도손이 자신의 학창시절을 회상하면서 쓴 자전적 소설을 보면 도손이 서구낭만 서정 시인들에게 얼마나 심취해 있었는지 『버찌』에 아주 잘 나타나 있기 때문이다.

　메이지 학원시절 도손은 워즈워스와 번스를 통해서 영시의 맛을 알게 되었다고 고백하고 있는데, 본고의 텍스트 『버찌』에서도 잘 나타나 있다. 특히 번스의 이 시에 대해서는 다음과 같이 표현하고 있다.

「스테키치는 자신의 마음이 깊이 끌리는 것을 발견했다. 푸릇푸릇한 보리 이삭의 향기를 맡는 듯한 번스의 입맞춤의 노래도 자기 나라의 유명 배우가 연기로 보여주는 것보다 훨씬 더 친근감을 느끼게 했다. 그는 다시 시인 괴테의 작품을 통해서 아직 몰랐던 엄청난 미지의 세계가 있다는 것을 상상하기 시작했다.」[75] 『버찌』

이 짜릿한 입맞춤의 연애시에 가슴을 설레던 도손은 칠월 칠석 견우와 직녀의 만남이라는 소제목 아래 번스의 시를 연상하여 시상을 전개한 것이라 하겠다. 농부가 애써 키운 보리나 밀이 두 청춘 남녀의 열정으로 인해서 다쓰러져 버리는 정경을 그리고 있다. 도손이 당시의 일본의 사회상으로는 대단히 과감한 표현이 들어 있는 시라 하겠다. 도손은 이 시에서 시상(詩想) 뿐만이 아니라 시어(詩語)도 수용하여 정서도 연애시의 정서를 그대로 수용했다고 할 수 있다. 다만 도손이 서구 문학을 수용할 때 용의주도한 면은 어휘의 번역에 있어서 「Rye」의 원래 뜻을 피하고 그에 상응하는 대체어를 쓰고 있다는 점이 평가할 만하다. 일본의 식생활에서 호밀, 즉 밀가루보다는 쌀과 보리가 더 어울리는 풍토의 언어이므로, 「호밀」이라는 서구적 식문화어휘에서 탈피하여 일본의 식문화에 어울리는 단어로 대체하고 있다고 할 수 있다.

---

75) 「もっともっと胸いっぱいになるようなものを欲しい。そう思ってみると、堤を切って溢れて行くような『チャイルド・ハロルド』の巡礼なぞのほうに、捨吉は深く心を引かれるものを見つけた。青い麦の香を嗅ぐようなバアンズの接の歌も、自分の国の評判な俳優が見せてくれる濡幕にも勝っていっそう身に近い親しみを覚えさせた。彼はまた詩人ギョエテの書いたものを通して、まだ知らなかったような大きな世界のあることを想像しはじめた。」 島崎藤村『島崎藤村二』前掲書 p.275

「農夫」

〈一緑の樹かげにて〉

《少女》

㉮ (一)

와서 잡아주세요 　ゆきてとらへよ
　　이 보리밭의 　大麦の
밭 속에 숨어 있는 　畠にかくるる
　　토끼새끼를 　小兎を

㉯ (二)

우리가 경작하는 　われらがつくる
　　보리밭 보리 　麦畠の
한충더 푸르르게 　青くさかりと
　　자라나기를 　なるものを

…(중략)…

㉰ (七)

우리가 경작하는 　われらがつくる
　　보리밭 보리 　麦畠の
한충더 푸르르게 　青くさかりと
　　자라나기를 　なるものを

㉱ (八)

와서 잡아주세요 　ゆきてとらへよ
　　이 보리밭의 　大麦の
밭 속에 숨어 있는 　畠にかくるる
　　토끼새끼를 　小兎を

「하편」『여름풀』

도손이 보리밭과 농부와 소녀의 사랑이라는 이 시상을 떠올린 것은 농부 시인인 번스일 가능성이 높다할 수 있겠다. 그의 소설『버찌』에는 번스의「보리밭 지나다가」를 읽고 감동받은 장면이 자세하게 그려져 있다.

보리밭에서 뜨거운 입맞춤을 하는 영시의 문구가 기시모토의 눈앞에 펼쳐졌다. 그 책은 학교 도서관 책으로 영국 시인 번스의 평전 속에 줄이 그어져 있는 한 구절이었다. 기시모토는 이상한 기분이 들었다. 영국 시인이 쓴 시에 이처럼 친근감을 갖게 되어서 본적도 없는 스코틀랜드 근방의 젊은 농부가 왠지 바로 이웃에 있는 사람들처럼 가깝게 느껴졌는데, 도대체 왜 이 나라 연극 소극장에서 보아온 연극들은 이처럼 자신의 마음을 어둡게 하는 것일까 하고 생각에 잠겼다. 기시모토는 아저씨가 일부러 안내해주신 연극은 오히려 침통한 기분으로 감상했다.76)

『버찌』

이 문장 안에서「번스의 전(伝)」이라는 말은 영문학자 존 모레이(John Morley)의 영문학 평전『영국문인 총서(English men of Letters)』중 한 권이라는 의미이다. 도손은 이 전집 속에서 문학가 평전을 번역했다는 내용도『버찌』에 나와 있으니 읽고 감상해보자.

영어로 원서를 읽을 수 있게 된 후로는 기시모토는 3학년 말까지 존 모레이가 출판한『영국문인 총서』가운데 18세기 시인과 문학가들의 평전을 3권정도 초역했다. 학교 도서관에서 책을 빌려 와서는 어떤 때

---

76)「麥畠の中で熱い接をかわすという英詩の文句が岸本の眼前には開けてあった。それは學校の図書館の本で英吉利の詩人バアンズの評伝中に引いてある一節であった。」島崎藤村 前揭書 p.274

는 그 전기들 읽는 데 독서삼매경에 푹 빠져 있다가 초역해보는 것이 즐거움이었다.77) 『버찌』

이처럼 도손은 번스에게 진한 감동을 받았다는 내용을 두 군데에서 나 기록하고 있다. 그만큼 소박한 영국의 낭만주의 시인이 일본의 고전 시인들과는 느낌이 전혀 다르게 받아들이고 있었음을 알 수 있다.

이 시에서 사용하고 있는 구성법은 2연과 7연, 1연과 8연이 서로 동일한 반복후렴구 구성이다. 다시 말해서 7연과 8연을 순서를 반대로 하여 변화를 준 구성면을 보이고 있다. 번스의 영시를 감상하면서 번스의 시 구성을 비교해보고 도손이 시상뿐만이 아니라 시어 및 구성과 형식도 수용하고 있는지 밝혀보도록 하자.

「보리밭 지나며(Coming Through Rye)」-로버트 번스

ⓐ

보리밭 지나다가,

보리밭 지나다가,

그녀 속옷 다 버렸네.

보리밭 지나다가,

Coming through the rye,

---

77) 「英吉利(イギリス)の言葉でものが読めるようになってから捨吉は第三学年のおわりまでにモオレエの刊行した『イングリッシ・メン・オブ・レタアス』のうち十八世紀の詩人や文学者の評伝を三冊ほど翻訳した。学校の図書館から本を借りてきては、ある時はほとんど日課もそっちのけにして、それらの伝記に読み耽り、それを翻訳してみるのを楽みにした。三冊は彼にとってかなりな骨折であった。大切にしてめったに人にも見せないその三冊を寄宿舎のほうから持って来ている。
島崎藤村 前掲書 p.257

Coming through the rye,

She draiglet a her petticoatie

Coming through the rye.　　　　　　(1연)

ⓑ

어머나, 제니 속옷 다 버렸네.

제니 속옷 마를 날 없네,

그녀 속옷 다 버렸네.

보리밭을 지나다가,

Jenny's a' wat, poor body;

Jenny's seldom dry;

She draiglet a her petticoatie

Coming through the rye.　　　　　　(2연)

ⓒ

계곡을 지나다가

누가 누굴 만나서

누구랑 누구 뽀뽀했네.

모두에게 알려야 할까?

Gin a' body meet a body

Coming through the glen;

Gin a' body kiss a body,

Need the word ken?　　　　　　(3연)

ⓓ

보리밭 지나다가,

누가 누굴 만나서

누구랑 누구 입 맞추었네

누가 울어야 할까?

Coming through the rye,

Gin a' body meet a body

Gin a' body kiss a body,

Need a body cry?   (4연)

도손의 「農夫」「下のまき」

㉮ (一)

와서 잡아주세요   ゆきてとらへよ

이 보리밭의   大麦の

밭 속에 숨어 있는   畠にかくるる

토끼새끼를   小兎を

㉯ (二)

우리가 경작하는   われらがつくる

보리밭 보리   麦畠の

한층 더 푸르르게   青くさかりと

자라나기를   なるものを

　　…(중략)…

㉰ (七)

우리가 경작하는   われらがつくる

보리밭 보리   麦畠の

한층 더 푸르르게   青くさかりと

자라나기를	なるものを

㉧ (八)

와서 잡아주세요	ゆきてとらへよ
이 보리밭의	大麦の
밭 속에 숨어 있는	畠にかくるる
토끼새끼를	小兎を

도손의 「農夫」와 번스의 「보리밭 지나다가」를 구성 면에서 비교해 보면 먼저 후렴구의 위치 배열이 동일함을 알 수 있다. 먼저 「농부」의 구성을 보면 ㉮연 ㉯연, ㉰연 ㉱연 중 ㉮연과 ㉱연이 동일한 후렴구로 되어 있고 ㉯연과 ㉰연이 동일한 반복 후렴구로 되어 있음을 알 수 있다. 말하자면 ABBA의 형식이라 할 수 있다.

번스의 구성을 보면 ⓐ연의 1행과 ⓓ연의 1행을 동일한 후렴구로 표현하고 ⓑ연의 1행과 ⓒ연의 1행을 동일한 운율(rhyme)로 맞추고 있음을 알 수 있다.

ⓐ <u>Coming through the rye,</u> → A
ⓑ Jenny's a'wat, poor <u>body;</u> → B
ⓒ Gin a' body meet a <u>body;</u> → B
ⓓ <u>Coming through the rye,</u> → A

따라서 번스의 시 역시 ABBA의 형식이라 할 수 있다. 번스는 가난한 서민 농부의 생활을 자연 친화적으로 노래한 시인이므로 그러한 시상에 맞게 소박한 민요풍의 후렴구로 그 특징을 살린 것이라 하겠다. 도손은 서양시의 운율 대신 7·5조 혹은 5·7조로 음수율을 맞추어서 소리 내서 읽을 때에 음악적 효과를 나타낼 수 있게 정형시를 지켜왔는데, 이 시작법은 일본 시가의 전통을 지킨 것이라고 할 수 있다. 하지만 때에 따라서는 소네트형식을 모방하여 1연을 6행으로 하되 각 행을 반드시 7·5조로 지키고 마지막 2연은 5·7조로 변화를 주는 경우도 있다.

도손은 4개의 시집 중에서 가장 마지막에 완성한 『낙매집』만 한시(漢詩)풍으로 5·7조로 바꾸었을 뿐 나머지 3개의 시집 『새싹집』『쪽배』『여름풀』의 시들은 대부분이 7·5조로 이루어져 있다.

시상의 전개로 볼 때 공통되는 점은 역시 배경이다. 향토적인 시골 풍경을 선명하게 설정하고 있으며 처녀 총각의 데이트 장소로는 최적인 보리밭 정경이 동일하게 설정되어 있다 하지만 시상의 전개는 전혀 다르다. 번스의 『보리밭 지나가며』는 유명한 연애시로 이와 같은 적나라한 사랑의 정경은 도손의 「농부」와는 전혀 다르다. 도손은 시의 후렴구 구성과 「보리밭」이라는 시골 풍경 설정만 수용했을 뿐 남녀 연애시는 아니라 하겠다. 그리고 여기서 주목할 점은 도손이 풍토에 맞게 서구문학을 수용하고 있다는 사실이다. 「농부」의 「보리밭」은 번스의 「rye」를 그대로 번역한 것이 아니다. 도손은 서구의 식문화 언어인 「호밀, 밀가루」를 일본의 식문화 언어인 「보리」로 바꾸어 놓는 정교함을 보인 것이다.

더욱이 시상을 전개하는 데 있어서도 이 부분의 앞뒤로는 심각한 내용의 시가 이어지고 있는 막간에 독자로 하여금 잠깐 쉴 수 있도록 후렴구와 함께 익살맞은 정경을 의도적으로 설정한 것이라 할 수 있다. 땀을 흘리면서 농사지은 보리를 짓밟아 넘어뜨리고 때로는 파릇파릇하게 돋아난 보리 이삭을 먹어치우는 귀여운 토끼를 소재로 하고 있다.

따라서 도손의 「농부」에 등장하는 소녀는 번스의 『보리밭 지나가며』

의 장성한 처녀가 아닌 어린 소녀라고 생각된다. 이런 면에서 도손은 수용과 변용의 귀재라 아니할 수 없는 것이다. 더욱 놀라운 것은 이미 그 시대에 영국의 낭만주의 초기 작가 번스로부터 영국 낭만주의 시문학의 마지막 시인 키츠까지 섭렵하여 1890년, 도손의 나이 열아홉 살 때에 셰익스피어 전집과 워즈워스 전시집을 영어 원서로 탐독했고 문학 감상을 즐겼다는 점이다.

도손이 번스만큼 땅에 대한 애착을 가진 농부시인[78]은 아니지만 번스의 작품 속에 나타난 소박한 인간미에 애착을 가졌기에 그의 시를 모방하여 농부의 소곡을 삽입시켜본 것이라 하겠다.

---

78) 번스는 농부 시인이라 할 만큼 땀흘려 일하는 가난한 농부의 시를 지었고 도손 역시 그 시를 수용하여 자신의 시에 반영한 부분이 있다. 하지만 노동에 관한 관심은 톨스토이 영향이라고 세케 료이치는 주장한다.

「千曲川旅情의노래」(1연3, 4행)

| 이 내 목숨 뭘 위해 악착같이 | この命なにを齷齪 |
| 내일 일만을 걱정해도 벅찬데 | 明日をのみ思ひわずらふ |

「My father was a Farmer」(6연)

No view no care, but shun whatever might breed me
　　　　　　　　　　　　　　희망 없지만, 걱정도 없는 나니,
pain or sorrow, O,　　　　　고통과 슬픔 안겨주는 모든 것
I live to-day as well's I may, regardless,
　　　　　　　　　　　　　　피하고 싶어
of to-morrow, O!　　　　　내일은 몰라, 오늘 위해 살리라.

4. 키츠[79)의 「희랍항아리부」와 『쪽배』의 「백자화병부」

도손이 키츠로부터 받은 영향은 그의 시집 『새싹집』에서부터 『쪽배』 『여름풀』에 걸쳐서 선명하리만치 뚜렷하게 나타난다. 시마다 킨지(島田 謹二)는 「인간의 생명은 한 때뿐이지만 예술의 생명은 영원하다는 키츠의 신조는 도손의 예술관의 밑바탕을 이루고 있다」[80)고 했는데, 이러한 분석은 옳다고 생각한다.

사랑을 위한 요절(夭折)도 젊은 도손에게는 상당히 깊이 매료되는 원인이 되기도 했을 것이다. 도손 시에서 발견할 수 있는 특징 중, 지나치게 섬세하게 묘사하느라 전체적인 균형감을 잃는 점, 깊은 통찰력이 보이는 듯하면서도 본질이 뒤틀려서 기묘한 환상으로 빠져버리는 약점 등은 예술가적 기질(気質)적인 면에서 키츠와 도손은 같은 기질을 지닌 예술가일지도 모른다. 때로는 관능적 열정의 순수함이 영혼의 깊은 곳으로부터의 희열로 바뀌어 순수미의 경지까지 이르는 시를 볼 때 이러

---

79) John Keats(1795~1821) 워즈워스, 콜리지, 바이런은 켐브리지 대학을 졸업했고, 셸리는 옥스퍼드대학 중퇴이다. 다시 말해서 그들은 민중의 언어를 동경해 왔고 민중 해방을 부르짖었지만 원래는 상류 귀족 계급 출신이었기 때문이다. 하지만 키츠는 달랐다. 런던 시내의 마차대여소 아들로 대학에는 들어가지 못 하고 외과의사 조수역할을 하면서 의학을 배웠다. 단지 경제적으로 안정되기 살 수 있는 길을 후견인으로부터 선택당한 것이다. 그러나 시에 대한 열정은 더욱 강해져 화려하고 감미로운 스펜서의 시부터 탐독하여 셰익스피어 밀턴의 영향도 받았다. 낭만파 시인들은 사상이나 심정은 자유분방하고 상상력을 중요시 하지만 시의 형식은 밀턴 이후 150여 년간 잊혀졌던 소네트 형식을 부활시켜 인공적인 시형(詩形)인 정형시의 규율에는 엄격했다.
　　川崎寿彦　前掲書 p.110 참조
80) 伊東一夫　前掲書 p.96

한 시는 분명히 키츠의 영향이 아닐까 생각된다.

키츠의 시 「희랍항아리 부(Ode on a Grecian Urn)」는 형식미와 시적 내용이 엄격하게 정리된 조화미를 보여주는 예술의 완성품이라는 느낌을 준다. 바이런에게는 유아적 악동(惡童)의 취향이 보이는가 하면 셸리의 시적 어조는 때로는 신경질적인 면이 없지 않으나 키츠에게는 이러한 경향은 엿보이지 않는다. 가장 젊었던 그가 아마도 가장 성숙되었기 때문이었을 것이다. 1820년에는 폐결핵 증상이 보이기 시작하였으나, 파니 브론이라는 소녀를 사랑하게 되어 아름다운 연애편지를 계속해서 보냈었다. 그 해 가을 셸리의 도움으로 이탈리아로 휴양차 떠났으나 회복되지 않고 1821년 2월에 로마에서 객사했다. 교외의 기독교 묘지에 안치되었으나, 스스로가 택한 묘비명은 「여기 물로 이름이 쓰여 진 사람이 누워 있다(Here lies one whose name was writ in water.)」 이다.

먼저 도손의 「백자화병부(白磁花瓶賦)」를 감상하도록 하자. 도손의 이 시는 4행으로 이루어진 30연의 장시이다. 따라서 이 시는 도손 시의 특징이 그렇듯이 키츠 영향만 받고 쓰여 진 시는 아니다. 이 시를 감상함에 있어서 주의할 점은 각 연마다 시어를 정리하여 그 시어가 어느 작가의 단골 시어인지를 파악하는 일이다. 그러므로 30연을 모두 이 장에서 감상 할 수는 없고 다만 시어를 분석한 결과 키츠의 시상과 시어임이 분명한 부분만 키츠의 원시 「희랍항아리 부」와 원문대조하여 공통된 시어를 찾아서 논증해가는 방법을 택하도록 한다.

먼저 제목 「백자화병부」에서 「부(賦)」[81]는 영시의 한 형식 「ode」[82]

---

81) 「부(賦)」는 중국의 시경(詩經)에 있는 시의 六義(風 雅 頌 比 賦 興) 중 하나. 마음에 느낀 것을 그대로 읊은 것을 의미한다.
82) 「Ode」는 본래는 희랍극 등에서의 코러스의 노래였고, 근대에 와서는 길이가 50 내지는 200행이며 자주 다양한 혹은 불규칙 운율을 이루는 경우가 있으며, 고양된 문체 및 열렬한 어조로 흔히 말을 거는 형식으로 된 서정시

를 번역한 것으로 볼 수 있다. 그래서 키츠의 시 「Ode on a Grecian Urn」을 연상하게 한다고 하겠다. 또한 시상의 전개라는 측면에서 볼 때 젊은 예술가의 요절을 애도하는 표현의 시어는 키츠 역시 요절한 안타까운 시인이므로 제목과 함께 그가 남긴 예술의 영원성과 인간생명의 유한성의 대비가 키츠의 「희랍항아리」와 맥을 같이 한다고 할 수 있다.

요절한 박명(薄命) 예술가를 「화병 만드는 장인(匠人)」으로 설정하면서도 화병을 2인칭의 「그대(きみ)」[83]로 부르고 있는 점과 그 화병과 대화를 하고 있는 점은 키츠의 「희랍항아리」와 공통된 시 형식이라 할 수 있다. 형식면에서 보다 구체적으로 분석한 결과 18연까지는 1행 7·5조를 4행으로 1연을 구성하고 있으나 19연부터 26연까지는 「1행이 7음, 2행이 5음, 3행이 7음, 4행이 5음이라는 파격적인 음수율」로 되어 있으면서도 각운(脚韻)[84]을 지키고 있다. 이러한 파조(破調)의 시작(詩作)은 서구문학의 시 형식을 시도해 본 것이라 할 수 있으며 그 가운데서도 「ode」형식을 시도해본 것이라 하겠다.

도손은 이 시에서 「박명(薄命)의 예술가의 생애」[85]를 노래하고 있다

이다. 각운(脚韻)이 있어야 하나, 때로는 없는 경우도 있다.
이재호 옮김 『낭만주의 영시』(탐구당 1976) p.353 참조
83) 「Ode on a Grecian Urn」1연 1행
Thou still unravished bride of quietness 너, 아직도 겁탈당하지 않은 정적의 신부여,
「백자화병부」1연4행
세상에 태어난 걸 아는가, 그대 うまれいでしとしるやきみ
84) わかきいのちの
あさぼらけ
こころのはるの
たのしみよ(20연)
85) 히라다 도쿠보쿠(平田禿木)의 「薄命記」와도 관련이 있다고 주장도 있다. 사사부치 도모이치는 「「わが友」가 도코쿠를 의미할 수도 있지만 반드시 그렇다고만은 할 수 없다. 오히려 도손의 이 시는 平田禿木의 「薄命記」와 더

고 하겠다. 따라서 당연히 기타무라 도코쿠의 모습이 겹친다고도 할 수 있다. 즉, 도코쿠에 대한 애도를 주제로 한 시라고도 할 수 있기도 하다. 이러한 면에서 접근한다면 키츠의 시와 전혀 다른 시라고 아니할 수 없다. 하지만 비슷한 시어를 변용하여 수용한 부분이나 인간 세계의 사랑에 대한 허망함은 표현을 조금 달리 할 뿐 동일하게 볼 수 있는 시상이 엿보인다.

그럼, 먼저 1연의 도입부분을 보자.

「백자화병부」

서너 잎 서너 줄기 <u>하이얀 붓꽃</u>	みしやみぎはの白あやめ
붓꽃보다 하이얀 꽃 항아리를	はなよりしろき花瓶を
어떠한 자 뛰어난 솜씨로부터	いかなるひとのたくみより
태어나게 된 것을 아는가 그대.	うまれいでしとしるやきみ (1연)

이 1연의 도입부분은 백자를 상대로 말을 걸고 있는 대화로 시작된다. 백자는 시인의 상대역이면서 시인이 감상하는 대상물인 것이다. 이 대상물은 누군가 천재적인 솜씨로 만들어진 예술품인 것을 암시하고 있다. 바로 다음의 2연[86]에도 백자의 자태가 나오고 백자의 아름다움을

연관되는 요소를 지니고 있다. 다시 말해서 요절한 예술가의 비련과 그의 작품이라는 착상은「薄命記」의 주제이기도 하고, 히라다 도쿠보쿠는 이「薄命記」에 키츠의 생애와 그의 연애편지를 번역하여 실었기 때문이다.」라고 주장했다. 笹淵友一 前揭書 p.289

86) 항아리 네 모습의 부드러움은　　瓶のすがたのやさしきは
　　근원도 말고 맑은 샘물로부터　　根ざしも清き泉より
　　향긋한 냄새나는 하얀 천 두른　　にほひいでたるしろたへの
　　마음의 꽃이라고 그대는 보라　　こころのはなと君やみん　　　　(2연)

칭송하는 표현이 계속된다. 이러한 도입은 키츠의 「희랍항아리」와 비슷한 도입이라 할 수 있다. 키츠의 시에서도 먼저 1연에서는 항아리를 「너(Thou)」라고 부르면서 시작한다. 그리고 항아리를 꽃과 함께 비유한다. 구체적인 꽃은 아니지만 꽃같이 감미로운 이야깃거리를 지니고 있는 항아리, 그 항아리는 순결한 신부와 같은 대상물로, 그리고 시인의 상대로 취급하면서 도입부분이 시작된다.

「희랍항아리 부(Ode on a Grecian Urn)」　1연

너, 아직도 겁탈당하지 않은 정적의 신부여,
너 침묵과 느린 시간의 양자(養子)여
우리들의 시보다 더 감미롭게 꽃 이야기를
이처럼 표현할 수 있던 숲의 역사가여

Thou still unravished bride of quietness
Thou foster child of silence and slow time,
Sylvan historian, who canst thus express
A flowery tale more sweetly than our rhyme: (1연)

키츠의 시 「희랍항아리 부」는 이상과 현실, 영원과 유한성에 관한문제를 제기하고 있다. 여기에서 희랍항아리는 한 예술적 대상물이면서 영원불멸의 예술세계를 상징한다. 시인은 1연에서 대상물을 관조하고 2연에서는 대상물에 접근하여 그것이 이상, 아름다움을 감지한다. 상상력에 의해서 파악하는 어떤 예술작품은 정점에 닿기 직전의 잠재력과 기대가 극대화되어 있는 상태이다. 이것은 젊은이가 영원히 노래를 부

를 수 있는 상태, 그리고 잎이 영원히 푸르게 있을 수 있는 상태이다. 3연과 4연에서도 항아리에 그려져 있는 숲의 그림을 보는 화자에게는 정점에 이르기 직전의 영원한 봄의 상태와 가장 큰 행복에 대한 기대감이 지속된다. 나뭇가지는 영원히 잎을 떨어뜨리지 않고 봄을 만끽할 수 있으며 행복한 연주자는 새로운 노래를 부를 수 있다. 숨 쉬는 인간의 사랑은 그 사랑의 달성 후에는 싫증나고 갈증 나는 혀와 불타는 이마를 남기지만 이 예술 속의 사랑은 영원히 사랑의 지복(至福)만을 기대하게 한다.

그런데 시인은 영원한 현재이고 그 잠재력의 정점 직전에서 그 기대감에서 오는 영원한 행복을 누릴 수 있는 예술의 세계와 현실간의 간극(間隙)을 여전히 해결하지 못 한다. 그 둘 사이에서 접점을 찾지 못 하는 것은 항아리를 「차가운 전원시여!(Cold Pastoral!)」[87]라고 부르는 것에서 알 수 있다. 그것은 따듯한 살과 뜨거운 피를 가진 인간의 삶과 유리된 것임을 의미한다. 하지만 시인은 그 항아리로의 몰입을 통해서 예술의 영원한 세계를 감지하였고 그것에서 아름다움을 발견하였으며 그 아름다움의 세계는 또한 진리의 세계임을 깨닫는다. 그리고 그것은 그 삶이 어떤 형태를 취할지라도 불변의 진리로 남을 것이라는 것을 내면화시킨다. 키츠가 예술의 영원성을 정점 직전의 잠재성에서 찾은 것은 잠재성이 완전히 실현되면 그것의 생명이 소실될 수밖에 없는 낭만

---

87) 희랍 항아리가 더 이상 경외와 선망의 대상이 아님을 나타낸다. 희랍항아리는 훌륭한 예술 작품임에 틀림없지만 이같은 예술품의 둘레에 묘사되어 영원히 남겨지는 형상들은 단지 인간의 욕망을 억제함으로써만 다다르게 되는 승화의 경지일 뿐으로 이러한 형상들이 결코 바람직한 것은 아님을 강조하려고 「차가운」이라는 표현을 사용하고 있는 것이라 할 수 있다. 결국 이승에서의 사랑이 덧없기는 하지만 뜨거운 열정을 주고받는 열락의 가치도 예술의 금욕적 가치만큼 인간에게 필요한 것이라는 입장으로 반전되는 마지막 5연의 표현이다. 이정호『영시 새로 읽기』前揭書 p.100

적 아이러니 때문이기도 하다. 아마도 정점 후의 쇠락이나 죽음을 대면하고 받아들일 자세가 아직은 형성되지 않은 것으로 볼 수 있다. 그러면 본문 비평을 하면서 두 시의 수용관계와 영향관계를 밝혀보자. 먼저 두 시가 대상물인 「항아리」에 대한 시인, 즉 화자와의 관계를 분석해 보기로 한다.

도손도 키츠도 항아리를 하나의 인격체로 표현하고 있는데 키츠는 「아직도 겁탈당하지 않은(still unravished)」[88]이라는 표현을 사용함으로써 순결한 신부로 묘사하고 있다. 이는 그저 단순한 항아리의 묘사라기보다는 시인이 화자의 입을 통해서 항아리에 대해서 감정이입을 한 것으로 볼 수 있다.

도손은 「그대」라고 부르면서 인격체로 대하지만 구체적인 여성이나 남성의 성 구별은 없이 다만 연약한 「하얀 붓꽃」으로 묘사하여 「붓꽃」에 「하얀」이라는 한정적인 형용사를 사용하여 그 의미를 제한하고 있다. 하지만 「하얀」색은 자연히 「순결」과 연관된 구체적인 이미지로 국한시키고 있다고 하겠다. 이러한 한정적 표현은 도손과 키츠 둘 다 공통된 것이라 할 수 있다. 그렇다면 둘 다 여성이라는 이미지만으로 여성을 지칭한다고 할 수는 없으므로 두 시의 제목부터 분석해 보아야 할 것이다.

또한 이 두 시인은 공통적으로 시재(詩材)를 항아리로 사용하고 있는데, 항아리(urn)가 하나의 용기(容器)라는 사실에 유의한다면 이와 같은

---

88) 「ravish」라는 단어는 폭력에 의해 남성이 여성을 짓밟는 행위, 즉 「겁탈하다」의 의미 외에도 「성적 희열로 열광하다(to transport with joy or delight)」의 뜻도 가능하다. 따라서 여기서 「un+ravish+ed」의 구성으로 볼 때 욕망의 행위가 일어나지 않은 상태를 말한다고 할 수 있다. 이렇게 볼 때 「unravished」라는 단어 하나가 상징하는 의미는 다양하게 나온다고 할 수 있다. 이정호『영시 새로 읽기』前揭書 pp.90~91 참조

용기는 여성의 자궁을 상징하는 것이므로 「프로이트적인 해석에 따르면 항아리 자체가 여성이 된다.」[89]고 할 수 있다. 그러므로 여성을 상징하면서도 도손은 일본의 풍토에 가장 잘 어울리는 작은 화초(草花)로 그 언어를 선택한 것이고 키츠는 서구 문학 속에 자주 등장하는 신부(bride)로 그 언어를 선택한 것이라 할 수 있다. 이처럼 도손은 서구문학을 수용할 때 일본의 문화를 피어나게 한 일본의 풍토를 잊지 않고 늘 염두에 두고 있다는 사실을 다시 한 번 확인시켜주는 시인이라 하겠다.

그리고 이 두 시를 비교 분석해 볼 때 전체적인 주제가 일치한다는 점이다. 「희랍항아리」라는 예술이 가져다주는 사랑의 희열은 인간들이 서로 나누는 일시적인 사랑과는 달리 영원하다는 예술의 영원성을 노래한다. 「희랍항아리 부」에 그려져 있는 그림들 하나하나가 생명력을 가지고 있어서 언제나 지칠 줄 모르고 화자에게 「영원히 행복감」[90]을 주기 때문이다.

한편 도손의 「백자화병부」는 화자가 백자를 사랑하게 되어 그 「화병」의 예술성으로 인하여 사랑의 희열을 안겨다 주기 보다는 오히려 슬픔을 안고 있는 예술품이기는 하다. 하지만, 22연[91]을 보면 인간이

---

89) 황익근 저. 『정신분석용어 해설집』(하나의학사 1988) p.25 참조
90) Ah, happy, happy boughs! that cannot shed
　　　　　　　　　　행복하고 행복한 아, 가지들아!
　Your leaves, nor ever bid the Spring adieu;
　　　　　　　　　　네 잎사귀 절대로 시들지 않아
　And happy melodist, unwearied, 봄도 네게 작별은 하지 못하리. 행복한
　　　　　　　　　　연주가여, 지칠 줄 몰라
　Forever piping songs forever new; 영원히 새 노래를 영원히 새 연주를!
　More happy love! more happy, happy love!
　　　　　　　　　　더욱 행복한 사랑! 더욱 행복, 이 사랑!
91) 사랑은 향기로운　　　こひはにほへる
　　보라색깔의　　　　　むらさきの

서로 주고받는 사랑은 계절이 지나면 꽃이 지듯이 일시적인 것임을 암시하고 27연에서는 인간의 생명은 짧은 데 비하여 예술품「백자화병」은 영원히 더욱 선명하게 남아 있다는 것을 암시한다.

여기서 두 시인은 같은 시재(詩材)의「항아리」를 가지고 예술의 영원성을 노래하고 있다는 점에서 같은 시상을 전개하고 있다 할 수 있으며 각도는 조금 달라도「항아리」를 여성으로 보고 있다는 시각도 같다는 사실을 분석해서 알아보았다. 시의 형식 역시 대상물을 2인칭으로 부르면서 도입부분이 전개되는 점은 공통된 형식이라 할 수 있으며 도손이 마지막 30연에서 7·5조가 아닌 7·7조로 끝낸 것은 영시에서 독특한「ode」형식의 특징인 파조(破調)의 시작(詩作)을 실험한 것이라 생각된다. 키츠 역시「희랍항아리 부」에서는 대표적으로 1연은 정형이 깨지는 듯한 불완전한 문장이 난립하여,「ode」형식의 특징인 파조(破調)의 효과를 끼워 넣어서 욕망이 들끓어 오르는 무질서를 보여주고 있다. 이러한 시형(詩形)의 도입 역시 두 시의 공통된 점이라 하겠다.

그러나 결정적으로 전혀 다른 시상이 있다면 도손의「백자화병부」는 그 예술품 자체를 칭송하기 보다는「그 예술을 태어나게 한 예술가를 더욱 칭송하는 시상(詩想)」[92]이 들어 있다는 점이다. 도손은 요절한 예

| 피어선 져버리는 | さきてちりぬる | |
| 꽃 되는 것을 | はななるを | (22연) |

[92] 도손의 이러한 시상의 전개를 하고 있는 시가 한 편 더 있다. 키츠의「희랍항아리 부」를 염두에 두고 쓴 것으로 분석이 가능하지만 역시 도손의 한계를 드러내는 작품이다. 도손은 예술품 그 자체에 대한 깊은 희열보다는 그 예술품을 창조해낸 작가에 관심을 두어 마지막 구에서 작가 이름을 밝히는 데 5음을 쓰고 끝난다.

「松島瑞巖寺에서 놀며, 葡萄栗鼠의 木彫를 보고」

살포시 도려내니 포도잎사귀	ほられて薄き葡萄葉の
그늘에 숨어있는 새끼다람쥐	影にかくるる栗鼠よ
모습만 감추려고 애는 쓰지만	姿ばかりは隱すとも

술가 키츠도 염두에 두고 있지만 더욱 그의 뇌리를 떠나지 않는 것은 도코쿠의 요절이다. 그리고 그가 요절은 했으나, 남겨 놓은 문예 작품이 그의 죽음 후에 더욱 선명하게 꽃피우기를 바라는 마음의 노래이기도 하다. 춘설이 지나면 선명하고 아름다운 꽃들이 들판에 만발하듯이 그의 죽음을 춘설이라 한다면 그가 남겨 주고 간 그의 예술은 「백자화병」인 것이다. 봄의 눈이 녹아 없어지듯이 생명은 부질없이 짧게 끝났으나 그의 남기고 간 예술은 영원하기를 바라는 애도의 시라는 점이 키츠의 「희랍 항아리 부」와 다른 점이다.

결론적으로 말해서 언뜻 보기에는 제목부터가 키츠를 연상시키고 있으므로 시상(詩想) 전개에 있어서도 발상의 전거가 키츠라는 단정을 내리기가 아주 쉬울지 모르나, 시상의 전개에 있어서 두 시는 상당히 다르다고 생각한다. 키츠는 고대 희랍세계를 그대로 전개하여, 독자로 하여금 환상의 세계. 고요하고 심오함을 느끼게 하여 신비한 세계로 빠지게끔 유도하는데, 이와는 반대로 도손의 「백자화병부」는 화병 그 자체의 이미지는 지극히 단순하지만 그 화병의 청초한 아름다움을 추상적으로 찬양하는 것에 불과하다고 하겠다. 그리고 키츠의 시에서는 예술품 그 자체, 항아리에만 관심을 가질 뿐, 작가는 관심대상 밖인데, 도손에게는

감춘들 부질없지 조각품향기	かくすよしなし鑿の香は
밀물에 울려퍼진 이소 절간의	うしほにひびく磯寺の
종소리에 오늘 해 다 지련마는	かねにこの日の暮るるとも
땅거미가 밀려와 서성거리니	夕闇かけてたたずめば
그리워지는구나, 작가 신고로	こひしきやなぞ甚五郎　『새싹집』

이 시는 「문학계」50호(1897년 2월)에 발표된 시로 마쓰시마의 서암사(松島瑞巖寺)라는 절에 놀러 갔을 때 지은 시이다. 이 절의 본당에 있는 「葡萄栗鼠木彫」는 본당을(乙)자 모양의 현관 난관에 있으며 하얀 나무로 조각한 청초한 조각품인데, 사신고로(左甚五郎)의 작품으로 알려져 있다.

화병을 만들어낸 「예술가에 커다란 관심거리인 것처럼 강조되는 면」이 있다. 마지막의 7·5조를 7·7조로 하여 정형을 깨는 시도, 즉 파조(破調)를 시도[93]한 면은 평가할 만하다고 생각한다. 물론 마지막 5음을 7음으로 늘여서 노래하는 것은 마치 반주에 맞추어 노래의 템포를 무시하고 부르는 듯한 진부한 감을 주기도 하지만 대체적으로 시감(詩感)의 언어화에 별다른 차이가 보이지 않는 유일한 아름다운 시이다. 이러한 관점에서 키츠의 시 「희랍항아리 부」와 도손의 시 「백자화병부」가 항아리를 소재로 하여 생명 있는 존재로 감정을 이입하여 아름다움을 노래하고 있다는 점에서 일맥상통하는 공통점이 있다고 하겠다.

　도손의 시에 나타난 특징의 중심은 흘러넘치는 서정성과 낭만성이다. 서정성은 워즈워스의 낭만 서정 소네트에서 영향을 받아서 뜨거운 남녀 사랑을 표현한 시도 있는가 하면 로버트 번스와 같이 소박한 자연친화적인 낭만시인의 시에 감화를 받아서 시작(詩作)을 해보기도 했다. 도손은 본고에서 다룬 서구낭만파 문학의 작가 이외에도 존 러스킨, 단테 가브리엘 로세티와 크리스티나 로세티, 알프레드 테니슨, 월터 스코트, 더 나아가서는 미국의 에드가 알렌 포우와 헨리 워드워스 롱펠로루 등 서구 낭만 시인들을 섭렵하여 자신의 시에 투영시켰다. 이런 점에서 도손은 일본 낭만파 문학의 창시자라 할 만하며 낭만시인의 창시자라 해도 과언이 아니다.

---

93) 전통적인 정형률에 대한 파괴와 구습전통에 대한 회의(懷疑)와 봉건적 관념에서 자기 해방이 낭만파 문학의 특성이다. 伊藤信吉 『島崎藤村の文學』 (第一書房 1983) pp.315~317 참조

雲のゆくへ

庭にたちいでたゞひとり
秋海棠の花を分け
空ながむれば行く雲の
更に秘密を聞くかな

　　　『若菜集』より

제7장

결론

1. 연구의 결과
2. 시마자키 도손의 연표

제7장
결론

　메이지 시대의 문학자들이 대체로 그러했듯이, 도손은 서구의 문학과 예술 및 사상을 받아들이는 것에 주저하지 않았다. 그의 작품에는 실로 많은 서양문학자들의 영향이 복합적으로 고루 반영되어 있었다. 도손이 그 시대 청년들 중에서도 앞장서 서구적인 것을 받아들인 동시에 그리스도교적인 풍토에 몸을 담을 수 있었던 젊은 날의 환경에서 비롯되었다고 할 수 있겠다. 도손에게 있어서 서구문학 수용은 16살에 입학한 메이지학원시절부터였다. 메이지 학원의 대부분의 선생들은 외국인으로 많은 과목들이 영어로 된 교과서를 사용했으며, 도서관은 책이 많았다. 도손은 이 학교에 다니고 있는 동안 셰익스피어, 단테, 괴테, 바이런, 셸리, 워즈워스 등을 비롯하여 서구문학의 작가와 작품을 섭렵했다. 학창시절에 『여학잡지』에 번역 작품을 게재하는 등 습작시대부터 서구문학을 접하면서 〈좋은 것이라면 뭐든지 주저하지 않고 받아들이려고〉 했으며 받아들인 것은 재빨리 자신의 창작에 활용하여 특히 젊은 시절에는 도용, 번안이라고 비난받아도 마땅할 정도로 노골적으로 활용하고 있었다. 물론 그의 문학 속에는 서구 문학뿐만이 아니라 만요슈, 와카, 하이쿠 등의 영향도 많았음은 이미 잘 알려져 있다.

그러나 본고에서는 도손이 서정시로서의 새로운 지평을 연 문학사적 가치가 높은 일본의 최초의 근대시집인 『새싹집』을 비롯하여 『쪽배』 『여름풀』 『낙매집』을 주로 서구문학의 수용이라는 차원에서 살펴보았다. 새로운 노래를 창작해내는 과정에서 서구적 언어와 사상과 표현들이 일본이라는 풍토 속에 어떠한 모양으로 해석되고 동화되어 토착화되어 가는지 그 양상을 중심으로 분석하는데 중점을 두었다.

먼저 성서와 찬송가를 수용하거나 변용한 양상을 분석해본 결과 도손은 학창 시절 자신이 읽고 느끼고 체험한 내용을 자신의 문예작품 속에 남기는 특성이 누구보다도 강한 작가였음을 알게 되었다. 그래서인지 도손의 근대시 중에는 성서 수용의 흔적을 많이 찾을 수 있었다. 특히 「창세기」의 천지창조의 장면에서 많은 시사를 받고 있었다. 도손의 첫 시집 『새싹집』의 「샛별」이나 「새벽 동틀 녘」은 창조 이전의 혼돈상태(chaos)를 리얼하게 노래함으로써 마치 창조설화를 읽는 듯한 느낌을 받는다. 도손은 이전 까지 없었던 새로운 형식의 시를 짓는 행위를 하나님의 세상창조에 버금가는 위대한 작업으로 인식하고 있었던 것으로 생각된다.

또한 구약 성서를 히브리 문학으로 보고 그 중 「아가(雅歌)」에서 〈포도주〉와 〈여우〉라는 시의 소재를 수용하고 있다. 성서에서는 신앙의 훼방꾼으로 상징되는 〈여우〉를 도손의 「여우의 장난」에서는 〈음흉한 남자〉로 변용시키고 있었다. 한편 구약성서에서의 〈포도주〉는 하나임과 인간의 굳은 관계를 나타내는 사랑의 결실을 상징하는데 비하여 도손은 자신의 문학인 근대 서정시를 상징시키고 있었다. 솔로몬에게 가장 사랑받는 포도주라는 의미에서 많은 독자들에게 사랑받기를 원하는 자신의 서정시를 상징하는 시어로 바꾸어 놓고 있다. 나아가 도손은 「아가」에서의 대화와 합창이라는 시의 형식을 수용하여 여러 편의 시에 새로이 응용하고 있었다. 특히 후렴구의 사용은 구약성서의 합창법인데 도손은 섬세하게 수용하여 일본의 정형 음수율인 7·5조에 맞추어서 시작(詩作)을 하고 있음을 알 수 있었다.

이처럼 도손의 성서 수용 양상을 분석한 결과 성서를 기독교 신앙서로 보기 보다는 문학으로 보았기 때문에 자유로운 상상으로 주체와 객체의 변용이 가능했다고 하겠다. 더욱이 창세기의 창조설화를 「새벽 동틀 녘」이라는 상징시로 재창조한 점은 과연 낭만주의 시인의 면모답다고 할 수 있다. 현상을 있는 그대로 보는 것이 아니라 창조적 상상력으로 현실을 재창조 한다는 것은 서구 낭만주의 시인들의 필수불가결한 시정(詩情)이었던 것이다. 상상력이 있는 시인만이 변용과 융합과 통합이 가능한 것이며 공상이 아닌 상상이 수반된 변용은 예술이기 때문이다. 도손은 창세기를 근대시의 새벽을 알리는 의미로 변용하여 신이 천지를 창조하듯이 근대시가 일본 문학의 새로운 장르가 될 것을 예고한 것이다.

찬송가의 변용에서는 하나님께 의지한다는 신앙고백 「나의 하나님께/맡겨버릴 때에야/즐거우리라」는 찬송가 가사를 「정겨웠던 그대 함께/손을 맞잡고/달려가리라」로 바꾸어 기독교 신앙적 측면에서 보면 기독교 신앙을 모독하는 것이라 비난받을 만할 정도로 비기독교적 문화, 다시 말해서 르네상스적 시정(poetic mind)으로 경도되어 있음을 알 수 있었다.

세련된 미션스쿨인 메이지학원에 입학하여 여름 방학에는 기독교 여름 성경학교에 참가하기도하며 자연스레 흥얼거리면서 부르던 찬송가에서 「아지랑이」와 같은 시를 만들어 내기도 한 것이다. 신선찬미가 4장과 같은 역사적인 찬송가를 도손은 보란 듯이 배교적인 연애시로서 변용시키고 있다. 이 연애시들은 『문학계』를 함께 창간했던 기타무라 도코쿠가 먼저 제창한 갈등의 「연애론」을 도손이 보완하고 활용하여 『새싹집』이라는 연애시가 출발한 것이다. 도손은 성서와 찬송가를 통해서 유입된 서구의 사랑(愛)이라는 개념을, 영(靈)과 육(肉)으로 완전히 분리하여 정리하고 있었다. 육에 속한 사랑은 「육연(肉戀)」이고, 영에 속한 사랑을 「천연(天戀)」 즉 「플라토닉 · 러브」라고 규정한다.

　정신적으로는 사랑하지 않는데 단지 성욕(性慾)이나 육정(肉情)의 만족만을 위한 것이라면, 그것은 타락이며 죄가 되는 것이다. 도손은 철저하게 영과 육의 상극(相剋)을 유도하여 지나치게 정신적인 사랑(天戀)과 성욕에 의한 육체적 사랑(肉戀)을 분리했다. 육적인 것과 정신적인 것을 완전히 분리하여 영과 육이 충돌하지 않게 하는 한편, 정신적인 사랑의 고민을 잊기 위해서 육체적인 대상을 구하는 모습을 나타내 보이기도 한다. 육욕의 사랑은 죄이고 죄의 끝은 지옥이라는 항목을 더 부가하여 사랑의 종류를 분명하게 이원화시켜서 넘나들도록 하고 있었다.

　또한 찬송가의 변용은 당시의 시대성을 반영하는 것으로, 미션스쿨의 여학생들의 찬송가에 대한 감동은 이성에 대한 사모의 정과 하나님에 대한 경애심이 혼재되어 구별이 안 될 정도의 사회적 분위기였다. 이러한 시대적 흐름 속에서 도손은 예수가 애인 대신의 역할을 하는 착상을 떠올려 변용해본 것이라 생각한다. 이렇게 볼 때 「아지랑이」는 찬송가에서 영향을 받기는 했으나, 찬송가 자체에 감동과 감화를 받아서 지은 것은 아니다. 오히려 모방이나 표절에 가깝다 하겠다. 이처럼 도손은 나름대로 확실하게 구체화하여 환골탈태(換骨奪胎)시킨 것이다. 젊은 여성들이 품고 있던 하나님에 대한 경애심이 이성(異性)에 대한 동경(憧憬)과 동질의 것으로 보고 두 가지가 혼재되어 있는 것보다는 구분하여 부르도록 변용한 것이다. 「가미(하나님)」을 「기미(그대)」로 변용하여 당시의 젊은 여성들의 감정을 표명한 것은 좋은 예가 될 수 있을 것이다.

다음으로 도손에게 많은 영향을 끼친 서양의 작가로는 우선 단테를 들 수 있다. 기독교를 통해서 일본이라는 사회에 유입된 「하나님의 사랑」이라는 새로운 개념이 들어오기는 했으나 그것을 어떻게 생각해야 좋을지 모르는 것이 당시의 현실이었다. 그 「사랑」의 정(feeling)을 애정이라 할 때 애정의 실체가 의식되지 않은 상태였던 것이다. 그러나 감각적으로는 애정을 의식할 수 있는데 그것은 「예수의 사랑」이라는 추상적인 것 안에 융합되어 있는 것일 뿐이었다. 그 혼재되어 있는 추상적인 감정을 구체화시키거나 구분시키는 작업이 필요했다. 이에 도움을 준 것이 단테의 문학이라 해도 과언이 아니다. 도손은 메이지 학원 시절 열심히 단테의 『신곡』을 읽으며 그 세계에 빠져들고 있었기 때문이다.

단테는 독실한 기독교인으로서 누구보다도 신과 인간의 존재를 이원론적 가치관에서 바라보고 있었던 시인이다. 여기서 이원적 사고 구조를 받아들인 것이다. 단테 『신곡』의 「지옥」편에는 성욕의 고투(苦鬪)를 해소하기 위하여 육적인 것과 정신적인 것을 완전히 분리시켜 놓고 있다.

도손은 단테의 영향을 받아서 사랑의 개념을 〈천상의 사랑(天戀)〉과 〈지상의 사랑(肉戀)〉으로 나누고, 육욕적(肉慾的) 사랑을 미화하여 〈지상의 사랑〉이라고 부른다. 인간 내면에 숨어있는 야성을 〈심원(心猿)〉이라 하면서 억누를 수 없는 동물적인 욕정인 〈의마심원(意馬心猿)〉을 인정하고 옹호하여 육적인 쾌락의 감미로움에 빠진 사랑을 미화시켜

〈지상의 사랑〉으로 규정한 것이다. 하지만 도손은 육욕에 빠진 사랑의 죄와 지옥의 개념을 성서와 『신곡』에서 함께 수용하여 지상의 사랑은 끝내 죄로 연상되고 지옥으로 연장되어지도록 만들고 있다.

도손은 육체적 사랑은 일회성으로 보고 정신적 사랑을 영원한 것으로 보면서, 자신의 영원한 사랑은 마치 단테가 베아트리체를 이상형으로 인정하고 사랑하듯이 스케코와의 정신적 사랑을 영원한 이상적인 것으로 규정하고 있었다. 사실 정신적 영원한 사랑이란 기독교적 사랑으로만이 가능한 것으로, 기독교 신앙을 가진 자가 느낄 수 있는 하나님에 대한 사랑을 의미한다. 도손은 기독교는 버렸지만 기독교적인 사랑의 영원성을 그의 문학적 이상(理想)으로 추구하였는지도 모른다. 그의 문학 속에서 연애 감정의 시적열정을 나타내 주는 것은 기독교적인 사랑의 영원성에서 비롯된 것이라 할 수 있다. 또한 서구문학 속에서 유일신적 개념을 가지고 표현되는 〈신(God)〉의 개념을 서구 문학 속에서 단순한 시재(詩材)에 불과한 것으로 받아들여 서구의 종교사상과는 관계 없이 일본의 문화적 풍토에 맞추어 남녀의 〈인연의 신〉이라는 시어로 사용하고 있는 등 서구문학의 언어가 다양하게 일본의 언어와 문화에 토착화되어가는 것을 볼 수 있었다.

지옥에 가게 되더라도 헤어질 수 없는 육욕적인 남녀사랑은 단테의 『신곡』의 「지옥편」에서 그 발상을 가져왔으며 육체적 사랑으로 인한 죄의식 또한 서구 기독교적 가치관의 영향이었다고 생각된다. 당시 일본인들의 성의식으로서는 이해하기 힘든 가치관이라고 할 수 있다. 이처럼 도손의 근대시라는 하나의 장르를 통해서 일본에 기독교 윤리사상이 유입되게 된 것이라 할 수 있다.

셰익스피어를 통해서는 『햄릿』에 나오는 인간상들과 극시의 형태를 많이 차용한 것으로 나타났다. 도손의 1898년의 세 번째 시집인 『여름풀』의 장시「농부」상(上)권 4장(章)의 103행이나 되는 대화시의 내용은『햄릿』의 3막 1장에서 나오는 인간상과 대화 내용들이 그대로 많은 부분 드러나 있음을 알 수 있었다. 햄릿의 비관적인 여성상이 도손의 여성상에도 노골적으로 투영되어 있었으며, 정조와 아름다움은 동반될 수 없는 비극적인 대립과 갈등의 요소라고 보고 있는 점 또한 마찬가지였다. 도손은 서구적 관념 언어인 〈정조(honesty)〉와 〈아름다움(beauty)〉으로 대립되는 언어를「농부」라는 극시 속에서「색깔과 향기(色香)」라는 동양적 언어로 바꾸어 표현하고 있었다. 여자의 마음속에 지닐 수 있는 값진 보물은 향기와 색깔 중 하나일 뿐이라는 의미로 사용하면서, 두 가지가 동시에 동반될 수 없는 상극관계임을 알리고 있다. 색(色)은 육체적인 아름다움을 의미하고 향(香)은 인품의 덕을 의미하는 것으로 정조의 개념에 넣어 대립적으로 노래한 부분이다.

또 처녀를 동경하고 처녀의 순결을 중시하는 여성상으로「순결은 소중한 보물처럼 깊이 감춰 두어야지」함부로 내놓으면 안 된다는 생각이다. 셰익스피어의『햄릿』을 통해서 현실과 이상의 모순에 대한 회의와 번민에 빠져 있는 남녀 청년상을 모델로 삼고 있는 것도 알 수 있었다.

『여름풀』에서 873행이나 되는 장시「농부」에는 햄릿의 작품뿐만 아니라, 괴테의『파우스트』와『빌헬름 마이스터』도 투영되어 있는 것을 볼 수 있다. 도손은 괴테의『빌헬름 마이스터』에서 깊은 감동을 받아『새싹집』의 연애시들과는 달리,『여름풀』에서는 마지막으로 장시「농부」를 지어 노동에 대한 찬미를 보내고 있는 것이다. 인간이 인간답게 사는 모습을 노래하고 있는데, 그것은 〈성찰〉로서가 아니라 〈행동〉을 통해서 가능하다고 표현하고 있다. 이때 시인 도손 자신도 행동 실천적 인간상을 추구하여, 센다이에서 자연을 호흡하면서 잠시 〈행동하는 사색〉에 잠기기도 하였다. 특히 시상의 전개와 시재(詩材)를 볼 때 괴테의 노동관의 수용이라고 해도 과언이 아닐 정도로「대장간의 노래」를 통해서 젊은 농부가 노동의 신성함을 깨닫는 장면을 그리고 있었다.

실제로 도손이 그려내는 젊은 주인공은 대체로 감상적이고 암울한 청년이며, 꿈을 꾸는 듯한 이상주의자로서 소위 〈햄릿형〉의 인간이었다. 작가 도손 자신도 그런 경향이 강했는데 괴테의『빌헬름 마이스터의 제자시대·편력시대』를 읽고서 그의 가치관은 행위의 정신으로 바뀌고 일상의 생활의식에도 약간의 전환이 있었다고 생각된다. 상념에 잡혀 고민에 빠져있기 보다는 몸을 부지런히 움직여 일상생활을 열심히 하여「몸도 마음도 구원받는 체험을 느낀 센다이의 나날들」은 어떤 의미에서는 괴테의 생활철학의 영향이었다고 할 수 있다.

도손은 칼라일의 영역본을 통해서 괴테를 접했으므로 수용도 칼라일 식의 괴테 수용이라 할 수 있으므로 퍽이나 실용적이며 실천적인 삶의 교훈이 담긴 괴테관이었음에 틀림없다. 사상서인 괴테의『파우스트』에서는 서곡의 형식만 수용하여 도손 자신의 극시「농부」에 넣었을 뿐 다른 영향 관계는 찾아 볼 수 없기 때문이다. 괴테에게서는 사상보다는 행동하는 실천적 삶을 수용했다고 하겠다.

그리고 19살 때 이미 워즈워스의 전집을 독파할 정도로 워즈워스의 시에 심취되어 있었던 도손으로서는 워즈워스에게서도 많은 시사를 얻고 있다. 1904년 합본 시집『도손시집』에 발표된「서문」은 무엇보다도 도손의 근대시를 알리는 이론적 배경이 되는 그의 시론으로서 워즈워스와의 수용관계를 살펴볼 수 있었다. 그러나 그「시론」의 수용과정에서는 뚜렷한 지적을 받아야 할 만한 오류가 있었다. 1904년 도손이 낭만시에서 산문으로 옮겨가는 시점에서 새로운 합본 시집『도손시집』에 발표된「서문」에서 영문학적 표현의 이해문제가 논란의 여지가 있는 부분은 두 군데이다. 한 군데는「시가는 조용한 곳에서(詩歌は静かなると

ころにて想ひ起したる感動なり」라고 도손이 해석한 워즈워스 표현 〈in tranquility〉를 전치사를 잘못 본 것인지 모르나 장소로 이해하고 있다는 점이다. 〈in tranquility〉「조용한 땅, 토지에서」라는 의미도 아니고, 「조용한 경지에서」라는 의미가 아닌데 1902년 1월 8일에 감바라 아리아키(蒲原有明)에게 쓴 편지에서는 원문과는 달리〈in tranquility〉를〈at tranquility〉로 잘못 쓰고 있었다. 도손은 〈tranquility〉가 〈상태〉가 아닌 〈장소〉로 착각한 것이라 생각된다. 또 다른 한 군데는 영어문장의 부호를 주의 하지 않은 오류이다. 워즈워스는 「시론」에서 시에 대한 정의를 두 군데에서 쓰고 있는데, 앞에서는 원론적인 것을 언급한 표현(For all good poetry is the spontaneous overflow of powerful feelings, p.791)이고, 나중의 표현(I have said that poetry is the spontaneous overflow of powerful feelings : it's origin from emotion recollected in tranquillity, p.797)은 앞의 표현에 대한 독자들의 오해를 막기 위해서 보완하려고 한 단서조항인 콜론(:)이 들어 있는 문장인데, 도손은 단서조항과 현재완료시제를 무시하고 두 문장을 섞어서 한 문장으로 만들어 버린 것이 결정적인 오류인 것이다. 이러한 오류로 인해서 워즈워스의 「시론」의 이해가 제대로 되지 못했으므로 결국 도손의 「서문」은 모호한 문장이 된 것이다.

워즈워스의 「영생불멸의 암시」에서 도손은 〈무지개〉와 〈어린이〉이라는 두 시어를 가져와 「농부」에서는 〈무지개〉를 사용하고 「노동잡영」에서 〈어린이〉를 사용하고 있었다. 워즈워스의 한 작품의 시를 가지고 두 작품의 시재로 사용한 것이다. 무지개는 자연현상의 한 모습에 불과하지만 어떤 의미에서는 자연이 보여줄 수 있는 미적극치이기도 하다. 하지만 이러한 자연현상이 일찍이 일본시의 소재로 쓰였던 일은 좀처럼 없었던 것으로 워즈워스의 「영생불멸의 암시」에서의 수용이라 할 수 있다. 「어린이는 어른의 아버지」라는 워즈워스의 시의 구절을 가져와 메이지 시대와 같은 가부장적 시대에 어린이의 존재를 어른과 대등하거나 계급을 초월한 존재로서의 시재(詩材)로 부각시킨 것은 시대를 매우 앞서는 것으로 문학으로서도 거의 드문 일이었다. 당시만 해도 메이지 정부의 교육 추진에 의해서 어린이의 취학률은 올라갔지만 어린이들은 좀처럼 대우받을 신분이 아니었다. 애기 돌보기, 가사 돕기, 농작일 돕기, 공장일 등으로, 어린이들의 자아발전을 위해서가 아니라 여전히 사회의 귀중한 노동력으로 취급되어 활용되고 있던 때이었다.

이처럼 여유도 없고 지위도 없던 어린이들이 가장 근본이 되는 존재 가치로 인정을 받는 일종의 선포에 가까운 도손의 근대시가 나옴으로서 일본사회에도 역동성을 발휘하게 되어 문학의 언어에 대한 새로운 패러다임을 여는 계기를 만들었다고 생각된다. 도손이 「농부」에서 「떠오르는 무지개 같고」라는 표현을 한 것을 보아서 〈무지개〉라는 시어를 수용하게 된 것은 인간의 공통된 정서로 공유하고자 했던 발상이라 하겠다. 마찬가지로 〈어린이〉를 「노동잡영」에서 「천한 자, 귀한 자나 대장부라도/ 어린아이 되어야 되는 것이지」라고 읊고 있었던 것도 「어린이는 최고의 철학자」라는 워즈워스의 철학적 사상을 수용하여 메이지 30년대 일본사회의 어린이에 대한 인식을 새롭게 하면서, 그것을 소중히 하고자 했기 때문일 것이다. 당시로서는 시적 소재로 사용되지 않았던 〈무지개〉나 〈어린이〉를 시어와 시상(詩想)으로 받아들여 사고(思考)의 영역을 넓히는 데 일조했다고 할 수 있다.

그 밖에도 영국의 낭만주의 시인들 가운데서 도코쿠와의 영향으로 심취하게 된 바이런과 셸리의 낭만 시에서 절망적 허무주의의 영향을 받고 있었다. 셸리의 「서풍부」의 영향을 받았다고 생각되는 도손의 근대시 「가을바람의 노래」는 바람 속에서 바람에 날려 떨어지는 낙엽과 세찬 바람의 강한 힘을 느끼면서 자연에 대한 인간의 한계를 탄식하기도 하며 바람을 무한한 신의 힘을 지닌 존재로 영혼이 깃들어 있는 것으로 다루고 있다.

서풍이라는 자연 현상의 하나를 상징적 모습으로 표현하고 있는데, 서풍은 지성적 아름다움의 정신처럼 눈에 보이지 않지만 땅과 하늘, 바다에 강력한 힘을 행사하는 존재로서 낭만주의 기법의 상징수법을 사용하고 있다. 그가 이 시에서 묘사하는 바람은 「파괴자인 동시에 보존자」인데, 이 말이 보여주고 있듯이 낡은 것들, 죽은 것들을 쓸어버리고 새로운 생명이 움트도록 그 씨앗을 보존하는 존재로 상징되고 있다.

서풍은 낡은 것의 파괴자, 혹은 잠자는 의식을 일깨우는 강력한 힘의 소유자인 서풍에 비해, 도손 자신은 서풍과 같은 기상과 정신이 사라져버린 데 대한 절망과 삶이 주는 하중(荷重)에 고통을 느끼고 있는 자신을 표현하고 있었다.

범신론자, 신비주의자이기도 한 셸리의 시문학 영향을 받아 공감적 상상력을 받아들여서 자연과 일체가 되어 바람의 실체를 자신에게 감정이입시키는 효과를 나타내고 있음을 알 수 있었다.

도손은 바람을 죽은 자의 얼굴, 「그 얼굴색은 죽은 사람 안색」으로 비유하고 있는데, 그야말로 바람의 실체를 색깔로 표현하고 있다는 점에 주목해볼 필요가 있다. 육지와 하늘과 바다에서 일어나는 계절의 변화를 암시하는 빨강 노랑 파랑 회색 등의 색채가 가져다주는 의미를 〈바람〉이라는 시어에 부여하고 있다는 점이다. 이처럼 색깔로 그 의미를 표출시키고 있는 시상은 셸리의 「서풍부」1연에서 구체적으로 전개되고 있다. 누렇고 검고 창백한 색깔은 서풍이 몰고 오는 겨울의 색으로 셸리는 「검은 겨울(dark wintry)」로 표현하고 있다. 이러한 색채로 의미표상의 수단으로 쓰고 있는 시상의 전개는 두 시인이 같다고 할 수 있으며 도손은 가을바람에 대한 시를 구상함에 있어서 셸리의 「서풍부」를 적극적으로 수용하고 있음을 알 수 있다 하겠다.

바람이라는 상징에 의해서 시인의 저항 정신이 대변되고 있으며 바람의 실체는 삶과 죽음, 파괴와 창조의 양면성을 지니며 죽음의 무덤을 생명의 보금자리로 직결시켜주는 작용을 하는 바람의 양면성을 분석해 보았다. 도손의 시에서도 바람을 상징어로 사용하면서 바람에게 도손 자신의 공감적 상상력을 불어 넣어 인간적인 은유법으로 시인의 감정을 이입하고 있음을 알 수 있었다. 바람은 두 시인에게 시인 자신의 소망을 대변해주며 도손과 셸리는 바람의 실체를 밝히면서 인간의 한계와 자연의 무한한 능력을 깨닫고 있음을 알 수 있었다. 도손은 영국 낭만주의의 특질 중 가장 중요한 상상력(Imagination)을 회복하여 「바람」이라는 상징어를 통해서 자연과 인간이 유기적으로 통합하여 하나가 되어 생명력을 회복하고 미래에 대한 희망을 갖는 인간의 모습을 표출하였다.

바이런의 극시에 심취하여 도손은 그의 시들 가운데 여러 군데에 바이런 특유의 암조(暗調)의 시상 전개로 일관함을 볼 수 있다. 그 전개는 맨프레드의 전개와 거의 같고 기조(基調) 또한 우울한 분위기로 거의 비슷하다는 것을 발견했다. 시어 역시 알게 된다는 것에 대해서 일본어로는 전체를 명사체로 사용하여 영어의 함축미보다 더욱 함축성 있게 표현을 하여 시어로서의 상징적 효과를 그대로 살렸다. 대표적인 예로서, 「Sorrow is Knowledge/the wisdom of the World(슬픔은 깨닫는 것이다/깨달음이란 세상의 지혜이다」를 「悲しき味の世の知恵に(슬픈 맛을 알게 한/세상 지혜에)」라는 간단명료한 7·5조의 12자의 정형시로 만들었다.

바이런의 암울한 기조는 대부분이 불안과 선잠(slumber)이며 잡념·상념·의마심원·상실감·적요(寂寥)·우울 등의 기질에서 비롯되어 바이런적 주인공들을 표출시키는데, 도손의 시에도 이러한 기조가 깔린 절망적 허무주의에서 벗어나지 못하는 시인을 노래하고 있음을 알 수 있었다.

바이런의 「차일드 해롤드의 순례」는 그 시상 전개가 인간사와 예술의 유한성과 상반되는 자연의 유구함을 대조시키면서 인간사의 흥망성쇠에서 느끼는 허망함을 노래하는 것인데, 도손의 시에도 이러한 시상을 수용한 시들이 많이 있었으며, 동일한 시상 전개로 인간 세상의 되어 가는 일들이 얼마나 허망한지 그 서암사라는 절을 둘러보면서 바이런과 같은 시상으로 노래하고 있는 시가 있어서 비교분석 하여 감상할 수 있었다. 그 시를 분석해 본 결과 도손은 바이런의 「차일드 해롤드의 순례」와 같은 낭만적 분위기를 자아내려고 길고 먼 여행으로 상상하여 표현한 시적 표현이 여러 군데 보였다. 도손이 서엄사절에서 읊은 「겨울 날 돌아보니 허망하구나」라는 표현을 보더라도 바이런이 뱃길을 따라 항해하면서 문명국가들의 고대 유적을 살핀 결과 전쟁으로 인해서 폐허가 된 곳 등, 찬란하던 고대의 예술이 거의 퇴색되거나 스러져가는 것을 보고서 느낀 인간사의 허망함과 예술의 유한성을 도손이 바이런에게 공감을 가지고 절 안에 보존되어 있는 오래된 조각품을 보고서 인간사의 허망함을 느끼되, 바이런의 시와 연관 지어서 상상하면서 수용하여 자기화(identification)하여 노래한 것이라는 느낌을 주는 시어와 시상의 전개가 있었다.

도손의 상상력은 자신이 읽은 서구문학을 재창조하는 상상력으로서 이 상상력 역시 콜리지가 말하는 「제2 상상력(The secondary imagination)」에 속한다. 따로따로 떨어져 있는 서로 연관이 없는 오계의 사물을 창조적으로 재구성할 뿐만 아니라 서로 반대되는 특질까지도 포용하여 조화시키는 적극적이고 진취적인 능력으로 상상하여 재구성하는 창조적 상상력이라 할 수 있다.

도손의 시「농부」의「하편」에서 〈녹음(綠陰)아래서〉라는 소제목이 붙은 시에 나오는 《소녀》의 노래를 번스의「보리밭 지나다가」와 시적 구성면에서 비교해 본 결과 후렴구의 위치 배열이 동일함을 알 수 있었다. 먼저「농부」의 구성을 보면 ㉮연 ㉯연, ㉰연 ㉱연 중 ㉮연(와서 잡아주세요/ゆきてとらへよ → A)과 ㉱연(와서 잡아주세요/ゆきてとらへよ → A)이 동일한 후렴구로 되어 있고 ㉯연(우리가 경작하는/われらがつくる → B)과 ㉰연(우리가 경작하는/われらがつくる → B)이 동일한 반복 후렴구로 되어 있었었는데, 그 반복 구성은 ABBA의 형식이라 할 수 있다. 또한 번스의 구성을 보면 번스는 ⓐ연의 1행(Coming through the rye, → A)과 ⓓ연의 1행(Coming through the rye, → A)을 동일한 후렴구로 표현하고 ⓑ연의 1행J(enny's a'wat, poor body; → B)과 ⓒ연의 1행(Gin a' body meet a body; → B)을 동일한 운율(rhyme)로 맞추고 있음을 알 수 있는데, 이렇게 볼 때 두 시 모두가 ABBA의 형식임을 알 수 있었다.

키츠의 시「희랍항아리 부(Ode on a Grecian Urn)」와 도손의「백자화병부」는 화자(話者)가 백자를 사랑하게 되었으나 두 화병 다「화병」의 예술성으로 인하여 사랑의 희열을 안겨다 주기 보다는 오히려 슬픔을 상징하고 있는 예술품으로 노래되었다. 도손은 인간이 서로 주고받는 사랑은 계절이 지나면 꽃이 지듯이 일시적인 것임을 암시하고 인간의 생명은 짧은 데 비하여 예술품「백자화병」은 영원히 더욱 선명하게 남아 있다는 것을 암시하면서「인생은 짧고 예술은 길다」는 의미로 인생의 허망함을 노래한다고 볼 수 있다.

여기서 두 시인은 같은 시재(詩材)의「항아리」를 가지고 예술의 영원성을 노래하고 있다는 점에서 같은 시상을 전개하고 있었다. 각도는 조금 달라도 「항아리」를 여성으로 보고 있다는 시각도 같다는 사실을 분석해서 알아보았다. 시의 형식 역시 대상물을 2인칭으로 부르면서 도입부분이 전개되는 점은 공통된 형식이라 할 수 있으며 도손이 마지막 30연에서 7·5조가 아닌 7·7조로 끝낸 것은 영시에서 독특한 「ode」 형식의 특징인 파조(破調)의 시작(詩作)을 실험한 것이었다. 키츠 역시 「희랍항아리 부」에서는 대표적으로 1연은 정형이 깨지는 듯한 불완전한 문장이 난립하여, 「ode」 형식의 특징인 파조(破調)의 효과를 끼워 넣어서 욕망이 들끓어 오르는 무질서를 보여주고 있었으며 이러한 시형(詩形)의 도입 역시 두 시의 공통된 점이라 하겠다.

그러나 결정적으로 전혀 다른 시상을 찾아본 결과 도손의 「백자화병 부」는 그 예술품 자체를 칭송하기 보다는 「그 예술을 태어나게 한 예술가를 더욱 칭송하는 시상(詩想)」이 들어 있다는 점이다. 도손은 요절한 예술가 키츠도 염두에 두고 있지만 도코쿠의 요절을 염두에 두고 쓴 시라는 점이 특징이었다. 도손은 비록 도코쿠가 요절은 했으나, 남겨 놓은 문예 작품이 그의 죽음 후에 더욱 선명하게 꽃피우기를 바라는 마음으로 한 상징적 노래라는 면에서 낭만시로서의 상징성이 풍부한 시로 평가될 수 있다고 생각된다. 춘설이 지나면 선명하고 아름다운 꽃들이 들판에 만발하듯이 그의 죽음을 춘설이라 한다면 그가 남겨 주고 간 그의 예술은 「백자화병」인 것이다. 봄의 눈이 녹아 없어지듯이 생명은 부질없이 짧게 끝났으나 그의 남기고 간 예술은 영원하기를 바라는 애도의 시라는 점이 키츠의 「희랍 항아리 부」와 다른 점이다.

도손의 시에 나타난 특징의 중심은 흘러넘치는 서정성과 낭만성이다. 서정성은 워즈워스의 낭만 서정 소네트에서 영향을 받아서 뜨거운 남녀 사랑을 표현한 시도 있는가 하면 로버트 번스와 같이 소박한 자연친화적인 낭만시인의 시에 감화를 받아서 시작(詩作)을 해보기도 했다. 도손은 본고에서 다룬 서구낭만파 문학의 작가 이외에도 존 러스킨, 단테 가브리엘 로세티와 크리스티나 로세티, 알프레드 테니슨, 월터 스코트, 더 나아가서는 미국의 에드가 알렌 포우와 헨리 워드워스 롱펠로루 등 서구 낭만 시인들을 섭렵하여 자신의 시에 투영시켰으며 그 흔적을 그의 네 시집에 실린 근대시에 여러 양상으로 남겨 놓았음을 알 수 있었다.

이와 같이 도손은 서구문학을 수용하면서 여러 가지 양상으로 받아들였는데 때로는 서구의 사상·시어·문학의 틀·시재(詩材) 등 다양하게 끌어다 자신의 문예작품에 반영시키면서 환골탈태하여 새로운 등장인물과 새로운 작품을 창조해냈다. 결국 서구사상을 받아들여 이론을 정립시키는 비평가나 이론가이기보다는 문학가로서 서구문학을 자신의 정체성과 자신의 표현과 문예활동에 적극 활용하여 일본 사회에 일본문학의 언어와 문화의 영역을 넓혔다. 거꾸로 어떤 면에서 일본문학이 서구에 소개된다하여도 무리가 없는 의사소통이 될 수 있는 어휘 생성을 했다고도 볼 수 있다.

하지만 도손의 근대시를 연구함에 있어서 도손이 영국의 낭만주의 시인들과 그들의 낭만시를 접하면서 수용한 것 중에서 빼놓을 수 없는 중요한 것은 서구의 낭만주의 정신을 받아들인 것이다. 그것은 〈자유〉라는 구체적인 개념이었으며 반구시대·반제도적·반윤리적이라 할 수 있는 것들이었다. 도손은 이 〈자유〉라는 개념을 수용하면서 자유개념이나 자유사상이 아닌 생활의 자유를 받아들였다. 다시 말해서 도손은 자유를 〈근대인의 생활〉로 받아들였으며, 이러한 점에서 도손은 어떻게 보면 사랑에 대해서도 완전한 이원론으로, 문자 그대로 더욱 자유롭게 되었었을 것이다. 사실 도손의 생래적인 슬픔은 육욕의 고통으로 인한 것이었으며, 육체와의 끝없는 투쟁의 연속에서 비롯된 것이었다. 도손은 그 고통에서 자유로워지기 위해서 오히려 연애와 결혼은 별개로, 육체와 영혼은 별개로 구분하여 육체의 자유와 정신의 자유를 각각 추구하는 「근대정신」을 수용했다고 해도 과언이 아니라고 생각한다.

이처럼 도손은 근대인의 개인주의와 자유라는 서구 철학적 사상을 생활 속에 사랑의 양태라는 틀을 통해서 받아들이고 있었다. 바이런과 셸리에게는 허무주의적 고독의 시가 많아서 이해하고 표현하기가 쉽지 않음에도 불구하고 상상력을 발휘하여 잘 엮어주고 있었다. 그러나 서구적 허무주의가 실존에 대한 고독이라면, 도손의 고독은 감각적이었다는 점에서 약간의 상치(相馳)를 보이고 있었다.

이와 같이 도손의 근대시에는 성서와 찬송가를 비롯하여 서구문학의 시상(詩想)과 시어(詩語)를 비롯하여 서구적 사고(思考)마저 점철되어 있었는데, 그것은 한결같이 일본적인 것들과 매끄럽게 연결되어 있었으며 서로 잘 어우러져 있었다는 것이 특징이다. 서구문학의 철학적 언어는 어느새 일본의 감정적 표현의 절제된 언어로 바뀌어 있었기 때문이다. 또한 『여름날』의 「농부」에서처럼 하나의 작품에 셰익스피어의 『햄릿』과 괴테의 『파우스트』 바이런의 『맨프레드』를 퍼즐처럼 조각조각 이어가면서 시상을 전개해 나가는 것이 시작(詩作)의 하나의 수법이었다는 것이 특기할 만하다. 『파우스트』의 기독교적 인간성의 추구는 전혀 없고, 다만 『파우스트』의 첫 장면만 연출한다거나 『햄릿』의 대화를 그대로 시로 변형해 놓거나 농부라는 등장인물에 걸맞지 않게 화려한 인간 『맨프레드』의 고민과 반항을 그대로 시상과 시어로 사용하는 것들이다. 그럼으로써 서구문학의 내용이나 표현은 굴절되고 변용되어 일본어의 언어와 문화의 영역을 넓히는 데도 도손의 문학은 크게 이바지 할 수 있었던 것이다.

1. 연구의 결과

본 연구서는 시마자키 도손(島崎藤村)의 근대시를 비교문학적으로 고찰함에 있어 도손의 시집 네 편을 중심으로 서구문학의 수용양상을 살펴보았다. 구체적인 연구 방법으로는 도손의 시집에 실려 있는 시에서 서구문학적 흔적을 찾아보고 그 흔적은 어느 작가의 어느 작품에서 수용한 것인지를 밝히는 작업을 하였다. 그러기 위해서는 먼저 도손의 자전적 소설 두 편『버찌가 익을 무렵』과『봄』을 텍스트로 하여 성장기에 심취했던 서구문학의 작가와 사상가들을 찾아내고 정리하였다. 그런 다음 그들의 작품을 선별하여 정리 분석한 후에 도손 시작품과의 병행구와 시상과 시형식들을 비교하고 사상의 유입과 시대적인 조류의 흐름과도 비교하여 메이지 시대의 근대정신과의 연관성을 밝혀내는 데 주력하였다. 방법론으로서는 형식비평이 아닌 본문 비평으로서 서구문학의 원문을 구체적으로 면밀하게 비교하여 보았다.

연구하는 과정에서 도손은 서구문학을 읽을 때 사상을 받아들여서 이론을 정립하기 보다는 자신의 문학에 끌어들여서 자신의 문예작품에 활용하고 있음을 알게 되었다. 그래서인지 서구문학이 문장 그대로 배태되어 있는 작품이 많아서 번역서인지 번안서인지 혼동될 정도였다. 그렇기 때문에 도손의 문학 속에는 서구의 사색적인 언어들이 일본의 감정적인 언어의 특성의 한계를 넘어서 자연스러운 일본어로 토착화되어 일본의 언어와 문화의 영역이 넓어지는 느낌을 독자에게 가져다준다고 생각된다.

도손은 서구문학을 수용하면서 먼저는 자신의 사랑의 문제를 해결하는 결실을 얻게 되었다. 도손에게 있어서 사랑이란 매우 중요한 어휘이다. 그의 문학 속에서 서구의 의미의 「사랑」이라는 어휘는 거의 사용되지 않지만 그에게는 정신적 사랑과 육체적 사랑이 존재하므로 육체적 사랑의 고투(苦鬪)가 그의 일생의 고민이었다. 그러나 단테와 낭만주의 사상을 통해서 철저하게 육욕의 사랑을 해방시키는 결과를 가져왔다. 그에게 있어서 동물적인 야성「의마심원(意馬心猿)」은 낭만주의 사상의 근대적「자유」와 근대적 개인주의를 수용함으로써 정신과 육체는 완전히 분리되어 해방되어 갈등을 갖지 않게 되는 문학적 특성을 갖게 되었다. 물론 거기에 수반되는 기독교 사상의 죄의식과 단테의「지옥」이라는 나락이 기다리고 있다는 전제를 내놓고 있지만 그럼에도 불구하고 육욕을 참지 못하는 인간의 심원을 방치하고 인정하려드는 교묘함이 그의 문학 속에 배태되어 있다. 한 쪽에서는 죄의식이 다른 한쪽에서는 육체의 탐닉의 열락이 상반된 개념으로 있지만 갈등은 없다. 왜냐 하면 언제나 죄의식은 열락의 나중에 오기 때문이다. 하지만 죄의식은 도손에게 일생 짊어져야 할 무거운 짐이기도 했다. 이러한 새로운 연애구조로 연애시를 선보인 도손은 자신의 육체의 해방감과 함께 당시의 독자들에게 묘한 카타르시스를 가져다주는 일종의「정화시」로서 읽히고 있음을 발견하게 되었다.

영국의 낭만주의 시인들 가운데서 바이런과 셸리의 낭만시를 통해서 절망적 허무주의라는 낭만주의 정신을 받아들였는데, 그것은「자유」라는 개념이며 반구시대, 반제도적, 반윤리적인 개념이라 할 수 있다. 자유라는 개념을 수용한 점에서 도손은 어떻게 보면 사랑에 대해서도 육체와 자유를 완전히 분리 하여 말그대로 자유롭게 되었다. 그래서 오히려 연애와 결혼은 별개로, 육체와 영혼은 별개로 구분되어서 육체의 자유와 정신의 자유를 추구하는「근대정신」을 수용했다고 해도 과언이 아니라고 생각한다.

도손의 문학적 방법 중에서 두드러진 점은 성서와 찬송가를 비롯하여 서구문학의 시상과 시어가 그의 문학에 점철되어 있다는 점인데, 이러한 표현들은 그의 몸에 배고 입에 붙어서 나온 표현들이며, 그는 한번 매료되면 머릿속에서 떠나지 않는 습성의 기억력이 좋은 작가였던 것으로 생각된다. 따라서 그의 시를 분석해 보면 일본의 고전적인 표현과 함께 서구문학이 서로 어우러져 있으며 조화를 이루고 있는 문학적 특성이 있다. 서구문학의 철학적 언어는 어느새 일본의 감정적 표현의 절제된 언어로 바뀌어 있음을 알 수 있다.

도손의 근대시 중에서 한 작품이 가장 여러 서구문학을 수용하고 변용한 시가 있다면 극시로서 873행이나 되는 장시 「농부」이다. 이 시는 1898년에 쓴 시로서 드디어 서정성이 바닥이 난 도손은 서사시 쪽으로 관심을 돌려서 셰익스피어의 『햄릿』과 괴테의 『파우스트』 바이런의 「맨프레드」를 퍼즐처럼 조각조각 이어가면서 시상을 전개해 나가는 획기적인 문학적 방법을 사용하였다. 『파우스트』의 기독교적 인간성의 추구는 전혀 없고 다만 『파우스트』의 첫 장면만 연출한다든지, 『햄릿』의 대화를 그대로 시로 변형해 하거나, 농부라는 등장인물에 걸맞지 않게 화려한 인간 「맨프레드」의 고민과 반항을 그대로 시상과 시어로 사용한다든지 한 것이다. 한 작품에 이다지도 서구문학의 스토리를 줄줄이 꿰어나가는 수법은 이미 그가 산문으로 가고 있음을 넌지시 암시하는 작품이다. 도손의 작품을 분석해보면 한 작품에 여러 서구문학과 일본 고전 문학이 섞여 있음을 알 수 있다. 어떻게 보면 누더기와 같이 보일 수도 있고 채색 옷을 입힌 듯 화려해 보일 수도 있다. 이러한 특성 속에서 서구의 철학사상이 여러 모양으로 변형되어서 나타나고 있으므로 서구의 철학 사상이나 문학적 사조가 일본이라는 풍토 속에서 새로이 굴절되어 수용되고 있음을 알 수 있다.

이와 같이 도손은 서구문학을 수용하면서 여러 가지 양상으로 받아들였는데 때로는 서구의 사상·시어·문학의 틀·시재(詩材) 등 다양하게 끌어다 자신의 문예작품에 반영시키면서 환골탈태하여 새로운 등장인물과 새로운 작품을 창조해냈다. 결국 서구사상을 받아들여 이론을 정립시키는 비평가나 이론가이기보다는 문학가로서 서구문학을 자신의 정체성과 자신의 표현과 문예활동에 적극 활용하여 일본 사회에 일본문학의 언어와 문화의 영역을 넓혔다. 거꾸로 어떤 면에서 일본문학이 서구에 소개된다하여도 무리가 없는 의사소통이 될 수 있는 어휘 생성을 했다고도 볼 수 있다.

2. 시마자키 도손의 연보

연도	사항	작품
1872년	3월 25일, 나가노현 니시치쿠마군 미사카무라 출생. 본명은 하루키(春樹). 부친 마사키(正樹)와 모친 누이(ぬい)의 넷째 아들. 대대로 도매상·쇼야(庄屋)를 겸하고 있었다.	
1878년 6세	미사카무라 초등학교 입학. 부친 자필의 "권학천" "천자문" "삼자경"을 전수받고 "효경" "논어" 읽기 시작하다.	
1879년 7세	이웃집의 오오와키 유우(大脇ゆう)에게 처음으로 어렴풋이 사랑을 느낀다.	
1881년 9세	셋째형 토모야와 함께 맏형 히데오를 따라 상경. 맏누이 소노의 다카세가에서 지내며 타이메이(泰明)초등학교 입학.	
1883년 11세	다카세가의 동향인 요시무라 타다미치에게 맡겨진다.	
1886년 14세	산다영어학교(三田英学校) (이후의 금성(錦城)중학교) 입학, 곧이어 공립학교 (이후의 개성(開成)중학교)로 옮긴다. 11월 29일, 부친 마사키 고향에서 서거.	
1887년 15세	메이지학원 보통학부 본과 1학년 입학.	
1888년 16세	6월 17일, 기무라구마지에 의해 다나카와다이마치교회에서 수세. 9월, 토카와슈코츠(戸川秋骨)와 같은 학급으로 입학.	
1889년 17세	입학당초부터 사교적·향락적이었으나 이즈음부터 내성적이 된다.	
1891년 19세	메이지학원 보통학부 본과 졸업. 요시무라 시게루가 경영하는 마카라즈야(マカラズヤ)를 돕는다. 이와모토 요시하루에게 문필업지원으로, 연말에는 '여학잡지'를 위한 번역 등을 시작한다.	

연도	사항	작품
1892년 20세	10월부터 메이지여학교 강사가 되었으나 제자 사토스케코를 사랑해 고민하다. 기타무라 도코쿠·호시노 텐치·히타라 토쿠보쿠들을 알게 되다.	'여학잡지'에 처음으로 번역소문을 게재.
1893년 21세	메이지여학교를 그만두고 교회도 탈적하고, 1월 30일 관서표박으로 떠난다. 10월 귀경. 12월, 맏형일가 상경. 도손도 동거한다. 이 해에 많은 작시를 하였다.	'문학계' 창간.
1894년 22세	4월, 다시 메이지여학교 교사가 된다. 5월 16일 도코쿠 자살. 도손이 큰 충격을 받다. 맏형 투옥되다.	
1895년 23세	8월, 메이지여학교를 그만두다. 이 해, 작시에 열의를 갖는다.	
1896년 24세	9월초순 센다이동북학원에 부임. 10월, 모친 '누이' 서거. 고향에 묻다. 다야마 가타이·야나기타 구니오를 알게 되다. 왕성한 시작(詩作)동을 하다.	'문학계' 9월호에 "초영충어(草影虫語)"를 게재.
1897년 25세	9월, 동북학원을 그만두고 귀향. 맏형 히데오 출옥.	8월, 춘양당(春陽堂)에서 첫 번째 시집 "와카나슈(若菜集)"출판. 11월 처녀작 소설 "선잠(うたたね)"을 '신소설'에 발표.
1898년 26세	음악학교 피아노과에서 배우다. 7월, 요시무라 시게루와 함께 기소(木曽)에 유학하여 작시에 빠지다. 간바라 아리아케를 알게 되다.	1월, '문학계' 58호로써 종간. 6월, 두번째 시집 "히토하부네(一葉舟)"를 춘양당에서 간행. 12월, 세번째 시집 "나츠쿠사(夏草)"를 춘양당에서 출판.
1899년 27세	4월, 고모로기주쿠 교사로 신슈고로모에 부임. 같은 달 후유코와 결혼.	
1900년 28세	5월 장녀 미도리 출생.	산문 전향을 꾀하고 사생문을 시도하다.
1901년 29세	연말에 야나기타 구니오고모로를 방문.	8월, 네번째 시집 "라쿠바이슈(落梅集)"을 춘양당에서 출판.
1902년 30세	3월, 차녀 코코 출생.	10월, 호시노 텐치와 "투곡집" 엮음. 11월, '신소설'에 "구주인(舊主人)" 발표, 발매 금지가 된다.

연도	사항	작품
1903년 31세	연말, 아리시마 이쿠마, 오사나이 가오루 등 방문.	1월 '소천지(小天地)'에 "영감(爺)"을, 6월 '태양'에 "노처녀(老孃)"를 발표.
1904년 32세	2월, 청일개전. "파계"를 구상하다. 4월, 셋 째 딸 누이코 출생.	1월 '신소설(新小説)'에 "수채화가"를 발표. 9월, 합본 "도손시집" 간행.
1905년 33세	4월말, 고모로기주쿠학원을 그만두고 귀경, 니시오오쿠보에 거주. 5월, 셋째 딸 누이코 사망. 10월, 장남 구수오 출생. 11월, "파계" 탈고. 구니키다 돗뽀(国木田独歩)를 알게 되다.	
1906년 34세	4월에 차녀 코코, 6월에 장녀 미도리 사거. 10월, 아사쿠사 신가타마치로 이사하다.	3월, "파계(破戒)"를 자비로 출판, 반향을 일으켰다.
1907년 35세	모델문제를 일으키다. 9월, 차남 게이지 출생. "봄"준비를 시작하다.	1월, 첫번째 단편집 "녹엽집"을 춘양당에서 출판. 6월, '문예구락부'에 "가로수"를, '문장세계'에 "황혼"을 발표.
1908년 36세	12월, 셋째아들 오스케 출생. 자연주의가 매우 융성해지다.	4~8월, "봄"을 '동조'에 연재. 10월에 녹음총서(緑陰叢書) 제2편으로서 자비 출판.
1909년 37세	10월, "집"취재를 위해 신슈(信州)로 여행가다.	12월, 두번째 단편집 "도손집"을 박문관에서 출판.
1910년 38세	8월, 넷째딸 류코 출생, 아내 후유코 출혈 다량으로 서거. 수양아들, 수양딸로 셋째아들 오스케·넷째 딸 류코를 데려오다.	1~5월, "집(家)"을 '요미우리(読売)'에 연재.
1911년 39세	3월, 셋째형 토모야 서거.	1월과 4월에 "집"후편 "희생"을 '중앙공론'에 발표. 11월에 한데 모아 녹음총서 제3편으로서 자비 출판. 6월부터 "치쿠마가와의 스케치"를 '중학세계'에 연재하기 시작하다. 8~11월, '시사신보'에 단편12편을 싣다.
1912년 40세		4월, 세번째 단편집 "식후"를 박문관에서 출판. 12월, "치쿠마가와의 스케치"를 사쿠라서방에서 출판.

연도	사항	작품
1913년 41세	3월, 유학을 결의하고 빈 집을 마련하다. 4월 13일 고베에서 출항. 5월 20일 마르세유 도착. 23일 파리에 가다. 초가을, 코마코 아들 출산. 머지않아 사거.	4월, 네번째단편집 "미풍"을 신조사 출판.
1914년 42세	7월 28일 제1차 세계대전 발발. 화가 마사무네 도쿠사부로 등과 피난.	5월부터 '문장세계'에 "버찌가 익을 무렵"을 게재하기 시작하다.
1915년 43세	일본에 귀국 할 마음이 생기다. 동경에 도손후원회 발족.	1월, "평화의 파리"를 사쿠라서방에서 출판. 12월 "전쟁과 파리"를 신조사에서 출판.
1916년 44세	7월 4일 고베 도착. 8일, 니혼에노키에 있는 집에 거주하게 되다. 9월, 와세다 대학에서 강의하다.	8월, "도손문집"을 춘양당에서 출판.
1917년 45세	1월, 와세다대학·게이오대학에서 강의하다. 6월, 풍류관으로 옮기다. 코마코와의 사이 부활, 끊임없이 고난을 겪다.	4월, 동화집 "어린 아이여(幼きものに)"를 실업지일본사에서 출판.
1918년 46세	10월, 이이쿠라카타마치로 이사하다.	5~10월, "신생" 전편을 '아사히신문'에 발표. 7월, "바다로"를 실업지일본사에서 출판.
1919년 47세		1월, "버찌 익을 무렵" "신생" 제1권을 춘양당에서 출판. 8~10월, "신생"후편을 '아사히신문'에 연재. 12월 한데 모아 춘양당에서 간행.
1920년 48세	3월, 맏누이 소노 사거. 4월 차남 게이지 가와바타화(畵)학교에 다니다.	9월부터 "에트랑제"를 '아사히신문'에 연재. 가타이·슈세이의 50년 기념으로 "현대소설전집"을 엮다.
1921년 49세	2월 17일, 도손 탄생 50주년 축하회가 우에노세이요켄에서 열리다. 11월, 문부성국어조사위원을 위탁받다.	7월, "어느 여자의 생애"를 '신조'에 발표.
1922년 50세		1~12월, 간행회에서 "도손전집" 제 12권 간행. 4월, '처녀지' 간행. 8월 고향으로 여행. 9월, "이이쿠라 소식"을 알스에서 출판.
1923년 51세	1월, 뇌일혈으로 쓰러진다. 2월, 오다와라에서 정양하다.	

연도	사항	작품
1924년 52세		1월, "오사나모노가타리"를 연구사에서 간행.
1925년 53세		1월, '신조'에 "伸び支度" 발표, '여성'에 "열해토산" 발표 5월, '부인지국'에 "내일"등 발표.
1926년 54세	이 해 두 번에 걸쳐 고향 마고메 여행.	9월, "아라시"를 '개조'에 발표.
1927년 55세	대작 "동 뜨기 전"의 구상을 시작하다.	1월, 단편집 "아라시"를 신조사에서 간행. 8월, "분배"를 '중앙공론'에 발표.
1928년 56세	4월, 마고메방문. 11월 3일 가토 시즈코와 결혼. 미우라반도 방문.	
1929년 57세	3월, 차남 게이지 프랑스에 유학. 9월, 셋째아들 오스케 독일로 유학.	4월부터 연4회 비율로 "동 트기 전"전편을 게재하기 시작하다.
1930년 58세		10월, "시정에 있어서" 이와나미서점(岩波書店)에서 간행.
1931년 59세	4월, 마고메의 장남 구스오 결혼.	"파계"모스크바에서 러시아어역 출판.
1932년 60세		1월, "동 트기 전" 제1부 12장 완성, 신조사에서 출판. 4월부터 계속해서 제2부 발표.
1935년 63세		10월, "동 트기 전"전권 완성.
1936년 64세	1월, "동 트기 전" '아사히문화상'수상.	
1937년 65세	1월 귀국.	6~11월 '개조'에 "순례"발표.
1940년 68세	제국예술원회원 되다.	
1941년 69세	2월, 오이소(大磯)에 집필실마련	
1942년 70세		"동방의 문"집필 시작.
1943년 71세	8월 22일 영민	1월 "동방의 문" 「中央公論」 연재시작

初 恋

まだあげ初めし前髪の
林檎のもとに見えしとき
前にさしたる花櫛の
花ある君と思ひけり

やさしく白き手をのべて
林檎をわれにあたへしは
薄紅の秋の実に
人こひ初めしはじめなり

『若菜集』より

▌참고문헌▐

[텍스트]

劍持武彦(注釈関良一)『藤村詩集』日本近代文学大系(5)角川書店 1971

伊東一夫編『島崎藤村事典』明治書院 1972

島崎藤村『藤村全集 5권』筑摩書房 1966

島崎藤村 著『島崎藤村集(二)』集英社 1974

[도손전집류]

島崎藤村『藤村全集 4권』筑摩書房 1966

島崎藤村『藤村全集 6권』筑摩書房 1966

島崎藤村『藤村全集 7권』筑摩書房 1966

島崎藤村『藤村全集16』新潮社 1971

島崎藤村『藤村全集1』新潮社 1971

[일본어 단행본]

青木範夫『比較文学研究』「深林の逍遥」1957

青木正美『知らざる晩年の藤村』図書刊行会 1998

伊東一夫『島崎藤村研究』明知書院 1970

________ 編『島崎藤村』(課題と展望) 明知書院 1979

________『近代日本文学思潮史』(近代の文学・別巻) 桜楓社 1973

________『島崎藤村事典』明知書院 改訂版 1976

________『藤村をめぐる女性たち』図書刊行社 1998

伊藤信吉『島崎藤村の文学』第一書房 1983

伊藤信吉『島崎藤村の文学』日本図書センター 1987

伊藤整・伊藤信吉『日本詩人全集』―島崎藤村 新潮社 1985

遠藤周作 外 9人『世界 日本 キリスト教文学事典』教文館 1994

大岡信 「藤村詩管見」『文芸読本 島崎藤村』河出書房新社 1979

大岡信 『《折々の歌》を語る』講談社 1986

小谷浩之『歴史と人間について』東京大学出版部 1991

小川和夫「平田禿木と『藤村詩集』」朝日出版社 1978

亀井勝一郎『島崎藤村』弘文堂 1939

________ 『島崎藤村論』講談社 1966

________ 『島崎藤村・作家論』(亀井勝一郎選集 第5巻) 講談社 1966

________ 『島崎藤村論』講談社 1974

川崎寿彦『イギリス文学史入門』研究社出版 1986

川端俊英『『破戒』とその周辺』文理閣 1984

神田重幸『島崎藤村詩への招待』双文社出版 2000

木枝増一『島崎藤村』三省堂 1943

北小路 健 外『藤村における旅』学灯社 1973

北原奉作 外『島崎藤村』有精堂 1973

北村透谷 「『歌念仏』をよみて」『여학잡지』1892

久保田暁一『日本の作家とキリスト教』朝文社 1992

倉田百三『出家とその弟子』1916

ゲーテ / 高橋義孝 訳『ファウスト(一)』新潮社 1967

剣持武彦 編『比較文学研究・島崎藤村』朝日出版社 1978

________ 編『島崎藤村必携』(課題と展望) 明治書院 1979

笹淵友一「藤村の自然観の一面」『島崎藤村(日本文学研究資料叢書)』有精堂
    1971

笹淵友一『「文学界」とその時代』明治書院 1990

佐竹昭広 木下正俊 共著『万葉集』塙書房 1963

実方 清編『島崎藤村文芸事典』清水弘文堂 1979

島崎藤村 『破戒』岩波文庫 1957

島崎藤村 自選 『藤村詩秒』岩波文庫 1995

鈴木昭一『島崎藤村論』桜楓社 1979

鈴木章代 編著『百年前の女性のたしなみ』マール社 1996

瀬沼茂樹『島崎藤村』筑摩書房刊 1954

________『評伝島崎藤村』筑摩書房 1981

________『島崎藤村』(その生涯と作品) 日本図書センター 1987

James Hall / 高階秀爾 監修『西洋美術解読事典』河出書房新社 1988

辻橋三朗『近代文学者とキリスト教思想』桜楓社 1969

十川信介 編『鑑賞 日本現代文学④島崎藤村』角川書店 1982

透谷全集, 第一巻, 岩波書店, 1973

中島建蔵・太田三郎・福田陸太郎編集『日本近代詩』比較文学講座清水文
　　　館 1971

中村真一郎, 編,『近代の詩人 島崎藤村』潮出版社 1991

並木 張『島崎藤村と小諸義塾』千曲川文庫 1996

______『小諸時代の藤村』千曲川文庫 1994

Nicole Lemaitre 蔵持不三也 訳『キリスト教文化事典』原書房 1998

西丸四方『島崎藤村の秘密』有信堂 1966

新村 出 編『広辞苑』(第四版) 岩波書店 1993

日本キリスト教会九州支部編『キリスト教文学』(第二号) 1982

野間 広 外『群像日本作家 島崎藤村』小学館 1990

服部誠一『100年前の東京(一)』マール社 1996

平岡敏夫『北村透谷研究』有精堂 1967

平野 謙『島崎藤村』(現代作家論全集２) 五月書房 1957

福田清人『島崎藤村』清水書院 1966

福田清人 編 佐々木徹『島崎藤村』(人と作品8) 清水書院 1988

藤一也『島崎藤村の仙台時代』万葉堂出版 1977

______『若き日の藤村』本の森 1998

文芸読本『島崎藤村』河出書房新社 1979

本名信行, Bates Hoffer編『日本文化を英語で説明する辞典』有斐閣 1986

増田誉雄외 2人 編『神聖書注解―新約―1, 2』いのちのことば社 1973

Marius－François Guyard 福田陸太郎 訳『La Littérature Comparée
　　　　Universitaires de France』白水社 1953

丸山真男『日本の思想』岩波書店 1961

三好行雄『島崎藤村論』筑摩書房 1984

文部省 著『学術用語集 キリスト教学編』日本学術振興会 1972

八木功 著『島崎藤村と英語』双文社出版 2003

矢野嶺人『『文学界』と西洋文学』

山崎斌 著『早春』千曲書房 1930

山室静編『島崎藤村詩集』弥生書房 1964

________『島崎藤村』藤森書店 1977

________『島崎藤村詩集』弥生書房 1964

吉田精一 外一人 編『近代詩鑑賞辞典』東京堂出版 1967

________鑑修『近代詩集の探求』文学史の会編 1967

________『自然主義の研究』上巻 東京堂出版 1976

________『比較文学研究 島崎藤村』朝日出版社 1978

________著『近代詩』―吉田精一著作集 桜風社 1980

________著『浪漫主義研究』吉田精一著作集(9)桜風社 1980

________『島崎藤村』(吉田精一著作集 第六巻) 桜楓社 1981

吉村善夫『藤村の精神』筑摩書房 1979

渡辺広士『島崎藤村を読み直す』創樹社 1994

和辻哲朗『風土』岩波書店 1982

[잡지 및 논문 해설]

『国文学 解約と鑑賞—特集 島崎藤村の再検討』至文堂　1990

『国文学 解約と鑑賞—特集 島崎藤村』至文堂　2002

『国文学 透谷と藤村』学灯社 1969

『太陽』平凡社 1972 3월호

『「文学界」とその時代 下』明治書院 1990

『希伯来詩歌の特質』16호

『批評』(1909 3월호)

[성서 및 사전]

榊原康夫『新聖書注解—旧約—』いのちのことば社 1976

旧約聖書 日本聖書協会 1955

榊原康夫『新聖書注解』旧約3 いのちのことば社出版部 1975

『新選賛美歌』155, 1888편

『성경전서 표준 새번역 개정판』대한 성서공회 2001

『新旧約聖書辞典』新教出版社 1961

『旧新約聖書神学辞典』小塩力 監修 新教出版社 1961

『관주 톰슨성경』기독지혜사 1984

이누카이 미치코 이원두 역『성서이야기①～②구약편』한길사 1997

이누카이 미치코 이원두 역『성서이야기③～⑤신약편』한길사 1997

김경호 외 3명 저『함께 읽는 구약성서』한국신학연구소 성서교재위원회
　　1991

『広辞苑』

『岩波国語辞典』岩波書店 1963

『新明解国語辞典』三省堂

[서구문학 원서]

Andrew J George 『The Complete Poetical Works of William Wordsworth』 Houghton, Mifflin and co 1902

Dante Alighieri 허인 역 『新曲』学園出版公社 1984

_______________ 『The Divine Comedy』Oxford London 1970

David Perkins, ed『English Romantic Writers』New York : Harcourt, Brace & World, Inc, 1967

FRANK D McCONNEL 『Byron's Poetry』Norton Critical Editions 1978

Goethe, Johann Wolfgang von 정경석 역 『파우스트』 문예출판사 2003

_______________ 곽복록 역『빌헬름 마이스터의 편력시대』서울대출판 1999

_______________ 지명렬 역·주해『원형 파우스트』 서울대출판부 2003

_______________ 高橋義孝 訳 『Faust』 新潮文庫 1967

Geoffery Durrant, 『Wordsworth the Great System 』London: Cambridge University Press, 1970

Ruskin, John 『Modern painters, v. 4, Of mountain beauty』 Merrill and Baker, 1873

_______________ 『Modern painters, v. 5』 John Wiley and Sons 1891

Shakespeare, William 『Hamlet』London : Arden Shakespeare 2001

_______________ 『Hamlet』London : New York : Dell Pub. Co. 1967

_______________ 이태주 역 『셰익스피어 4대 희극』 범우사 1997

_______________ 이덕수 역주 『소네트』 형설출판사 2005

_______________ 『Sonnets』New Haven : Yale University Press 1977

_______________ 이덕수 역 『소네트』 형설출판사 2005

Taine, Hippolyte 『History of English literature』Henny Holt and Co. 1871

Wordsworth, William 『The Complete poetical works of William Wordsworth』 Houghton Mifflin 1960.

Wordsworth, W. 『Wordsworth's Complete Poems,』 Cambridge Edition, 1904

John Morley 『Complete Poetical Works of William Wordsworth』 Arden Library 1983.

Tucker Brooke 『Hamlet－The Tragedy of Hamlet Prince of Denmark』 New Haven Yale University Press 1917

Hilton Landry 『New Essay on Shakespeare's Sonnets』 AMS Press, INC. 1976

G. B. Harrison 『A book of english poetry』 Penguin Books 1937.

[한국어 단행본]

손순옥 『正岡子規의 詩歌와 絵画』 중앙대학교출판부 1995

______ 『일본、 일본인。 』 한일비교문학연구회편 2005

G. G. 바이런, 황동규 역 『순례』 민음사 1974

구와나미도리 지음, 조재국 역 『이미지를 읽는다－르네상스미술 이해』 연세대출판부 2005

구정호 역 『伊勢物語』 제이앤씨 2003

C. S. Song, 조재국 역 『예수, 십자가에 달린 민중』 민중사 1997

이광주 『내 젊은 날의 마에스트로 편력』 한길사 2005

이경옥 『영국의 낭만주의』 연세대학교출판부 2004

이정호 『영시 새로 읽기－워즈워스, 키츠 그리고 T.S. 엘리엇』 서울대출판부 1998

이재호 옮김 『낭만주의 영시』 탐구당 1976

정형 『일본, 일본인, 일본문화』 다락원 2004

최재철『일본문학의 이해』민음사 1995

한태동『성서로 본 신학』연세대학교 출판부 2003

허천택『언덕의 환영, 고적한 영혼들』한국문화사 1994

_____『영국낭만주의 문학연구』동국대학교 출판부 2003

황익근『정신분석용어 해설집』하나의학사 1988

▌ 찾아보기 ▌

▌ ㄱ ▌

▌ ㄴ ▌

저자

최 순 육 崔順育

이화여자고등학교 졸업, 연세대학교 신학과 졸업
일본 도시샤(同志社)대학 영문학과 졸업
중앙대학교 대학원 문학석사 학위취득
중앙대학교 대학원 문학박사 학위취득
중앙대학교 강사 배화여대 겸임교수 역임
현재, 도시샤(同志社)대학 객원교수
도시샤(同志社)대학 일본어 일본문화교육센터 촉탁교수

번역서

『사과나무 아래서 너를 낳으려했다』重信房子/지원북(2001)
『수학에 강한 아이로 키우기 위해 지금 당장 할 수 있는 70가지 방법』(2004)
『はじめからいままで―冬のソナタの主題歌』韓日번역/유해준/형설출판사(2005)
외 다수

학위논문

석사학위논문:
「시마자키 도손(島崎藤村)의『파계』연구 ―부락민상을 중심으로―」
박사학위논문:
「시마자키 도손의 근대시 연구 ―서구문학수용양상을 중심으로―」

논문

「도손의 詩集『若菜集』에 나타난 自然觀」
「시마자키 도손『破戒』에 나타난 部落民像」
「島崎藤村의 근대시연구 ―워즈워스의 서정성수용을 중심으로―」
「도송의 근대시 연구 ―아가서 수용을 중심으로―」
「Dante의『신곡』과 도손의 연애시」
「도손의 낭만시와 바이런의『맨프레드』」
「소네트 수용과 도손의 시」
「셸리의 〈서풍의 송시〉와 도손의 시」
「도손의 근대시와 〈창세기〉」

저서

『대학일본어 읽기 교본시리즈 ≪I. 일본의 전래동화≫』제이앤씨

시마자키 도손(島崎藤村)의 근대시 연구
-서구문학의 수용 양상을 중심으로-

초판인쇄 2011년 4월 28일
초판발행 2011년 5월 6일

저 자 최순육
발 행 인 윤석현
발행한곳 제이앤씨
등록번호 제7-220호

우편주소 서울시 도봉구 창동 624-1 북한산 현대홈시티 102-1206
대표전화 (02) 992 / 3253
팩시밀리 (02) 991 / 1285
홈페이지 http://www.jncbms.co.kr
전자우편 jncbook@hanmail.net
책임편집 김진화

ISBN 978-89-5668-850-3   93830   정가 28,000원